懸高鏡

卖报小郎君 / 著

大奉打更人

【第八卷】江湖路远

DAFENG GUARDIAN

人民文学出版社

图书在版编目(CIP)数据

大奉打更人. 8, 江湖路远 / 卖报小郎君著. -- 北京: 人民文学出版社, 2024 (2024.3重印)

ISBN 978-7-02-018540-5

I. ①大… Ⅱ. ①卖… Ⅲ. ①长篇小说-中国-当代 Ⅳ. ①I247.5

中国国家版本馆 CIP 数据核字(2024)第 020841 号

策划编辑　胡玉萍
责任编辑　黄彦博
装帧设计　李思安
责任校对　杨益民
责任印制　王重艺

出版发行　人民文学出版社
社　　址　北京市朝内大街 166 号
邮政编码　100705

印　　刷　北京盛通印刷股份有限公司
经　　销　全国新华书店等

字　　数　299 千字
开　　本　680 毫米×960 毫米　1/16
印　　张　21　插页 3
版　　次　2024 年 3 月北京第 1 版
印　　次　2024 年 3 月第 2 次印刷

书　　号　978-7-02-018540-5
定　　价　49.00 元

如有印装质量问题,请与本社图书销售中心调换。电话:010-65233595

目录
CONTENTS

第382章　开幕(一) / 1

第383章　开幕(二) / 7

第384章　开幕(三) / 14

第385章　回家 / 21

第386章　怒！ / 37

第387章　认错 / 56

第388章　罪己诏 / 71

第389章　问灵 / 77

第390章　《九州异兽篇》 / 84

第391章　召唤 / 92

第392章　陈年旧案 / 103

第393章　被抛弃的王妃 / 111

第394章　莲子成熟在即 / 118

第395章　屏蔽天机 / 125

第396章　等一个家伙 / 133

第397章　去剑州 / 140

第 398 章	地书碎片持有者 / 147
第 399 章	面子 / 159
第 400 章	退去 / 166
第 401 章	一臂一法器 / 173
第 402 章	报仇不隔夜 / 180
第 403 章	死战 / 186
第 404 章	斩敌 / 193
第 405 章	底牌 / 199
第 406 章	仇谦的身份 / 207
第 407 章	武林盟的规矩 / 215
第 408 章	三品？ / 223
第 409 章	许七安VS曹青阳 / 231
第 410 章	出拳 / 239
第 411 章	莲子成熟 / 247
第 412 章	女子国师 / 252

第413章 　　曹盟主的魂魄　／ 259

第414章 　　分莲子　／ 266

第415章 　　点化佩刀　／ 272

第416章 　　为刀取名　／ 279

第417章 　　元景帝：朕的莲子呢　／ 286

第418章 　　真心话大冒险　／ 292

第419章 　　保护　／ 298

第420章 　　皇帝的起居录　／ 305

第421章 　　暗流汹涌　／ 312

第422章 　　大哥的套路真管用　／ 319

第 382 章

开幕(一)

　　而今皇宫成了是非之地,任何外臣不准进宫,宫中的皇子皇女,以及嫔妃们,自然就不能召见外臣。难道怀庆公主是有事与我说?许七安当即随着侍卫长,骑上心爱的小马,赶去怀庆府。

　　怀庆府在皇城地段最高,防卫最森严的区域。这片区域,有皇室宗亲的府邸,有临安等皇子皇女的府邸,是仅次于皇宫的重地。

　　我好歹是楚州案的主办官,虽说现在并不在风暴中心,但也是主要的涉事人之一,怀庆在这个时候找我做甚?绝对不是太久没见我,想念得紧……

　　讲真,许七安是第一次来到怀庆府,反倒是二公主的府邸,他去过很多次,要不是眼线太多,且不合规矩,许七安都能在临安府要一间专属客房。怀庆府的格局和临安府一样,但整体偏向清冷、素雅,从院子里的植物到摆设,都透着一股淡泊。

　　在宽敞明亮的会客厅,许七安见到了久违的怀庆——这个如雪莲般素雅的女子。她穿着素色宫裙,外罩一件浅黄色轻纱,简单却不朴素;乌黑的秀发一半披散,一半盘起发髻,插着一支碧玉簪,一支金步摇。她的五官秀丽绝伦,又不失立体感,眉毛精致得长且直,眸子大而明亮,兼之深邃,恰如一湾秋后的清潭。

　　"殿下!"许七安抱拳,本想笑着问她,喜不喜欢自己送的印章,可话到嘴边,却没了调笑的兴致,在怀庆的示意下入座。

"与我说说北境的细节吧。"怀庆脸色淡然,眉眼略有些凝重和沉郁,似乎也没有谈笑的兴致。

许七安便把楚州发生的事,详细告之。

听完,怀庆寂然许久,绝美的容颜不见喜怒,轻声道:"陪我去院子里走走吧。"

公主府的后花园很大,两人并肩而行,没有说话,但气氛并不尴尬,有种岁月静好、故人相逢的融洽感。

"父皇错了,淮王首先是亲王,其次才是武夫。人生在世,地位越高,越要先考虑的是坐的位置。这是立身之本。"

良久,怀庆叹息道:"所以,淮王死有余辜,尽管大奉因此损失一位巅峰武夫。"

那你的父皇呢?他是不是也死有余辜?

许七安轻声道:"殿下大义。"

怀庆摇头,清丽素雅的俏脸浮现怅然,柔柔地说道:"这和大义何干?只是血未冷罢了。我……对父皇很失望。"

许七安正要说话,忽然收到怀庆的传音:"父皇闭宫不出,并非胆怯,而是他的策略。"

怀庆公主修为不浅啊,想要传音,必须达到炼神境才可以,她一直在韬光养晦……许七安心里吃了一惊,传音反问:"策略?"

怀庆缓缓颔首,传音解释:"你可曾注意,这三天里,堵在宫门的文官们,有谁走了,有谁来了,又有谁只是在看热闹?"

许七安哑然。

看了他一眼,怀庆继续传音:"淮王屠城的事传回京城,不管是奸臣还是良臣,不管是愤慨激昂,还是为了博名声,但凡是读书人,都不可能毫无反应。这个时候,群情激昂,是浪潮最凶猛的时候。所以父皇避其锋芒,闭宫不出。

"然,一鼓作气,再而衰,三而竭。等诸公冷静下来,等有的人扬名目的达到,等官场出现其他声音,才是父皇真正下场与诸公角力之时。

而这一天不会太远,本宫保证,三日之内。"

说完,她又哂了一声,似嘲讽似不屑:"如今京城流言四起,百姓惊怒交集,各阶层都在议论,乍一看是滚滚大势。可是,父皇真正的对手,只在朝堂之上,而非那些贩夫走卒。"

许七安眉头紧锁,沉声道:"但淮王终究是屠城了,他必须给诸公,给天下人一个交代。"

怀庆却悲观地叹息一声:"且看王首辅和魏公如何出招吧。"

沉重的气氛里,许七安转移了话题:"殿下曾在云鹿书院求学,可听说过一本叫作《大周拾遗》的书?"

怀庆细细回忆,摇头道:"未曾听说。"

这一天,义愤填膺的文官们,依旧没能闯入皇宫,也没能见到元景帝。黄昏后,各自散去。但文官们没有就此放弃,约定好明日再来,若是元景帝不给个交代,便让整个朝廷陷入瘫痪。

也是在这一天,官场上果然出现不同的声音。

有人忧心忡忡地提出一个问题:镇北王屠城之事,闹得尽人皆知,朝廷威严何在?天下百姓,对皇室,对朝廷,恐怕无比失望吧。镇北王是陛下的胞弟,是堂堂亲王,非普通王爷。同时,他还是大奉军神,是百姓心中的北境守护人。这样的人,为了一己之私,屠城!此事所带来的后遗症,是百姓对朝廷失去信赖,是让皇室颜面扫地,民心尽失。一句"镇北王已伏诛",真的就能抹平百姓心里的创伤吗?这可和诛杀贪官是两回事。

过去的二十多年里,镇北王的形象是伟岸高大的,是军神,是北境守护者,是一代亲王。是贪官能比的?

杀贪官只会彰显朝廷威严,彰显皇室威严。可是,如果是皇室犯下这种残暴行为,百姓会像诛杀贪官一样拍手称快?不,他们会信念坍塌,会对皇室对朝廷失去信赖。原来我们歌颂爱戴的镇北王是这样的人物。甚至会产生更大的过激反应。

同样是在这一天,东宫太子,于黄昏后在寝宫遭遇刺杀。

当夜,宫门禁闭,禁军满皇宫搜捕刺客,无果。

次日,京城四门紧闭,首辅王贞文和魏渊调集京城五卫、府衙捕快、打更人,全城搜捕刺客,挨家挨户。整个京城鸡飞狗跳。

太子跟这件事有什么关系?怎么就平白遭遇刺杀了,是巧合,还是博弈中的一环?如果是后者,那也太惨了吧。

一大早,听闻此事的许七安立刻去见魏渊,但魏渊没有见他。无奈之下,只好转道去了驿站,打算和郑兴怀讨论。

"郑大人外出了,并不在驿站。"背着牛角弓的李瀚,迎着许七安进屋,沉声道,"最近官场上多了一些不同的声音,说什么镇北王屠城案,非常棘手,关乎朝廷的威信,以及各地的民心,需要慎重对待。

"郑大人很生气,今早就出门去了,似乎是去国子监讲道。"

那些都是老皇帝的水军啊……许七安喟叹着,倒是有几分佩服元景帝,玩了这么多年权术,虽然是个不称职的皇帝,但头脑并不昏聩。

他与李瀚一起,骑马前往国子监。

远远的,便看见郑布政使站在国子监外,慷慨激昂。

"圣人言,民为重,君为轻……

"镇北王以亲王之身,屠杀百姓,视百姓如牲畜羔羊,实乃我读书人之共敌……

"我辈读书人,当为黎民苍生谋福,立德立功立言,故我返京,誓要为楚州城三十八万百姓讨一个公道……"

他这样做有用吗?

当然有用,一些新近崛起的大儒(学术大儒),在还没有扬名天下之前,喜欢在国子监这样的地方讲道,传播自己的学术理念。如果能得到学子们的认可,打出名气,那么开宗立派不在话下。

郑兴怀不是在传播理念,他是在批判镇北王,呼吁学子们加入批判大军里。

效果很不错,读书人,尤其是年轻学子,一腔壮志,热血未冷,远比官场老油条要纯正许多。从古至今,闹事游行的,大多都是年轻人。

"没有人来制止吗?"许七安问道。

李瀚摇头。

这不合理……许七安皱了皱眉。

他耐心地在路边等待,直到郑兴怀吐完胸中怒意,带着申屠百里等护卫返回,许七安这才迎了上去。

"此地不是说话之处,许银锣随我回驿站吧。"郑兴怀脸色古板严肃,微微颔首。

返回驿站,郑兴怀引着许七安进书房,待李瀚奉上茶后,这位人生大起大落的读书人,看着许七安,道:"是为今日官场上的流言?"

"这只是其一,流言是他散布,却不是没有道理,不得不防啊。"许七安叹口气,道,"我主要是为太子被刺一案。"

郑兴怀沉吟道:"此案中,谁表现得最积极?"

许七安一愣:"魏公和王首辅。"

郑兴怀正襟危坐,点着头道:"此事多半是魏公和王首辅谋划,至于目的为何,我便不知道了。"

啊?魏公和王首辅要刺杀太子?理由是什么,太子跟这个案子有什么关系吗……这个答案,是许七安怎么都想象不到的。

商议了许久,郑兴怀看了眼房中水漏,沉声道:"我还得去拜访京中故友,四处走动,便不留许银锣了。"

许七安顺势起身,走到门槛时,身后传来郑兴怀的声音:"许银锣……"

他回头望去。

这位脊背渐渐佝偻的读书人,理了理鬓角花白的头发,作揖道:"男儿一诺千金重,我很喜欢许银锣那半首词。当日我在城头答应过三十八万枉死的百姓,要为他们讨回公道,既已承诺,便无怨无悔。待此事后,郑某便辞官还乡,今生恐再无见面之日,因此,本官提前向你道一声谢谢。"

许七安转过身,脸色严肃,一丝不苟地回礼。

他打开房门,踏出门槛,行了几步,身后的房间里传来郑兴怀的吟诵声。

"少年侠气，交结五都雄。肝胆洞，毛发耸。立谈中，死生同。一诺千金重……"

世事纷扰、嘈杂，若能功成身退，只留得一席悠闲自在，田园牧歌，倒也不错……许七安笑了笑。

皇宫。

元景帝盘坐蒲团上，半阖着眼，淡淡道："刺客抓住没有？"

老太监摇头，恭声道："没有消息传来。"

"既抓不住，便不需抓了。"元景帝睁开眼，笑容中透着冷厉，却是一副感慨的语气，"这朝堂之上，也就魏渊和王贞文有点意思，其他人都差了些。"

老太监低着头，不作评价，也不敢评价。

元景帝继续道："派人出宫，给名单上那些人带话，不必招摇，但也不用小心翼翼。"顿了顿，他接着说道，"通知内阁，朕明日于御书房，召集诸公议事。商讨楚州案。"

老太监呼吸急促了一下，道："是！"

第383章

开幕(二)

镇北王尸体运回京城的第五天,寅时,天色一片漆黑。

午门外,一盏盏石灯里,蜡烛摇曳着橘色的火光,与两列禁军手持的火把交相辉映。群臣们于清凉的风中,齐聚在午门,默默等待着早朝。偶有相熟的官员低头交谈,窃窃私语,总体保持着肃静。

官员们仿佛憋着一股气,膨胀着,却又内敛着,等待机会炸开。

咚咚咚……天光微亮时,午门的城楼上,鼓声敲响。

文武百官默契地排好队伍,在缓缓敞开的宫门里,依次进入。

金銮殿。

四品及以上的官员踏入大殿,静默地等待一刻钟,身穿道袍的元景帝姗姗来迟。多日不见,这位华发转乌的皇帝,憔悴了几分,眼袋浮肿,双眼布满血丝,充分地展现出一位痛失胞弟的兄长该有的形象。

文官们吃了一惊,要知道,陛下最注重养生,保养龙体,自修道以来,身体健康,气色红润,何曾有过这般憔悴模样?

不少人无声对视,心里一凛。

老太监看了一眼元景帝,朗声道:"有事启奏,无事退朝。"

楚州布政使郑兴怀大步出列,行至诸公之前,作揖,沉声道:"启禀陛下,楚州总兵淮王,勾结巫神教和地宗道首,为一己之私,晋升二品,屠戮楚州城三十八万百姓。自大奉开国以来,此暴行绝无仅有,天人共愤。请陛下将淮王贬为庶民,头颅悬城三日,祭奠三十八万冤魂……昭告天下。"

元景帝深深地看着他,面无表情。

令人意外的是,面对沉默中蕴含怒火的皇帝,楚州布政使郑兴怀,毫不畏惧,悍然对视。

这时,王首辅随之出列,恭声道:"淮王此举,天怒人怨,京城早已闹得沸沸扬扬。楚州民风彪悍,若是不能给天下人一个交代,恐生民变,请陛下将淮王贬为庶民,头颅悬城三日,祭奠楚州城三十八万冤魂。"

朝堂之上,诸公尽弯腰,声浪滚滚:

"请陛下将淮王贬为庶民,头颅悬城三日,祭奠楚州城三十八万冤魂。"

元景帝缓缓起身,冷着脸,俯瞰着朝堂诸公。他脸庞的肌肉缓缓抽动,额头青筋一条条凸起,突然……他猛地把身前的大案掀翻。

哐当……大案翻滚下台阶,重重砸在诸公面前。

紧接着,殿内响起老皇帝撕心裂肺的咆哮:"淮王是朕的胞弟,你们想把他贬为庶民,是何居心?是不是还要让朕下罪己诏,你们眼里还有没有朕?朕痛失兄弟,如同断了一臂,尔等不知体恤,接连数日啸聚宫门,是不是想逼死朕?!"

老皇帝面目狰狞,双眼通红,像极了悲恸无助的老兽。

这……诸公不由得愣住了。

元景帝在位三十七年,心机深沉、权术高超的形象在文武百官心里根深蒂固。他们从未想过有朝一日,这位深沉的帝王,竟有这般悲恸的时候。而这副姿态表露在群臣面前,与固有印象形成的反差,平白让人心生酸楚。

群臣们高涨的气焰为之一滞。

还未等诸公从巨大的惊愕中反应过来,元景帝颓然坐下,脸上有着毫不掩饰的哀戚之色:"朕还是太子之时,先帝对朕忌惮防备,朕地位不稳,整日战战兢兢。是淮王一直默默支持着朕。只因我俩是一母同胞,手足情深。

"淮王当年手持镇国剑,为帝国杀戮敌人,保卫疆土,如果没有他在山海关战役中悍不畏死,何来大奉如今的昌盛?尔等都该承他情的。

"山海关战役后,淮王奉命北上,为朕戍守边关,十多年来,回京次数寥寥。淮王确实犯了大错,可毕竟已经伏法,众卿连他身后名都不放过吗?"

被元景帝这般"粗暴"地打断,群臣一时间竟找不到节奏了,半晌无人说话。但没关系,堂上永远有一个人甘愿做马前卒,冲锋陷阵。

郑布政使大声道:"陛下,功过不相抵。淮王这些年有功,是事实,可朝廷已经论功行赏,百姓对他爱戴有加。而今他犯了十恶不赦的大罪,自然也该严惩。否则,便是陛下徇私枉法。"

元景帝暴喝道:"混账东西!你这几日在京中上蹿下跳,诋毁皇室,诋毁亲王,朕念你这些年勤勤恳恳,没有功劳也有苦劳,一直忍你到现在。

"淮王的案子还没定呢。只要一天没定,他便无罪,你诋毁亲王,是死罪!"

"陛下!"王贞文突然出声,打断了元景帝的节奏,扬声道,"郑布政使的事,容后再说,还是先商议淮王的事吧。"

元景帝深深地看了他一眼,目光掠过王贞文,在某处停顿了一下。

像是在回应元景帝似的,立刻就有一人出列,高声道:"陛下,臣也有事启奏。"

众官员循声望去,是礼部都给事中姚临。

众所周知,给事中是职业喷子,是朝堂中的疯狗,逮谁咬谁。同时,他们也是朝堂斗争的开团手。果然,这回也没让人失望。

姚临作揖,微微低头,高声道:"臣要弹劾首辅王贞文,指使前礼部尚书勾结妖族,炸毁桑泊。"

堂内微微骚动。诸公面面相觑,脸色怪异,这几天,王贞文率群臣围堵宫门,名声大噪,堪称"逼死皇帝"的急先锋。

他在此时遭遇弹劾,似乎是理所应当之事。

不过,就事论事,前礼部尚书确实是王党的人,到底是不是受到王首辅的指使,还真难说。

桑泊案的内幕,其实是前礼部尚书勾结妖族,炸毁桑泊。而妖族给出的筹码,是恒慧和平阳郡主的尸体。通过这对苦命情侣,揭露梁党的罪行。本质上就是党争,妖族充当外援身份。王首辅对此真的一无所知吗?对此,诸公心里是打问号,还是画句号,只有他们自己知道。

接着,姚临又公布了王贞文的几大罪行,比如纵容下属贪污受贿,比如收受下属贿赂……

桑泊案不提,后边罗列出的几条罪状,确实是板上钉钉。

两袖清风的人,当得了首辅?谁愿意跟着你干。

陛下是打算杀鸡儆猴……诸公心里一凛,儒家虽有屠龙术,可君臣之间,依旧有一条无法逾越的鸿沟。

元景帝不是少年皇帝,相反,他俯瞰朝堂半个甲子了。

王首辅抬起头,见元景帝冷冰冰地看着自己,当即不再犹豫,沉声道:"臣,乞骸骨。"

元景帝眼中厉色一闪,正要开口,就在这时,御史张行英出列,作揖道:"陛下,王首辅贪污受贿,祸国殃民,切不可留他。"

张御史可是魏渊的人。

元景帝默然许久,余光瞥一眼老僧入定般的魏渊,淡淡道:"王首辅言重了,首辅大人为帝国兢兢业业,劳苦功高,朕是信任你的。"

元景帝一手打造的均衡,如今成了他自己最大的桎梏。换成任何一人,革职便革职了,可王首辅不行,他是目前朝堂上唯一能制衡魏渊的人。没了他,即使元景帝扶持别的党派上位,也不够魏渊一只手打。

短短一刻钟里,元景帝、魏渊、王首辅朝堂三巨头,已经完成了一次交锋。

元景帝小赚,打压住了群臣气焰,震慑了诸公。王首辅和魏渊也不亏,因为话题又被带回了淮王屠城案里。

"请陛下严惩镇北王,给他定罪,给天下人一个交代。"终于,魏渊出列了。

诸公当即附和,但这一次,元景帝扫了一眼,发现一小部分人,原地未动。他嘴角不露痕迹地勾了勾,朝堂之上终究是利益为主,自身利益高于一切。方才的杀鸡儆猴,能吓到那么寥寥几个,便已是划算。

"陛下,微臣觉得,楚州案应该从长计议,决不能盲目地给淮王定罪。"第一个反对的声音出现了。说话者,乃左都御史袁雄。

元景帝皱了皱眉,明知故问:"袁爱卿何出此言?"

袁雄突然激动起来,大声道:"淮王乃陛下胞弟,是大奉亲王,此事关乎皇室颜面,关乎陛下颜面,岂可轻易下定论。"

无耻!文官们心里怒骂。

此獠上次利用科举舞弊案,暗指魏渊,得罪了东阁大学士等人,科举之后,东阁大学士联合魏渊,弹劾袁雄。最后是陛下保住此獠,罚俸三月了事。如今,他果然成了陛下的刀子,替他来反击整个文官集团。

"陛下,袁都御史说得有理……"

这时,一位垂垂老矣的老人,拄着拐杖,颤巍巍地出列。老人发丝银白,不见乌色,穿着大红为底,绣金色五爪金龙的冠服。

历王!先帝的胞弟,元景帝和淮王的叔叔。

"皇叔,您怎么来了,朕不是说过,您不用上朝的吗?"元景帝似乎吃了一惊,吩咐道,"速速给皇叔看座。"

"我再不来,大奉皇室六百年的名声,怕是要毁在你这个不肖子孙手里。"老人冷哼一声。

元景帝低头不语,一副认错姿态。

椅子搬来了,老人掉转椅子方向,面朝着群臣坐下,又是冷哼一声:"大奉是天下人的大奉,更是我皇室的大奉。高祖皇帝创业艰难,一扫前朝腐败,建立新朝。武宗皇帝诛杀佞臣,清君侧,付出多少血与汗。

"淮王犯了大错,死有余辜,但只要本王还在一天,就不允许尔等污了我皇室的名声。"

郑兴怀血涌到了脸皮,沉声道:"老王爷,大奉立国六百年,下罪己诏的君王可有不少……"

他话没说完,便被历王强势打断,老人暴喝道:"君就是君,臣就是臣,尔等饱读圣贤书,皆是出自国子监,忘记程亚圣的教诲了吗?"

诸公顿觉头皮发麻。

若是元景帝说这番话,诸公定会开心死了,一个个死谏给你看。踩着皇帝扬名,是天下读书人心目中最爽的事。可说这番话的是历王,历王年轻时才华横溢,京城鼎鼎有名的才子,在他面前,诸公只能算是后学晚辈。

亲王和儒林前辈的身份压在前头,他倚老卖老,谁都没辙。

激进派的气焰,又一次遭受了打压。

"唉,历王三思啊。"魏渊的叹息声响起。

历王挺直腰杆,板着沟壑纵横的老脸,斜着眼睛看魏渊:"哼,你这个阉人,本该在宫中为奴为婢,若非陛下慧眼识珠,给你机会,你有今日的风光?"

魏渊低了低头,做出示弱姿态,而后说道:"历王若是为皇室名声着想,就更不该替淮王遮掩此事。昨日云鹿书院三位大儒欲来京城痛斥陛下,被我给拦回去了。

"三位大儒说,朝廷能改史书,但云鹿书院的史书,却不由朝廷管。今日镇北王屠杀楚州城三十八万人口,来日,云鹿书院的读书人便会将此事牢牢记住,流传后世。而陛下,包庇胞弟,与之同罪,都将一五一十地刻在史书中。"

元景帝脸色大变。

激进派的诸公面面相觑。这还真是云鹿书院读书人会做出来的事,那些走儒家体系的读书人,做事嚣张狂妄,目中无人,但……好解气!

历王淡淡道:"后世子弟只认正史,谁管他一个书院的野史怎么说!"

他这话是说给元景帝听的,告诉这个既要修道,又爱名声的侄儿,别受了魏渊的威胁。

魏渊幽幽道:"历王一生毫无劣迹,兼学识渊博,乃皇室宗亲楷模,读书人典范,莫要因此事被云鹿书院记上一笔,晚节不保啊。"

历王霍然变色,抬起手指,颤巍巍地指着魏渊,厉声道:"魏渊,你敢威胁本王,你想造反吗!"

王首辅淡淡道:"谏言何时成了威胁?"

"你,你们……"历王气得浑身发抖,胸膛起伏。

历王自幼读书,虽有亲王身份,但一直以读书人自居,他比普通的勋贵武将,更在乎"名垂青史"四个字。

读书人惯有的毛病。

魏渊这话,确实让历王深深忌惮。刚才的正史野史,只是安慰元景帝罢了。读书人才更知道云鹿书院的权威性。

朝堂争斗,你来我往,见招拆招。

元景帝见历王不再说话,便知这一招已经被"敌人"化解,但是无妨,接下来的出招,才是他奠定胜局的关键。想到这里,他看了一眼勋贵队伍里的曹国公。

曹国公心领神会,跨步出列,高声道:"陛下,臣有一言。"

第 384 章

开幕(三)

文官们立刻扭头,带着审视和敌意的目光,看向曹国公。

在这场"为三十八万冤魂"申冤的争斗中,激进派文官群体结构复杂,有人为心中正义,有人为不辜负圣贤书,有人则是为了名利,也有人是随大势。

激进派以魏渊和王贞文为首。

反对派的成员结构同样复杂。

首先是皇室宗亲,这里面肯定有良善之辈,但有时候身份决定了立场。淮王一旦被定罪,对整个皇室名声是难以想象的巨大打击。用市井之言形容,以后都抬不起头做人了。普通人还要脸面呢,何况是皇族。镇北王可以死,但不能被定罪。

其次是勋贵集团,勋贵是天然亲近皇室的,只要理解了爵位的性质,就能明白勋贵和皇室是一个阵营。两个字概括:贵族!

文官就像韭菜,一茬又一茬地换着,总有新生的力量涌入朝堂。风光时独掌朝纲,落魄时,子嗣与平民无异。唯有世袭罔替的勋贵,是天生的贵族,与平民处在不同的阶层。而世袭罔替,绵延子嗣的权力,是皇室赐予。因此,即使勋贵里有人不认同淮王,不认同元景帝,他们多半也会保持沉默。

最后,是一群想上位的文官,或处境不太妙的文官,暗中与元景帝达成利益交换,为他说话,成为他的武器。

皇室宗亲、勋贵集团、部分文官,三者组成反对派。

此时曹国公出列,代表着勋贵集团,代表他们的意志。

"陛下,这些年来,朝廷内忧外患,夏季大旱不断,雨季洪水连连,民生艰难,各地赋税年年拖欠,尽管陛下不停地减免赋税,予民休息,但百姓依旧怨声载道。"

曹国公痛心疾首,沉声道:"值此时期,若是再传出镇北王屠城惨案,天下百姓将如何看待朝廷?乡绅胥吏,又该如何看待朝廷?会不会认为朝廷已经朽烂,于是变本加厉地搜刮民脂民膏,更加肆无忌惮?"

"混账!"元景帝勃然大怒,指着曹国公的鼻子怒骂,"你在讽刺朕是昏君吗,你在讽刺满堂诸公尽是昏聩之人?"

"臣不敢!"曹国公大声道,"可眼下,诸公做的,不就是这等昏聩之事吗?口中嚷嚷着为百姓申冤,要给淮王定罪,可曾有人考虑过大局?考虑过朝廷的形象?诸公在朝为官,难道不知道,朝廷的颜面,便是尔等的颜面?"

两人一唱一和,演着双簧。

朝堂诸公开始交头接耳,窃窃私语。

郑布政使心里一凛,又惊又怒,他得承认曹国公这番话不是强词夺理,非但不是,反而很有道理。

皇室的颜面,并不足以让诸公改变立场。但如果是朝廷的颜面呢?在百官心里,朝廷的威严高于一切,因为朝廷的威严便是他们的威严,两者是一体的,是密不可分的。就算是郑兴怀自己,刚才也不由得想到,朝廷该如何挽回颜面,挽回在百姓心中的形象。

元景帝痛心疾首,长叹一声:"可、可淮王他……确实是错了。"

曹国公高声道:"陛下,淮王……已经死了啊!"

议论声一下子大了起来,有的依旧是小声谈论,但有人却开始激烈争辩。

老太监握住鞭子,刚要下意识地抽打地砖,呵斥群臣,但被元景帝冷冰冰地斜了一眼,老太监便明白了皇帝的意思,当即保持沉默,任由争论发酵,延续。

是啊,淮王已经死了,最大的"勋贵"完了,再没有能骑在他们头顶的武将了……既然这样,还值得为了一个死人糟践朝廷的威严吗?不少文官心里闪过这样的念头。

元景帝怒道:"死了,便能将事情抹去吗?"

曹国公作揖道:"可以!"

魏渊眯了眯眼,冰冷如刀的眼神扫过曹国公;王贞文深吸一口气,无声地冷笑。两人似乎知道曹国公接下来想说什么。

元景帝诧异道:"何出此言?"

曹国公一本正经,脸色严肃:"陛下难道忘了吗,楚州城究竟毁于何人之手?是蛮族啊。是蛮族让楚州城化作废墟。

"这件事,是不是可以换一个角度来看?妖蛮两族联军攻陷城池,镇北王拼死抵抗,为大奉守国门。最后,城破人亡,壮烈牺牲。"

说到这里,曹国公声音陡然高亢:"但是,镇北王的牺牲是有价值的,他以一己之力,独斗妖蛮两族领袖,并斩杀吉利知古,重创烛九。让两个雄踞北方的强者一死一伤,此战之后,北境将迎来十几年,乃至数十年的和平。镇北王,死得其所,是大奉的英雄!"

讲到最后一句时,曹国公那叫一个慷慨激昂,热血沸腾,声音在大殿内回荡。

曹国公给了诸公两个选择。

一、固守己见,把已经陨落的淮王定罪。但皇室颜面大损,百姓对朝廷出现信任危机。

二、来一招偷天换日,将此事更改成妖蛮两族毁了楚州城,镇北王守城而亡,壮烈牺牲。诸公要做的,只是为一个死去的亲王正名。这样不但能挽回朝廷颜面,还能更进一步树立朝廷的威信和强大。

这时,一个惨笑声响起,响在大殿之上。

郑兴怀环顾沉吟不语的诸公,扫过元景帝和曹国公的脸,这个读书人既悲恸又愤怒。

"陛下,曹国公,你们是不是忘了,目睹这一切的不是只有本官,还有使团众人,还有楚州两万将士,以及京城万千知晓此事的百姓、国子监的年轻学子。"郑兴怀忽地冷笑一声,"你们堵得住这些悠悠众口吗?"

元景帝居高临下地俯瞰他,眼眸深处是深深的嘲弄,淡淡道:"退朝,明日再议!"

怀庆府。

后花园的凉亭里、石桌边,怀庆正与许七安对弈。

"前日,听闻临安去找父皇质问真相,被挡在御书房外,她性格执拗,赖着不走,被罚了两个月的例钱。我原以为她还要再去,结果第二天,太子便遇刺了。"怀庆白皙修长的玉指捻着白色棋子,表情清冷地闲谈着。

"太子应该没死吧?"许七安盯着棋盘,半天没有落子,随口问了一句。

"受了点轻伤罢了。"怀庆淡淡道。

两人对弈片刻,她似乎觉得与许银锣下棋实在没趣,又找了一个话题:"今日朝堂之事,可有耳闻?"

许七安脸色阴沉地点头:"诸公吃瘪了,但陛下也没讨到好处。估计会是一场长久的拉锯战。"

怀庆抬起清丽脱俗的俏脸,黑亮如秋后清潭的眸子,盯着他,竟嘲笑了一下,道:"你确实不适合朝堂。"

我说错什么了吗,你要这样打击我……许七安皱眉。

"这棋下得也无趣,本宫没什么兴致了,不如与你复盘一下今日朝堂之事。"怀庆公主把棋子轻轻抛入竹篾棋盒。

许七安精神一振。

"今日朝堂上商议如何处理楚州案,诸公要求父皇坐实淮王罪名,将他贬为庶民,头颅悬城三日……父皇悲恸难耐,情绪失控,掀了大案,痛斥群臣。"怀庆笑了笑,"好一招苦肉计,先是闭宫数日,避其锋芒,让愤怒中的文武百官一拳打在棉花上。待他们冷静下来,情绪稳定后,也就失去了那股子不可抵挡的锐气。朝会开场,又来那么一下,非但瓦解了诸公最后的余勇,甚至反客为主,让诸公产生忌惮,变得谨慎⋯⋯"

这就好比两个人打架,其中一个人突然狂性大发,抓起板砖打自己的头,另一个人肯定会本能地忌惮、谨慎,以为他是疯子。套路不高明,但很管用⋯⋯许七安得承认,元景帝是有几把刷子的。

"接着,礼部都给事中姚临跳出来弹劾王首辅,王首辅只有乞骸骨。这是父皇的一石二鸟之计,先把王首辅打趴下,这次朝会他便少了一个大敌。而且能震慑百官,杀鸡儆猴。"怀庆端着茶喝了一口,又淡淡道,"好在魏公及时出手。不是要治王首辅吗,那就别留余地。可这就和父皇的初衷相悖了,他并不是真的想罢了王首辅,这样会让魏公一家独大。呵,对魏公来说,如此借机除掉王首辅,也是一桩妙事。"

许七安咽了咽口水,不自觉地端正坐姿。

"杀鸡儆猴的计策失败,父皇立刻让左都御史袁雄出手,把皇室颜面抬出来⋯⋯你要知道,从古至今,皇室的尊严仅次于朝廷尊严,对诸公有着天然的压迫力。"怀庆公主沉声道。

身为臣子,一心想要让皇室颜面扫地,这无疑会让诸公产生心理压力⋯⋯许七安缓缓点头。

人与人的斗争,无外乎武力斗争和心理博弈,就如他穿越前经常听到的一个词:PUA。

"这是为历王后续的出场做铺垫,袁雄终究不是皇室中人,而父皇不适合做这个谩骂者。德高望重的历王是最佳角色。虽说这一招,被魏公破解。"怀庆一边收拾棋子,一边说道,"但历王这一闹,效果多少还是有点的。而这些,都是为后续曹国公的出场做铺垫。

"用朝廷和皇室颜面,动之以情;用杀蛮族、妖族的结局晓之以理。楚州城虽然没了,但这一切都是妖蛮两族做的。

"百姓早已习惯了妖蛮两族的凶残,很容易就能接受这个结局。而妖蛮两族并没有讨到好处,因为镇北王杀了蛮族青颜部的首领,重创北方妖族首领烛九。试问,百姓听了这个消息并愿意接受的话,事情会变得怎样?"

许七安涩声道:"楚州城破,就不是那么无法接受的事。因为一切的罪,都归结于妖蛮两族,归结于战争。镇北王也从屠城凶手,变成了为大奉守国门的英雄。而且,他还杀了蛮族的三品强者,立下泼天功劳。"

怀庆公主颔首,嗓音清丽,问的话却特别诛心:"如果你是诸公,你会作何选择?"

许七安没有回答。

镇北王不过是个死人,他若活着,诸公必定想尽一切办法扳倒他。可他现在死了啊,一个死人有什么威胁?如此,诸公的核心动力,就少了一半。如果真能像曹国公说的,能逆转楚州屠城案的真相,把这件事从丑闻,变成值得歌功颂德的大捷。那为什么不呢?

怀庆道:"父皇接下来的办法是许诺利益。朝堂之上,利益才是永恒的。父皇想改变结局,除了以上的计策,他还得做出足够的让步。诸公就会想,如果真能把丑闻变成好事,且又有利益可得,那他们还会如此坚持吗?"

许七安脸色愈发阴沉。

"而一旦大部分的人想法改变,魏公和王首辅,就成了那个面对滚滚大势的人。可他们关不了宫门,挡不住汹涌而来的大势。"怀庆清冷的笑容里,带着几分嘲讽。

许七安一时间分不清她是在嘲讽元景帝、诸公,还是魏渊和王首辅,或者都有,或者她也在嘲讽自己。

"不对,这件事闹得这么大,不是朝廷发一个公告便能解决,京城内的流言四起,想逆转流言,必须有足够的理由。他能堵住朝堂众臣的口,却堵不住天下人的口。"许七安摇着头。

"父皇他,还有后手的……"怀庆叹息一声,"虽然我并不知道,但我从来没有小觑过他。"

两人没有再说话,沉默了半晌,怀庆低声道:"这件事与你无关,你别做傻事。"

她不认为我能在这件事上发挥什么作用,也是,我一个小小的子爵,小小的银锣,连金銮殿都进不去,怎么跟一国之君斗?

玩争斗我还嫩得很,怀庆也觉得我不行……许七安咧嘴,露出一个难看的笑容。

可是,我才是杀了吉利知古的英雄啊。

打更人衙门,浩气楼。

午膳后,魏渊小憩片刻,然后被进来的吏员唤醒。

"魏公,陛下遣人传唤,召您入宫。"吏员低头躬身。

魏渊默然几秒,用温和的声音说道:"备车。"

第385章

回家

皇宫,御花园。

垂下明黄色帷幔的凉亭里,黄花梨木制作的八角桌,坐着一道黄袍,一道青衣。

魏渊和元景帝年岁相仿,一位气色红润,满头乌发,另一位早早地两鬓斑白,眼中蕴藏着岁月沉淀出的沧桑。如果把男人比作酒水,元景帝就是最光鲜亮丽、最尊贵的那一壶,可论滋味,魏渊才是最醇厚芬芳的。

两人在手谈。

元景帝看着被魏渊收走的白子,叹息道:"淮王陨落后,这北境就没了擎天柱,蛮族一时是兴不起风浪了,可东北巫神教如果绕道北境,从楚州入关,那可就是直扑京城,屠龙来了!"说话间,元景帝落子,棋子敲击棋盘的脆响声里,局势霍然一变,白子组成一柄利剑,直逼大龙,"啧,魏卿今日下棋有些心不在焉啊。"

魏渊目光温和,捻起黑子,道:"擎天柱太高太大,难以控制,何时坍塌了,伤人更伤己。"他轻飘飘地落子。

两人一边闲谈,一边对弈,四五次落子后,元景帝淡淡道:"前几日太子遇刺,后宫人人自危,皇后也受了些惊吓,这段时间吃不好睡不好,人都憔悴了。魏卿啊,早些抓住刺客,让这事过去,皇后也就不用担惊受怕。"

魏渊看了眼棋盘,投子认输,缓缓吐出一口气:"陛下棋艺愈发精湛了。"而后,他起身,退后几步,作揖道,"是微臣失职,微臣定当竭尽全力,尽早抓住刺客。"

元景帝大笑起来。

同一时间,内阁。

一个穿蟒袍的中年太监,带着两个宦官来到文渊阁,拜见了首辅王贞文。没有停留太久,只一刻钟的时间,大太监便领着两个宦官离开。

首辅王贞文面无表情地坐在案后,许久不曾动一下,宛如寂静的雕塑。

次日朝会上,元景帝依旧和诸公争论楚州案,却不复昨日的激烈,不再满殿充满火药味。今日朝会虽依旧没有结局,但以较为平和的方式散朝。

久经官场的郑兴怀嗅到了一丝不安,他知道昨日担忧的问题,终于还是出现了。

朝会上,诸公虽依旧不肯松口,但也不像昨日那般,坚持要给镇北王定罪。甚至,在勋贵们提出如何消除京中流言、改变楚州两万甲士对此事的看法时,部分文官以呵斥为名,参与讨论。而最让郑兴怀痛心疾首的是,魏渊和王贞文全程保持沉默。

散朝后,郑兴怀沉默地走着。走着,走着,忽然听见身后有人喊他:"郑大人请留步!"

他木然地回头,看见穿公爵冠服的曹国公追上来,脸上带着明显的笑意。在郑兴怀看来,这是胜利者的笑容。

"郑大人,你私自离开楚州,进京告状,自以为携大势而来,又可曾想过会有今日呢?"曹国公神态自若,淡淡道,"本公给你指条明路,楚州城百废待兴,你是楚州布政使。此时,正该留在楚州,重建楚州城。至于京中的事情,就不要掺和了嘛。"说着,他转头看了一眼背后的金銮殿,提点道,"这也是陛下的意思。"

陛下的意思是,你若见好就收,你还是楚州布政使。从哪里来,滚回哪里去。反正楚州离京城几万里之遥,朕对你眼不见为净。

"呸!"回应他的,是郑兴怀的唾沫。

"不识抬举。"曹国公望着郑兴怀的背影,冷笑道。

打更人衙门,浩气楼。

魏渊是郑兴怀散朝后第一个拜访的人。

许七安一直关注着今日朝堂上的动静,正要去驿站找郑兴怀询问情况,听说他拜访魏渊,便立刻去了浩气楼,但被守卫拦在楼下。

"魏公说了,见客期间,任何人不准打扰。另外,魏公这段时间也没打算见您呀,不都赶了好几次了吗。"守卫和许七安是老熟人了,说话没什么顾忌。

许七安打人同样也没顾忌,巴掌不停地往人家脑壳上甩,边打边骂:"就你话多,就你话多……"

七楼。

身穿青衣,鬓角斑白的魏渊盘腿坐在案前。他的对面,是脊背渐渐佝偻,同样头发花白,眉宇间有着化不开郁结的郑兴怀。

"京察结束时,郑大人回京述职,本座还与你见过一面。那时你虽头发花白,但精气神却是好得很。"魏渊声音温和,目光怜悯。

而今再见,这个人仿佛没有了灵魂,浓重的眼袋和眼里的血丝,预示着他夜里辗转难眠。微微下垂的嘴角和眉宇间的郁结,则说明对方内心怨念深重,意难平,气难舒。

"魏公也打算放弃了吗?"郑兴怀沉声道。

"我很欣赏许七安,认为他是天生的武夫,可有时候也会因为他的脾性感到头疼。"魏渊答非所问地说道,"我与他说,在官场摸爬滚打要三思——思危、思退、思变。

"做事之前,要考虑这件事带来的后果,明白其中利害,再去权衡做或不做。如果滚滚大势不可阻挡,就要思退,避其锋芒。咱们这位陛下,就做得很好。只有避退了,安全了,你才能想,该怎么改变局势。

"许七安这小子,回答我说,'这些道理我都懂,但我不管'。呵,粗鄙的武夫。"

郑兴怀想起许银锣在山洞里说的一番话,明知镇北王势大,却依旧要去楚州查案,他刻板严肃的脸上不由得多了些笑容。

"能让魏公说出'粗鄙'二字,恰恰说明魏公对他也无可奈何啊。"郑兴怀听懂了魏渊话中之意,但他和许七安一样,有着自己要坚守的、绝不退缩的底线。

他独自下楼,看见等候在楼下的许七安。

"郑大人,我送你回驿站。"许七安迎上来。

"本官不回驿站。"郑兴怀摇摇头,神色复杂地看着他,"抱歉,让许银锣失望了。"

许七安心里一沉。

两人沉默地出了衙门,进入马车,充当车夫的申屠百里驾车离去。途中,郑兴怀描述了今日朝堂的始末,点明诸公态度暧昧,立场悄然变化。

"魏公不应该啊,到了他这个位置,真想要什么东西,大可以自己谋划,而不需要违背良心,迎合陛下。"许七安深深皱眉,对此不解。

"魏公有难处的。"郑兴怀替魏渊解释了一句,语气里透着无力,"君臣有别,只要陛下不触及绝大部分人的利益,朝堂之上,无人是他对手。"

"魏公说的三思……郑大人何不考虑一下?暂避锋芒吧,淮王已死,楚州城百姓的仇已经报了。"许七安劝道。

郑大人是个好官,他不希望这样的人最后落个凄凉结局,就如他当初在云州,为张巡抚独挡叛军。这次没有叛军,这次的争斗在朝堂之上,许七安也不可能拎着刀冲进宫大杀一通,所以他没有发挥作用,只能劝说郑大人三思。

郑兴怀看着他,问道:"你甘心吗?你甘心看着淮王这样的刽子手成为英雄,配享太庙,名垂青史?"

许七安没有回答,但郑兴怀从这个年轻人眼里,看到了不甘。于是他欣慰地笑了。

"本官是二品布政使,可本官更是一个读书人,读书人但求无愧于心,要对得起自己,更要对得起辛苦抚养你长大的父母。"

一路无话。

过了许久,马车在街边停靠,申屠百里低声道:"大人,到了。"

许七安掀开帘子,马车停在一座极为气派的大院前,院门上的匾额写着:文渊阁。

内阁!

郑兴怀跃下马车,对门口的侍卫说道:"本官楚州布政使郑兴怀,求见王首辅。"

看到这里,许七安已经明白郑兴怀的打算,他要当一个说客,游说诸公,把他们重新拉回阵营里。

侍卫进入内阁汇报,俄顷,大步返回,沉声道:"首辅大人说,郑大人是楚州布政使,不管是当值时间,还是散值后,都不要去找他,免得被人以结党为由弹劾。"

郑兴怀失望地走了。

接下来的一天里,许七安看着他到处奔走游说,到处碰壁……黄昏时,黯然地返回驿站。

许新年散值回府,不见大哥,在院子里转了一圈,才听见屋脊有人喊道:"你大哥在这里!"

那是妙龄女子悦耳的声线。抬头看去,原来是天宗圣女李妙真,她站在屋檐,面无表情地俯瞰自己,仅是看脸色,就能察觉到对方情绪不对。

许二郎搬来梯子时,发现李妙真已经不在,大哥叼着草根,双手枕着后脑,躺在屋脊上,跷着二郎腿。俊美无俦的许新年拎着官袍下摆,顺着楼梯爬上屋脊。

"你上来做甚?"许七安没好气地道,"走了一个烦人的婆娘,你又过来吵我。"

"李道长似乎不太高兴。"许二郎语气平稳,在大哥身边坐下。

"当然不高兴,如果实力可以的话,她现在都想在卯时杀进宫去。"

"为什么要等到卯时?"

"因为她觉得庙堂之上禽兽遍地,统统该杀,所以要等待卯时上朝,杀一窝。"许七安气呼呼地道。

许二郎闻言,缩了缩脑袋:"幸好我只是个庶吉士。"

许七安忍不住笑起来,笑完,又叹息一声:"天宗修的是太上忘情,也许,等将来她真的有这个实力,却已经不是当年的飞燕女侠。这就是人生啊,不如意之事十之八九。"

"大哥好像变得更加冷静了。"许二郎欣慰道。

"不是冷静,是有些累了,有些失望了。"许七安双手枕着后脑,望着黄昏渐去的天空,喃喃道,"认个错,道个歉,有那么难吗?"

许二郎扭头,看了他一眼,随后把目光投向青冥的天色,道:"朝廷之事我已了然,上来是想跟大哥说一说。镇北王屠城案,朝廷虽未下定论,但此事在京中闹得沸沸扬扬,早已成定局。想要扭转局势,没那么简单。

"哪怕朝廷强行把镇北王塑造成英雄,此事也会留下隐患,人们说起此事时,永远不会忘记最初对他们造成巨大震撼的镇北王屠城事件。这就是将来翻案的关键所在。"

翻案……许七安眉毛一扬,瞬间想起许多前世历史中的案例。

很多无辜冤死的忠臣良将,最后都被翻案了,而曾经风光一时的奸臣,最后得到了应有的下场,其中最出名的是秦桧。

魏公让郑兴怀三思,是不是也抱着同样的想法呢……郑大人被愤怒和仇恨冲昏头脑,情绪难免极端,未必能领会魏公的意思,嗯,我明日去提醒他。

君子报仇十年不晚,既然形势比人强,那就隐忍呗。

我家二郎果然有首辅之资,聪慧不输魏公……许七安欣慰地坐起身,搂住许二郎的肩膀。

许二郎嫌弃地推搡开他。

皇宫。

摆设奢华的寝宫内,元景帝倚在软榻上,研究道经,随口问道:"内阁那边,最近有什么动静?"

老太监低声道:"首辅大人近来没有见客。"

元景帝满意颔首:"魏渊呢?"

"前日散朝后,郑布政使去了一趟打更人衙门,魏公见了,而后两人便再没交集。"老太监如实禀告。

"魏渊和王首辅都是聪明人,只不过啊,魏渊更不把朕放在眼里。"元景帝倒也没生气,翻了一页,凝神看了半晌,忽然脸色一冷,"郑兴怀呢?"

"郑大人这几日各方奔走,试图游说百官,肯见他的人不多,诸公都在观望呢。他后来便改了主意,跑国子监蛊惑学子去了。"老太监低声道。

元景帝脸上笑了笑,眼神却没有半点笑意,带着阴冷。

五月十二的早上,距离镇北王的尸体运回京城,已经过去八日。

关于如何给镇北王定罪,朝廷的公告一直没有张贴出来。

京城百姓倒是不急,身为天子脚下的居民,他们甚至见过一个案子拖了好几年的,也见过一个减免赋税的政令,从几年前就开始流传,几年后还在流传,大概会一直流传下去。

不急归不急,热度还是有的,并没有因此降温。茶余饭后,京城百姓会习惯性地把镇北王抬出来一刷二刷三刷……

这天清晨,京城来了一群不速之客。三十骑策马冲入城门,穿过外城,在内城的城门口停下来。为首者有着一张不错的脸,但瞎了一只眼睛,正是楚州都指挥使阙永修。这位护国公穿着残破铠甲,头发凌乱,风尘仆仆。与他随行的同伴,俱是如此。

到了城门口,阙永修弃马入城,徒步行走,他从怀里取出一份血书捧在手心,高喊道:"本公乃楚州都指挥使、护国公阙永修,状告楚州布政使郑兴怀,勾结妖蛮,害死镇北王,害死楚州城三十八万百姓。

"事后,郑兴怀蒙蔽使团,追杀本公,为了掩盖勾结妖蛮的事实,诬陷镇北王屠城,罪大恶极。"

他一路走,一路说,引得城中百姓驻足围观,议论纷纷。

"护国公?是楚州的那个护国公?镇北王屠城案里助纣为虐的那个?"

"回来得好,自投罗网,快盯紧了,别让他们跑掉,咱们去府衙报官。"

"你们别急,听他说啊,布政使郑兴怀勾结妖蛮,害死镇北王,蒙蔽使团……这这这,到底怎么回事?"

"莫非,那个楚州布政使才是害楚州城破灭的罪魁祸首?"

市井百姓听惯了这种反转案件,就像说书人老生常谈的忠良被陷害,最后得到反转。这样的戏码他们最熟悉了。

"肯定是假的,楚州城就是镇北王害的。你们忘了吗?使团里可是有许银锣的。许银锣会冤枉好人吗?如果那个什么布政使是奸贼,许大人会看不出来?"

"有道理。"周边的百姓深以为然。

京察之年,京城发生了一系列大案,每次主办官都是许七安,那会儿他从一个小铜锣,渐渐被百姓知晓,成为谈资。

云州回来后,他的名声上了一个台阶,从谈资变成烈士。

真正让他名声大爆的是佛门斗法,力挫佛门后,他成了京城的英雄,随着朝廷的邸报发往各地,更是被大奉各地的百姓、江湖人士津津乐道,从此凝集了庞大的声望。

天人之争则是巩固了他的形象和声望,他深深地存在老百姓的脑海里,还有梦里、心里,以及吆喝声里。所以,相比起阙永修的血书,周遭围观的百姓更愿意相信被许银锣带回来的楚州布政使。

很快,楚州都指挥使、护国公阙永修返京,手捧血书,沿街状告楚州布政使郑兴怀的事情,随着围观的群众,迅速散播开来。

一时间,镇北王屠城案变得愈发扑朔迷离。

事情发生后,阙永修立刻被禁军接到宫里,单独面见皇帝。不多时,皇帝召集诸公,在御书房开了一场小朝会。

元景帝坐在书案后,文官在左,勋贵宗室在右。案前跪着手捧血书的阙永修。

"诸位爱卿,看看这份血书。"元景帝把血书交给老太监。后者恭敬接过,传给皇室宗亲,然后才是文官。

曹国公大步出列,愤慨道:"陛下,郑兴怀勾结妖蛮,害死镇北王,罪大恶极,当诛九族。"

礼部侍郎皱着眉头出列:"曹国公此言过于武断,郑兴怀勾结妖蛮,然后害死了自己全家老小?"

一位郡王反驳道:"谁又能确定郑兴怀全家老小死于楚州?"

东阁大学士赵庭芳大怒,疾言厉色道:"倘若郑兴怀勾结妖蛮,那位斩杀镇北王的神秘高手又是怎么回事?他可是指名道姓说镇北王屠城的。使团亲眼所见,亲耳所闻。"

曹国公冷笑道:"那神秘高手是谁?你让他出来为郑兴怀做证啊。一个来历不明的邪修说的话,岂能相信。"

右都御史刘洪大怒:"就是你口中的邪修,斩了蛮族首领。曹国公在蛮族面前唯唯诺诺,在朝堂上却重拳出击,真是好威风。"

不等曹国公驳斥,左都御史袁雄率先跳出来和政敌抬杠:"所谓非我族类,其心必异,刘大人不要忘了自己的身份。"

刘洪冷笑:"非我族类,能使得动镇国剑?"

"够了!"突然,元景帝猛地一拍桌子,眉眼含怒。

护国公阙永修见状,立刻伏地,哭道:"求陛下为我做主,为镇北王做主,为楚州城百姓做主。"

元景帝缓缓点头:"此案关系重大,朕自然会查得一清二楚。此事由三司共同审理,曹国公,你也要参与。"说完,他看一眼身边的大伴,道,"赐曹国公金牌,即刻去驿站捉拿郑兴怀,违者,先斩后奏。"

曹国公振奋道:"是,陛下圣明。"

出了宫,魏渊疾步追上王首辅,两位权臣没有乘坐马车,并肩走着。这一幕,在诸公眼前,堪称一道风景,多年后,仍值得回味的风景。

"我劝过郑兴怀,可惜是个犟脾气。"魏渊声音温和,面色如常。

"他要不犟,当年也不会被老首辅打发到塞北。"王首辅冷笑道,"真是个蠢货。"也不知是在骂郑兴怀,还是骂自己。

魏渊淡淡地道:"上次差一点在宫中抓住阙永修,让他逃了,第二天我们满城搜捕,依旧没找到。那时我便知此事不可违。"

王首辅平静地道:"也不是坏事,诸公能同意陛下的意见,是因为镇北王已经死了。现在阙永修活着回来,有部分人不会同意的。这是我们的机会。"

魏渊摇头:"正因为阙永修回来,才让那些人看到了'翻案'的希望,只要配合陛下,此案便能定下来。而一旦定下来,阙永修是一等公爵,开国功勋之后,再想对付他就难了。"

沉默了片刻,两人同时问道:"他是不是威胁你了?"

驿站。房间里传来一声咳嗽,郑兴怀穿着蓝色便服,坐在桌边,右手在桌面摊平,一位白衣术士正给他号脉。

良久,白衣术士收回手,摇摇头:"积郁成疾,倒也没什么大问题,吃几服药,休养几日便可。不过,郑大人还是早些放宽心吧,不然这病还会再来找你。"

陈贤夫妇松了口气,复又叹息。病是小病,不难治,难治的是郑大人的心病。

郑兴怀没有回应白衣术士,拱了拱手:"多谢大夫。"

"别一副不当回事的样子。"司天监的白衣术士性格高傲,只要没受到暴力压迫,向来是有话直说,"你也不算太老,没心没肺的话,可以多活几年。否则啊,三五年里,还要大病一场,最多十年,我就可以去你坟头上香了。"

陈贤夫妇一脸不高兴。

郑兴怀似乎是见识过白衣术士的嘴脸,没有怪罪和生气,反而问道:"听说许银锣和司天监相交莫逆?"

白衣术士嗤笑一声:"我知道你动的什么主意,许公子是我们司天监的贵人。不过呢,你要是想通过他见监正,就别想啦。司天监不过问朝堂之事,这是规矩。"郑兴怀正要再说,便听白衣术士补充道,"许银锣早就去司天监求过了,这条路走得通的话,还需你说?"

他,他已经去过司天监……郑兴怀神色复杂。回京的使团里,只有许银锣还一直在为此事奔走,其他人碍于形势,都选择了沉默。

说话间,急促的脚步声从楼下传来,继而是赵晋的怒吼声:"你们是哪个衙门的,敢擅闯郑大人居住的驿站……"

郑兴怀等人奔出房门,恰好看见一身戎装的曹国公,挥舞刀鞘狠狠扇在赵晋脸上,打碎了他半张嘴的牙。

打更人衙门的银锣,带着几名铜锣奔出房间,喝道:"住手!"

吩咐铜锣们按住暴怒的赵晋,那位银锣瞪眼警告:"这是宫里的禁军。"

赵晋脸色一僵。

银锣深吸一口气,拱手道:"曹国公,您这是……"

曹国公目光望向奔出房间的郑兴怀,笑容阴冷,道:"奉陛下旨意,捉拿郑兴怀回大理寺问话,如有违抗者,格杀勿论。"

"什么?!"打更人和赵晋等人脸色一变。

郑兴怀巍然不惧,问心无愧,道:"本官犯了何罪?"

曹国公一愣,笑容变得玩味,带着嘲弄:"看来郑大人今日没有外出。嗯,楚州都指挥使、护国公阙永修返京了,他向陛下状告你勾结妖蛮,害死镇北王和楚州城三十八万百姓。"

郑兴怀身体一个踉跄,面无血色。

怀庆府。侍卫长敲开怀庆公主书房的门,跨步而入,将手里的纸条奉上:"殿下,您要的情报都在这里,郑大人已经入狱了。另外,京城有不少人,在四处传播'郑大人才是勾结妖蛮'的流言,是曹国公的人在幕后指使……"

怀庆一边听着,一边展开纸条,默默看完。

"本宫就知道父皇还有后手,阙永修早就回京了,暗中潜伏着,等待机会。父皇对京中流言不予理会,便是为了等待这一刻,厉害。"

她挥了挥手。侍卫长告退。

待书房的门关闭,穿素白长裙的怀庆行至窗边,静静地看着窗外的春景。轻轻的叹息声回荡在书房中。

东宫。临安提着裙摆飞奔,宛如一簇艳丽的火苗,裙摆、腰玉、丝带飘扬。

六位宫女在她身后追着,大声嚷嚷:"殿下慢些,殿下慢些。"

"太子哥哥,太子哥哥……"银铃般的悦耳嗓音回荡,从外头飘进殿内。

太子正在寝宫里临幸娇俏宫女,听见妹子的喊声,脸色大变,慌慌张张地爬下床,捡起地上的衣服,快速穿起来。好在东宫的宦官们懂事,知道主子在为皇室开枝散叶努力,硬拦着没让临安进寝宫,把她请去会客厅。

太子一边整理着装,一边进了会客厅,见到胞妹时,脸色变得柔和,温和地道:"什么事如此着急?"

临安皱着精致的小眉头,妩媚的桃花眸闪着惶急和担忧,连声道:"太子哥哥,我听说郑布政使被父皇派人抓了。"

太子沉默一下,点头:"我知道。"他当了那么多年的太子,自是有底蕴的,朝堂上的事他知道得一清二楚。

临安鬼祟地道:"父皇,他,他想嫁祸郑大人,对不对?"

太子挥退宦官和宫女,厅内只剩兄妹二人后,他点了点头,给予肯定的答复。

灵动的桃花眸子黯淡了下去,临安低声道:"淮王屠城,杀了无辜的三十八万百姓,为什么父皇还要替他遮掩,为此不惜嫁祸郑大人?"

这关乎皇室颜面,绝对不可能有半分退让……太子本想这么说,但见妹子情绪低落,叹了口气,在她肩膀拍了拍。

"你一个女儿家,别管这些,学学怀庆不好吗?你就不该回宫。"

临安垂着头,像一个失意的小女孩。

太子还是很心疼妹妹的,按住她的香肩,沉声道:"父皇喜欢你,是因为你嘴甜,因为你从不过问朝堂之事,你现在为什么变了?"

临安弱弱地说:"因为许七安的位置越来越高了……"

太子脸色一变,露出恼怒之色:"是不是他怂恿你入宫的?"

"不是……"临安小嘴一瘪,委屈地说,"我,我不敢见他,没脸见他。"

淮王是她亲叔叔,在楚州做出此等暴行,同为皇室,她又怎么能完全撇清关系?对三十八万冤魂的愧疚,让她觉得无颜去见许七安。她甚至自暴自弃地想着,永远不要见好了。

"所以,你今天来找我,是想让我去向父皇求情吧?"太子引着她重新坐下来,见胞妹啄了一下脑袋,他摇头失笑。

"父皇连你都不见,怎么会见我?临安,官场上没有对错,只有利益得失。且不说我出面有没有用,我是太子啊,我是必须要和宗室、勋贵站在一起的。

"你也就是个女儿家,没人在乎你做什么。你若是皇子,就前些天的举动,已经无缘皇位了。"

临安一脸难过地说:"可是,杀了那么多人,总是要付出代价的吧?不然,谁还相信我们大奉的王法。我听怀庆说,替淮王杀人的就是护国公。他杀了这么多人,父皇还要保他,我很不开心。"

傻妹妹,父皇那张龙椅之下,是尸山血海啊。这样的事以前很多,现在不少,将来还会继续。谁都不能改变。包括你中意的那个许七安。

太子无奈摇头。

大理寺,监牢。

初夏,牢房里的空气腐臭难闻,混杂着囚犯随意大小便的味儿,饭菜腐烂的味儿,闷浊的空气让人作呕。

大理寺丞拎着两壶酒,一包牛肉,进了监牢,缓步来到关押郑兴怀的牢房前,也不忌讳肮脏的地面,一屁股坐下来。

"郑大人,本官找你喝酒。"大理寺丞笑了笑。

手脚缠着镣铐的郑兴怀走到栅栏边,审视着大理寺丞,道:"你气色不是很好。"

"哪里不好?分明是气色红润,浑身轻松。"

大理寺丞拆开牛油纸,与郑兴怀分吃起来。吃着吃着,他突然说:"此事结束后,我便告老还乡去了。"

郑兴怀看他一眼,点头:"挺好。"

吃完肉喝完酒,大理寺丞起身,朝郑兴怀深深作揖:"多谢郑大人。"

他没有解释,自顾自走了。多谢你让我找回了良心。

甫一走出地牢,大理寺丞便看见一伙人迎面走来,最前方并肩的两人分别是曹国公和护国公阙永修。

他们来这里做甚,护国公身为案件主要人物,也要收押?大理寺丞目光掠过他们,看见两人身后的随从……收押还带随从?

"大理寺丞,咱们又见面了。"阙永修笑吟吟地迎上来,上下打量,啧啧道,"原来只是个六品官,本公在楚州时,还以为大人您是堂堂一品呢,威风八面,连本公都敢质问?"

大理寺丞压抑怒火,沉声道:"你们来大理寺做甚?"

"当然是审问犯人了。"阙永修露出嘲讽的笑容,"奉陛下口谕,提审犯人郑兴怀,在此期间,任何人不得进入地牢,违者,同罪论处。"说罢,两位公爵并肩进了地牢,随从关闭地牢的门,在里面上锁。

他们要杀人灭口……大理寺丞脑海里闪过这个念头,如遭雷击。

他本能地要去找大理寺卿求助,可是两位公爵敢来此地,足以说明大理寺卿知晓此事,并默许。因为两位公爵是得了陛下的授意。

他们要杀人灭口,然后伪装成畏罪自杀,以此昭告天下。如此一来,对淮王的愤怒便会转嫁到郑兴怀身上。这比推翻之前的说法,强行为淮王洗罪要简单很多,也更容易被百姓接受。陛下他,他根本不打算审案,他要打诸公一个措手不及,让诸公没有选择……

大理寺丞疾步而去,步调越来越快,到最后狂奔起来,他冲向了衙门的马棚。他心里只有一个念头:找许七安。只有这个茅坑里的臭石头才能阻止护国公和曹国公,只有他能为心里的信念冲冠一怒。

曹国公掩着口鼻,皱着眉头,行走在地牢间的甬道里。

"这点臭味算什么?曹国公,你是太久太久没领兵了。"独眼的阙永修哂然道。

"少废话,赶紧办完事走人,迟则生变。"曹国公摆摆手。

两人停在郑兴怀牢房前,阙永修看了一眼地上的酒壶和牛油纸,呵了一声:"郑大人,小日子过得不错嘛。"

郑兴怀双眼瞬间就红了,拖着镣铐奔出来,狮子般咆哮:"阙永修,你这个畜生!"

阙永修也不生气,笑眯眯地说:"我就是畜生,杀光你全家的畜生。郑兴怀,当日让你侥幸逃脱,才会惹出后来这么多事。今天,我来送你一家团聚去。"

郑兴怀大吼着,咆哮着,脑海里浮现被长枪挑起的孙子,被钉死在地上的儿子,被乱刀砍死的妻子和儿媳。楚州城百姓在箭矢中倒地,人命如草芥。一幕幕鲜明又清晰,让他的灵魂战栗着,哀号着。

阙永修畅快地笑起来,笑得前俯后仰。

曹国公在旁冷笑,道:"这几日你上蹿下跳,陛下早就忍无可忍,要不是你还有点用,早就死得无声无息了。郑兴怀,你还是不够聪明啊。如果你能好好想想楚州发生的一切,你就该知道,自己要面对的,到底是谁。"

郑兴怀陡然僵住,像是被人敲了一闷棍。几秒后,这个读书人身体颤抖起来,不停地颤抖,不停地颤抖。

"他为什么要这么做,他为什么要这么做啊……那些,那些都是他的子民啊……"

他低下了头,再也没有抬起头。这个读书人的脊梁断了。

阙永修哼道:"感谢曹国公吧,让你死也死得明白。"说着,他伸出手,狰狞笑道,"给我白绫,本公要亲手送他上去。"

一个随从递上白绫,一个随从打开牢门。阙永修大步踏入,手腕一抖,白绫缠住郑兴怀的脖子,猛地一拉,笑道:"楚州布政使郑兴怀,勾结妖蛮,屠戮三十八万百姓,遭护国公阙永修揭发后,于狱中悬梁自尽。"

"这样的结局,郑大人可满意?"

郑兴怀已经无法说话,他的双眼凸起,脸色涨红,舌头一点点吐出。他的挣扎从剧烈到缓慢,偶尔蹬一蹬腿,他的生命飞速流逝,宛如风中残烛。

这一刻,生命即将走到终点,过往的人生在郑兴怀脑海里浮现。

苦难的童年,奋发的少年,失落的青年,无私的中年……生命的最后,他仿佛回到了小山村。他奔跑在村里的泥路,往家的方向跑去,这条路他走过千遍万遍,今天不知道为什么,格外着急。

砰砰砰!他焦急地敲打着院门。院门缓缓打开,门里站着一个普通的妇人,饱经风霜,笑容温婉。他松了口气,像是找到了人生中的港湾,歇下所有的疲惫,开心地笑了。

"娘,我回家了……"

不知道过了多久,一声巨响打破了安静的地牢。通往地牢的铁门被暴力踹开,重重撞在对面的墙壁上,巨响声在地牢甬道里回荡。

许七安拎着刀,冲入地牢。

大理寺丞气喘吁吁地跟在他身后,到了他这个年纪,即使平时很注重保养身体,剧烈的奔跑依旧让他肺部火烧火燎。

大理寺丞追着许七安冲进甬道,看见他突然僵在某一间牢房的门口。僵在那里,如同一座雕塑。

大理寺丞心里一沉,不知哪里来的力气,跟跟跄跄地奔了过去。

阴沉的牢房里,栅栏上,悬着一具尸体。

大理寺丞一屁股坐在地上,捂着脸,老泪纵横。

第386章
怒！

阴暗的地牢，阳光从气孔里照射进来，光束中尘糜浮动。

许七安站了许久，然后，他觉得不能让郑大人继续这样下去，便进入牢房，把他放了下来。尸体仅留一丝残温，死了有一会儿了。

大理寺丞坐在牢房外，号啕大哭。

许七安却没有特别的伤心，只觉得他就这样走了，也是一种解脱。

从楚州回京城的路上，他看着这个读书人的脊梁一点点地弯曲，身形日渐佝偻。他太累了，背负着三十八万百姓的命，每天都不敢让自己空闲下来，因为只要空闲下来，那种海潮般的窒息感就会追上他。

"你说你这是何必呢，你只是一个手无缚鸡之力的文官，什么都做不成，那三十八万百姓也没让你报仇啊。"

许七安整理着郑兴怀的遗容，想为他合上眼睛，可怎么都做不到，那双暴凸的眼睛，依旧死死盯着浑浊的人世间。

"你每天那么努力地去游说，可人家总是爱答不理。我当时想和你说一句话，人类的悲欢并不相通，他们只觉得你吵闹。

"郑大人啊，京城的诸公，并没有和你我一般，经历过楚州屠城案，他们无法像你这样的。年年都有灾情，年年都有无数人饿死冻死，亲眼看到和在折子上看到，并不是一回事。

"好不容易从楚州屠城里活下来，一头扎到京城，原以为朝廷会还三十八万百姓一个公道,还你一个公道,却不料赔上自己的性命。唉,百无一用是书生,说得半点没错。

"我当日能为张巡抚拼命,原想着这次也要为你拼命,只是我还没找到办法,你就已经去了。也好,人生悲苦,你这一生过得真不咋样。"

整理完了,许七安站起身,后退几步,朝着这位可悲可敬的读书人,深深作揖。

地牢外,聚集着一群披坚执锐的甲士。

大理寺丞带着外人进入衙门,原本倒也不算大事,但地牢是重地,除非得了寺卿、少卿等高官的手书,否则任何人都不允许擅自进地牢。狱卒当然拦过,但被许七安一脚踹飞,就没敢再以卵击石,跑去通报大理寺卿。

大理寺卿站在前方,负手而立,身后是衙门的守卫。他阴沉着脸,足足等了半刻钟,才看见许七安出来,看见这个年轻人出乎意料地平静,脸上无喜无悲。

"许七安,你擅闯大理寺监牢,本官就算将你就地格杀,魏渊也不会说什么。"大理寺卿先发制人,喝道。

拎着刀的年轻人没有搭理,自顾自地离开了。

这把刀,原本是要杀畜生的,只是晚了片刻,没有赶上。如果有谁想试试它的锋芒,许七安不会拒绝。

"寺卿大人……"侍卫长低声道。

大理寺卿正要吩咐侍卫们拿人,袖子忽然被扯了一下,扭头看去,是大理寺丞。大理寺丞深深地看着他:"大人也只有一条命,为何不爱惜呢?"

大理寺卿悚然一惊,后背汗毛竖起。

皇宫,御书房。

护国公和曹国公回宫复命。

"陛下,郑兴怀已死,此案可以定了。"曹国公恭声道。

"只是诸公那边,如何应对?"阙永修还是有些不放心。

诸公能原谅镇北王,那是因为镇北王陨落了,而现在,他全须全尾地返回京城。魏渊和王首辅第一个不会放过他。

元景帝淡淡地道:"朕会派一支禁军到护国公府,保护你的安全,你无须担心暗杀。另外,镇北王随你回来的那些密探,暂时由你调度,留在你的国公府。"

阙永修这才松口气,如此森严的护卫力量,足以保他平安,不用担心遭暗杀。至于朝堂中的刀光剑影,他只需低调些,不争不斗,再有陛下庇佑,纵使魏渊和王首辅手眼通天,也休想把火烧到他这里。

熬过这段时间,前程依旧锦绣。

心事一了,阙永修如释重负,由衷地笑了起来:"陛下英明神武,这番连消带打,轻易便动摇了文官们。再趁他们犹豫不决时,快刀斩乱麻,让郑兴怀畏罪自杀,不给诸公留后路。这下,他们也只能捏着鼻子认了。"

不过陛下也做出了足够多的退让,满足了一部分人的胃口,否则就算是陛下,也独木难支。阙永修对元景帝心悦诚服。

"镇国剑虽被使团带回京,但那位神秘高手行踪不明,若是能再找到他,派兵讨伐,为淮王报仇,此事便圆满了。"曹国公叹息道。

闻言,元景帝脸色略有阴沉,顿了几秒,他缓缓说道:"明日召开朝会,为楚州案盖棺论定,在这之前,你让人把郑兴怀畏罪自杀的消息散布出去。"

曹国公笑道:"是!"

内阁。

御书房的小朝会结束后,王首辅便召集了五位大学士,共同商讨郑兴怀入狱的后续。

"淮王已死,也就罢了。可这阙永修是屠城的刽子手之一,陛下此举,实在让人……"武英殿大学士钱青书忍住了,转而叹息道,"还是想想怎么救郑大人吧,此等良臣,不该蒙受不白之冤。"

建极殿大学士有些急躁,怒道:"郑兴怀就是犟脾气,为官一方可

· 39 ·

以,在朝堂之上,他什么事都做不了。"语气里颇有哀其不幸,恨其不争之意。

"但正是因为这样才可敬,不是吗?"东阁大学士赵庭芳,吐出一口气,沉吟道,"陛下不是想给镇北王平反吗,不是想保留皇室颜面吗,那我们就答应他,条件是换取郑兴怀无罪。"

"只要定了郑兴怀的罪,对陛下来说,此案便完美收官,他会同意?"建极殿大学士怒道。

"那就再闹!"赵庭芳指头敲击桌面,铿锵有力。

王首辅轻轻摇头:"没用的,现在和之前不一样了,乍闻噩耗,文武百官俱是惊怒。而今那股子气过了,又得了好处,又能让屠城丑闻变成朝廷扬名的大捷,如何取舍,可想而知。"

钱青书叹息一声,沉吟道:"首辅大人认为该如何?"

王首辅道:"阙永修安然回京,必然会激起一些人的怒火,我们可以暗中游说那些人,联名抗议。但要求要降低些。

"阙永修今晨在街上捧着血书,状告郑兴怀,闹得尽人皆知,这时候再争取郑兴怀无罪,两边都不能信服,陛下也不会同意。"

大学士们微微颔首。确实,矛盾激化到这个地步,再给郑兴怀"洗白",别说陛下不同意,就算是百姓也会觉得荒诞,那到底是谁对谁错?此事处理不好,朝廷就成为笑柄了。

王首辅叹息道:"郑兴怀依旧有罪,但可以偷梁换柱,用死囚易容替代。只要陛下同意,此事便可为。

"咱们能做的,就只有保他一命。"

大学士们虽有不甘,但也只能点头。

这时,一位吏员匆匆进来,把一张纸条递给王首辅,复而退去。王首辅展开纸条一看,倏地愣住,半天没有动静。

"郑兴怀,死在狱中……"老首辅把纸条轻轻放在桌上,疲惫地撑起身子,退出会议厅。

他的背影,宛如风烛残年的老人。

打更人衙门。

南宫倩柔正襟危坐,一句话都不敢说。纵使是四品武夫的他,此时此刻,竟有些喘不过气来的感觉。

一切原因,皆因那张刚刚递上来的纸条。见到这张纸条后,魏公便再没有说过一句话,甚至连一个生动的眼神都没有,宛如一尊雕塑。

南宫倩柔跟着魏渊这么多年,极少见他这般沉默,沉默中酝酿着可怕的风暴。

上面记录着一个简短的消息:郑兴怀于狱中被杀。

真简短啊,堂堂一州布政使,二品大员,死后在情报上留下的,也就这几个字。史书上会怎么记载他呢?大概字数会多一点,勾结妖蛮,害死满城三十八万人,害死大奉镇国之柱。遗臭万年。

真是个可笑的世道……南宫倩柔心里冷笑一声。他作为旁观者,也只剩这些感慨,可笑的不是世道,而是人。

史书鸿篇浩瀚,里面有多少像郑兴怀这样的人?之所以会有这么多冤案,终究是因为没有人敢站出来吧。

"殿下,二公主要见你。"侍卫长敲开怀庆书房的时候,怀庆心情正糟糕着,闻言便皱了皱眉。这个时候如果临安再来挑衅她,烦她,她会控制不住自己的情绪。

"让她去会客厅等着,本宫换身衣服便过去。"打发走侍卫长,怀庆把纸条烧掉,换了一身素白如雪的宫裙,来到会客厅,见到了一身大红的妹妹。她旋即吃了一惊。

以前的临安是活泼的,明媚的,叽叽喳喳像只小麻雀,时不时扑过来啄你一口。虽然每次都被怀庆随手一巴掌拍在地上,但她总是乐此不疲地重新飞起来,试图啄你一脸。可她现在看见的临安,像一朵皱巴巴的小花,鹅蛋脸黯淡无光,桃花眸低垂着,像一个自卑的、无助的小丫头。

"如果你想问,郑兴怀是不是死了,那我可以明确地回答你,是的。"怀庆淡淡道。

临安点了点头,目光愣愣地看着地面,轻声说:"我,我不太舒服……我也不知道为什么,就是,就是有点不舒服,还很害怕……"

是这件事对她的冲击太大了。大奉承平日久,国舅没死前,后宫一派和谐……怀庆淡淡道:"没什么大不了,你读书太少,多读些史书,便知此为常事。越是血腥不公之事,越是寥寥几笔。"

"你,真的是这么想的?"临安瞪着她。她因为郑兴怀的死,因为楚州城三十八万亡魂,心里的愧疚感要爆炸了,整个人抑郁难安。这个时候,临安就想起怀庆,怀庆是她一直要赶超的姐姐,所以,她想来看看,看看怀庆是如何面对这件事。现在她看到了,却有些失望。

怀庆走到她面前,居高临下地俯视着,淡淡道:"月盈则缺,水满则溢。万事万物都逃不开盛极必衰的道理。当一个王朝由盛转衰,它必然伴随着无数的血与泪,内部的腐朽,会一点点蛀空它。会有更多这样的事发生。"

临安沉默了一下,仰起头,看着姐姐:"那,那该怎么办?"

怀庆伸手按住临安的脑袋,眼里闪过罕见的温柔:"这时候,会有人站出来的。"

会有人站出来的……临安突然握紧了手。

内城,一家客栈里,大堂。

角落的桌边,李妙真带着拖油瓶女人正在吃饭,她很不喜欢这个女人。倒也不是说她总是颐指气使,这几天过去,这个姿色平庸的女人已经改进很多,能做的事,都自己做。

李妙真不喜欢的是她眼里那股子孤芳自赏的孤傲。好像在这个女人眼里,其他女人都是蒲柳之姿,全天下就她一个美人儿。

可是,明明她才是最平庸的,男人都不屑看一眼那种,除了屁股蛋又圆又大又翘,胸脯那几斤肉又挺又饱满,穿好几件衣服都掩盖不了规模……其实也没什么好羡慕的,那几斤肉,只会妨碍我铲奸除恶……李妙真这样告诉自己。

"他为什么还没来找我?"慕南栀低声说。

"呵,瞧你也是个嫁过人的,就这么恬不知耻地想外汉了?"李妙真没来由地就不开心,冷笑着说。

"只是觉得跟你待在一起无趣罢了。"王妃抬了抬下巴,傲娇地说。

所以说这副心高气傲的姿态是怎么来的?她不知道自己几斤几两吗?李妙真气得牙痒痒,她这几天心情很不好,因为淮王迟迟未能定罪,而到了今天,她又知道郑兴怀入狱了。

总有一天要拎着刀子闯进宫,把元景帝千刀万剐……贰号李妙真愤愤地想。

这时,隔壁有桌人大声说道:"你们知道吗,郑兴怀已经死了,原来他才是勾结妖蛮的罪魁祸首。"

"什么?!"满堂食客看了过来,满脸错愕。

那人言之凿凿地说道:"我有个兄弟在大理寺当差,今儿听说一件事,那郑兴怀于牢中畏罪自杀了。"

堂内顿时炸开锅,竟还真是这样的反转?

那人继续道:"郑兴怀简直禽兽不如,他勾结妖蛮,害死我们大奉的镇国之柱淮王,害死楚州城三十八万百姓。

"而后,蒙蔽使团,进京告状,这是对淮王有多大仇?我听说啊,他在楚州时,私吞军田,贪污受贿,被淮王教训了很多次,于是耿耿于怀。这一次之所以勾结妖蛮,就是因为淮王搜罗了他的罪证,要向朝廷弹劾他……"

说到这里,那人挤出眼泪,扼腕叹息:"我等虽为平民,却是不齿这种人。可惜了淮王,一代豪杰,下场凄凉。"

食客们大惊失色,顾不得吃饭,激烈讨论起来。

"不可能吧,淮王屠城的消息是使团带回来的,是许银锣带回来的。"

"对啊,许银锣断案如神,岂会冤枉淮王?"

"我们不信。"

"呵,你们不信便不信,等明日朝廷发了告示,便由不得你们不信。"

"呸,除非是许银锣亲口说,不然我们不信。明日等消息便是。"

李妙真的筷子啪嗒一声掉落。

许七安……王妃心里一沉,她率先想到的不是别的,而是那个讨人厌的许七安。耳边,似乎又回荡着他说过的话:我要去楚州城,阻止他,如果可能的话,我要杀了他……

这一天,京城到处都在传播着楚州布政使郑兴怀畏罪自杀的消息,在别有用心者的描述里,郑兴怀勾结妖蛮,害死镇北王,害死楚州城三十八万百姓。然后,倒打一耙,把罪过推给镇北王,要让大奉的镇国之柱身败名裂。

对于这些流言,有人错愕,有人不信,有人迷茫……

市井百姓不知道内幕,更不懂其中的波折和钩心斗角,在遇到这种不知道该相信谁的事件里,普通人会本能地在心里寻找权威人物。权威人物的表态,才是他们肯相信的事实。

目前来说,在这方面堪称权威的、市井百姓能立刻想起来的,似乎只有许七安一个。

不过,他现在刚从司天监出来。监正还是没见他,许七安也没打算见监正,他只是托采薇给监正带句话而已。

司天监楼外,恒远和楚元缜等着他。

额前一抹白发的剑客,笑眯眯地说道:"你可愿随我行走江湖?"

许七安咧开嘴:"西域胡姬润不润?"

楚元缜无奈道:"我早不近女色。"

许七安朝他们挥挥手:"会有那么一天的,但不是现在。"说完独自离去。

黄昏前,许二郎和许二叔,带着家中女眷出城。

次日,朝会。

衮衮诸公踏入金銮殿,未等多久,元景帝便来了,他似乎有些迫不及待地想要上朝。

元景帝坐稳了,老太监踏前一步,高声道:"有事启奏,无事退朝。"

无人说话,但这一刻,朝堂上无数人的目光落在大理寺卿身上。

大理寺卿硬着头皮,出列,作揖:"微臣有事禀报。"人是死在大理寺的,这件事必须由他来说。

元景帝嘴角泛起笑意:"爱卿请说。"

大理寺卿略有停顿,然后朗声道:"楚州布政使郑兴怀,于昨日午时,牢中畏罪自杀。"

金銮殿静得可怕。

元景帝嘴角笑容愈发深了,道:"众爱卿觉得,此案,如何定论?"

左都御史袁雄出列,道:"既已经畏罪自杀,那楚州案便可以结了。楚州布政使郑兴怀,漳州人士,元景十九年二甲进士。此人勾结妖蛮两族,害死镇北王以及楚州城三十八万百姓,当诛九族。

"郑兴怀尚有一子,于青州任职,朝廷可发邸报,着青州布政使杨恭,捉拿其全家,斩首示众……"

元景帝环顾众臣,朗声问道:"众爱卿有何异议?"

没人说话。

元景帝笑了起来,得益于他多年来的制衡之术,朝堂党派林立,便如一群乌合之众,难以凝聚。他往日里高高在上,任由这些人斗,确实是斗争激烈,花样万变。可当自己这位九五之尊下场,这群乌合之众,终究只是乌合之众。

他的意志,就是大奉最高意志。

这群人竟妄想把皇室脸面踩在脚下,让天下人唾弃。可笑!

群臣里,阙永修差点控制不住自己的笑声,脸上难掩愉悦。魏渊也好,王首辅也罢,以及其他文官,终究是臣子,手段再怎么高超,在陛下眼里,也不过尔尔。此案之后,他不但平安度过,还能论功行赏。护国公爵位传到现在,终于再次于自己手中崛起。愉悦的时间很快过去,直到老太监高喊着"退朝",阙永修便知道,此事已尘埃落定,魏渊和王首辅回天无力。

诸公出了金銮殿,步伐匆匆,似乎不愿多留。

"曹国公,夜里去教坊司耍耍吧,在北境多年,我都快忘记教坊司姑娘们的水灵了。"阙永修心情不错地找曹国公攀谈。

曹国公皱了皱眉,他这样的身份,是不屑去教坊司的,家中美貌如花的女眷、外室,数不胜数,自己都临幸不过来,但看阙永修一脸盛情,曹国公便点头道:"行!"说完,他又摇头,"你这几日还是别出门了,留在府上,若是想睡教坊司的女人,便让她去护国公府就成。何须自己前去?"

阙永修想了想,觉得有理:"那我便在府中设宴,邀请同僚好友,曹国公一定要赏脸前来。"

"那是自然……"曹国公笑着应是,突然注意到前方文官们停了下来,聚在午门前不走。他心里涌起不祥预感,低声道,"走,过去看看。"

阙永修有些茫然,随着他一起前去午门口,挤开人群,只见午门外,站着一个人。此人一身布衣,身材昂藏,挂着刀,站在午门外,挡住了群臣的去路。在他不远处,站着一袭白衣,一袭红衣。

"许七安,你又挡住午门做甚?你这次想干什么?"刑部孙尚书,条件反射般地喊了出来。

文官们惊怒地审视着他,如此熟悉的一幕,不知勾起多少人的心理阴影。尤其是孙尚书,他已经被姓许的作诗骂过两次。

许七安?他就是楚州屠城案时的许七安,听曹国公说,是郑兴怀的支持者……阙永修皱了皱眉,诸公话里的意思,此人堵过一次午门?

许七安环顾群臣,目光平静:"哪个是阙永修?还有曹国公,你们俩出来。"

曹国公皱了皱眉,不祥预感更甚。

"呵,这人竟如此胆大包天,这是想骂我吗?以为有魏渊做靠山,以为骂过文官一次,就可以骂我?"护国公阙永修嗤笑一声,眼神阴冷,"当本公和那些文官一样,只会动嘴皮子?"

曹国公沉声道:"这人修为不弱,也不知道发什么疯。"

阙永修嗤之以鼻,忽然说道:"你说我在这里斩了他,陛下会不会怪罪?"

闻言,曹国公也露出笑容:"只要你能激他动手,他便必死无疑!嗯,这小子仗着有魏渊撑腰,在京城肆无忌惮,耀武扬威。"

"那是他没遇见我,本公沙场征战多年,最喜欢折磨这种刺儿头。"

阙永修冷笑着,与曹国公并肩走到了群臣之前,望着拄刀而立的年轻人,打趣道:"本公便是你要找的人。怎么,要骂人啊?听说你许七安很能作诗,倒是给本公来一首,说不定本公也能名垂青史呢。"

阙永修和曹国公大笑起来。

言罢,见拄刀的年轻人岿然不动,阙永修觉得火候不到,继续嘲讽:"魏公,你这教人的水准不够啊。瞧瞧这没规矩的小子,擅闯午门,无法无天,如果你不会教,那本公替你教一教如何?"

魏渊沉默不语,无言地看着许七安。

"我今天不骂人。"许七安叹息一声,"我是来杀人的。"

曹国公和众官员脸色大变。

"哈哈哈……"阙永修觉得自己听到了天大的笑话,狂笑道,"他说要杀人,你们听听,他说要杀人,在午门前杀人。"

笑着笑着,他突然愣住,愕然转头,发现群臣们齐刷刷地后退。这些人里,有六部尚书,有六科给事中,有翰林院清贵……他们可都是京城权力巅峰的人物,竟对一个小小银锣如此忌惮?

魏渊和王首辅没动,目光冷淡地看着他。

这……阙永修一凛,旋即看向曹国公,发现他已经悄悄退去十几丈。他再重新看文官们的表情,这个时候,他终于发现了一丝不对劲,他们的眼里,带着几分憎恶、几分嫌弃,以及……几分期待?!

"禁军呢?来人,来人,给本公拿下此獠。"阙永修大喝道。

不远处的禁军齐刷刷地冲了过来,将许七安团团包围,拔刀的拔刀,横矛的横矛。

阙永修沉稳地挥手:"此贼在宫中扬言杀本公,速速拿下,交给陛下发落。"

禁军没动。

"拿下他,本公的命令不管用了吗?"阙永修大怒。

这时，人群里传来小声的提醒："他，他有免死金牌……"

阙永修瞬间瞪大眼睛，他明白了，明白为何诸公会退，明白禁军为何不动手。禁军是保护皇帝的，皇帝生命没有受到威胁时，他们不会和一个手握免死金牌的人死斗。

免死金牌又怎样，我不信他敢在宫中动手……阙永修并不怕，他自身便是五品高手，虽然上朝不佩刀，但也不至于毫无还手之力。

这时，许七安从怀里取出一页纸，抖动点燃，沉声道："禁锢！"

阙永修和曹国公的身体陡然一僵，无法动弹片刻。许七安拎着刀，一步步走向两人。

王首辅沉声道："许七安，不要自误，护国公是一等公爵，开国元勋之后，他要有什么闪失，你负不起责的。"

御史张行英大急："魏公，快劝阻他。"

魏渊不动。

许七安走一步，文官们便退一步，把曹国公和护国公凸显出来。

咔咔……许七安挥舞着刀鞘，敲碎了护国公和曹国公的膝盖骨。

人虽不能动，疼痛却不打折扣，曹国公和护国公脸色一白，大声惨叫。

阙永修看向群臣，大声求助："你们快阻止他，快阻止他啊！大家同朝为官，你们不能见死不救。一个武夫敢在午门外杀人，满朝诸公无人敢站出来说话，你们，你们想被天下读书人耻笑吗？"

一位春闱新晋的年轻官员被话一激，下意识地就要挺身而出，制止许七安的暴行。岂料，他身边的刑部孙尚书，突然飞起一脚把他踹了回去。

六部尚书、侍郎、六科给事中等等，这些有资格进入朝堂的大臣们，竟默契地选择了沉默，没有一个人说话。即使是与许七安有仇的，也没有说话。

阙永修看懂了，这些黑心的读书人，是想借刀杀人。他们都想自己死。

许七安把佩刀挂回后腰，做了个谁都没看懂的动作，他朝着西边的天空,招了招手,然后,拎着曹国公和护国公的衣领,往外走去。

寝宫里。

结束早朝的元景帝刚回御书房,便有侍卫风风火火地冲了进来,也不通传,站在门口大喊道:"陛下,许七安又堵在午门了,扬言要杀护国公和曹国公。"

元景帝勃然变色,震怒道:"他想造反吗?曹国公和护国公如何?"

"被带出皇宫了。"侍卫焦急回应。

"速速调动禁军高手,阻拦许七安,如有违抗,直接格杀!"元景帝大吼道。等侍卫离去,他站在大案边,脸色阴晴不定。

压服了魏渊,压服了王首辅,压服了朝廷诸公,竟忽略了这么个小人物。

"他竟敢忤逆朕,胆大包天,胆大包天……"元景帝沉沉低吼一声,把桌上的案牍、文件、笔墨纸砚,统统扫落于地。这位九五之尊仍怒火未消,一脚踹翻桌案。

得了皇帝旨令后,宫中的高手带着数百名禁军冲出宫门,策马狂奔,沿着街道疾追。禁军队伍在皇城的街道上追到许七安。

"拦住他!"其中一个禁军头领见到两位国公完好,心里松口气,从马背上纵身跃起,飞扑许七安。

咻!这时,一道飞剑突兀袭来,剑光煌煌。

禁军头领抽出佩刀,与飞剑硬拼一记,虽未受伤,但被阻拦住了。

半空中,李妙真长发飘飘,浮空而立,俏脸如罩寒霜。李妙真是从临安府出来的,她昨夜便一直宿在城中。

天宗圣女……禁军头领又惊又怒:"我来对付李妙真,你们去拦截许七安。"

这里追击出来的,不只有他一位高手。当即,便有三名强者从马上跃起,鼓荡气机,御空追击而去。

唰!当是时,一道剑光亮起,斩在三个强者身前,斩出深深沟壑。

临街的屋脊上,站着一位青衫剑客,负手而立,笑容冷淡。

"楚元缜,你要反了朝廷?你想成为通缉犯吗?"三个禁军强者识得楚元缜。

楚元缜冷笑道:"这里可是皇城,住的都是达官显贵,尔等若想背责任,大可与我一战。反正楚某孤家寡人,大不了此生不入大奉国境。"

三个禁军强者大怒,咬牙切齿。

京城是天子脚下,又是内城,这里的百姓可比外头的要金贵,如果因为他们三人,导致百姓被波及,大量死亡,这个责任绝对会落到他们头上。

察觉到这边的气机波动,皇城内,一道道强横的气息苏醒,产生应激反应。皇城里住着的都是公卿王侯,有的自身便是高手,有的府里养着客卿,都不是弱者。而皇宫那边,有更多强横的气机波动传来,那是后续赶来的高手。

"咱们好像捅马蜂窝了……"楚元缜传音道。

"怕死就滚!"李妙真脾气暴躁地回复。

"阿弥陀佛!"这种事,当然少不了恒远,他从另一侧的街道里拐出来,沉声道,"李道友为何不捎我一程?"

他也是提前就潜入皇城了,也是躲在临安府里。只是李妙真方才御剑时没有捎上他,所以来得晚了片刻。

李妙真没好气地道:"逃命的时候再说。"

天色已经亮了,内城的街道上,行人渐渐多了起来。

许七安踩着李妙真递的飞剑,一气冲出皇城,轻飘飘落在内城的街道。然后,他拎着两位国公爷招摇过市。

路边的行人,最先注意到的是穿公爵朝服的曹国公和护国公。

"咦,这不是许银锣吗?不穿打更人差服我差点没认出来。"有人惊喜地喊道。

"他手里拎着的是谁?这,这是蟒袍吧?大人物啊……"

"我认识那个人,独眼的,他是昨日进城的护国公阙永修。"

"就是状告楚州布政使郑兴怀勾结妖蛮害死镇北王的护国公?"

寻常百姓很难认识公爵,比如曹国公他们就不认识,但护国公昨日可是出尽风头,招摇过市,给内城百姓留下深刻印象,所以一眼便认了出来。

"许银锣拎着他做什么,这可是公爵啊,这,这到底发生什么事了?"

"甭管做什么,那人是什么公来着?肯定涉及楚州案了,我去喊家里的婆娘出来看热闹。"

"媳妇,你帮忙看着摊,我跟去看看。"

"可是,当家的,我也想去看……"

街边的行人指指点点,惊奇地看着这一幕,凑热闹心态地跟上许七安。甚至有摊主弃了摊位,一脸好奇地跟着。

倒也不是单纯地看到热闹就凑,只是事关许银锣,手里拎的又是昨日招摇过市的公爵,没有人能抵挡住好奇心。

人流汇聚,越来越多,渐渐地,变成了汹涌的人潮。

这就是许七安想要的,一刀斩了阙永修固然爽利,却不是他想要的结果。

终于,他拎着两位公爵,来到了菜市口的刑场。刑场设在菜市口,主要原因便是这里人多,所谓斩首示众,人不多,如何示众。

菜市口的百姓立刻注意到了许七安,准确地说,是注意到了汹涌而来的人流。

"怎、怎么回事?"菜市口这边的百姓惊呆了。

"那不是许银锣吗?"

菜市口,人潮汹涌。

许七安把曹国公和护国公丢在刑台,抽出刀,割断他们的手脚筋。接着,他双手各自抓起曹国公和护国公的头,让他们抬起脸,许七安笑了:"看,这么多人,今天死了也值得。"

阙永修骇得脸色发白:"我,我是一等公爵,是开国元勋之后啊。

你,你不能杀我,你杀了我,大奉再无你立足之地。"这位征战沙场的都指挥使,此刻还能维持住军人的沉稳,连声道,"不要一错再错,本公还没死,一切都可以挽回。本公会向陛下求情,让陛下宽恕你,本公发誓……"

他还有大好的前程,他刚刚在朝堂赢得胜利,他不能就这样死去。

曹国公咽了咽口水:"许七安,你该知道陛下是什么样的人。杀了我们,就算有免死金牌也救不了你。放了我们,尚有回旋的余地。"

许七安笑了笑:"我要忌惮他,便不带你们俩过来了。"

他的眼神平静,语气温和,但曹国公心里的恐惧却炸开,磕头如捣蒜:"许银锣,是本公错了,求求你放过我,放过我……都是护国公阙永修和陛下的错,是他们制造了屠城惨案,是他们,是他们啊。"

"闭嘴!"阙永修大喝。

"该闭嘴的是你!"曹国公面目狰狞,"你不了解他,你不在京城,你根本不了解他,他就是个疯子,是疯子,他,他真的会杀了我们的。"

"说大声点,告诉这些百姓,是谁,屠了楚州城!"许七安抽出刀,架在曹国公脖颈。

冰冷的刀锋仿佛把血管凝结,曹国公脸色发白,嘴皮子颤抖,崩溃地叫道:"是镇北王,是护国公阙永修,是他们屠了城!"

"还不够!"许七安淡淡地道。

"还有陛下,还有陛下,他知道一切,他知道镇北王要屠城……别杀我,求求你别杀我。"曹国公痛哭流涕。

哄的一声,周遭的百姓炸锅了,他们听到了什么?

屠杀楚州城三十八万百姓的,是镇北王和阙永修,而他们的君王,他们的陛下,纵容了这一切?

"难怪郑布政使会死,是被他们害死的!"有人红着眼,大声喊道。

"陛下他,他纵容镇北王屠城……"

一张张脸,瞠目结舌;一双双眼睛,闪烁着痛恨和茫然。他们没有想到,跟过来看热闹,会看到这样的一幕,会听到这样的话。

大奉亲王屠城,大奉皇帝默许。

那有朝一日,是不是,也会把屠刀对准他们?

当场,千余名百姓,密密麻麻的人潮,他们心里,有什么东西坍塌了。

这时,菜市口周边的屋脊上,一道道身影腾跃而来,他们有的穿着禁军的铠甲,有的穿着常服,但气息都一样的强大。

"陛下有令,诛杀许七安!"十几道身影腾空而来,气机宛如掀起的海潮,直扑许七安。

人群后,马蹄声如雷震动,禁军们策马而来,挥舞鞭子驱赶人流。

护国公阙永修狂喜,呼喊道:"快救本公,杀了此獠!"

曹国公绝望的眼神里迸发出亮光,继而是翻涌的恨意,恨不得把许七安千刀万剐。

恰是此时,一道清光从天而降,叮一声嵌入刑台。

清光一闪,那些扑杀而来的高手如遭雷击,齐齐震飞,于半空中鲜血狂喷。

"终于来了!"许七安如释重负。

那是一柄刻刀,古朴的、黑色的刻刀。在纸张没有出现的年代,那位儒家圣人,用它,刻出了一部部传世经典。他离开皇宫前,召唤过它了,昨日便已取得院长赵守的同意。

刻刀荡漾着清光,于刑台前组成光罩。

许七安一脚踏在曹国公后背,环顾场外百姓,一字一句,运转气机,声如雷霆:"曹国公构陷忠良,助纣为虐,协同护国公阙永修,杀害楚州布政使郑兴怀,按照大奉律法,斩首示众!"

黑金长刀抬起,重重落下。人头滚落,鲜血溅出刑台,于百姓眼中,留下一抹凄艳的血色。

曹国公伏诛。

"不……"绝望的咆哮声从阙永修口中发出,曹国公的死,深深刺激了他。

曹国公说得没错,这是个疯子,疯子!

"许七安,许银锣,许大人,本公知错了,本公不该被镇北王蛊惑,本公知错了,求求你再给本公一个机会,别杀我……"阙永修哭喊着。

他在无数百姓面前认罪了,他在众目睽睽中痛哭流涕。

"原来你也会怕!"许七安冷笑,"是啊,谁都怕死。就如同你用长枪挑起的孩子,如同你下令射杀的百姓,如同被你活生生勒死在牢里的郑大人。"

"你们快救本公,你们快救本公啊,求求你们,快救本公!"巨大的恐惧在阙永修心里炸开。他朝着被刻刀的清光震伤的高手,发出绝望的哀号。

他知道,头顶悬起了屠刀。他知道,许七安杀他,是为楚州屠城案,为郑兴怀。可他不知道,为什么这个人,要为不相干的百姓,做到这一步?

许七安的屠刀没有落下,他还要宣判护国公的罪孽,他的刀,杀的是该杀的人。

"楚州都指挥使、护国公阙永修,与淮王一同勾结巫神教,残杀楚州城,屠戮一空。血债累累,不可饶恕。

"事发后,与元景帝合谋,构陷楚州布政使郑兴怀,将之勒死于牢中。血债累累,不可饶恕。今日,判其,斩——立——决!"

噗,手起刀落,人头翻滚而下。

世界翻转中,阙永修看见了蔚蓝的天空,看见了自己的尸体,看见冷笑而立的许七安。

"饶……"头颅滚在地上,嘴唇动了动,而后,无边无际的黑暗吞噬了他。

呼……许七安长长地吐出一口气,就像吐尽了胸中块垒。

一双双眼睛看着他,明明人潮涌动,却寂静得可怕。

在这样寂静的场合里,许七安的手伸进怀里,摸出了象征他身份的银牌,一刀斩断,哐当,化作两半的银牌坠落。他挂着刀,猖狂地笑着:"魏公,许七安……不当官了。"

远处的屋脊上,那一袭红衣,捂着嘴,泪如雨下。

她身后,今日特意穿着素白长裙的怀庆,怔怔地望着刑台上肆意大笑的身影。

人群之外,一个姿色平庸的妇人来迟了,没能挤进汹涌的人潮里。她便站在外边,听着远处那个男人宣布罪行,听着他说不当官了,听着他猖狂大笑。慕南栀突然觉得,她是幸运的。

人群里,突然挤出来一个汉子,是背牛角弓的李瀚,他双膝跪地,号啕大哭:"多谢许银锣铲除奸臣,还楚州城百姓一个公道,还郑大人一个公道!"

申屠百里、魏游龙、赵晋、唐友慎、陈贤夫妇……这几个护送郑兴怀回京的义士,一起挤出人群,跪于台前。

"多谢许银锣铲除奸臣,还楚州城百姓一个公道,还郑大人一个公道。"

这一幕深深烙印在周遭百姓眼里。

看着台上洒脱磊落的年轻人,人群里响起了哭泣声。

这是一个年轻人,用自己的热血,用自己的前程,甚至生命,换来的公道。

这一幕,后来被载入史册:

大奉历,元景三十七年,初夏,银锣许七安斩曹国公、护国公于菜市口,为楚州屠城案盖棺论定,七名义士于刑台前长跪不起。

第387章

认错

铮！许七安手腕一抖，黑金长刀发出轻鸣，在刑台抖出一道凄艳的血迹。他目光徐徐扫过跪于台下的七名义士，扫过禁军，扫过黑压压的百姓，深吸一口气，朗声道："今日，许七安斩二贼，不为泄愤，不为私仇，只为胸中一口意气，只为替郑大人雪冤，只为告诉朝廷一句话……"

一道道目光看着他，场面寂静无声，默默聆听。

许七安语气铿锵有力，却又带着难言的深沉："天若有情天亦老，人间正道是沧桑。"

许七安的目光掠过在场的人群，看向远处蔚蓝如洗的天空，白色的云层间，似乎又看到了那个刻板的身影，朝着他躬身作揖。

许七安还了一礼，许久没有抬头。

郑大人，一路走好。

天若有情天亦老，人间正道是沧桑……远处屋脊，白衣如雪的怀庆娇躯一颤，嘴里喃喃念叨，有些痴了。

人间正道是沧桑，这就是你心里坚守的信念吗，许七安？人群外，姿色平庸的妇人，捧着心口，听得见它在怦怦狂跳。

菜市口周遭，群聚而来的百姓，发出一阵阵哭声，他们或低着头，或抹着眼泪,哀泣声不断。

"爹,你为什么哭啊,大人们为什么都哭了?"一个不太拥挤的位置,稚童抬起脸,眨巴着眼睛。

男人把孩子抱起来,放在肩膀上,低声说:"看着那个男人,记住这句话,一定要记住这句话,也要记住他。以后,不管别人怎么说,你都不许说他坏话。"

"他是谁,我为什么要说他坏话?"稚童好奇地问。

"他是大奉的英雄,但是今天之后,他,很可能变成'坏人'。"

许七安收刀回鞘,锵一声拔出钉在台上的刻刀,攥在掌心。刑台周边的十几位高品武夫,惊得连连后退。他置之不理,视若无物,跨下刑台,一步步往外走。过程中,轻轻打开李妙真赠的特殊香囊,将两条亡魂收入袋中。

堵满街道的百姓,黑压压的人潮,自觉地退开,让出一条笔直的通道。

"许银锣,受老夫一拜。"一位头发花白的老儒生,拱手作揖。

"许银锣,受我等一拜。"

没有组织,没有呼吁,在场的百姓拱手作揖,动作不够整齐,但他们发自肺腑。

屋脊上,怀庆俯瞰着这一幕,恍惚了一下。她是皇帝的长女,堂堂公主,别说千人俯首,便是万人她也见过。比如那位一国之君的父皇。可是,旁人不过是敬畏他的权力,敬畏他身上的龙袍。唯有许七安,百姓敬他,爱他,是发自内心,不为其他,只为他这个人。

堵住道路的禁军骚动起来,望着迎面而来的年轻人,一时间不知道该出手,还是避退。他们忍不住看向了三名统领,发现统领和其他武夫,竟站在远处一动不动,丝毫没有阻止的意思。

唏律律……马匹低鸣着,朝两侧退开,让出道路。

走出几百步,许七安停了下来,遥望皇宫方向。

水能载舟,亦能覆舟,你不认错,自有人逼你认……

此时,午门外,群臣并没有散去,耐心地等待消息传回。

而且,如果城中真的爆发大战,肯定是待在皇宫里最安全。皇宫里有很多高手,虽然他们平日里并不高调。皇宫背靠禁军大营,百战、神机、骑兵三大营,共十万禁军,是直属于皇帝的军队。最后,武将和勋贵里面,其实有很多高手,如阙永修这样的五品并不少。

文武百官们交头接耳,讨论着此事如何收尾,曹国公和护国公两位公爵是死是活。但都有些心不在焉,目光频频望向宫门方向。

终于,一位甲士按着刀柄,从宫外飞奔而来。

王首辅迈步上前,拦住甲士,沉声问道:"宫外情况如何,禁军可有制服许七安,曹国公和护国公是否安全?"

这位禁军是给皇帝报信去的,并不愿搭理王首辅,闪了个身避开,继续往前。但是,几位武将横在身前,呵斥道:"说!"

啪啪啪的脚步声,数百名品级不一的文臣武将,齐步上前,拥了过来。

甲士一下子受到了自己职位不该有的压力,硬着头皮道:"曹国公和护国公被拉到菜市口斩首了。"说完,快步离去。

曹国公和护国公被拖到菜市口杀了⋯⋯这个消息,让在场的文武百官半天说不出话来。

虽然对许七安的为人,在场的官员心里有数,尤其是与他作对过的孙尚书、大理寺卿等人。可当真正确认曹国公和护国公被斩首示众,他们依旧心生荒唐之感。

"真是个无法无天的匹夫啊⋯⋯"有官员喃喃道。

"他是个可恨之人。"孙尚书看了那人一眼,顿了片刻,补充道,"但也是个可敬之人。"

周围,几个和孙尚书交好的文官,难以置信地看着他。

孙尚书淡淡地道:"我是恨不得把此子千刀万剐,但那只是个人的私怨。阙永修助纣为虐,屠杀无辜百姓三十八万,才是天理难容的恶徒,杀得好,杀得妙。"

杀得好,杀得妙⋯⋯很多文官心里默默说了一句。

他们之中,有人愿意为利益妥协;有人不敢违背皇权;有人事不关己,明哲保身;有人心里义愤填膺,迫于形势选择沉默。

但是非对错,人人心里都有一杆秤。

魏渊和王首辅对视一眼,没有惊讶,似乎早就预见了事情的发展。

"一天时间够不够?"魏渊淡淡道。

"足矣。"王首辅轻轻颔首。

寝宫里。

元景帝背对着门口,一言不发地负手而立,身侧的老太监微微垂头,大气不敢出。

他伺候元景帝多年,深知这位帝王的性情,他会为了发泄情绪掀桌案,但那只是发泄情绪,发泄完了,便不会真正放在心里。可如果他沉默超过一炷香的时间,那便说明这位帝王开始认真了,认真地算计、谋划一件事,如同对待大敌。

真奇怪,明明在处理镇北王案子时,他都没有这般阴沉可怕,反而是许七安劫走两位国公后,他竟如此"失态"。

就算许七安把两个国公杀了泄愤,对陛下来说也没损失,毕竟陛下的目的已经达到。

这时,脚步声快速而来,侍卫停在门口。元景帝霍然转身,沉声道:"说!"

侍卫站在门口,抱拳道:"许七安将两位国公斩杀于菜市口,并、并……"

听到曹国公和护国公被斩,元景帝面现怒色,喝道:"一口气说完!"

侍卫颤声道:"并当着千余名百姓的面,诋毁陛下,称……称陛下纵容镇北王屠城,护国公阙永修操刀。"

元景帝瞳孔骤然收缩,几秒后,他笼在袖中的手微微发抖,他的面庞清晰可见地抽搐起来,一字一句道:"这狗贼还活着吗?"

"他,他进了司天监,统领们未能拦住,因为,因为他手里握着一把刻刀……"

感受到皇帝的怒火,侍卫说话战战兢兢。殿内,寂静得可怕,落针可听。气氛宛如僵凝,老太监甚至连呼吸都不敢,发福的身体微微发抖。

许久后,元景帝毫无感情的声音传来:"即刻派人捉拿许七安家人,押入大牢,听候发落,若是反抗,就地格杀。

"派遣五百禁军,去司天监捉拿许七安。通知内阁,即刻拟出告示,银锣许七安是巫神教细作,借郑兴怀案兴风作浪,坏我大奉皇室名声。"

待老太监领命离开,元景帝低声自语:"气运不能再散了。"

很快,一支禁军策马来到许府,只见大门紧闭。

禁军们踹开大门,杀入许府,却发现早已人去楼空,家具用品一应齐全,但值钱的物件一样没有。这些禁军是精锐中的精锐,倒也没有泄愤般地一通乱砸,仔细搜查后,迅速离去,回宫复命。

另一边,老太监亲自带人赶来内阁,于堂内见到头发花白的王首辅。

"陛下有旨,速速拟告示,银锣许七安,是巫神教细作,借郑兴怀案兴风作浪,坏大奉皇室名声。"老太监语速极快,把元景帝的话,原原本本转达。

王首辅认真听完,点了点头,道:"封还!"

这两个字的意思是:不同意!

内阁有封驳之权,所谓封驳,就是把皇帝不好的、不正确的旨意给打回去。

"您说什么?"老太监怀疑自己听错了,他掏了掏耳朵,"首辅大人,您再说一遍?"

王首辅平静地看着他:"封还。"

老太监脸色阴沉,隐含威胁的声音,说道:"首辅大人,现在是非常时期,您何必在这个时候触陛下霉头?您这位置,可是无数人眼巴巴看着呢。"顿了顿,他语气转柔,"普天之下莫非王土,这天下啊,是陛下的天下,咱们为人臣子,即使心里有意见,收着便好,为何非要和陛下过不去?"

王首辅面无表情地起身,朝外走去。

老太监见他不识抬举,正要发作,便听老人平淡的声音道:"本官身体不适,先行回府,陛下若有事传唤,等明日再说吧。"

"好胆……"老太监气得直哆嗦。他当即乘坐轿子,由侍卫抬着,返回皇宫,直奔寝宫。

寝宫内,檀香袅袅,元景帝盘坐在蒲团,脸色平和,像个没事人似的。他耳郭一动,而后冷淡开口:"交代完了?"

"是……"老太监嗫嚅了一下,小声说,"王首辅把、把您的口谕给打回来了。"

元景帝默然几秒,语气冷淡:"召他来见朕。"

老太监咽了咽口水,声音更小了:"王首辅说身子不适,回府休息去了,还说,陛下若是有什么事,明日再寻他。"

元景帝睁开眼睛,怒极反笑:"老东西,真当朕不敢罢了他。既然身子不适,那便不要占着位置了,通知百官,明日上朝。"

最近期间,朝会一天连一天,比京察时还要频繁,自皇帝修道以来,从未有过如此密集的朝会。

这时,一位禁军统领来到寝宫外,朗声道:"陛下。"

老太监施了一礼,脚步匆匆地出去,与禁军统领交头接耳几句,脸色难看地返回,低声道:"陛下,那许七安的家人,早已提前潜逃,不知去向。司天监那边,观星楼方圆百丈被阵法笼罩,禁军们进不去。"

元景帝冷笑道:"果然早有预谋。"顿了顿,他低声道,"监正还说什么了?"

老太监回答道:"并非监正,是杨千幻出手了,还狠狠讽刺了禁军。"

元景帝反而松了口气。他不再说话,思考着如何挽回局面。

许七安终究只是一个银锣,代表不了朝廷,此番行为可以定义为武夫犯禁,但这还不够,想要让百姓信服,就得给许七安罗织罪名,将他打成巫神教细作。派人在京中散布流言,与朝廷告示配合,如此,远比此獠在菜市口的夸夸其谈要可信。但在那之前,他先要摆平文官集团,而今事情有了反转,许多敢怒不敢言的文官,极有可能"破罐子破摔",所以明日朝会,他要杀鸡儆猴。

王首辅就是他要杀的那只鸡。

司天监,八卦台。

监正站在楼顶,负手而立,白衣翻飞,翩翩然宛如谪仙。

他专注地俯瞰京城,俄顷,会心一笑:"大势已成!"

这时,一道白衣身影出现,背对着监正,负手而立,以最孤傲的语气,说出最恭敬的话:"多谢老师成全,今天我舒服了,嗯,到底发生何事?为何禁军要缉拿许七安,您又为何让我去阻拦?"

监正心情颇为愉悦地说道:"许七安在午门拦截百官,劫走护国公和曹国公,斩两人于菜市口,赢得百姓爱戴尊敬。不过,这也是自毁前程。"说罢,他觉得自己这位弟子不够沉稳,过于浮躁,正好借机敲打,让他醒悟学习许七安是死路一条,"换你,你敢吗?"

杨千幻身体一僵,而后恢复,语气平淡:"原来如此,嗯,老师,我回去修行了。"

竟如此平淡?看来还是分得清轻重的⋯⋯监正欣慰地颔首。

杨千幻身形一闪,消失不见。然后,监正就察觉到杨千幻的气息,飞快朝皇宫遁去⋯⋯

监正脸皮似有抽搐,抬脚一跺。

隐约间,观星楼地底传来杨千幻撕心裂肺的咆哮声:"监正老⋯⋯师,你不能这么对我,不!!!"

今日早晨,发生在菜市口的事件,以迅雷不及掩耳之势传播开,与其他闲时才拿出来说道的事情不同。许七安斩首曹国公和护国公的事件,被当时在场的百姓,刻意地奔走相告。到午膳时,消息传遍内城,又从内城扩散出去,最多黄昏,外城百姓也会知道这件事。

赵二是个混子,整日游手好闲,兜里总留不住银子,不是去赌场过过手瘾,便是花在勾栏的女人肚皮上。这几天他过得特别滋润,因为接了活儿,只需要动动嘴皮子,就有一钱银子的回报,天上掉馅饼般的好事。这个活儿是从一个叫青手帮的帮派里散出来的,专找赵二这样的混子来做,要求很简单,只需要散播云州布政使郑兴怀勾结妖蛮的流言。

今天青手帮又发布了新任务,差不多的谣言,只不过主角换成了银锣许七安。

接到任务后,赵二没有立刻开工,而是去勾栏当了一回散财童子,等到午膳时,他轻车熟路地来到一家大酒楼。这家酒楼他来过两次,两次都是散布郑兴怀勾结妖蛮的谣言。没有什么地方比酒楼更适合"干活",勾栏当然也是合适的场所,但赵二是个喜欢享乐的混子,在勾栏只想……

还有一个重要原因,这家酒楼里住着一位美若天仙的女子,身边总跟着一位姿色平庸的妇人。

赵二跨入酒店门槛,堂内人声嘈杂,坐着许多食客,他环顾一圈,看见熟悉的桌边只坐着姿色平庸的女人。

她愣愣地发呆,皱着眉头,似乎有心事,半天也不见吃一口饭菜。

那个大美人不在啊……赵二有些失望,挑了一个空桌坐下,点了酒菜,竖起耳朵听着。不出意外,他很快就听到关于银锣许七安的谈论。

"你们知道吗,今早许银锣在菜市口斩了两位国公的脑袋,没想到,没想到楚州屠城案的真相,竟是……"说话的那人,似乎不敢说下去,但又不甘,握着拳头重重捶了一拳桌面。

话题顿时就打开了,食客们愤慨地发表自己的看法。

"没想到,满朝诸公,那么多当官的,竟没有一个站出来说话。"

"许银锣不但是英雄,还是我们大奉仅存的良心了。"

"是啊,谁能用自己的前程和性命,来换一个公道。偏偏就是许银锣这样的人,最容易遭奸贼和昏……陷害。"

"人家已经不是银锣了。唉，我大奉这一次，损失了两位好官，那楚州布政使郑大人也是忠良。"

"许银锣会不会……被砍头？"

"哼，朝廷要是敢杀许银锣，我们就去堵皇城的门。"

"就是，有本事就杀光我们，我们去堵皇城的门。"

起先还是一两桌的食客在谈论，渐渐地，其他食客也加入谈论，言语之间，义愤填膺。

突然，一个不和谐的声音传来，那是赵二。他一拍桌子，高声道："你们都被奸贼蒙蔽了，其实，事实并不是这样。"

在气氛达到顶点的时候突然打断，能轻易地引起旁人的关注，这是赵二总结出的心得。他打算复刻自己之前的操作，像抹黑郑兴怀那样抹黑许银锣。果然，堂内所有食客都看了过来。

赵二取得了关注后，立刻说道："我有一个亲戚在朝当官，从他那里听来一个大秘密。"

众人下意识追问："什么秘密？"

赵二像是宣布什么大事似的，说话声很大："那许银锣其实是东北巫神教的细作，一直潜伏在大奉，博取声望。这次，他终于抓住机会，利用楚州布政使郑兴怀勾结妖蛮，诬陷镇北王之事，利用自身声望，杀公爵，抹黑朝廷。

"你们都被他骗了，他的话不能信，试想，镇北王为什么要屠城？陛下又怎么可能会答应？动动你们的脑子。"

他的话，引来堂内食客们激烈的反驳："胡说八道，许银锣怎么可能是巫神教细作，你有什么证据，胆敢诋毁许银锣，不想活了？"

赵二丝毫不怵，冷笑一声，哼道："我大奉人杰辈出，难道真的只有一个许银锣？怎么可能嘛。你们再想想，如果真是镇北王屠城，为何朝堂诸公不再站出来，为郑兴怀说话？

"是非曲直，其实很简单，聪明人一眼就能看破。你们啊，被许银锣以前的光辉给骗了。他就是个道貌岸然的细作。

"我发誓，句句属实，我有亲戚便是朝中当官的。"这番话说得很有技巧,有理有据,符合逻辑。

砰！就在这时,一个酒杯砸了过来,砸在赵二头上。他愤怒地看去,竟是那个姿色平庸的妇人。

"臭娘们儿,你敢砸我?"赵二大怒,撸起袖子就要去教训她。

姿色平庸的妇人丝毫不惧,一手叉腰,一手指着赵二,喊道:"就是这个人,昨日就在店里散布郑兴怀勾结妖蛮,今日又来散布许银锣是细作的谣言。"

赵二脸色一变,恶狠狠道:"我没有,臭娘们儿你再胡说八道,老子今天打死你。"

话音方落,酒楼的小二盯着他看了半晌,终于认出来了,指着他,大声说:"对对对,就是这个人,昨儿也来这里说过郑大人的坏话,我看他才是细作。"

"奶奶的,揍他!"这下子,那些心里憋着火气的食客不忍了,撸起袖子就围过来,逮着赵二暴揍。

堂内一片大乱,十几个人围住赵二,拳打脚踢。

"别、别打了,出人命了,救命,救命……"赵二抱着头,蜷缩着身子,开口求饶。

食客们不理,用力猛踹,有人甚至拎着板凳狠狠地砸。

年长的掌柜在边上助阵:"狠狠打,打坏桌椅不用赔,打死了就丢到街上去。"

姿色平庸的妇人双手叉腰,抬着下巴哼了一声,觉得自己做了件了不得的事,雄赳赳气昂昂地上楼,返回房间去。

偌大的京城,类似的事件,在各城区不断发生。

黄昏时,老太监匆匆进入寝宫,穿过外室,进了寝宫深处,来到盘腿而坐的元景帝身边。

"陛下,宫外传回来消息,谣言散不出去……"

元景帝睁开眼,目光阴沉地盯着他:"散不出去?"

老太监小声道:"但凡是说许七安坏话的,大多都被城中百姓打了,还、还闹出了几条人命。"

元景帝声音陡然拔高:"他何时有此等声望?"

老太监答不上来。

元景帝咬牙切齿道:"一个蝼蚁,不知不觉,竟也能咬朕一口了。"

次日,卯时。

八卦台,许七安抱着酒坛,站在高台边缘,迎着风,默默地望着宫墙方向,一言不发。

午门鼓声敲响,文武百官们井然有序地穿过午门,过金水桥,大部分官员留在殿外,诸公则进入金銮殿。等了一刻钟,身穿道袍的元景帝姗姗来迟,面无表情,威严而深沉。

他端坐在龙椅上,看向王首辅,带着几分冷笑:"朕听闻王首辅近日身体抱恙,那便不用上朝了。朕给你三月假期休养,内阁之事,就交给东阁大学士赵庭芳暂代。"

诸公脸色微变。

陛下这是要换首辅了,先架空,再换人。一开场便是这般?

王首辅作揖,道:"多谢陛下。"

元景帝不再看他,此时服软,晚了,他转而环顾众臣,一字一句道:"朕很愤怒!

"因为朝中出了乱臣贼子,杀国公,污蔑皇室,污蔑朝廷。此等大逆不道之徒,当诛九族!"

殿内,诸公垂首,不发一言。

元景帝看向魏渊,沉声道:"魏渊,许七安是你的人,此事你要负责。朕限你三日之内,将此贼,还有其家人捉拿归案。"

魏渊出列,作揖道:"是。"

你魏青衣也没民间流传的那么风骨卓绝……元景帝眼里闪过讥讽,继续问道:"关于逆贼许七安的处置,诸爱卿还有什么要补充?"

张行英跨步出列,道:"臣有事启奏。"

元景帝看向他,颔首道:"说。"

张行英作揖,沉默了几秒,似在酝酿,大声道:"镇北王勾结巫神教,屠杀楚州城三十八万百姓,护国公阙永修亲自操刀,而后,与曹国公伙同,杀害楚州布政使郑兴怀……"

话没说完,元景帝便大声喝道:"混账!张行英,你想翻案?我道那许七安哪来的狗胆,原来是和你勾结串联,你可知诋毁亲王和国公,是什么罪?"元景帝怒视着张行英,帝王威严如海潮。

张行英抬起了头,他半步不让地与元景帝对视,缓缓摇头:"臣并不是要翻案。"

元景帝盯着他:"那你想做甚?"

面对皇帝的喝问,张行英竟又跨前了一步,似是想以自身气势与帝王抗衡,他大声说道:"陛下有罪,其罪一,纵容镇北王屠城;其罪二,包庇镇北王和护国公。臣,请陛下,下罪己诏!"

余音回荡。

此言一出,朝堂内一片寂静,却又如同焦雷,石破天惊。

元景帝脑中轰然一震,他听到了什么,下罪己诏?这个小小的御史,竟敢让他下罪己诏。

"我看你是疯魔了。"元景帝很生气,君王的威严遭受到蝼蚁的挑衅,区区一个御史,竟敢要求他写罪己诏。

"张行英,朕怀疑你勾结许七安,杀害国公,污蔑亲王,来人,将他押入天牢。"说罢,他看见一袭青衣出列。

元景帝冷哼道:"朕意已决,谁都不得求饶,否则,同罪论处。"这群文官最会蹬鼻子上脸,看来敲打过王首辅还不够,还得再加上一个张行英。

那袭青衣说道:"请陛下,下罪己诏。"

元景帝猛地僵住,一字一句从牙缝里挤出来:"你好大的狗胆啊!怎么?朕把你扶到这个位置,你觉得可以制衡朕了?"

魏渊不答。

这时,王首辅出列了,朗声道:"请陛下,下罪己诏。"

又一个……皇室宗亲和勋贵们悚然一惊,如果这时候,他们还没嗅到"阴谋",那未免太迟钝了。

元景帝玩弄权术数十年,只会比宗室、勋贵更敏锐,冷笑连连:"朕说你怎么昨日如此硬气,原来早就串联了魏渊,今早要犯这大不敬之罪。好,好啊,好一个王首辅,好一个魏青衣。你们俩斗了这么多年,到头来,竟联合起来对付朕。"

他猛地一拍桌子,怒目暴喝:"王贞文,你这把老骨头,能挨得住几记廷杖,啊?!"

他依旧端坐着,因为他是君王。

魏渊和王贞文联手又如何,他能压服两人一次,就能压服第二次。

"还有什么招式?还串联了什么人?尽管使出来,今日,谁再敢站出来,便是欺君罔上,大不敬。统统拉出去廷杖!"元景帝冷笑道。

廷杖是皇帝对付官员的常用手段,这可不是轻飘飘的威胁,要知道,古往今来,不知多少官员死于廷杖,被活活打死。

元景帝相信,值此时刻,诸公心里必然意识到,一旦廷杖,那便是往死里打。文官群情激昂,统一战线时,他会忌惮,会忍耐,但若是只有零星四五个,活活打死反而能震慑百官。

刑部孙尚书出列:"陛下事前纵容镇北王,事后包庇镇北王和护国公,请下罪己诏。"

右都御史刘洪出列:"请陛下下罪己诏。"

礼部尚书出列:"请陛下,下罪己诏。"

户部尚书出列:"请陛下,下罪己诏。"

吏部尚书出列:"请陛下,下罪己诏。"

六科给事中们,兴奋得面红耳赤:"请陛下,下罪己诏。"

转瞬间,朝堂上竟有三分之二的文官出列,这些人里,一部分是魏渊的党羽,一部分是王贞文的党羽,还有一部分是之前敢怒不敢言的人。

没有出列的文官和勋贵们,头皮发麻。

除了两百年前的争国本事件,大奉历史上再没有此类事发生。文官忠君思想根植内心,岂敢这般与皇帝硬碰硬。可今天,偏偏就是发生了。

金銮殿静得可怕。

"你们,你们……"坐在龙椅上的元景帝,脸庞血色一点点褪去。这一刻,这位九五之尊感受到了巨大的屈辱。他,一国之君,竟被一群臣子逼着下罪己诏。堂堂帝王的威严,被如此践踏?

元景帝青年登基,三十七年来,将朝堂牢牢掌握在手里,每日大臣们在底下斗得你死我活,他稳坐钓鱼台,就像在看戏。他是那么的高高在上,凸显出臣子的卑微,如同耍猴的人在看猴戏。

此时此刻,这群猴子竟联合起来要翻天了!

他颤抖地指着殿内诸公,嘴皮子颤抖,咆哮道:"尔等,真以为朕不敢处置你们?来人,来人,把这些逆臣拖下去,杖责六十!"

声音在殿内滚滚回荡,在金銮殿外滚滚回荡,在群臣耳中滚滚回荡。

这是君王的愤怒,天子一怒,是要伏尸百万的。

似乎是在跟他作对,在这样的威压之下,更难以置信的一幕发生了,殿外,从丹陛到广场,数百名官员同时下跪,高喊道:

"请陛下,下罪己诏。"

"请陛下,下罪己诏。"

声浪滚滚,回荡在皇宫上空。

元景帝几乎不敢相信自己的耳朵,某一瞬间,他怀疑自己看见了幻觉。他缓缓起身,望向殿外,从丹陛到广场,数百名官员齐齐下跪,高呼着下罪己诏。

"你们,你们……"他指着殿内殿外,无数大臣,手指颤抖,咆哮道,"你们这算什么,一起逼朕吗?你们眼里还有没有君父?乱臣贼子,乱臣贼子!"

最后四个字喊得嘶哑。

三十七年来,他从未如此失态。唯一的一次发生在前几日,但那是装的。

耍猴子三十七年,今日,竟被猴子耍了。一股逆血涌上心头,元景帝踉跄了一下。

"袁雄,你是都察院左都御史,你来说,你告诉这群乱臣贼子,他们究竟在做什么。"

左都御史袁雄,僵硬着脖子,一点点扭动,看向了诸公,诸公也在看他,那目光冰冷如铁。

咕噜,袁雄咽了咽唾沫,艰难地跨步出列,作揖道:"陛下,事已至此,还请陛下不要再执迷不悟,请,请下罪己诏……"

噔噔噔,皇帝踉跄后退,竟一屁股跌坐在龙椅上,喃喃道:"反了,反了……朕乃一国之君,岂会有错?尔等休想让朕下罪己诏……"说到这里,老人脸色倏然涨红,声嘶力竭地咆哮,面皮抖动地咆哮,"休想!!!"

就在这时,叹息声从殿内响起,清光一闪,一个头发凌乱、穿陈旧长衫的老儒生,出现在殿内——云鹿书院院长赵守!

赵守平静地看着元景帝:"元景,下罪己诏吧。"

元景帝脸色陡然一白。

第 388 章

罪己诏

　　云鹿书院院长赵守,三品大儒,儒家当世第一人。

　　赵守代表的不仅是他个人,还有整个云鹿书院,是所有走儒家体系的读书人。所以,他是拿着刻刀过来的。

　　元景帝正是因为看到这把刻刀,脸色才突然苍白。自登基以来,这位九五之尊,第一次在皇宫内、在金銮殿内,遭受到死亡的威胁。

　　"你怎么进京的,你怎么进皇宫的……"元景帝跌坐在龙椅上,指着他,情绪激动,"监正,监正,快来护驾啊!"

　　大批禁军冲到金銮殿外,但被一道清光屏障挡住。

　　"儒家不会弑君,只杀贼!"赵守脸上露出以身殉道的无畏之情,"赵守代表儒家向你要两个承诺,第一个承诺,即刻下罪己诏;第二个承诺,许七安为民请命,为郑大人申冤,并无罪过,你得下圣旨褒奖他,承认他无罪,不得祸及他族人。"

　　元景帝脸色铁青,徐徐扫过堂下诸公,这群出身国子监的读书人,竟无人出面反驳。不知不觉,国子监和云鹿书院也走到一起了?

　　"让朕下罪己诏便罢了,为何你要维护那许七安?"

　　赵守微微一笑,坦然宣布:"未曾告之,许宁宴是我入室弟子。"

　　什么?!满朝诸公目瞪口呆,打更人许七安,那个匹夫,竟是云鹿书院院长赵守的入室弟子?

他，他竟是我儒家的读书人？真不愧是诗魁啊……

果然，能写出这么多传世佳作的人，怎么可能不是儒家读书人……自己人啊……种种念头在诸公脑海里闪过。

魏渊皱了皱眉，看了眼赵守，目光里带着质疑。

"你让朕宽恕那个斩杀国公的奸贼？你让朕继续纵容他在朝堂为官？哈，哈哈，哈哈哈……"

赵守的这个要求，似乎彻底激怒了元景帝，让他陷入半癫狂状态，笑得疯魔："赵守，朕乃一国之君，堂堂天子，你真敢杀朕？朕便以命与你赌儒家气数。"发狂的元景帝一脚踹翻大案，在须弥座上疾走几步，指着赵守怒斥，"欺人太甚，欺人太甚，朕还有监正，朕不信监正会坐视你动手。"

他不信，赵守会为这点事，以性命相搏，因为他知道赵守的毕生心愿是光耀云鹿书院；他更不信，监正会坐视皇帝被杀无动于衷，除非司天监想与大奉国运割裂，除非监正不想当这个一品术士。

经历了百官威逼、赵守殿前威胁，元景帝陷入了爆发的边缘。

这时，一道辉光冲入殿内，在空中幻化成白衣白须的老人形象。

"元景，下罪己诏！"

元景帝脑海轰然一震，他摇摇晃晃地后退，颓然跌坐龙椅。他目光呆滞，脸色颓败，像是一个被人抛弃的老人，像一个众叛亲离的失败者。他终于知道为什么魏渊和王首辅能串联百官，逼他下罪己诏；他知道为什么赵守敢入京城，逼他下罪己诏。这一切，都是得了监正的授意。

说完这句话，白衣老者缓缓消散。殿内陷入死寂。

直到赵守开口，打破沉寂："他已经不屑入朝为官。"

他是谁？自然是指那个高喊着不当官的匹夫。

元景帝恍然不觉，呆愣地坐着，宛如风烛残年的老人。

观星楼，八卦台。

一身布衣的许七安，傲然而立，朝着皇宫方向，抬了抬酒壶，笑道："古今兴亡事，尽付酒一壶。"

"瞧把你给得意的,这事没老师给你擦屁股,看你讨不讨得了好。"

桌案边,盘坐着黄裙少女,鹅蛋脸,大眼睛,甜美可爱,腮帮被食物撑得鼓鼓,像一只可爱的仓鼠。

"妙真和楚元缜,还有恒远大师如何了?"许七安笑了笑,不在乎褚采薇的挖苦。

"再过几日,伤势便痊愈了。"褚采薇皱了皱眉,吐槽道,"可把我给累死了,他们不要宋师兄帮忙治伤。"

他们害怕自己变成试验品……许七安心说。

他没再说话,回味着昨天的点点滴滴。

当日,他来司天监,托采薇转告监正一句话:魏渊和王首辅想联合百官,逼元景帝下罪己诏,希望监正相助。

如果没有这位大奉守护神的认可,元景帝制衡朝堂多年,党派林立,魏渊和王贞文很难在一天之内,达成利益交换,让超过三分之二的京官同意。

监正同意了。

而后,才有了许七安午门挡群臣,劫走曹国公和护国公阙永修的一幕。斩杀此二贼,只是开局,魏渊和王首辅要让元景帝认罪,这才是收尾。当然,如果魏公和王首辅选择袖手旁观,那许七安就斩二贼,告慰郑兴怀和楚州城三十八万冤魂的在天之灵,然后携家人离京,远走江湖。

昨日,他去了一趟云鹿书院,把计划告诉赵守,赵守不同意他远走江湖的决定,因为许新年是唯一进入翰林院成为储相的云鹿书院学子。于是才有了赵院长进宫,威逼元景帝的一幕。

不当官了……积累的人脉虽然还在,但想动用朝廷的力量就会变得困难,而且断绝了仕途,不可能再往上爬,将来和那位幕后黑手摊牌时,就要靠别的力量了。

许七安想了想,制定了新的发展计划:依靠大佬+自身实力。

天地会的成员是我的依仗之一,李妙真和楚元缜是四品战力,恒远大师是八品武僧,但根据楚元缜的说法,大师爆发力和持久力都很出色,即使战力不如四品,也超过五品武夫。

丽娜的战力无法准确评估,比起恒远稍有不如,但金莲道长说她是群里唯一可以和我媲美的天才。壹号暂时身份未知,先不管,玖号金莲道长是我能依靠的大佬之一,他身后还有许多地宗没有入魔的道士。

所以接下来,要帮金莲道长保住九色莲花。

至于柒号和捌号。据说前者是天宗圣子,李妙真的师兄,目前不知身在何方。说起此人时,李妙真吞吞吐吐,不想多聊。后来被问得烦了,就说:那家伙跟你一样是个烂人,只不过他遭了报应,你却还没有,但你总有一天会步他后尘。捌号闭死关,至今生死不知。

除了金莲道长,魏渊是我能信赖的大佬,监正不算,监正太难揣摩,他现在表现出的所有善意,都未必是真的善意。在没有暴露真实目的之前,一切都不可信。

神殊大师都比监正可信一些,不过他目前陷入沉睡,一时半会儿醒不来。然后,佛门的度厄大师勉强算半个依仗吧,实在被逼到绝路,我就遁入空门。不对,神殊在我体内,去佛门死路一条。人宗道首洛玉衡,与金莲有几分交情,与我交情泛泛,多半是指望不上的。

归纳之后,许七安在心里做了一份任务列表。

可依靠和信任的大佬:金莲道长(天地会)、魏渊。

疑似可靠的大佬:神殊、监正。

可争取的大佬:洛玉衡、度厄罗汉。

敌方:神秘术士团伙、元景帝。

楚州屠城案结束后,我先低调,尽量晋升五品,这不会太难,我已经触摸到五品的门槛。但五品还不够,到了四品我才能真正有自保之力。

顺便通过二郎和二叔的处境,揣摩一下元景帝的态度。若是有报复的倾向,就立刻离京。最好的结局,是我晋升四品后离京,现在离京的话,我就只能依靠一个金莲道长,其他大佬根本指望不上。

浮想联翩之际,坐在案边不动的监正,缓缓睁眼,道:"陛下答应下罪己诏了。"

呼……许七安如释重负。

可惜没法逼元景帝退位,老皇帝执掌朝堂多年,根基还在,别看诸公现在逼他下罪己诏,真要逼他退位,绝大部分人是不会支持的。其中涉及的利益、朝局变化等等,牵扯太广。嗯,做人不能贪心,现在已经是我想要的结果了。他心说。

监正低头,看着桌案上,徒弟孝敬的下酒菜又进了徒弟的肚子,就有些惆怅。

"采薇啊,为师只是去宫里看了会儿戏……"监正叹息道。

"那谁让你自己看戏的嘛。"褚采薇娇声道,振振有词,"我和铃音还有丽娜她们吃东西,都是手快有手慢无,六岁稚子都懂的道理呢。"

监正不想说话了。

许七安好奇道:"怎么没见到杨师兄?"

褚采薇回答:"给老师镇压在地底,和钟璃师姐做伴去了。"

稍顿了顿,采薇接着说道:"老师,宋师兄托我询问您一件事。"

闻言,监正沉默了一下:"他又想要死囚做炼金试验?"

褚采薇摇摇头。

监正刚松口气,便听小徒儿脆生生道:"他说要去人宗拜师学艺,但您是他老师,他不敢擅作主张,所以要征求您的同意。"

监正缓缓道:"他的理由是什么?"

"宋师兄的人体炼到最后一步啦,元神无法与肉身融合,他很苦恼,寝食难安。道门是元神领域的行家,他想去学道门法术。"褚采薇一边说着,一边吃着,"不过宋师兄说,他的心还是在老师您这里的,希望您不要吃醋。"

监正没有说话,看了眼嘴角油光闪烁的褚采薇,又想到了镇压在地底的钟璃和杨千幻,他沉默地扭头,望着繁花似锦的京城,落寞地叹息一声。

人间不值得。

许七安连忙捂住嘴,差点就笑出来了。

寝宫里,一片狼藉。

帷幔被撕扯下来,香炉倾倒,字画撕成碎片,桌案倾翻,金银器皿散落一地。元景帝站在"废墟"中,广袖长袍,发丝凌乱。

登基三十七年,今日尊严被群臣狠狠踩在脚下,对于一个自诩权术达到巅峰的骄傲君王来说,打击实在太大。普通人被这般削脸面,尚且要发狂,何况是皇帝。

"陛下……"老太监从门外进来,战战兢兢地喊了一句。

元景帝冷冷地看着他。

"诸公没有走,还聚在金銮殿里。"老太监小声道。

"他们干吗,他们还有什么不满足的?朕不是答应他们了吗!!!"元景帝情绪激动地挥舞双手,声嘶力竭地咆哮。

老太监双膝一软,跪在地上,哀戚道:"王贞文和魏渊说,看不到罪己诏,便不散朝。"

元景帝身体一晃,踉跄退了几步,忽觉胸口疼痛,喉中腥甜翻滚。

这一天,午膳刚过,朝廷破天荒地张贴了告示。

皇城门、内城门、外城门,十二座城门,十二个布告栏,贴上了元景帝的罪己诏。

元景帝在位三十七年,第一次下了罪己诏。

这一天,京城各阶层轰动。

第 389 章

问灵

第一批看到罪己诏的人，怀揣着难以置信的震惊，以及"我是第一手消息"的激动之情，疯狂地传播这个消息。而后，无数百姓蜂拥向城门。

"是不是罪己诏？"不认识字的百姓，以及没能挤到前头的百姓，大声嚷嚷。

"是，是罪己诏，陛下真的下罪己诏了。"前头的人高喊着回应。

"快，快念……"后方的百姓迫不及待地催促。

"上乃下诏，深陈既往之悔，曰，朕以凉德，缵承大统。意与天下更新，用还祖宗之旧。不期倚任非人，遂致楚州城毁……元景三十七年五月十六日。"整篇罪己诏，洋洋洒洒近千字，站在告示栏前的一位老儒生，抑扬顿挫地念完。

寻常百姓中，有的人听懂了，但更多的人依旧云里雾里，他们只确认一件事——元景帝确实下罪己诏了！

"是不是因为楚州屠城的案子？"

"陛下，下了罪己诏，也就是说，昨日许银锣说的全是真的，对不对？"

"那些市井中抹黑许银锣的都是谣言，对不对？"

百姓们最关注的是这件事，虽然心里信任许七安，可昨日同样有很多抹黑许银锣的谣言,说得煞有其事。他们急需一个肯定的情报,来粉碎那些谣言。而且,在黎民百姓眼中,朝廷的地位是深入人心的,朝廷要是承认这件事,加上许银锣的威信,那就再没什么疑虑,以后无论谁说什么,他们都不信。

老儒生压了压手,人群立刻安静下来,他满意点头,又摇头叹息,说道:"陛下下罪己诏,承认了纵容镇北王屠城,许银锣,他昨日说的都是真的。要不是许银锣一怒拔刀,楚州屠城的冤案就难以昭雪,郑大人,就,就死不瞑目。"

欢呼声和喝骂声一同爆发,甚嚣尘上。

"大奉能出一位许银锣,真是上天垂青啊。"

"可惜,许银锣现在不是官了。"

"不是官又如何,他依旧是大奉的英雄。"

至于骂声……

"昏君,这个昏君,难道楚州人就不是我大奉子民?"

"修道二十年是昏君,纵容镇北王屠城,这就是暴君。"

"大奉迟早有一天要亡在他手里……"

骂声很快就消停下去,被周围的官兵给镇压下去,但百姓依旧小声地咒骂,或在心里咒骂。而官兵也没有真的要对这些犯大不敬之罪的百姓怎么样。

皇帝下罪己诏,本身就是认错,就是在给百姓一个发泄、谩骂的渠道。

国子监。

原本读书声琅琅回荡的,天下学子的圣地之一的国子监,此时到处都是感慨激昂的斥责声和怒骂声。

读书人骂起人来,可比老百姓要花样百出得多。

"镇北王死不足惜,只是没想到连陛下也……昏君啊,这是亡国之相,怎能让他如此胡来,监正,监正难道事先并不知道?"

"满朝诸公无一男儿,我等苦读圣贤书,竟要与这群没有脊梁的读书人为伍？"

"非得许银锣刀斩二贼,把此事闹得天翻地覆,他们才敢与陛下硬抗。呸,换成是我,当场便以头抢地。"

"武夫虽以力犯禁,但遇到此等丧尽天良之事,也只有武夫能力挽狂澜。"

"唉,将来史书上记这一笔,读书人颜面尽失啊。可惜许银锣非我儒家读书人。"

这时,一个年轻学子跑进来,兴奋地说:"诸位诸位,我刚才听到一个好消息。"

院内众学子看过来,纷纷皱眉。

尽管皇帝下罪己诏,承认此事,没让忠臣含冤,但这件事本身依旧是黑色的悲剧,并不值得兴奋。

那位年轻学子迎着众人,激动道:"我听说,今日云鹿书院的院长赵守出现在朝堂,当着诸公和陛下的面说,许银锣是他入室弟子。"

什么?! 一下子,院内气氛轰地炸开,学子们露出兴奋且激动的表情,大步迎了上来。

"许银锣是云鹿书院的学子？"

"赵院长的入室弟子,此、此言属实？"几个学子脸涨得通红,拽紧那人的袖子,大声追问。

这时候,我如果说是玩笑话,会被揍的吧……那人心里嘀咕一声,点头道:"此事官场有在传,非我空穴来风之词。"

"哈哈哈,今日接连喜事,当浮一大白,走,喝酒去。"

"今日不读书了,放纵一回。"

一直以来,大奉诗魁是武夫出身,这是所有读书人心里的刺儿。每次提及,既感慨钦佩,又扼腕叹息,认为后人再看这段历史时,必然对这一代的读书人发出嘲笑。读书人不就在乎这点身后名嘛。现在,知道许七安是云鹿书院的学子,别提多高兴了,尽管云鹿书院和国子监有道统之争,但史书里可不会管这个。一样都是儒家的读书人。

国子监的学子,呼朋唤友地出去喝酒。

监丞把这件事禀报给祭酒,怒斥道:"国子监里有近一半的学子出去鬼混了,今天可不是沐日。"

白发苍苍的老祭酒,倚在软榻,没什么表情地说道:"今日朝堂之事告诉我们,得道多助失道寡助,圣人不我欺。"

祭酒的意思是,不要与群众为敌,面对大势时,要适当地放弃规矩,做出忍让……监丞碰了个软钉子,皱眉思考。

怀庆府。

素白宫装、青丝如瀑的怀庆坐在案边,目光望向红裙子的临安,笑容淡淡:"他从未让人失望过,不是吗?"复而叹息,"此事之后,父皇的名声、皇室的声望,会降至低谷。"

鹅蛋脸桃花眸的二公主带着甜甜的笑,义正词严地说:"做错事就要认呀。我虽不爱读书,可太傅教导我们,知错能改善莫大焉。"

做个头脑简单的人也不失为一件幸福之事……怀庆在心里鄙视了一下妹妹,表面上是不会说的。并非给临安面子,而是知道她必定炸毛,然后飞扑过来啄自己的脸。怀庆嫌烦。聪明的人,不会给自己找麻烦。

见怀庆不说话,临安抬了抬雪白的下巴,头顶繁复的首饰摇晃,娇声道:"某些人嘴里喊着大义,说着父皇做错了,结果等需要你出力的时候,立刻就不说话啦。"说着,她以骄傲的眼神睥睨怀庆,表示这一局是我赢了,我终于压了你一次。二公主指的是带李妙真和恒远进皇城,并收留他们这件事。

怀庆笑了笑。

许七安斩杀二贼后,临安便一扫胸中郁结,整个人又恢复了活泼,更因为她前日包藏"逆贼",有这份参与,她念头便通达了。否则,心里肯定要憋着,憋很久,不至于成心结,但这颗单纯简单的心,多少会蒙上阴霾。

怀庆刻意把这份功劳"让给"临安,就是这个原因。

不过,怀庆可不是宽容大量到任由临安挑衅无动于衷的姐姐,一脸赞许地笑道:"是啊,比你那太子哥哥要有担当多了。"

临安顿时小脸一垮。

"我回府了。"她气呼呼地起身。

环佩叮当,一抹淡黄色映入怀庆眼中,那是一块质地水润的玉佩。清冷的长公主眼神稍稍一顿,皱了皱眉:"你腰上这块是什么?"

临安伸出小白手,掌心托着玉佩,哦一声,解释道:"这是狗奴才送我的玉佩,质地和做工都差强人意,这是他亲手刻的。你看,瑕疵这么多,要是买的,绝对不是这样。"说罢,她炫耀似的抬起脸蛋,露出弧线优美的下巴,或许自己都没注意到她言语中有着小小的甜蜜。

怀庆素白的俏脸,瞬间仿佛有风暴闪过,但旋即恢复原样,淡淡道:"滚吧,不要在这里碍我眼。"

"我本来就要走的,哼!"二公主大气,觉得怀庆叫住她,就是为了说最后这一句,来挽回面子,打压她。

她不开心地转身,扭着水蛇腰,裙摆翻飞中,走出了内厅。

红裙走后,怀庆恼怒地从怀里摸出一枚小巧印章,泄愤似的摔在地上。

过了好一会儿,她又起身,提着裙摆去捡回来,仔细检查,发现印章一角缺了个小口。两条好看的眉毛立刻皱起来,有些心疼。

观星楼,某个隐秘房间里。

许七安摘下香囊,打开红绳结,两道青烟冒出,于半空化作阙永修和曹国公的样子。随着两道魂魄出现,室内温度降低了几分。

这只香囊是李妙真特制的,不需要刻画阵法就能召唤新亡的鬼魂,因为香囊里自带了阵法。道门也是擅长制作法器的,虽然和术士相比,一个是副业,一个是专业。

曹国公和阙永修新死不久,还处在呆愣状态,有问必答,没有思想。

许七安先看向曹国公:"你是怎么知道屠城案的?"

曹国公木然道:"阙永修回京后,秘密见了陛下,事后不久,我便被陛下传召,告知此事。"

"他让你做什么？"

"全力配合他……"这里面包括在朝堂上当"捧哏"，帮他散播谣言等等。

曹国公是事后才知道屠城案，嗯，这条鬼的价值直线下滑。

许七安转而看向阙永修，道："你知不知道屠城案的始末？"

阙永修表情呆呆地回答："知道。"

"把案件始末告诉我。"

啊，智商过低，果然不能钻这样的漏洞，要一个问题一个问题地问。许七安心里鄙视着，沉稳问道："你知不知道镇北王和地宗道首、巫神教高品巫师合作？"

"知道。"

"元景帝早就知道这件事了？"

"屠城的事，本就是陛下和淮王谋划的……"

这个回答，许七安并不意外，因为他已经从魏公的暗示里，明白元景帝极有可能是策划这一切的幕后黑手之一。

"为什么要屠城，而不是开启战争？"许七安问道。

"需要的精血过于庞大，耗费时间，且战事开启，会让计划出现很多不可控因素，这并不稳妥。"阙永修如此回答。

"元景帝谋划此事的真正目的是什么？"许七安再问。

他一直觉得，元景帝过于纵容镇北王，甚至迫不及待镇北王晋升，这不符合一个帝王的心态，而且还是多疑的帝王。"武痴"两个字，真能抹除一位城府深厚的帝王的疑心和忌惮？

"淮王说，他晋升二品，便能制衡监正，让皇室有一位真正的镇国之柱。不用过于忌惮监正和云鹿书院。这也是陛下的心愿。"

这个理由并不够啊，你信了？

阙永修接下来的一句话，让许七安脸色微变。

"陛下，想炼制魂丹。"

魂、魂丹是元景帝要炼？这不对啊，金莲道长不是很笃定地说，地宗道首需要魂丹吗？所以，兄弟俩一个要血丹，一个要魂丹，于是就从老百姓身上薅羊毛……

金莲道长说过,魂丹的作用是增强元神、充当炼丹材料、炼制法宝、修补不健全的魂魄、培育器灵……仅仅是这些的话,似乎不足以让元景帝冒天下之大不韪,献祭一座城池的百姓。

当然,魂丹只是收获之一,血丹能助镇北王冲击大圆满。可是,得益者是镇北王,相较起来,元景帝的收获并不足以让他冒这个险,下这个决定。当一个人的收获和他冒的风险不成正比时,事情就绝对不会那么简单……许七安捏了捏眉心。

他没有思考太久,继续问道:"魂丹在哪里?"

第 390 章

《九州异兽篇》

"淮王死后,我趁乱取走了魂丹,带回京城,给了陛下……"阙永修的魂魄老实回答。

难怪杨砚说,血祭百姓时,精血上浮化作血丹,魂魄入地底,事后却毫无痕迹,原来是被阙永修趁乱盗走……许七安恍然大悟,他还以为魂丹被地宗道首取走,没想到进了元景帝的腰包。

这么说,地宗道首是为了所谓的"恶"才参与了这件事。嗯,镇北王和地宗道首有一定的合作,不知道元景帝会不会也和地宗道首暗中勾结?

这可不妙啊,如果是这样的话,那我要注意一下身份了。当日1VS5的时候,地宗道首可是察觉出我有地书碎片气息的。他知道楚州的那位神秘高手是地书碎片持有者,那么守护九色金莲时,我就要抹去"许七安"的所有痕迹。

许七安在楚州,楚州出现一位神秘高手,且有地书碎片气息。这说明不了什么。可是,如果许七安也是地书碎片持有者呢?这猫腻就太大了。

想到这里,许七安又问道:"元景帝与地宗道首,是否有暗中勾结?"

阙永修木然回答:"不知道……"

"元景帝炼制魂丹做什么？"

"不知道……"

这不知道，那不知道，要你们何用？许七安有些生气，沉吟许久，无比严肃地问道："你有没有不为人知的产业，或者银子？"

阙永修老实交代："没有。"

护国公府虽在京城，但阙永修在楚州经营多年，私房钱什么的，就算有，也是在楚州。唔，护国公府肯定要被抄家的，不然无法给诸公一个交代，可惜我现在不是打更人了啊，无法参与抄家活动……

"曹国公，你有什么不为人知的产业？"许七安再看向曹国公。

"我在京城有十三处私宅，养着外室和娈童，其中三处闲置，闲置三处中，有一处被我用来存放一些珍品古玩、字画以及银两。"

珍品古玩不存放家里，而是存在外头，这些东西都是见不得光的吧……真是个可恨的贪官啊……

"那些私宅的地契、房契在哪里？"许七安又问。

"地契和房契都在我用来存放古玩珍品的那座宅子里，其余的则在国公府。"曹国公回答。

可恶，十二座私宅离我而去……许七安心里一沉，涌起难以言喻的悲伤感。

同时，他对那座用来收藏珍品古玩的私宅越发好奇了。房契和地契留在私宅里，而不是放在国公府，这意味着曹国公把那座私宅和自己、和国公府做了彻底的割裂。不管哪一边出问题，都不会让双方产生联系。

问话完毕，为了保留几分期待，他没有问曹国公私宅里有哪些珍品。把两道魂魄收回香囊，许七安走出密室，去探望天地会的三位同伴，他们分属不同的房间。

许七安率先来到李妙真房间，敲了敲门。

吱，门打开，探出一张倾国倾城的容颜，那是许七安的纸片人老婆。

啪！她旋即又把门关上。又过了几分钟，房门重新打开，李妙真穿戴整齐地坐在桌边。褚采薇正在收拾药膏、纱布、药壶等物件。

刚才是在换药吗……许七安不动声色地在李妙真身上瞄了一下，关切地问道："没什么大碍吧？"

等李妙真点头，他说道："元景帝下了罪己诏，并承诺不会为难你，因此你不必过早地离京了。"

其实就算他不原谅你，你也不怵。天宗的道首可是和监正同级别的存在。借元景帝十个胆子，他也不敢真的杀你。

有人撑腰就是好啊……许七安内心感慨。难怪他以前看小说的时候，那些有靠山的反派总喜欢上蹿下跳，嚣张豪横，要不是倒霉碰到了主角，一般人对他们还真无可奈何。

"还有什么事吗？"李妙真皱眉问道。

怎么一副要赶我走的样子，我影响你们什么了？许七安心里吐槽，笑道："魂丹，我想知道魂丹有什么用？"

李妙真闻言，用疑惑的表情看他，仿佛在说：金莲道长不是告诉你了吗？

许七安压低声音，道："我刚才通灵了阙永修的魂魄，从他口中得知，需要魂丹的不是地宗道首，而是元景帝。"

李妙真瞳孔似有收缩。

许七安继续道："就根据金莲道长所说，魂丹似乎不足以让他做出这等丧心病狂之事，但事实确实如此，所以，我猜测魂丹可能还有别的不为人知的用途。"

李妙真沉吟许久，缓缓摇头。

这时，褚采薇好奇道："是用魂魄炼制的那种魂丹吗？"

许七安转而看她，用质疑的目光和语气问道："你知道？"这可不像褚采薇，大眼萌妹不像是除了医术外，还会去看其他领域书籍的好学之人。

褚采薇就说："宋师兄前几天做研究时，说过魂丹也许能让他炼制的肉身和魂魄融合，但也只是猜测，毕竟魂丹过于珍希，炼制条件苛刻。他不可能杀人炼丹，监正老师会第一个干掉他。嗯，我听宋师兄说，观星楼八楼的藏书阁里有关于魂丹的记载。"

许七安和李妙真立刻说:"带我们去。"

"这……"褚采薇露出为难之色,"藏书阁是司天监的禁地,只有门内弟子能进,而且还要先取得监正老师,或杨师兄同意。我不能带你们进去,不然会受惩罚的。"

李妙真顿时有些泄气。

许七安上前,拍了拍采薇的香肩:"这几天想吃什么,尽管跟哥哥说,满足你。"

褚采薇眉开眼笑:"我这就带你们去。"

李妙真愕然:"你不怕被惩罚了?"

"哎呀,都是小事。"

三人一鬼进了藏书阁,褚采薇却想不起来那本记载魂丹的书籍叫什么,放在何处。一排排的书架摆满偌大的空间,想从里面找到相关记载,无异于大海捞针。

"我,我去问问宋师兄……"褚采薇吐了吐舌尖,蹦跳着走人。

李妙真和许七安黑着脸,漫无目的地搜索。突然,许七安被一本古籍吸引住了:《九州异兽篇·上卷》。

书中记载,异兽是远古神魔后裔,古代魔神有多少种类,根据后世的异兽,便能窥探一二。数量最多,繁衍最广的是"蛟",书中提到,蛟的远祖,是一种叫作"龙"的神魔。又比如云州传说中出现过的那头异兽,自海外而来,呼吸间风雷大作,暴雨肆虐,远祖可能是叫作"麒麟"的神魔。

许七安一篇篇地翻着,愕然地发现了一位"老朋友"——灵龙。

灵龙的远祖是什么,无据可考,它最开始被载入历史中,是在上古人皇时期,是人皇征战五湖四海的坐骑,乘风破浪,乃水中霸王之一。

这不对啊,就那头舔狗龙表现出的姿态,根本不像是水中霸王……许七安心里吐槽。怀着疑惑,继续往下看,他看见了一些不同的信息。

怀庆与他说过,灵龙喜食紫气,因此追逐皇室,成为皇室的伴身灵兽。对皇室来说,也是人间正统的象征。但书上说,灵龙还有一个能力,就是吞吐王朝气数,让王朝的国祚更加绵长。

万物盛极必衰,是冥冥中的天意,当一个王朝的气数如烈火烹油时,它必将迎来衰弱,而灵龙能吞吐气运,气运过盛则吞噬,气运衰弱则吐出,让王朝的气数始终存在一个平缓的程度。

气运平衡器?!许七安脑海里闪过这个词。

这,我刚穿越过来时,就怀疑过这个世界的王朝气数,和我地摊文学里研究出的"三百年定律"不相符。我当时认为是超凡力量存在的因素,但现在看来,莫非是因为灵龙的存在?

正思考着,褚采薇蹦蹦跳跳地返回,脆声道:"那本书叫《奇丹录》,在乙位,第三个书架第二格,我帮你们取。"

许七安收敛思绪,跟在褚采薇身后,看着她从乙位第三个书架第二格抽出一本书:《奇丹录》。结果让人失望,魂丹的作用,金莲道长基本已经概括完毕,并没有遗漏。

金莲道长身为道门老前辈,确实不可能遗漏魂丹作用,那就是说,要么魂丹只是幌子,要么魂丹具备的这些作用里,某一条至关重要,但我们没有发觉……许七安暗自思忖。他决定,有机会找洛玉衡讨教讨教,至少要把这件事告诉洛玉衡,让她盯着元景帝。当然,在此之前,他要先询问金莲道长。洛玉衡跟我不熟,她能不能信,得由金莲道长来把关……许七安心说。

嗯,明天先去一趟曹国公的私宅,后天去云鹿书院接二叔和婶婶,接着再联络金莲道长,问问洛玉衡能不能信。还有,人妻王妃得接回来了,不能一直把她留在外面。啧,破事真多!

夜。月华如霜,在湖面镀上一层浅浅的柔和光辉。

灵龙趴在岸边,无精打采的模样,时而打个响鼻,时而拍拍尾巴搅起水波,搅动粼粼波光。

一道人影从黑暗中走来,在灵龙面前停下来。他俯身,摸了摸灵龙粗硬的鬃毛,叹息道:"淮王屠城案,终究是公之于众了,我没能改变结局,没能挽回皇室的颜面。"

灵龙慵懒地打一个响鼻,算是回应了那人。

他继续说道:"皇室颜面无存,意味着失了人心,而失了人心,则代表气运又散了一部分。我确实是想散气运,但这已经超出我能承受的极限。朕和你一样,在努力地维系平衡,一点都不能多,一点也不能少。但外面那些人太不懂事了,魏渊更不懂事,屡屡忤逆朕。"

他停止抚摸,把手掌按在灵龙眉心,声音温和又冷漠:"把朕存在你这里的气运,还回来一部分吧。"

灵龙黑纽扣般可爱的大眼睛里,闪过憎恶和抗拒,但终究什么都没做,任由他攫取气运。

次日,清晨。

轧轧……石门缓缓打开的声音里,许七安朝着黑黝黝的地底,喊道:"钟师姐,我来接你啦!"

不久后,裹着布衣长袍、披头散发的钟璃,缓步登上石阶。她昂了昂头,凌乱的发丝间,那双水灵灵的眸子,跳动着喜悦的情绪。自许七安北上,已经一个半月时间。

"你修为又有精进了。"钟璃小声说道。

"你却还是老样子。"许七安把手掌按在她脑袋上。

钟璃拍开。

他又按上去。钟璃又拍开。

"那你回去吧。"许七安生气地说。

钟璃就服软了,任由这个喊她师姐的男人摸她脑袋。

许七安带上钟璃和李妙真、纸片人老婆,还有楚元缜,两批人踩着飞剑,咻的一声,从八卦台冲起,朝云鹿书院飞去。

"你为什么也要掺和?"许七安愤愤不平地传音楚元缜。

"四个人一把剑,多挤啊,我带你一程不好?"楚元缜无辜地解释。

这人是没有良心的吗?自己伤势还未痊愈,就充当"车夫",带他去云鹿书院,他不思感谢,反而指责自己。

察觉到楚元缜的不悦,许七安叹息一声,也不好把自己猥琐的心思表现得太赤裸裸,无奈道:"我就是想回味一下挤地铁的感觉,挺怀念的。"

云鹿书院的先生们,这两天过得很不开心,甚至心性浮躁。因为总有一对不识抬举的夫妇,逮着他们就说:教教孩子吧。

教什么教!先生们心里如出一辙地咆哮。

那孩子他们知道,许家的小姑娘,许宁宴和许辞旧的幺妹,气人很有一套。没想到她又来书院求学了。

书院有十几位学富五车的先生,教兵法、经义等等,按理说,教导一个稚童启蒙岂不是信手拈来?但有些人总是天赋异禀,他们和常人的思维不同。适用于普通人的那一套,用在他们身上并不适合。

许铃音就是那种天赋异禀的孩子。

乘虚御风,脚下青山如黛,官道迢迢,仅用了两刻钟,许七安便来到清云山。他往下看了一眼,看见临近书院的凉亭边、枯草里,躺着一个孩子,扎着肉包子似的发髻。

"我看到许铃音了,下去下去。"

楚元缜依言,降下飞剑,落在凉亭边。

许铃音躺在地上,呼呼大睡,浑身沾满碎叶和草屑。

许七安上去摇醒她,怒道:"你再躺这里睡觉,我就喊你娘来打你!"

"是大锅呀……"

许铃音勇敢地保持着四仰八叉的姿势,不理会大哥的威胁,道:"我和师父出来打野味,师父打着打着就不见了,我累了,就睡一会儿。"许铃音条理清晰地解释,然后,竖着小眉头,补充道,"我才不怕娘打我。"

许七安冷笑道:"你不怕娘打,难道也不怕你爹用竹条抽你?"

许铃音瞪大眼睛,双手护住小屁股,大惊失色道:"大锅,我的图儿好像开始痛了。"

"图儿是什么东西?"许七安像拎小鸡似的拎起她,往山顶走。

"图儿就是屁股啊,我新学的字。"小豆丁终于找到机会教育大哥,

"你知道了吗?"

"那是臀儿。"

"图儿。"

"臀!"

"图。"小豆丁跟读了一遍,有什么问题吗?

第 391 章

召唤

许七安是个豁达的人,不会因为小事耿耿于怀,既然家里的妹妹如此朽木不可雕,他便不雕了。拎到书院抽一顿板子不是更好吗,何必浪费口舌。

但李妙真阻止了许七安家暴孩童,天宗圣女皱着眉头,不悦道:"有话好好说,何必对一个孩子动粗呢。"

圣女啊,你永远不知道当熊孩子的家长有多糟心……许七安便买她一个面子,转而进了院子。

院子里只有一对母女花。

脸蛋尖俏,五官立体,颇有几分混血风情的许玲月,坐在小木扎上刺绣。小木扎已经容不下她愈发丰满的臀,弹性十足的臀肉溢出,在裙下凸显出来。

婶婶则在一旁不务正业,把荷绿色的裙摆在小腿位置打结,然后蹲在花圃边,握着小木铲和小剪刀,捣鼓花花草草。婶婶平时除了揍许铃音,也就这点爱好了。她的贴身丫鬟绿娥在边上帮衬。

"大哥!"看见许七安回来,玲月妹子高兴坏了,放下针线,笑靥如花地迎上来。她的余光,不着痕迹地在李妙真、苏苏和钟璃身上掠过。那带着审视的小表情,充分说明漂亮女人之间,有着天然的植入本能的敌意。

"没事了,今天就可以回家。"许七安捏了捏她圆润的鼻头,目光望向屋子,"二郎和二叔呢?"

"爹不知道跑哪里练功去了,二哥在张夫子处读书。"许玲月嗓音悦耳,带着少女的软糯。

许七安点点头,正要说话,便听许玲月带着好奇,柔柔道:"大哥,那位姐姐是谁?"

她问的是钟璃。钟璃虽然跟了许七安很久,但她从未正式露面过,许玲月是第一次见到她。

"采薇的师姐。"许七安道。

哦,那个饭桶姑娘的师姐啊……许玲月恍然。

饭桶是她给褚采薇取的绰号。褚采薇是饭桶一号,丽娜是饭桶二号,许铃音是饭桶三号。

其实,认识这三个饭桶的人,心里多少都有类似的绰号。比如院子里,惊觉幼女一身脏,恼怒地捡了根竹条,追杀幼女出门的美妇人。婶婶给丽娜和许铃音取的绰号,大抵是:愚蠢的女孩和小孩、贪吃的女孩和小孩、又蠢又会吃的女孩和小孩,诸如此类。

"老娘每天给你们洗衣服难道不累吗?你个死孩子,一点都不知道心疼老娘。"婶婶的咆哮声传来,"那我打你的时候也用不着把你当女儿看。"

许铃音顶嘴的声音传来:"那我不是你女儿,你打我干吗呀?"

婶婶噎了一下,无能狂怒:"还敢顶嘴!"

许七安带着钟璃,出了小院,在房舍、院落间穿梭,沿着青石板铺设的道路,时而拾级,一炷香后,来到了种满竹子的山谷。

竹子南方居多,大奉自诩九州正统,称雄中原,但京城的地理位置是九州的中北部,气候不宜竹子生长。清云山这一片竹林,倒是稀罕得很,入夏不久,这个季节的竹林郁郁葱葱,山风吹来,沙沙作响,颇有意境。

而许七安想的是,竹筒酒怎么做来着?

一座小阁楼掩映在竹林间,如同隐士所居的雅阁,一条鹅卵石铺设的小径通往阁楼,落满了竹叶。

"院长,许七安拜访!"他朝着阁楼作揖。

眼前清光一闪,已从外面瞬移到阁楼内,院长赵守坐在案边,品着香茗,笑而不语地看着他。

洗得发白的陈旧儒衫,略显凌乱的花白头发,浑身透着犬儒的气息。赵守是许七安见过最没格调的高品强者,同样是老头儿,监正却是白衣胜雪,仙风道骨。度厄大师也穿着绣金线的华美袈裟,气度淡泊,一副得道高僧模样。而赵院长给人的感觉就是孔乙己,或者范进……

嗯,差点把猫道长忘了,道长也是一副云游道士的模样,落魄得很……许七安在心里补充一句。

"多谢院长出手相助。"许七安表达了感谢。

"为天地立心,为生民立命,为往圣继绝学,为万世开太平,这是你教我的,而你也没有忘记。"赵守微笑道。

院长的意思是,只要我没忘记初心,大家就还是同道好友……许七安笑着作揖,然后提出要求:"学生来书院,是想向院长借一本书。"

赵守看着他,微微颔首。

"《大周拾遗》。"许七安记得魏渊说过,要想知道王妃的秘密,就去云鹿书院借这本书。

"呵呵!"赵守笑道,"这是六百年前,书院的一位大儒所著。他生于大周末期,活跃于大奉初期,把自己关于大周的所见所闻,编著成书。此书全天下只有一本,未曾刊印,读过此书的人寥寥无几。"

原来如此,难怪怀庆都没听说过,就算是女学霸,也不可能读尽天下书,肯定是有目的地阅读偏向喜好的书。

许七安恍然,又听赵守微笑说道:"那位大儒你想必听说过,他的事迹被后人立了碑文,就在山中。"

灵光霍然闪烁,许七安脱口而出:"那位携民怨,撞散大周最后气运的二品大儒钱钟?"

他初来云鹿书院时,二郎带他参观书院,有提及过那位叫作钱钟的大儒。

赵守感慨道:"那是一位值得尊敬的读书人,真正的名垂青史,而不像某四个家伙,总想着走歪门邪道。"

请问您说的那四个走歪门邪道的家伙,是张慎、李慕白、杨恭、陈泰吗……许七安心里腹诽。

赵守摊开手,悠然道:"《大周拾遗》在我手中。"清光一闪,他手里出现一本古旧书卷,书皮写着:大周拾遗!

许七安愣愣地看着这一幕,尽管对儒家的"吹牛"大法已经很熟悉了,但每次见到,总让他心里产生"这武道不修也罢""教练,我想学儒术"的冲动。

男怕入错行,二叔害我……他心里惋惜地叹口气。

从赵守手中接过《大周拾遗》,许七安沉吟道:"我能带走吗?"

赵守道:"不行!"

拒绝得好干脆……许七安低头翻看,他现在的目力,一目十行不在话下。

这本书既名《大周拾遗》,那么里面记载的东西,其实是对正史的一种补充。里面记载的都是乍一看很像野史,但确实发生过的事。

比如大周历史上鼎鼎有名的仙吏李慕,史书上说此人风流成性,红颜知己无数,但其实他的一众红颜里有一位狐妖,是南妖一脉九尾天狐的族人。这些是正史上不会记载的秘辛。

许七安暗暗点头,继续翻阅。终于,他翻到了一篇堪称民间神话的记载。

大周隆德年间,南边有一座万花谷,谷中奇花斗艳,四季常开不败。相传谷中住着一位钟灵毓秀的花神。花神乃仙葩诞生灵智,幻化人形,集天地灵气于一身。谁若能得花神灵蕴,便可脱胎换骨,长生不老。

隆德帝听闻后,便派人南下寻找,历时十三载,终于找到了万花谷,找到了那位钟灵毓秀的花神。大军包围万花谷,逼迫花神入宫,花神不愿,招来雷霆自毁,死前诅咒:大周三百年后亡。

果然,三百年后,大周气数走到尽头。

故事末尾,记录了一首诗:

出世惊魂压众芳,

雍容倾尽沐曦阳。

万众推崇成国色,

魂系人间惹帝王。

许七安面无表情地合上书,内心却并不平静,甚至波涛汹涌。

这首诗不是形容王妃的吗?哎哟,王妃就是九百多年前的花神……不,花神转世?原来这首诗写的是三百年前的花神,我一直以为是此诗流传太广,名气太大,惹来了元景帝的注意,所以她才被送进宫的。难怪,难怪都说王妃的灵蕴是好东西,原来还有这个典故。果然,多读书是有好处的。脱胎换骨是毋庸置疑的,长生不老就未必了,不然元景帝怎么可能把王妃拱手让给镇北王。

花中仙子,不愧是大奉第一美人,魅力无双。啧,也是个可怜的女人。

许七安把书还给赵守,问道:"这首诗是钱钟大儒所作?"

赵守摇头:"非也。"

哦,钱钟大儒也只是记录者,那我就没疑问了,不然,那个道出王妃身世之谜的住持老和尚怎么知道这首诗就成逻辑漏洞了……许七安心里吐槽。

与赵守院长闲谈着,许七安耳郭忽地一动,扭头看向楼舍外。只见三位大儒联袂而来,目光顾盼,看见许七安后露出惊喜之色。

"不愧是我们三人教出来的学生,菜市口斩二贼,以一人之力挽回大局,可歌可泣啊。"

三位大儒开心地称赞,接着,他们用质疑的目光看向院长:"宁宴何时成了院长的弟子?宁宴,院长可曾要求你作诗?"说着,他们用"你就是馋他的诗,不要狡辩这是事实"的眼神内涵赵守。

赵守冷哼道:"我又岂会与你们一般,读书人三不朽,立德、立功、立言才是煌煌正道。寄希望于诗词,乃旁门左道。"

你不和我们抢诗词便好……三位大儒松了口气,张慎语气轻松地反驳道:"三千大道殊途同归,诗词何尝不是文化瑰宝?在我看来,院长反而是执念过重。"

赵守摆摆手:"懒得与你们辩解。"

他转而看向许七安,道:"主要是杨恭珠玉在前,让他们羡慕且嫉妒,其实云鹿书院对你是心怀善意的,与诗词并无关系。"看了三位大儒一眼,笑呵呵道,"至少老夫不会像他们一样。"

他必须要向许七安澄清这件事,否则就显得云鹿书院怀着目的似的,总想着沾他诗词的光。说实话,张慎等人的行为,实在有辱云鹿书院的形象。

许七安点点头。他本人其实无所谓,反正诗词是前世剽窃的,并非他所作,作为一个没有根基的穿越者,能用诗词扩张人脉,换取利益,自然不能错过。

张慎三人不理会院长的嘲讽,热切地看向许七安,问道:"你也好久没有作诗了,近来发生此等大事,有没有觉得热血沸腾,诗兴大发?为师几个可以帮你润色润色。"

三位大儒热切地看着许七安。院长赵守没有说话,不过也颇感兴趣,凝神看来。

云鹿书院不但帮我庇护家人,院长更是直接手握刻刀,在朝堂威逼元景帝,虽然这合乎儒家理念,并非单纯地卖我人情,可这份恩情我是要记的……嗯,不妨抄首诗给他们,也算是投桃报李……想到这里,许七安沉吟道:"确实想到一首诗。"

对,是想到一首诗,我只是诗词搬运工。他在心里补充。

三位大儒狂喜。

这个时候,他本该豪气地来一句:笔墨伺候!只是毛笔字写得太差,手头又没炭笔,便没有献丑,像模像样地在室内踱步,看见窗外绿油油的竹叶时,许七安假装眼睛一亮,道:"有了。"

赵守眼睛同样一亮,问道:"是否与竹有关?"

院长似乎很喜欢竹子……许七安颔首:"是。"

闻言,赵守顿时挺直腰杆,从略有兴趣,升级到倍感期待。

许七安略作回忆,想起了这首诗的全文,但在赵守和三位大儒眼里,他这是在酝酿。

"咬定青山不放松。"

已经知道是咏竹诗的赵守,细细品味起来,这一句里,"咬"字是精粹,仅一个字便凸显出竹的苍劲有力。

"立根原在破岩中。"

赵守微微颔首,这是对上一句的补充,同时体现出竹子在艰苦环境中展现出的坚毅。

"千磨万击还坚劲,任尔东西南北风。"

院长赵守呼吸有些急促,后面两句,则是描述竹子对外界压力的态度,哪怕经历无数磨难,依旧不屈不挠。

梅兰竹菊里,他独独钟情竹子,否则不会把居所建在竹林。赵守以前也曾作诗咏竹,但相比起许七安的这一首,他得承认自己落了下乘。一诗两联,从内到外,几乎把竹子坚韧不拔的品性描述得淋漓尽致。

不愧是大奉诗魁……这位儒家高品修士,心里喟叹。

"此诗意境和辞藻虽欠缺了些,却是罕见的咏竹诗。"李慕白赞道。

"愚蠢,此诗咏出了竹的坚韧不拔和顽强朴素,辞藻华丽反而落了下乘。"张慎抨击道。

"乍一看是咏竹,实则以竹喻人,妙啊,妙啊。"陈泰抚须长笑。

三位大儒点评结束,立刻看向许七安:"这首诗可有名字?"

许七安当即便知他们打的什么主意,笑着摇头:"未曾命名,故需老师们润色。"

三位大儒默契地后退几步,警惕地看着彼此,酝酿着如何争夺署名权。

就在这时,只听赵守长笑三声,道:"就让我来为此诗命名吧。"

张慎等人脸色僵硬地扭动脖子看他,不是说好看不上许宁宴的诗吗?

赵守皱了皱眉,不悦道:"尔等看我做甚,这首诗难道不是许宁宴借咏竹喻我?老夫坚守云鹿书院数十年,便如这竹子一般,咬定青山不放松,任尔东西南北风。"

说罢,不给三位大儒反应的机会,说道:"退出三百里,别打扰我写诗。"话音方落,三位大儒消失得无影无踪。

赵守铺开纸张,心情激动地提笔,边写边感慨道:"好诗,好诗啊,老夫人生圆满了。嗯,宁宴啊,此诗是你所作,但我这个授业恩师在旁指点润色,对否?"

这时,三位大儒身形闪现,怒道:"院长,住手!"

赵守挥挥袖子:"退出五百里。"

大儒们消失了,下一秒,他们又出现了,怒吼道:"无耻老贼,我等与你不共戴天!"

"看来你们是许久没有活动筋骨了,罢罢罢,老夫帮你们一把。"

"我们可不是吓大的,三品又如何,我等联手可不怵你。"

"呵,不是老夫瞧不起尔等,便是再来十个,我也能轻易镇压。"

许七安拉着钟璃逃走了。

清云山的山顶,清气冲霄,吹散云层,四道身影在高空中打得你来我往,见招拆招。

动静闹得太大,立刻惊动了书院里的学子和夫子。

"院长和大儒们怎么打起来了?"

"这,这是怎么了,好端端的,为何大动干戈?可别祸及我们啊。"

"三位大儒打架是挺常见的,只是,院长怎么也动起手来?到底发生何事?"

"三位大儒打架也不常见,前几次都是因为争夺许诗魁的诗。"

这时,有人小声说道:"我,我刚才好像看见许诗魁带着一名女子去了院长的竹林。"

不会吧……四周猛地一静,学子和夫子们脸皮火辣辣的。

另一边,许家女眷歇脚的小院里,李妙真和楚元缜猛地抬头,仰望高空,心里一阵阵悸动。

"不用管,定是大哥又作了诗,三位大儒打起来了。"许二郎摆摆手。

这可不像是四品高手能制造的动静啊……李妙真和楚元缜心说。两人便没在意,继续听许二郎说话。

"铃音有一个很奇怪的天赋,她不想学的东西,便学不进去,哪怕再怎么教也无济于事。所以你们别想着自己是特殊的,认为自己能教她启蒙。"

许二郎没差点就说:你们别自取其辱。

李妙真摇摇头:"那不行,之前借宿许家,我答应过许夫人,要帮忙教导铃音,后来因事耽搁,如今万事已了,正好兑现承诺。"

楚元缜笑了笑,聪明人见多了,偶尔见一见资质愚钝的,也不失为一种乐趣。

许七安和钟璃返回小院,察觉到院内气氛有些僵凝,李妙真坐在小板凳上,漂亮的脸蛋有些呆滞,瞳孔涣散,像极了失恋中的女孩,沮丧颓废。

楚元缜抱着他那把始终没有出鞘的剑,背靠着墙,面无表情,但额角突突直跳的青筋出卖了他。

"你们俩,似乎遇到了点不开心的事?"许七安审视着两位同伴。

两人不搭理他。

许二郎唉声叹气道:"楚大侠和李道长非要教铃音认字、算术。"

许七安大吃一惊,朝两人拱了拱手。

李妙真觉得许宁宴在嘲讽她,抓起小石子就砸过来。

午膳后,许七安带着家人返回许府。许二叔雇了三辆马车,去外城召集家仆们回来。

仆人们回来后,婶婶指挥着他们洒扫。

许七安坐在屋脊上,看着仆人们来来往往地忙碌,听着楚元缜和许二郎谈经论道,两人各自卖弄学识。内厅里,褚采薇带来了桂月楼的极品糕点,丽娜和许铃音陪她开怀大吃。李妙真在客房里盘坐修行,苏苏喋喋不休地说话。而他身边,裹着布衣袍子的钟璃,抱着膝盖,乖巧地陪在他身边。

以许府现在的战力值,哪怕元景帝要报复,除非派大军围攻,否则,还真不怵暗杀了。许七安心说,等金莲道长的莲子成熟了,我们就得离开京城,到时候让杨千幻和采薇照拂一下家里。监正答应过我,会庇佑许府,他也不想把我逼得杀进宫里,手刃元景帝狗头。

"你坐在这里不要动,我进屋见一位贵客,等她走了,你再下来。"许七安转头叮嘱钟璃。

钟璃默默点头:"嗯。"

许七安当即跃下屋脊,返回房间,关好门窗,然后取出地书碎片,倾倒出一枚符剑。这枚符剑是北行时,洛玉衡托楚元缜赠予他。许七安至今还不清楚洛玉衡送他这玩意儿,是存了交好之意,还是金莲道长帮他求来的。

回许府前,他用地书碎片联络到金莲道长,通过他,确认了洛玉衡是半个自己人,可以适当地信任。金莲道长还说,符剑可以充当传书,让他联络到洛玉衡,不需要亲自前往皇城。

握紧符剑,调动元神,投入一缕精神力,低声道:"国师,国师,我是许七安……"

魂丹的事还是弄清楚比较好,否则总觉得如鲠在喉。另外,也是给洛玉衡一个提醒,让她防备元景帝闹幺蛾子。顺便刷一刷绝色美人的好感度,争取将来洛玉衡也成为我可以依靠的大佬……

反复念叨了片刻,符剑毫无反应。

看来国师不想搭理我啊。果然,我的身份和地位终究太低,在洛玉衡这样身份高贵,修为强大的女人眼里,还差得太远……许七安无奈地想。

他正打算放弃,突然,一道金色光柱从天而降,穿透屋顶,降临在屋内。金色光柱中,一道倩影凝结,头戴莲花冠,身披道袍,眉心一点艳红朱砂,五官绝美。

竟然真的来了?还没等许七安惊喜,忽然听见屋脊传来瓦片翻滚的声音,紧接着,一道人影从屋檐滚下来,啪叽,重重摔在院子里。

钟璃半天没动弹,过了好一阵子,呜呜呜地爬了起来,默默走开。

洛玉衡恍然道:"你屋顶怎么还有人?来得太快,我没注意。"

不,不是你没注意,是命运让你"刻意"忽略了她,可怜的钟师姐……

洛玉衡清澈眼波流转,清冷如仙子,颔首道:"找我何事?"

第 392 章

陈年旧案

国师竟然真的大驾光临,而且还是本体亲至？金莲道长面子这么大啊……许七安一边感慨金莲道长面子大,一边颇有些受宠若惊地施礼。

"见过国师。"

再次审视洛玉衡时,他发现一些不同,在灵宝观见到的洛玉衡,美则美矣,但依旧是血肉之躯。而他眼前看到的女子国师,浑身散发着圣洁的微光,非要形容的话,大概是"冰肌玉骨"最好的诠释。

洛玉衡看了他一眼,淡淡道:"这是阳神。"

阳神……道门三品的阳神？传说中不惧风雷,遨游太虚的阳神？许七安面露诧异,像围观大熊猫似的,眼睛都挪不开了。

洛玉衡秀眉轻蹙,清澈眼波闪过愠色,淡淡道:"唤我何事？"

察觉到自己的目光无意中冒犯了国师,许七安连忙正襟危坐,目不斜视,沉声道:"有件事想要告知国师。"顿了顿,他斟酌道,"楚州屠城案中,元景帝和淮王合谋,一人炼制血丹,另一人炼制魂丹。淮王炼制血丹是为冲击三品大圆满,而后吞噬王妃灵蕴。"

既然已经翻脸,就不装模作样地称"陛下"了。至于王妃的秘密,许七安不信堂堂二品道首会不知道王妃身藏灵蕴。

"我想知道的是,元景帝炼制魂丹何用？"

闻言,洛玉衡皱起眉头,沉吟数秒,缓缓道:"元景修道二十年,堪堪达六品阴神境,结丹遥遥无期。"

这、这……修道二十年还是个六品,我都不知道该怎么吐槽了,举国之力的资源,就算一头猪,应该也结丹了吧!元景帝修道的天赋,与许铃音读书天赋等同?

许七安收拢思绪,道:"会不会,是伪装?"

洛玉衡看了他一眼,没说话。

许七安连连作揖,以表歉意。如此质疑,是对一位道门二品强者的不尊重。

洛玉衡继续道:"元景魂魄天生羸弱,这是他修道资质差的原因。"

金莲道长说过,魂丹能增强元神,莫非元景帝是为弥补先天缺陷?许七安心里想着,又听洛玉衡蹙眉道:"但增强元神的方法极多,冥想、食饵都可以,不必非要炼制魂丹。"

许七安颔首:"也就是说,魂丹另有作用。"

从心理学角度来说,只有疯子才是无所顾忌,但元景帝不是疯子,相反,他是个心机深沉的君王。他做事情之前,肯定会衡量后果,利益足够丰厚,他才会去做。如果魂丹仅仅只是稳住六品的根基,他不太可能主动谋划屠城,代价太大了,最多就是默许淮王罢了。

洛玉衡反问道:"你有什么看法?"

许七安苦笑道:"缺乏线索,无从猜测,我会试着查一查这件事。至于国师,您心里做到有数就好。"他相信以一位二品强者的智慧,不需要他做太多解释和叮嘱,给个提醒就够了。

洛玉衡嗯了一声,问道:"王妃她真的被蛮族掳走,而后再没消息了?"

许七安扼腕叹息:"是啊,可惜了大奉第一美人,淮王已死,王妃恐怕也……"他适当地流露一些惋惜,充分表达出一个正常男子对绝色美人惨遭不幸的遗憾。

洛玉衡不动声色地看他一眼,沉默片刻,不经意地问道:"听金莲说,你曾在雍州城外的地宫古墓里,发现上古房中术?"

你问这个干吗？许七安愣了一下，如实回答："是的。"

"可有参悟透彻？"问话的时候，洛玉衡的美眸，专注地凝视着他。

"这……未曾修行过，听金莲道长说，此术得精通房中术的男女同修才可，并非找一个女子，就能双修。"许七安也是老油条了，与一位绝色美人谈起这种私密事，仍旧有些尴尬。

洛玉衡微微颔首。

许七安从她眼里，似乎看到了一丝丝的满意。

"楚州屠城案暂告一段落，元景现在恨不得此事立刻过去，绝不会在短期内对你施行报复。"洛玉衡提点道，"至于后续，你自己多加防备。一旦发现他有报复的迹象，便立刻让家人辞官，等以后再起复吧。"

许七安点点头，这是得罪一个皇帝的代价。

幕后黑手暂时没有出手的迹象，是远患，而元景帝是近忧。我必须极快提升修为，这样才有自保能力……

"这枚符剑收好，危急时刻以气机激发，勉强算我一击吧。若是需要联络，灌入神念便可。"

洛玉衡的阳神，化作金光遁走。

许七安收好符剑，捏了捏眉心："短期目标，晋升五品。然后查一查元景帝，嘿，想不到我也有查皇帝的一天。"

"钟璃，钟璃……"许七安出了屋子，四处张望。

"我在这里。"钟璃抱着膝盖，坐在窗户边，弱弱地回应一句。

没摔伤就好……许七安松了口气。

他带着钟璃路过许二郎的书房边，从窗户里看去，许二郎和楚元缜把酒言欢，书生袖手空谈，还在继续。

嗯，以楚兄对人情世故的老练，知道二郎"不愿透露身份"的前提下，不会贸然提及地书碎片。二郎能和楚元缜聊这么久，不愧是春闱会元，二甲进士，水平不错嘛。

一路来到李妙真房门口，听见苏苏在里面脆生生地说道："爹，哎，爹，哎……"复读机似的，一遍又一遍，乐不可支的样子。

"你已经开始练习怎么叫我爹了吗？不要叫爹，要叫爸爸。"许七安推开房门,进入房间。

苏苏穿着精美繁复的白裙,咯咯笑道:"关你什么事。你家那个蠢小孩真有趣,主人教她认字,写了一个'爹'。主人说,爹,你家那蠢小孩应道,哎!"

苏苏笑得脚底打滑,趴在桌上,花枝乱颤。

许七安:"……"

难怪李妙真当时一副怀疑人生的样子。那楚元缜又是为何如此暴怒?他想了想,忍住没问,不想去揭同伴的伤疤。

"我要出门一趟,你要是无事,陪我走一遭?"许七安看向天宗圣女。

圣女的小脸蛋写满了"不开心"三个字,没好气地道:"有事就说,别打扰我修行。"

语气有点冲啊,你不要把对小豆丁的气迁怒到我头上吧……

许七安解释道:"我知道曹国公的一处私宅,里面藏着了不得的东西,一起去探索探索?"

你这么一说我就来兴趣了……李妙真笑起来:"好呀。"

曹国公的私宅在离皇城几里外,临湖的一座小院。说是小院,其实也不小,两进,院门挂着锁,许久不曾有人居住。

李妙真眯着眼,审视着这座宅子,冷哼道:"这样一座私宅,离皇城不远,地段好,又安静,少说得八千两银子。而曹国公有十几座这样的私宅,用来金屋藏娇养外室,简直可恨,可杀。"

抱歉,再过不久,我也成了买私宅养外室的男人……许七安无声地调侃一句,环顾四周,武者对危险的本能直觉没有给出回馈。周围没人埋伏,曹国公的这座私宅,确实隐蔽。

见四下无人,许七安、李妙真和钟璃跃过高墙,轻飘飘地落在院内。

脚掌落地的刹那,许七安突然转身,张开双臂,下一刻,翻墙时脚尖被绊了一下的钟璃,一头扎进他怀里。钟师姐娇躯柔软,隔着布衣袍子,仍能感受到肌肤的弹性。

"谢谢……"钟璃有些欣喜,本来这一下,她的脸就先落地了。

"不用谢,熟能生巧。"许七安笑道。

李妙真张了张嘴,怜悯地叹息一声。术士五品,预言师,不知道卡死了多少天之骄子。

这座院子许久没有住人,但并不显落魄,想来是曹国公定期让人来维护、打扫。穿过院子,进入内堂,三人摸索了一圈,发现这就是个正常不过的宅子,闲置着,没有太珍贵的东西。

"应该是有暗室。"李妙真分析道。

"不是暗室,是地窖。"许七安迎着天宗圣女诧异的眼神,解释道,"房屋的结构,室内的大小,不足以隐藏一间密室。"

李妙真恍然,解开香囊,轻轻一拍,一缕缕青烟冒出,钻入地底。俄顷,一缕青烟返回,在李妙真耳边诉说鬼语。

李妙真倾听片刻,道:"随我来。"

她带着许七安和钟璃,来到与主卧相通的书房,推开书桌后的大椅,用力一踏。

轰隆……地砖碎裂,坍塌处露出一个黑乎乎的地洞。陡峭的石阶通往地窖。

三人顺着石阶进入地窖,沉闷的空气里,回荡着他们的脚步声。地窖并不深,如同寻常富裕人家用来储存冰块和蔬菜的地窖一般,只不过,曹国公用它来藏珍品古玩。

李妙真点亮嵌在墙壁里的油灯,一盏接一盏,为幽暗的地窖带来火色光辉。

地窖里放置着一排又一排的博古架,摆满了各种各样的古玩,瓷瓶、玉器、青铜兽、夜明珠,等等。看得人眼花缭乱。

世界上并不缺少美,而是缺少发现美的眼睛……许七安心里油然而生这句名言。

然后,他便听李妙真说道:"这里每一件物品都价值不菲,拿出去换成银子,可以救许多无家可归、食不饱腹的难民。"说这些话的时候,她眼里闪烁着兴奋的光。

许七安僵硬着脖子,慢慢扭头看着她。我带你来就是为了这个吗?信不信我杀人灭口啊……他咳嗽一声:"确实如此,不过,做慈善要量力而行。倾家荡产做慈善是傻子才干的事。"

"这些难道不是不义之财吗?"李妙真斜着眼睛看他。

你确定你是太上忘情李妙真?

"到时候抽三成给你做好事。"许七安摆摆手,不愿多谈,转而说道,"这些玩意儿,要么是贪污受贿来的,要么是其他见不得光的渠道。"

钟璃伸出小手,拿起一枚质地澄澈、宛如藏着蓝色海洋的冰珠,在油灯的光辉里折射出惊心动魄的光芒。

"这是南海国盛产的鲛珠,非常珍贵,是贡品。"钟璃作为司天监的弟子,对奢侈品的认识,远超许七安和天宗圣女。

私吞贡品?!许七安懂了,难怪曹国公要特意购置一座私宅来安置这些东西。

接下来,他取出地书碎片,把这些珍贵玩意儿,一件件地收入镜中世界,容易破损的,比如瓷器之类的,则比较头疼。

"这边有箱子,收到箱子里吧。"李妙真指着地窖深处的角落。

啪一声,箱子打开,并没有让人沉迷的金色光芒,或银色光芒闪烁,许七安有些失望。

箱子里摆放着一沓沓的密信,许七安展开看了几封,呼吸突然急促起来。他一篇篇翻阅过去,快速浏览,这些密信是曹国公记录下来的,是贪赃枉法的证据。有些甚至可以追溯到十几二十年前,私吞贡品、贪墨赈灾银粮、霸占军田……与之勾结的人里有文官,有勋贵,有皇室宗亲。如果把这些密信曝光出去,绝对会引起朝堂动荡,牵连到的人数不胜数。

给魏公,把这些密信给魏公……许七安下意识、本能的反应是上交给魏渊,让他掌握这些资料,增加魏渊的政治资本。几秒后,他冷静下来。不急,就算要给魏公,也不急在一时。不,不能全给魏渊,得给二郎留一些,他同样需要政治资本。

心里想着,他又从底部抽出一封密信,展开阅读。

"元景十五年,已与王党、燕党、誉王等宗亲勋贵联手铲除苏航,彻底肃清……党,苏航问斩,府中女眷充入教坊司,男丁流放。收受燕党、王党各八千两贿赂……"

苏航,这名字好熟悉……许七安心里念头闪过,便听李妙真花容失色,脱口而出:"苏苏的父亲……"

许七安猛地记起,苏苏的父亲就叫苏航,贞德二十九年的进士,元景十四年,不知因何原因,被贬回江州担任知府,次年问斩,罪名是受贿贪污。

苏苏的父亲果然是死于党争,还是这么多党派联手?

"原来苏苏的父亲是被他们害死的。燕党、王党,还有誉王等勋贵宗亲。"李妙真愤愤道。

"不对,这封信问题很大……"许七安指着密信上,某一处空白,皱眉道,"你看,'党'的前面为什么是空白的,彻底肃清什么党?"

党字的前面,留了一个空白,正好是一个字的宽度。

"会不会是有什么原因,让曹国公忌惮,没有把那个党派写出来?"李妙真猜测。

"如果是这个原因,他大可不写,或用代号替代。再说,都已经肃清了,还需要忌惮什么?"许七安摇头,否定了李妙真的猜测,指着密信说道,"这里更像是写了字的,就像是被什么力量硬生生抹去了,才留下了空白。"

李妙真皱着眉头,做出努力分析的姿态,许久后,她把分析出的问号从大脑里抹去,放弃了思考,问道:"你有什么看法?"既然身边有一位经验丰富本事高强的推理能手,她何必自己动脑子呢?

"我能有什么看法?就这点信息,根本不足以提供我建立假设。嗯,你不是说苏苏父亲的卷宗,在江州查不到吗?那咱们就找机会去吏部和刑部查一查,或者大理寺。等查出更多线索再说。"许七安叹口气,道,"但有一点可以肯定,苏苏父亲的死不简单。绝非正常的贪污受贿,其中涉及的党争、牵扯的人,恐怕不少。我感觉,顺着这条线,也许能挖出很多东西。"

当即,他们把瓷器收入箱子,再把箱子收入地书碎片,将这座私宅里所有值钱的东西,一扫而空。当然,许七安也没忘记把地契和房契带走。他打算把这座宅子卖了,然后在许府附近买一座小院,把王妃养在那里。

三人返回许府,苏苏撑着一把红艳艳的纸伞,正坐在屋脊上看风景。

院子里,吃饱喝足的许铃音像模像样地打拳,锤炼气血。她还不忘给自己配音:嘿吼嘿吼!两条浅浅的小眉毛竖起,做出凶巴巴的模样。

褚采薇和丽娜在边上闲聊,顺带指导。

苏苏就坐在屋脊看热闹,风撩起她的秀发,吹起她的裙摆,宛如出尘的仙子,美艳绝伦。

李妙真站在院子里,抬起头,招招手:"苏苏,下来,有事与你说。"

"好哒!"苏苏嫣然一笑,轻飘飘地落地。

小豆丁指着苏苏,对丽娜和采薇说道:"我也要学这个。"

"你不行,你太胖。"丽娜和采薇一口拒绝。

小豆丁生气地不理她们,跑来抱大哥的腿。

"大锅我胖不胖?"许铃音试图从大哥这里找回自信。

"你不胖,你是个脂肪肝。"许七安摸了摸她头。

"娘是爹的小心肝,我是大锅的脂肪肝,对不对?"许铃音还记得这段对话,以前大哥和她说过。

"对对对。"

小豆丁就跑回丽娜和褚采薇身边,大声宣布:"娘是爹的小心肝,我是大锅的脂肪肝。"

"闭嘴!"婶婶从屋里出来,臊得面红耳赤,拎着鸡毛掸子,满院子追打许铃音,然而,她竟追不上。婶婶气得嗷嗷叫。

许七安等人进屋,李妙真把苏苏按在桌边,表情严肃地说道:"我们查到关于你父亲问斩的线索了。"

苏苏娇躯可见地一颤,带着浅笑的嘴角慢慢抚平,活泼灵动的眸子黯了黯,继而闪过悲楚和茫然。她眼睛蒙上了一层水雾,痴痴地看着许七安:"你查到的?"

第 393 章

被抛弃的王妃

许七安取出准备好的密信,放在桌上。苏苏迫不及待地展开,反复阅读数遍,她眼里的泪光似乎愈发浓郁,但怎么都落不下来。泪光是一种强烈的感情色彩,却不是真实的。鬼怎么会哭呢?对啊,她连为家人哭泣都做不到。

"我,我父亲怎么会惹上这么多敌人?这,这不合理。"苏苏哀戚道。

"苏家的案子,非同寻常。"李妙真拍了拍纸人女仆的肩膀,宽慰道,"我们来京城,查你家的案子是目的之一,放心,我会替你查清楚当年那件案子的。"

许七安拱了拱手:"那就有劳飞燕女侠了,静候佳音。"

李妙真立刻扭过头来,粉面带嗔,狠狠瞪他一眼。

她当然只是随口说说的,给苏苏鼓气。这种事哪能只靠她嘛,肯定要许七安来主导的啊。这人就是看不得她出风头。

"有劳许银……许公子了。"李妙真撇撇嘴。

"本就是答应过你们的,只是吧……"许七安露出为难之色,"我原以为是一桩小案子,顺手而为的事,但,但没想到牵扯这么深啊。况且,我现在已经不是银锣,查案处处受阻,恐怕……"

苏苏脸色微变:"你想反悔?"

许七安摇摇头,沉声道:"不,得加年限。"

钟璃和李妙真一时没反应过来,但苏苏听懂了,羞涩地低下头,细声道:"多、多久?"

许七安卖关子道:"以后再说吧。"

他没想到苏苏真的答应了,方才不过是口嗨一下,逗一逗美艳女鬼。

正说着,院子里传来门房老张略带仓皇的喊声:"大郎,大郎,官府的人来了……"

李妙真闻声,眉毛一拧,抓起桌上的飞剑便推门出去。

许七安随她出门,恰好看见一群人马强势进入府中,为首的是穿禁军统领铠甲的中年男人,他身后跟着十几名披坚执锐的甲士。此外,还有几个打更人陪同,银锣李玉春、铜锣宋廷风和朱广孝。

原本气势汹汹的禁军统领,目光锐利地在内院一扫,司天监的褚采薇、钟璃,天人两宗的李妙真和楚元缜……他的目光悄悄柔和了几分。

许七安和李玉春三人眼神略有触碰便挪开,没做过多的交流。

那位禁军统领,单手按住刀柄,扬声道:"许七安,奉陛下旨意,前来问询王妃被劫一事,请你配合。"

元景帝对王妃很上心啊。尽管在这个敏感的时刻,他也依旧派人来调查我,这足以说明他对王妃很重视……要好好应对,不然,很可能打破现在的和平。如果让元景帝知道我"私藏"王妃,肯定不会善罢甘休……许七安无声颔首,语气平静:"将军想问什么?"

禁军统领沉声道:"劳烦许公子召集府上所有人,另外,此地不是说话之处,进堂一叙。"

许七安当即让门房老张召集府上仆人,而他则带着禁军统领和李玉春,以及宋廷风、朱广孝,进了内厅。

因为仆人都被召集在大院,因此无人奉茶,许七安坐在主位,面无表情地看着禁军统领。

这是什么态度,简直狂妄……禁军统领看了他一眼,也板着脸,道:"王妃被劫的经过,陛下已经听使团提及,但仍有一些细节未知,请许公子如实相告。"

见许七安点头，禁军统领继续说道："根据送回淮王府的婢女描述，在王妃被掳后，许公子追上了蛮族的四位首领，可有此事？"

许七安如实回答："是的。"

禁军统领追问道："后来呢？"

"后来自然是逃走了，难道将军认为，我一个六品武夫，能力敌四位四品强者？纵使我有儒家赐予的魔法书，也做不到，对吧？"许七安以反问的语气说道。

对此，禁军统领并未反驳，算是默认了，但他并没有完全相信，眯着眼，追问道："既然知道自己不是对手，许大人为何要追上去？"

许七安面色如常："我当时也不知道还有一位四品强者守株待兔。之所以追上去，不过是尽一尽为人臣子的本分，看有没有机会救回王妃，见事不可为，自然便罢手了。"

尽臣子本分？整个朝廷，就你最不当人子……禁军统领沉默几秒，忽然露出了意味深长的笑容："似乎从未有人告诉过你王妃还活着吧？根据婢女描述，当时'王妃'已经死于蛇妖红菱之手，许大人是怎么知道王妃还活着的？"

许七安抵达时，假王妃已经身亡。使团汇报王妃被掳走，去向不明，那是因为他们没有见到这一幕。而许七安当时明明见到这一幕，按理说，在他的认识里，王妃已经死了。现在，许七安对王妃未死之事毫不惊讶，这说明什么？

面对禁军统领的质问，许七安同样露出意味深长的笑容："似乎从未有人告诉过你，我不知道那是假王妃吧？"

禁军统领眉头一皱。

许七安自信十足地笑了笑："当时褚相龙抛弃使团独自逃亡，他不但背负着'王妃'，同时还让侍卫背负婢女一起逃命。呵呵，褚相龙可不是大善人，如果这样我还看不出真王妃混在婢女里，那我大奉第一神捕的名头，岂不是浪得虚名？"

禁军统领愣住了，他无力反驳许七安的话，甚至觉得就该是这样。

如果假王妃能瞒住许七安,那他就不是传奇神捕。

这时,一位禁军走到内厅门口,恭声道:"统领,已经检查完毕。"

禁军统领当即起身,道:"告辞。"

他也没看李玉春三人,径直带人离去。

内厅里,只剩下曾经的同僚,往日里感情深厚的四人,一时间却找不到话题,彼此沉默着。

过了许久,李玉春起身,许七安连忙跟着起身,春哥走到他面前,审视了一下,伸手替他抚平胸口的褶子,淡淡道:"衣服有褶子,就显得不够体面,这些小事你自己要记得处理。"说完,他低声道,"做得很好,我因你而骄傲。"

"头儿……"许七安眼眶发热。

李玉春摆摆手,看向宋廷风和朱广孝。

"宁宴,你尽早离京吧。"宋廷风张开双臂,与他拥抱,在耳边低声说,"陛下不会放过你的。"

朱广孝闷声道:"离开京城,便不要再回来了,我们兄弟仨也许再没有相见之日。不过挺好,总比没命强。"

许七安咧嘴,笑道:"暂时还不会走,以后有空勾栏听曲,我请客。"

他送三人走出内厅,刚行至门口,便看见钟璃贴着墙,小心翼翼地挪过来,一路上左顾右盼,预防着可能存在的危险。然后,她就和李玉春大眼瞪小眼,打了个照面。

许七安清晰地看见,春哥后颈凸起一层鸡皮疙瘩,而后,像是遇到了可怕的事物,本能地后跳,同时飞起一脚。

砰!钟璃被踹飞出去,咕噜噜滚到远处。

李玉春张了张嘴,最后还是什么都没说,不敢去看钟璃,掩面而走。

许七安飞奔过去,把钟师姐搀扶起来,她带着哭腔,委屈地问:"他为什么打我……"

许七安也张了张嘴,一时竟不知道该如何作答,怜惜地摸了摸她的头:"他这人有毛病,以后见着了,躲着他走。"

禁军统领带着下属离开许府,骑马奔出一段路,这才减缓速度,问道:"许府情况如何?"

下属回答道:"近来没有新入府的仆人,也没有易容乔装的痕迹,每个人的身份都问清楚了,回头可以找府衙、长乐县衙的户籍核对身份。另外,我们简单搜查了一遍许府,没有发现来历不明的女子。"

看来他确实与王妃毫无瓜葛……禁军统领颔首,吩咐道:"这段时间,派人盯着许府,注意每一个出入府中的人,如果有新入府的下人,立刻汇报。"

下属点头应是,而后问道:"许七安需要派人盯着吗?"

禁军统领没好气道:"你盯得了一个六品武夫?"

回宫后,禁军统领把事情如实汇报,元景帝没有回应,既没有继续追查的吩咐,也没说就此作罢。

午后的阳光透着微微的燥热,绿叶在烈日的光辉中透出七彩斑斓的光晕。婶婶决定要给大家做酸梅汤喝,获得许铃音、丽娜、褚采薇一致称赞。

许七安推开二郎书房的门,许二郎正与楚元缜对弈。二人一边喝酒,一边对弈,一边谈天说地。

笃笃,许七安敲了两下桌面,引来两人的注意,沉吟说道:"二郎,我记得有一种官职,是记录皇帝宫廷内的一言一行,事无大小,都要记录。"

楚元缜笑道:"是起居郎。"

许七安立刻点头:"对对对,就是起居郎,嗯,是翰林院的对吧?"

许二郎抬了抬下巴,颔首道:"翰林院负责修撰史书,而起居注是修史的重要依据之一,自然是我翰林院的清贵来担任起居郎。"

许七安追问道:"你能接触到吗?"

许二郎略有犹豫,点点头:"有些困难,但可以。"

许七安小声道:"我要元景帝登基以来,所有的起居注。"

许二郎一口拒绝:"荒谬,起居注带不出来,再者,也无法堂而皇之地抄录。"

许七安摇头:"没让人抄录,更没让你带出来,用你脑子记下来,然后背诵给我。八品修身境,早就过目不忘了吧?"

许二郎脸一白:"那也很累的,起居注篇幅过长……"

许七安拍了拍小老弟的肩膀:"你不是和王家小姐眉来眼去吗?通通路子,大哥自有回报。"

次日,许七安骑着心爱的小马,来到一家酒楼,要了一个包间后,点好酒菜,慢慢等待。

一刻钟不到,刑部陈总捕头和大理寺丞先后赴约而来。两人穿着便服,鬼祟得很,似乎怕人认出来,做了简单的易容。

"许大人现在是禁忌人物,与你私底下相会,得小心为上。"大理寺丞脸上挂着老油条的笑容,悠然地吃菜喝酒。

陈总捕头脸色严肃,开门见山:"找我们何事?"

许七安给两人倒酒,笑道:"劳烦二位一件事,我想查一起陈年旧案,事主名叫苏航,贞德二十九年的进士。元景十四年,不知因何原因被贬江州担任知府,次年,因受贿贪污问斩。此人曾经是诸公之一,身份不低,刑部和大理寺想必会有他的卷宗,我想看一看。"

大理寺丞皱了皱眉:"未曾听说此人,许大人为何突然查一起二十多年前的旧案?"

许七安随口解释:"实不相瞒,这苏航长女是我小妾。"说完这句话,他看见陈捕头和大理寺丞脸色猛地一变。

大理寺丞咽了咽口水:"元景十四年死的人,他,他长女是你小妾?"

陈捕头没有说话,但看许七安的眼神,仿佛在问:你好这口?

呃,苏苏的真实年纪确实能做我娘了……许七安反应过来,不甚在意地笑道:"开个玩笑,其实是他长女的女儿,是我小妾。当年因为意外,那位长女恰好不在家中,故而逃过一劫。"

大理寺丞点点头:"此事倒也好办,三日后,同样的时间,在此碰头。我把卷宗给你带来,但你不能带走,看完,我便带回去。"

陈捕头道:"我也一样。"

许七安松了口气:"多谢二位。"说着,取出两张面值一百两的银票。

大理寺丞没接,自嘲道:"我刚说过郑大人唤回了我的良心,你莫要再污了我。吃你一顿酒席,就算是报酬了。"

陈捕头:"我也一样。"

您是张翼德吗,俺也一样……许七安心里吐槽,举起酒杯,微笑示意。

酒足饭饱,他跨在小马背上,随着起起伏伏的节奏,往牙行而去。还有一位大美人等着他呢。

午膳过后,王妃闷闷不乐地回到客栈,坐在梳妆台前一言不发。她怀疑自己被抛弃了,天宗圣女一走便是四天,杳无音信。而那个臭男人,好像把她忘得一干二净似的,再也没来找过她。银子倒是还有,够她在这家客栈住一旬,只是她心里没了依靠,便再也找不到安全感。

尤其今日吃过早膳,王妃伪装成寻常妇人,屁颠颠地一个人在城里逛啊逛,逛到戏楼去了。戏楼老有意思了,又热闹,又有好戏看。她掏了五个铜板,进去看一场戏,戏里讲的是一个出身富贵人家的千金,爱上一个穷酸秀才,但由于门不当户不对,家里不同意,于是两人私奔。

最开始的生活是甜蜜且幸福的,书生为功名苦读,富家千金学着做绣工,素手调羹,小日子清贫,但还过得去。可是渐渐地,随着富家千金带来的银子花完,书生又只知道读书,生活变得捉襟见肘。于是富家小姐就被书生抛弃,赶出了家门。她一个人凄楚地走在街上,最后选择投河自尽。

看到尾声,王妃眼泪哗啦啦地流下来,觉得自己就是那个可怜的富家千金,被人花言巧语地骗出家门,而后惨遭抛弃。

"许七安这个挨千刀的,肯定把我给忘了,嫌我是累赘……"王妃坐在梳妆台前,默默垂泪。就在这时,客房的门被敲响。

第 394 章

莲子成熟在即

李妙真回来了？还是客栈小二敲门？王妃慌乱地抹掉眼泪，清了清嗓子，尽量让语气平静："何人？"

房门外传来熟悉的、醇厚的嗓音，压得很低："是我，开门。"

王妃霍然起身，平平无奇的脸庞涌起无法自控的惊喜和激动，美眸亮了亮，但旋即又坐回凳子，背过身，道："你是何人，我又不识得你，凭什么给你开门？"

"我是你大明湖畔的野男人啊。"许七安敲了敲门。

王妃啐了一口，柳眉倒竖，娇斥道："我不认识你，休要再来叨扰。否则，就叫店家来赶人了。"

她脑海里旋即想起上午看的戏，那书生也不是一开始就俘获千金小姐芳心的。里面有一个桥段，富家千金说：你若真的属意我，便在院外等到三更，我推开窗户见到你，便信你。书生果真等到三更天，于是富家千金就相信他对自己是真心的。

王妃试探道："你若是诚心的，便在门口站到三更天，我便信你。"

说完，她有些期待许七安的反应。

当然，王妃是不承认自己和他有什么暧昧纠葛的，就是他承诺过要安置自己，自己觉得他固然是个好色之徒，却不失为真豪杰，于是相信了他。她和许七安清清白白，可不是戏剧里私订终身的男女。

这几天里,她无数次跟自己强调,双方关系是江湖豪杰一诺千金重,绝对不是男女之间的私相授受。只有这样,她才能说服自己和许七安相处,接受他的馈赠。毕竟她是嫁过人的女子,那个有名无实的丈夫刚死去,她就跟着野男人私奔,多难听啊。

"神经病!"门外的人毫不留情地骂了一句,没好气道,"你到底开不开门?"

王妃赌气道:"不开。"

他就说:"你既然喜欢待在客栈,那就待着吧,我会定期过来帮你交房钱,不打扰了,告辞。"

王妃肩膀动了动,下意识地想转身,但忍住了。她默默坐了片刻,发现门外居然真的没了动静,终于忍不住回头看去,门外空空如也。王妃心里一沉,突然涌起难以言喻的恐惧,起身疾步走到门口,打开房门,左右顾盼,廊道空空荡荡。王妃大急,跑过长长廊道,提着裙摆,顺着楼梯下楼,追出客栈。然后,她看见客栈外的街边,站着一个五官柔和、平平无奇的男人。

他笑眯眯地望着追出来的王妃,道:"走吧!"

不知道为什么,看到他,王妃就卸下了所有矜持,放下了所有委屈和恼怒,选择了跟他走。

许七安在离许府不远也不近的地段买了一座宅子,就是一个小小的四合院,坐北朝南,东西各有两间厢房。

"这座宅子是我冒名购置的产业,不会有人查到,我现在这个样子也没人认识,你可以放心居住。"许七安掏出钥匙,打开院门,道,"以后你就一个人住在这里吧,身份敏感,不能给你请丫鬟和老妈子。

"所以很多事情你自己要学着去做,比如洗衣做饭,洒扫庭院。当然,我会给你留些银子,这些活计你若是嫌累,可以雇人做。但能自己做,就尽量自己做。

"内城的治安很好,白日里不用说了,夜里有打更人和御刀卫巡逻,你可以安心住着。"

王妃接过他递来的钥匙,握在小手里,没有回应。

许七安看着她,犹豫了一下,道:"要不,我隔两天便过来住一次?"

王妃吃了一惊,护住胸口,噔噔噔后退几步。

我不是说要睡你啊……许七安嘴角抽动一下,解释道:"我可以歇在东厢房,或西厢房。"

闻言,王妃沉默了。她没有同意,但也没拒绝,这座宅子是你买的,你非要与我一起住,那我一个弱女子也没有办法。

王妃进了屋子,四处逛一圈,发现锅碗瓢盆、被褥家具等,一应俱全,且都是新的。甚至衣柜里还有几件不新不旧的衣服。

"这些衣服是谁的?"她心情不错,声音便带了几分娇气。

"是我婶婶的,我寻思着你俩的身段差不多,应该能穿。"许七安的声音从外头传来。

"你让我穿别人的旧衣服?"王妃难以置信。

许七安走过来,倚着房门,手臂抱胸,调侃道:"床下的柜子里有上好的绸缎,你可以给自己做几件衣裳。"

王妃语塞,耷拉着眉毛:"我不会……"

你要学的还多着呢,一只金丝雀想重新飞向自由的天空,就必须学着独立起来。许七安狠了狠心,不搭理她失落的小情绪,招手道:"去井里打一桶水上来,我看看你的力气。"

王妃颇有兴趣地跟着他出了屋,来到井边,试着打水,但很快就摇头:"太重了,提不起来。"

许七安就给她换了一只小巧的木桶,一桶水相当于半个脸盆,这点重量,许铃音都能提起来。王妃不负众望,果然提起来了。

"啊,桶掉井里了。"王妃手一滑,连桶带绳掉进井里,她很无辜地看一眼许七安。

"你为什么要用受害者的目光看我?"

"我怎么知道它会掉井里。"

"这说明你并没有意识到自己犯的错误,或者,你企图用无辜的眼神来撒娇,换取我的原谅和宽容。"

"我,我才没有撒娇。"王妃不承认,跺脚道,"那怎么办吗?"

"这个时候,你就需要一个男人。"许七安张开手掌心,气机运转,把木桶吸摄上来。

需要一个男人……王妃愤愤反驳:"我现在是寡妇,我没有男人。"

这个话题并不适合深入,至少他们不适合,于是许七安岔开话题,道:"书房里的书,闲暇时你可以看看,用来打发时间。"

在王妃开口拒绝前,许七安补充道:"放心,都是闲书话本。"

王妃微微颔首:"那我就有兴趣了。"

看书不急于一时,她从屋子里搬来大木盆,自力更生地从井里提水,然后把许七安婶婶的衣服取出来,一股脑儿地丢进大木盆里,笨拙地浆洗衣裳。

许七安坐在井沿,叼着一根草,看着这位曾经的镇北王妃、大奉第一美人,坐在小板凳上,认真浆洗衣裳。她袖子撩起,露出两截白嫩的藕臂,菩提手串遮掩了她倾国倾城的绝色容颜,但不经意间流露出的气质,总是让人着迷。她的美,绝不局限于外表。

"你打算什么时候离京?"慕南栀漫不经心地问道。

"你怎么知道我要离京?"许七安反问。

"我虽然与他相处不多,但他的为人多少知道一些,自大自负,绝不会容忍你的。此时不报复,不过是时机未到,你若以为他会就此罢休,那会死得很惨。"慕南栀撩了撩额发,哼哼两声,"而且还好色,当初我入宫时,他第一眼见到我,人都呆了。那时我便知道,即使是皇帝,和凡夫俗子也没什么两样。"

是你颜值太高了啊王妃,岂止皇帝想霸占你的美……

"那你离京的时候,能带上我吗?"她小心翼翼地试探。

"不带。"许七安没好气地道。

慕南栀噢了一声,低头继续搓洗衣服。许七安仰起头,望着蔚蓝天空发呆,然后被混合着泡沫的脏水泼了一脸。始作俑者捧腹大笑。许七安恶狠狠瞪她一眼,她也不怕,叉着腰,挑衅地抬起下巴。

不知不觉到了黄昏,许七安和王妃联手做了一桌饭菜,勉强能够下咽。用过晚膳,他试探道:"宵禁了,我,嗯,我今晚就不走了?"

王妃不作答,自顾自地收拾碗筷。

"喂!"许七安喊道。

"你爱留不留,问我做甚,我一个弱女子,还能赶你走?"她凶巴巴地回复,充分表现出无可奈何的姿态。

剑州,一座依山傍水的山庄,亭台水榭,小桥流水。阁楼建造精巧,假山、花园、绿树点缀,景致秀丽。山庄内院,有一口冒出寒气的水池,池中长着一株九色花苞,赤橙黄绿青蓝紫金白……

夜色里,金莲道长踱步到池边,道袍浆洗得发白,花白发丝凌乱,他目光温润明亮,默默地凝视着池中花苞。

这座山庄是剑州一位商贾富户的产业。多年前,那位富户落难,遭贼人追杀,恰好被地宗一位道长所救,为表示感谢,便将这座庄园赠予道长。后来,这座山庄便成了地宗修善派的秘密据点,也是天地会的总部。

山庄里,地宗道士共有三十六名,除金莲外,还有一位白莲道长,四品强者。其余弟子修为不等。金莲道长率领这部分弟子逃亡至此,一直"猥琐发育",换下道袍,拿起锄头,表面上是山庄里的仆人,实际是忍辱负重的道士。

把据点选择在这里,金莲道长是深思熟虑过的。剑州是大奉的武道圣地,也是唯一一个有"武林盟主"的州。其他十二州帮派林立,却如一盘散沙。但剑州的整个武林,是一个整体。统治剑州江湖的,便是武林盟。

这是一个连当地官府都要客客气气,连朝廷都要承认其地位的组织。当然,武林盟并不是以力犯禁的邪道组织。相反,武林盟的存在,让剑州的江湖秩序得到极大改善,做到了真正的江湖事江湖了。

金莲道长把据点选在这里,是因为此地秩序完善,有足够强大的江湖组织,能有效地遏制地宗妖道的渗透。

这时,池水倏地沸腾,气泡咕咕,寒气如烟雾腾起。那朵九色花苞,忽然活了过来,赤橙黄绿青蓝紫金白……依次亮起,霞光涨落,宛如呼吸。霞光涨落数十次后,花苞一震,冲起一道数百丈高的霞光,将黑夜照亮。数十里外,只要抬头,都能看到这道瑰丽霞光。

"九色金莲每次濒临成熟,都要喷吐霞光,怎么都掩盖不住。"这时,穿着素色长裙,做少妇打扮的婉约女子,娉婷而来,与金莲道长并肩而立,眺望夜空中缓缓消散的霞光。

"黑莲必定察觉到了,瞒不过的,宗主,您有找到适合的帮手吗?"少妇忧心忡忡地说道。

金莲道长笑着反问:"你认为,适合的帮手是谁?"

道号白莲的少妇柔声道:"自然是人宗道首,洛玉衡。"

金莲摇头:"她忌惮黑莲的业火,不会与他为敌的。九色金莲还不至于让她拼命,而我也暂时给不出让她心动的报酬。"

除非把许七安送到她床上……金莲道长心里腹诽。不过洛玉衡对双修道侣的人选非常重视,目前还无法下定决心,大概还在考察许七安。

少妇白莲想了想,见宗主神色平静,似是颇有把握,柳眉一扬:"您莫非想出动天地会成员?可是,您不是说在他们成长起来前,在有足够把握铲除黑莲前,不会让他们身份曝光吗?"

"他们的成长超乎我的想象。"金莲道长解释。

"他们是谁?"白莲眨了眨明眸,带着几分好奇。

"等他们来了剑州,你便知晓。"金莲道长卖了个关子。

遥远的仙山里,某座古老的道观。

静室里,一盏油灯摆在桌案上,盘坐在蒲团上的黑影围绕着烛光而坐,他们的脸一半染着橘色,一半藏于阴影。烛光把他们的身影投在墙壁上,随着火苗摇曳,身影随之扭曲,宛如张牙舞爪的鬼魅。

"九色莲子快要成熟了……"深沉的声音,从虚空中传来,回荡在静室里。

烛光边的黑影,窃窃私语:

"杀光金莲他们,夺回九色莲子。"

"把白莲抓回来,轮番采补,吸干她的精元。"

"我馋白莲的身子很多年了……"

"好久没有大开杀戒了,已经迫不及待想要吸食人血……"

"剑州有武林盟,是个麻烦,不过这样才有趣,嘿嘿嘿……"

说话的内容透着崩坏,语气阴森森,像是恶魔在聚会。

深沉的声音再次从虚空中响起:"也有可能是陷阱,楚州那位神秘高手是金莲的同伴,坐等我自投罗网。"

低语声瞬间消失,围坐在烛光边的阴影们似乎有所忌惮,收敛了嚣狂。

深沉的声音继续说道:"把消息传播出去,九州武林盟会感兴趣的。距离九色金莲成熟还有半月,其他州的江湖高手想必也会感兴趣。"说到这里,深沉的声音发出桀桀怪笑,"这其中也包括大奉那位皇帝。"

东厢房。

吹灭蜡烛,许七安躺在床榻上,正准备入睡。忽然,熟悉的心悸感传来,有人通过碎片传书。

他旋即坐起身,重新点燃蜡烛,坐在桌边,掏出地书碎片,查看传书内容。

玖:诸位,再过半月,九色莲子便成熟了。你们准备好了吗?

第 395 章

屏蔽天机

肆：现在吗？

肆号楚元缜率先回复。

金莲道长传书道：

不，不需要现在。九色莲花成熟，尚需半月，它迈入成熟的期间，恰是最脆弱的时候，经不起摧残。除非地宗想毁了它，否则，不会在这个时候袭击。但半个月后，必然会迎来一场大战。

贰号李妙真传书道：

地宗妖道们已经发现你们的藏身之所？

金莲道长回复：

黑莲与九色莲花之间存在密切感应，平时我能掩盖双方之间的联系，但莲子成熟在即，气息无法掩盖了，就在刚才，九色霞光冲霄，黑莲必定察觉。

黑莲？地宗道首叫黑莲吗，呃，地宗的道士都是以有色莲花命名的？不知道有没有白莲……许七安还是第一次知道地宗道首的道号。

"黑莲这个称号，无天佛祖，是你吗？"他坐在桌边，念叨出只有自己能听懂的梗，然后自顾自地，有些落寞地笑了一下。

楚元缜传书道：

这也意味着地宗妖道会准备得更加妥当，对我们非常不利。

这时,极少说话的伍号——丽娜,传书回应:

管他呢,来再多人,我也能把他们砸成肉酱。

看到这里,许七安觉得,有必要出声提示一下他们,以指代笔,输入信息:

我听大哥说过,他在楚州时,见到过地宗道首参与血丹炼制,那是个分身。然而,实力隐隐有三品。如果争夺九色莲花时,再来一位这样的分身,我觉得,咱们可以提前放弃九色莲花了。

啊,假冒二郎说话,还真有些羞耻呢。不,真正让我羞耻的是李妙真和金莲道长知道我的身份……许七安恨不得捂脸,觉得自己社会性死亡又加深了。

天地会成员心里一凛,如果黑莲道首真的能出动一位三品分身,哪怕是堪堪够到三品战力的分身,也足以横扫天地会众人。

金莲道长传书道:

黑莲在楚州屠城案中获得了巨大好处,那尊三品分身想必就是当时塑造的。事后分身虽然毁了,但他必然还有余力,或许会再造出一具同等境界的分身。不过你们无须担心,而今我已经恢复,只要黑莲不是本体亲至,我便能对付他。呵呵,他不可能本体过来,这点我可以保证。

你们要对付的是地宗其他的莲花道士。

你拿什么保证黑莲一定不会本体来?还有,金莲道长你真的这么强吗?黑莲分身可是三品啊……许七安皱了皱眉。

唔,当日金莲道长就是潜回地宗盗取了九色莲花,被黑莲道首打伤后,一路逃亡到京城。这么看来,金莲道长难道比我想象的更强大?甚至超越了四品?

见金莲道长信誓旦旦保证,天地会成员松了口气。

楚元缜传书道:

楚州屠城案告诉我们,淮王与黑莲有勾结,以此推断,元景帝会不会也和地宗有勾结?这一点,咱们不得不防。

对啊,我怎么没想到,如果元景帝插手此事,变数就大了……李妙真心里一凛。

楚元缜不愧是本群另一位智商担当,说出了我的顾虑……许七安微微颔首。

一起砸扁就可以啦……丽娜满不在乎地想。

陆号和壹号始终窥屏,没有传书。

金莲道长传书回应:

此事倒也好办。叁号,你通知一下你堂哥,请他出手相助。一来可以增加我方战力,二来魏渊不会坐视不理。

好主意!楚元缜眼睛一亮。许宁宴虽然是六品武者,但金刚神功小成,又有儒家法术书卷,能发挥的战力远胜普通四品。最关键的是,许宁宴是武夫。武夫攻杀手段,是所有体系里最顶尖的,耐力也是最顶尖的。除了手段单一,无法应对复杂情况,缺乏群体攻击技能,各方面都不存在短板。

呃,金莲道长当初选择我作为叁号地书碎片持有者,后来又将我当作桥梁,与魏公达成一定的默契,是不是就存了关键时刻利用打更人的想法?许七安忽然想到这个细节,并认为极有可能。

金莲道长,你说这样的话不觉得羞耻吗……李妙真没有说话,她坐在桌边,眼神复杂。她是知道叁号真实身份的,现在看着许七安和金莲道长唱双簧,天宗圣女觉得很羞耻。

叁:好的道长,我会通知我堂哥的。不过,如果魏渊答应出手,恐怕你的莲子还得再分润出去一些。

玖:没问题,九色莲花一甲子成熟一次,一次能结十四粒莲子,贫道只能再分出去两粒。这一点,希望你能转告你堂哥,让他告知魏渊。

叁:好的,我实力低微,就不凑热闹了,但我堂哥神勇无比,必定能助道长守护莲子。

玖:呵呵,一门双杰。

这俩人……李妙真默默捂脸。

结束群聊后,许七安不出意外,收到了金莲道长的传书:

你修为如何了?

许七安传书回复：

我正好缺一场酣畅淋漓的战斗，说不定能临阵突破，晋升五品。

金莲道长：

很好，五品武夫，才是真正的登堂入室，不惧群攻。

许七安：

道长，先不说这个，黑莲与元景帝有勾结，如果让他知道我是地书碎片持有者，那元景帝也会知道。事后若是两人联手，我会很麻烦。我如何能暂时解除与地书碎片的认主关系？

如果黑莲不知道他是地书碎片持有者，那么仇恨值就不会太高。最重要的是，当日在楚州城，黑莲知道那位神秘强者是地书碎片持有者，那么许七安要是参与莲子守护战，就只有两条路可以走：

一、隐瞒关于"许七安"的一切。这个办法有很大的弊端，他无法使用黑金长刀，无法施展天地一刀斩，无法施展金刚神功。而神殊，已经陷入沉睡。一身本事，发挥不出，如何守护莲子？

二、解除与地书碎片之间的认主关系。如此一来，许七安之所以会出现在剑州，是因为受到了李妙真和楚元缜的邀请，并不是他地书碎片持有者的身份。聪明人甚至会产生联想，当日楚元缜和李妙真帮助他拦截禁军，是不是双方私底下达成了交易，换来日许七安帮忙守护莲子。对比之下，第二个方法明显更好。

金莲道长沉默许久，传书道：

等你来了剑州，我再替你解除认主关系。地书秘法不能外传，希望你理解。当然，你若愿意拜我为师，这就不成问题。

呵呵，您先跟我云鹿书院的四位老师打声招呼，看他们同不同意？许七安嘴角抽了抽。为什么每个人都想当我师父？反而是那位对我有师徒之实的大佬，却从未有过类似的心思，甚至不愿收我做义子……

翌日，许七安太阳高照才起床，捧着木盆来到院子，看见王妃秀发凌乱地坐在椅子上，眯着眼儿，晒太阳。他瞅了一眼五官平平无奇的大奉第一美人，没说话，自顾自地打了一桶水，准备洗脸刷牙。王妃见状，连忙跑进屋子，捧着木盆出来了，蹲在他身边，把剩下的半桶水倒进自己的木盆里,然后把白色的脸帕浸透浸湿,细细地擦拭脸颊。

许七安侧着头,看向身边的女人,难以置信道:"你是在等我打水?"

王妃边擦脸,边斜来一眼,哼哼唧唧道:"不可以?"

许七安放下猪鬃牙刷,朝她拱了拱手。

离开王妃的小院,许七安回许府,牵来心爱的小马,骑着它赶往打更人衙门。抵达衙门口,他把缰绳丢给守门的侍卫,径直入内。

侍卫出于本能,接过缰绳,猛地想起许银锣已经不是银锣,望着他的背影张了张嘴,最后保持了沉默。

一路上,许多相熟的银锣、铜锣朝他颔首,但没人上前打招呼。这并非势利,而是他们若表现出过高的热情,很可能被人偷偷举报到陛下那里,打更人就是干这种事儿的。只有魏渊不需要看元景帝的脸色,即使许七安不再是打更人,香火情仍旧在。因此,他很快见到了魏渊,在七楼——熟悉的茶室里。

"魏公,地宗的金莲道长托我带句话,九色莲花成熟在即,希望您能出手帮助,他会用两颗莲子作为报酬。"许七安还是如同以前那般,恭敬地抱拳。

他没解释九色莲花是什么东西,因为以魏渊的见识,不可能不知道九色莲花。魏渊是许七安见过最博学的人之一,即使女学霸怀庆也远不如他。

"一颗足矣,我会让倩柔去帮忙,但也只有他一个,不会有其他打更人。"魏渊温和地说道。他旋即起身,眺望远景,沉声道,"在哪里?"

"剑州。"

"剑州……"魏渊沉吟道,"回头取一份武林盟的资料给你。九色莲花成熟,剑州武林盟作为地头蛇,不会毫不关注,甚至会出手争夺。"

许七安点点头,而后问道:"魏公,你可曾听说过一个叫苏航的人?"

"苏航……"魏渊皱眉,念叨几遍,"似有印象,一时间竟记不起来了。你问此人做甚？"

"他是贞德二十九年的进士，元景十四年，被贬江州担任知府，次年因贪污受贿问斩。他是我一个朋友的父亲，我答应她，帮她查明父亲问斩的真相。"许七安道。

"有什么问题？"魏渊反问道。一个因贪污受贿问斩的高官，并没有什么稀奇的，每届京察都有类似的高官倒台。

"我从隐秘渠道得知，此人是被王党、曹国公以及诸多勋贵宗亲联手斗倒。"许七安道。

魏渊思考了片刻，摇头道："你的信息错了，我不记得二十多年前有这样的人物。"

魏、魏公不知道……许七安瞳孔略有收缩，思绪一下子翻涌沸腾。他仿佛抓到了什么似的，灵感一闪而逝，最后选择先沉默，等搜集到更多线索，有更多推测，再与魏渊探讨。

"魏公，我想去档案库查一查此人资料。"

"好，我给你一份手书。"

三日之约很快就到，酒楼包间里，许七安等了一刻钟，陈总捕头和大理寺丞陆续赶来，两人都穿着便服，做了简单的伪装。

大理寺丞从怀里取出两份卷宗，递给许七安："一份是元景十四年的，另一份是元景十五年的。"

许七安展开这份卷宗，认真阅读。

元景十四年卷宗：

东阁大学士苏航，收受贿赂，包庇下属侵吞赈灾粮食，导致饿死灾民无数，被贬至江州。

元景十五年卷宗：

东阁大学士苏航，同样收受贿赂，被人进京告御状，朝廷彻查属实后，问斩。

苏航竟然是东阁大学士……那曹国公密信里写的是"苏党"？许七安把卷宗还给大理寺丞，转而又看了陈捕头递来的卷宗，两者没什么差别。

"寺丞大人,您在朝为官多久了?"许七安举起酒杯示意。

"二十有五。"大理寺丞也抬起酒杯,咻溜喝了一口。

"那您为何会不识得东阁大学士苏航?"许七安质疑道。

大理寺丞的脸色陡然僵硬,端着酒杯,愣愣发呆。对啊,我为什么会不记得内阁的大学士?我为什么对苏航这号人物没有半点印象?

许七安没有多问,招呼两位喝酒吃菜。

酒足饭饱后,许七安没有送大理寺丞和陈捕头,目送他们打开包间的门离开。许七安带着几分醉意,往大椅上一躺,一只手搭在桌上,指头有节奏地敲击桌面,他陷入了思考。

大理寺和刑部都有卷宗,唯独打更人衙门没有,按照时间推断,魏公那会儿还没有执掌打更人衙门,他真正开始掌权,是山海关战役之后……而苏航死于二十三年前,山海关战役发生在二十年前。

苏航是东阁大学士,可大理寺丞、魏公却并不记得此人。不但他们,我重新问过曹国公的魂魄,他竟也不记得苏航,再联想到密信里诡异消失的那个字……许七安脑海里浮现四个字:屏蔽天机。

下意识地,他的念头是:这事和监正有关?

但隐隐觉得这个猜测缺乏证据,缺乏相应逻辑……想着想着,他靠在长椅上,打了个盹。

一刻钟后,苏醒过来。

"咦,我竟然睡着了?大理寺丞和陈捕头走了?"许七安捏了捏眉心,自顾自地站起来,"苏航这案子真麻烦啊,一点线索都没有,早知道就不答应苏苏了。还不是因为她实在太漂亮,否则我才懒得费脑子……"

他像是忘记了刚才的一切,舒展懒腰离开包厢。

黄昏,寝宫内。

老太监臂弯里搭着拂尘,跨过高高的门槛,快步进入寝宫。

"陛下,有急事……"

元景帝刚食饵,借着药力盘坐吐纳,没有搭理。

老太监便不敢再打扰,颇有些急躁地等待许久。终于,元景帝结束吐纳,睁开双眼,淡淡地道:"何事?"

老太监从袖子里摸出纸条,递给元景帝。元景帝接过,展开纸条看了一眼,深邃的瞳孔里迸发出亮光。

"九色莲子,点化万物……"

第396章

等一个家伙

元景帝收好纸条,盼咐道:"通知魏渊,让他进宫来见我……不,不用了。"

刚经历人生"起伏"的老皇帝,沉吟许久,道:"通知淮王的密探,即刻前往剑州,争夺九色莲子。可以与地宗道士配合。"顿了顿,他补充道,"尽量多带一些法器。"

老太监躬身退下。

剑州位处大奉西北地带,西邻雷州,北接江州。同时,因为有两条漕运途经剑州,故而繁华。不过,剑州最为人所津津乐道的,是它独特的地域文化:武林盟!

历朝历代,对于江湖组织的态度都是招安和打压为主,听话的招安,不听话的打压或剿灭。如此才能维持王朝统治,维持世道太平。但凡事总有例外。剑州武林盟这个江湖组织,就可以做到一定程度上无惧朝廷。

剑州自古以来,便有着深厚的武道文化,帮派林立,其中有许多屹立不倒的"百年老字号"。这些帮派,尽归武林盟管辖。但这些帮派并不足以支撑武林盟如今的地位,追本溯源,得从史书中去找。

大周末期,百姓民不聊生,天下群雄揭竿而起,试图推翻暴政。大奉皇帝未曾发迹前,不过是无数叛军中的一支,拉拢起数百兵马,以攻占小县城为主,然后招兵买马。

在那个时候,有几支叛军早已成了气候,具备割据一方的强大军事力量。其中一支,便来自剑州。这支剑州叛军的首领是一位三品武夫,于战乱年代崛起,四处征战,无一败绩。后来,大奉开国皇帝崛起,成为推翻暴政的主力之一。等大周覆灭,各路义师逐鹿中原,旧朝廷已经被推翻了,为了不再流血,剑州那位三品武夫向大奉高祖挑战,以各自军队为筹码,来一场武夫间的意气之争。

结果不用多说,剑州那位三品武夫输了。按照约定,他把军队交给了大奉高祖,只带走核心下属,返回剑州,建立了武林盟。那位三品武夫已经绝迹数百年,但武林盟一直宣扬他还活着,这便是武林盟真正的底气所在。

原来武林盟的前身是义军啊……烛光下,桌边,许七安合上打更人案牍库带出来的卷宗。他觉得这里有一个不容忽视的漏洞。

按照卷宗记载,那位武林盟的开创者,三品高手,当初是输给了大奉高祖的。可是,高祖早就魂归天地,他凭什么还活着?没道理实力更强的高手死了,而实力低的却还活着。大家都是武夫,都是一样的粗鄙,凭什么你能活几百年?

顺着这个思路,他突然发现了以前忽略的一个细节,武宗皇帝当年以清君侧为由篡位,是一名武道巅峰的枭雄。但,百年后寿终正寝……

从大奉高祖和武宗两位皇帝的情况看,武夫似乎不能长寿?但如果是这样,剑州那位匹夫是怎么活过几百年的?

武林盟在虚张声势,诓骗天下人?不可能,如果是谎言,顶多骗一骗普通人,骗不了朝廷。但朝廷默许了武林盟的存在,说明有所忌惮。那位曾经的义军领袖,真的可能还活着……

那,问题就出在大奉皇室身上!是什么原因让大奉皇室的高品武者,无法长生呢?

许七安想不出来,便扭头问另一侧,盘坐在软榻的钟璃:"钟师姐,我突然想到一个问题。"

钟璃披头散发的脑瓜子转过来,眼睛藏在凌乱的发丝里,注视着他。

"大奉开国皇帝是怎么死的?"

"慢慢老死的。"

"……"许七安噎了一下,忙补充道,"可是,巅峰武夫的寿元难道和普通人一样?"

"我,我不是武夫,不知道呀……"钟璃小声说。她为自己不能替许七安解惑感到愧疚。

剑州。

《九州·地理志》记载,剑州有山,山中有兽,人面兽身,六尾,能吞月,名曰"犬戎"。犬戎山是武林盟的总部。

销魂手蓉蓉,随着师父,还有楼主,乘坐马车来到犬戎山——这座剑州武林人士心目中的圣山。

万花楼的楼主带来十几名高手,应召而来。万花楼以女子为主,个个花容月貌,烟视媚行。资质好的,留下来做嫡传弟子,资质偏差的,则外嫁出去。百年来,剑州大部分排得上名次的帮派,多多少少都与万花楼有姻亲关系。

"这次师父带你出来见见世面,你记得莫要逞强,当个旁观者便成。"美妇人叮嘱徒儿。

即使在一众美人中,也是出类拔萃的蓉蓉,先点点头,而后有些不服气地说:"师父,我已经六品了。"

六品铜皮铁骨,在江湖上也算是中流砥柱,走到哪儿都能被人尊敬。也就剑州这样的武道圣地,才显得一般般,并不出彩。

美妇人摇摇头:"六品不够看的,接下来的事件里,恐怕只有五品以上,才能参与。五品之下,怕都是送死的马前卒。"

销魂手蓉蓉心里一凛,低声道:"师父,究竟发生何事?"

说话间,马车在犬戎山脚停下来,万花楼的女子们跃下马车,举目眺望。

犬戎山缭绕在云雾间，奇峰陡峭，怪石嶙峋，山林茂密，百年老树参差，一座座阁楼、院落掩映其间。

穿过山脚的汉白玉建造的牌坊，蓉蓉提着裙摆，拾级而上，听见师父低声道："你知道地宗吧？"

蓉蓉点头。道门三宗，在江湖上是"仙家大派"，九州最顶尖的势力，三宗道首是连朝廷都要忌惮三分的存在。

"听楼主说，地宗有一伙道士，在剑州培育一株叫作九色莲花的异宝，不久前，异宝成熟，霞光冲天。曹盟主上门索要莲藕遭拒，与地宗道士打了一架。事后，武林盟便召集各大派，欲围剿那伙道士。"

蓉蓉大吃一惊："曹盟主这是做甚？纵使武林盟千秋鼎盛，也绝对得罪不起道门地宗的。"

美妇人忧心忡忡地点头，旋即又摇头："曹盟主雄才伟略，眼光独到，他敢这么做，必定是有缘由的，只是我们不知罢了。"

这时，蓉蓉听到前头带路的楼主，柔媚清冷的声音传来："噤声。"

师徒俩便不再说话，蓉蓉抬起头，看着楼主的背影。

万花楼女子衣着比较开放，又是夏日炎炎，穿得颇为清凉，从蓉蓉这个角度，能清晰地看见楼主圆润丰满的翘臀，往上是丝带系着盈盈一握的纤腰，流畅曼妙的背部曲线。楼主常年轻纱遮面，仅靠一双狐媚子般的眸子，浮凸的身段，便被外界誉为万花楼"花魁"，魅力可见一斑。

很快，他们抵达了山顶，由盟里管事领着，进了大院。万花楼的楼主穿过院子，走进议事大厅，其余人则留在院外。

蓉蓉低调顾盼，看见大院子里候立着许多熟悉的面孔。

人均背着一把剑的，是墨阁的弟子，柳公子和他的师父便在其中。

穿青衣的，是神拳帮的人，这个帮派的人出拳很有章法，近来收了许多个性张扬的女弟子。

穿金红相间服饰的是千机门，擅长使用各种暗器、毒药，手段诡谲，颇为难缠。

浑身笼罩黑袍的是飞刀门，飞刀既是暗器，又不是暗器。据说飞刀门的门主，能驾驭一百零八柄飞刀，攻杀之时堂堂正正，甚是了得。

蓉蓉默默地收回目光，仅是到场的江湖组织便有十八个之多，能响应武林盟号召前来会师的，都是高手，绝对没有喽啰。

盟主对什么九色莲花是志在必得啊……蓉蓉心里暗想。

时间一分一秒过去，一个多时辰后，万花楼的楼主率先出来，而后是其他门主、帮主。

蓉蓉透过敞开的议事厅大门，看见屋内的高椅上坐着一位魁梧高大的中年男子，穿着紫袍，金线绣出层层叠叠的云纹。她不敢去看那人的面孔，迅速低头，跟在楼主和同门身后离开大院。来到安置万花楼的住所，楼主召集了美妇人在内的几位长老，进屋谈事。

到了黄昏，美妇人返回，蓉蓉立刻拉着师父回房间，关好门窗，追问道："师父，到底怎么回事？"

美妇人沉吟许久，缓缓道："事情已经明白了，潜伏在剑州的那支地宗道士，是地宗的叛徒，他们偷取了九色莲花，依靠武林盟的'庇护'潜藏起来，躲避地宗的追捕。

"不久前，异宝成熟，出现异象，地宗道首追了过来，但因为忌惮武林盟，因此与曹盟主达成协议，双方共同围剿地宗叛徒，报酬是一截莲藕。

"曹盟主许诺楼主他们，将来培育九色莲花成熟，但凡参与者，都能分到莲子。呵呵，你可能不知道，这莲子是难得的瑰宝，可以点化万物，便是凡铁也能诞生器灵。当然，莲子一甲子成熟一次，周期漫长，曹盟主还许诺了其他利益。"

点化万物……蓉蓉抿了抿嘴，目光里悄悄闪烁起垂涎。这样的至宝，任何人都会渴望，都会垂涎。她旋即皱了皱眉："这，如果是这样，曹盟主为何要召集我们？以犬戎山武林盟的势力，联合地宗，不难剿灭那支叛逃的道士吧？"

美妇人赞许地点头："那支叛离宗门的道士自然不足为虑，覆手可灭，曹盟主真正要防的，应该是怕地宗言而无信。"

蓉蓉恍然大悟。

另一边,墨阁歇脚的居所,房间里。

柳公子惊喜道:"那莲子真有如此神奇?"

柳公子的师父,擦拭着心爱的长剑,颔首道:"自然,道门地宗的至宝,怎么神奇都不为夸大。若是为师能得到一枚莲子,便将它用来点化这把剑。"

柳公子的目光顿时落在原本属于自己的法器上,咽了咽唾沫,用力点头:"莲子成熟那是一甲子后的事,师父放心,我会好好待它的。将来,它会是我们这一脉代代相承的绝世神兵。"

柳公子师父倒也没反驳,微微颔首,笑道:"听阁主说,那支叛逃地宗的道士实力不算强,但不能心存侥幸,你这次就别参与了,在外围观战吧。"

柳公子用力点头。

一晃便过去一旬,剑州当地官府惊愕地发现,这段时间,剑州来了许多江湖人士。他们群聚在客栈、酒楼、妓馆,把剑州将有异宝出世的消息大肆传播。

剑州知府这才后知后觉地意识到事情的严重性。官府最反感的便是武林人士啸聚,很容易惹出事端,当即便征调卫所兵力,加强防备,时刻在城外待命,而后派人打探情报,竟颇为轻松地就了解到异宝出世的地点,在剑州城远郊的一座山庄。剑州官府如释重负,只要混战不发生在城内,江湖人士打生打死,他们才懒得多管。

山庄里,金莲道长站在阁楼之上,眺望远处山道。

肤白貌美的白莲登上阁楼,与他并肩而立,无奈道:"方才又有一伙江湖人陷入迷阵,被弟子们打晕捆绑。这段时间以来,我们一共俘虏了数十名江湖人士,这些人罪不至死,若害了他们性命,便是残杀无辜。不杀,留着也是隐患。如何是好?"

金莲道长叹息道:"这是黑莲故意放出风声……"

换成其他势力、其他组织,遇到这种情况,定会毫不犹豫地杀鸡儆猴,震慑宵小。但金莲道长他们不能这么做,因为地宗修的是功德,不能无故杀生,否则会产生心魔,堕入魔道。

"黑莲正是知道这一点,才散播流传,引来众多江湖人士。"白莲抬起素手,把青丝拢在耳后,无奈地叹口气。

金莲道长笑容云淡风轻,仿佛一切尽在掌控中,他悠悠地道:"不急,等一个家伙,他若来了,那些乌合之众,会退去八成。"

第 397 章

去剑州

　　白莲女道长,很想知道金莲道首挑了哪些江湖高手作为地书碎片持有者。她是有颜色的莲花,地位颇高,知道一些内幕。

　　金莲道首挑选的碎片持有者,据说都是拥有大福缘的后起之秀。他们将来会是金莲道首铲除魔念的重要依仗。可问题是,这些年轻人都是后起之秀,实力再强,能强到何处?

　　除非每一位都是四品,否则白莲不认为这些年轻人能挡住地宗入魔的几位莲花道士,能挡住黑莲道首,能挡住武林盟的人马。但,金莲道首似乎对他组建的"地书天地会"很有信心。

　　九州各地,青年俊彦数之不尽,犹如过江之鲫,实在猜不出金莲道首物色的年轻人是谁……白莲心里既忐忑又期待。

　　犬戎山。

　　深夜,身穿紫袍,金线绣出层层叠叠云纹的曹青阳,独自一人离开大院,朝着后山走去。

　　后山有一人,与国同龄。

　　月光黯淡,树影婆娑,他窸窸窣窣地沿着山间小路行走,紫袍下摆拂动着路边的杂草。

　　曹青阳,年过四十,五官端正,眸光锐利,面相上完美地契合着一个

"正"字。

关于这位盟主,剑州江湖一直有个为人津津乐道的传言。据说前任盟主痴迷于面相学,有一次偶然间,他遇见当时还是武林盟一个喽啰的曹青阳,大喜过望,直言此子面相非凡,是万中无一的后土相。天圆地方,大地厚德载物,拥有后土相的人德行无缺,能领群雄,遂收为弟子,传授一身武学,并将武林盟的盟主之位传授于他。

不管面相学有没有道理,但前任盟主的眼光确实不错,从武学造诣来讲,曹青阳是剑州第一武夫,武榜魁首。从职业素养而论,曹青阳统领剑州武林盟,十多年来未犯大错,剑州江湖秩序稳定,甚至还会配合官府,缉拿一些江湖逃犯。

山林间跋涉一刻钟,眼前豁然开朗,出现一面巨大的崖壁,高耸崖壁的底部,是一座石门。石门紧闭着,门口落满了腐烂的树叶,长满了杂草,似乎尘封无尽岁月,未曾开启。

踏出林子,看见崖壁的刹那,曹青阳敏锐地察觉到崖顶亮起两道红灯笼,在他身上"照"了一下,继而熄灭。

那是犬戎。

曹青阳来到石门边,弯下脊梁,声音沉稳恭敬:"老祖宗,我会替您夺来九色莲藕,助您破关。"

门内并没有回应。

曹青阳继续道:"自二十年前的山海关战役后,大奉国力日渐衰弱,朝廷对各州的掌控力急剧下降。各州灾情不断,徒孙有预感,大乱将至。"

门内终于响起苍老且缥缈的声音:"大奉的皇帝还在修道?"

曹青阳颔首:"是的。"

"哼!"冷哼声从门缝里传出。

曹青阳继续道:"近来,从京城传回来一个消息,那位戍守边关的镇北王,为了冲击二品大圆满,屠戮楚州城三十八万百姓,被一位神秘强者斩于楚州城。"当即把消息简单地说了一遍。

"斩得好!"那声音回应。

"事后,元景帝为掩盖罪行,杀害进京申冤的楚州布政使,包庇主犯之一的护国公。"

"朝堂诸公不管?监正不管?"那声音低沉了几分。

"是的。"

曹青阳的声音落下,忽觉脚下大地微微颤抖起来,石门也颤抖起来,灰尘簌簌掉落。崖壁上,那两个灯笼又亮了起来,冷冷地注视着他。

"老祖宗息怒,此事还有后续……"曹青阳忙说。

山体震颤声停止,崖壁上两盏红灯笼旋即熄灭。

曹青阳吐出一口气,威严端正的脸庞,露出明显的放松情绪,接着说道:"后来,一位银锣闯入皇宫,擒拿护国公,痛斥皇帝罪行,痛斥镇北王罪行,将涉案的两位国公斩于菜市口。"

石门内,许久没有传来声音,静默了半刻钟,缥缈的叹息声传来:"自古匹夫最可恨,自古匹夫最无愧。"

曹青阳想了想,解释道:"老祖宗,那银锣并没有死。"

"哦?"这一次,低沉缥缈的声音里夹杂着一丝的好奇。

"此人名叫许七安,是一名打更人,去年京察崛起的人物,老祖宗要是想听,徒孙可以与您说道说道,您莫要嫌我烦便是。"

苍老的声音带着些许笑意:"老夫故步自封数百载,不知世外江山,不知九州江湖,除了隔段时间听你唠叨,其他时候,无趣得很。"

曹青阳便在石门前盘坐,一板一眼地说道:"近年来,江湖中最有意思的是飞燕女侠,朝堂上最令人拍案叫绝的便是这个叫许七安的银锣……"当下,把京察之年,许七安崛起的一桩桩、一件件,娓娓道来。

武林盟能称雄剑州江湖,让官府忌惮,朝廷默许,自然有它的独到之处。最让曹青阳自傲的不是盟中高手,也不是那八千重骑兵,而是他一手打造的情报系统。贩夫走卒,江湖游侠,这些人组成的情报系统,在曹青阳看来,虽及不上那魏青衣的打更人暗子,但论及底层的信息情报,却更胜一筹。

从牢中破解税银案,到刀斩上级,从桑泊案到云州案,一直到最近的楚州案,曹青阳都能说得详细明白。

剑州对这位许银锣,是花了很大工夫的。当然,也是因为那人做出的事过于惊世骇俗,过于高调,想不知道都难。

石门里的老祖宗耐心地听着,听一个小人物的晋升之路,竟听得津津有味。

"有趣,有趣,此子若不夭折,大奉又将多一位巅峰武夫。"苍老的声音含笑道。

"江湖传言,此子天赋不输镇北王。"曹青阳颔首,不觉得老祖宗的评价有什么问题。

"相比起镇北王,我更希望看到像姓许的小子这样的武夫出现。"苍老的声音叹息道,"武夫以力犯禁,越无法无天,念头就越纯粹,因为武夫修的是自身……镇北王是一位纯粹的武夫,所以他能走到那个高度,但正因为如此,他才会做出屠城暴行,所以,自古匹夫最可恨。

"姓许的那小子,同样是无法无天,做事只求问心无愧的人。因此,他为一个不相干的少女,刀斩上级,他会为一时的热血,独当……多少叛军来着?"

"斩了两百多叛军。"曹青阳回忆了片刻,答道。

"你刚才说他独当一万叛军。"苍老的声音说道。

曹青阳面皮微微抽搐,沉声道:"有的说是八千,有的说是五千,也有的说是一万、两万……传闻实在太多,我给记岔了。"

苍老的声音嗯了一下,继续说道:"包括这次的楚州屠城案,人人忌惮皇权,不敢放声,唯独他敢站出来,冲冠一怒。所以,自古匹夫最无愧。"

曹青阳低头:"谨记老祖宗教诲。"

顿了顿,他再次提及此次拜访的正事:"地宗的九色莲花便在剑州,再过几日便成熟了。我想夺来莲藕,助老祖宗破关。只是,那地宗道首堕入魔道,不足为信,徒孙半只脚踏进了三品,仍有半只脚怎么都迈不过来,恐无力对抗地宗道首,请老祖宗助我。"

"道门天地人三宗,历代道首都是二品,我如何助你?"

"老祖宗,来的只是一具分身,最多便是三品。"曹青阳补充道。

石门缝隙里,挤出一滴剔透的血珠,撞入曹青阳的眉心。

清晨,阳光普照大地,带来强而有力的热量。

许七安适时醒来,头大如斗,有些难受,边打哈欠,边心里嘀咕:"好久没去看望浮香了,甚是想念啊。"

穿戴整齐,唤醒不远处软榻上的钟璃,招呼她一起去洗脸刷牙。两人蹲在屋檐下,握着猪鬃牙刷,刷得满嘴泡沫。

"真正顶级的法器,并不是烙印其中的阵法,而是神器有灵。"这时,钟璃突然没头没脑地说了一句,然后歪着头,默默地看着他。

许七安皱着眉头,骂道:"有话你就说完,给我一个眼神,我就能领会了?"

"哦哦……"她含糊不清地哦了两声,含一口水,吐掉白沫,轻声道,"老师给你的那把刀,空有绝世神兵的架子,却没有相应的器灵。"

许七安心里一动:"然后?"

钟璃认真地建议,声音宛如屋檐下的风铃,清脆中带着软糯:"一定要拿到莲子。它能点化兵器,让你的刀诞生器灵。拥有了器灵的武器,将成为一柄真正的大杀器。九州最顶尖的法宝,如镇国剑、地书这些,都是拥有器灵的。

"也就是说,诞生器灵,是迈入九州最顶尖法宝行列的基础。监正老师赠你的佩刀,若是能拥有器灵,高品武夫的肉身便不再是那么无敌。"

对啊,我之前怎么没想到,莲子是能点化万物的,自然也能点化我的佩刀……许七安怦然心动。

他心里估算了一下,若是黑金长刀诞生器灵,再配合他的天地一刀斩,那就不只是同阶无敌那么简单,极有可能跨一个境界斩杀敌人。等他真正晋升五品,说不定能搏杀四品武夫。嗯,就算四品巅峰不行,但寻常四品还是不难的。以此类推,如果晋升四品,那是不是同阶中,攻杀之术数一数二?

许七安现在最缺的就是真实的战力,武器也是战力的一种。

钟璃漱了漱口,用软糯的声线说道:"器灵诞生后,刀便不是死物,你日日温养它,它会认主,旁人无法使用。你有地书碎片,你该明白。"

钟璃真棒……许七安迫不及待地想去剑州了。他故意板着脸,沉声道:"你怎么知道我有地书碎片,你怎么知道我要去守护莲子,你是不是窥视我传书?"

钟璃傻乎乎地看着他。

许七安抹了抹嘴角,把掌心里的泡沫涂在她头顶,再把原本就乱糟糟的东西弄成鸡窝。他得意扬扬,笑嘻嘻地看着自己的杰作。

"我,我要洗头……"钟璃无辜地看他一眼,不知道自己为什么会被这样对待,委屈地走开了。

哈哈,如果是王妃的话,这会儿就扑上来抓花我的脸……许七安发出得意的哼哼声。

熟悉的心悸感,在这个节骨眼袭来。许七安皱了皱眉,丢下猪鬃牙刷,返回房间,从枕头底下抓起地书碎片,查看信息。

玖:诸位,即刻出发来剑州,情况有些不妙。

楚元缜立刻回复:

情况不妙是什么意思,道长,剑州发生何事?

玖:一时半会儿说不清楚,这次的敌人有点多,局势很不妙,你们最好立刻过来,面谈。

这次敌人有点多?许七安眉毛立刻扬起。有了钟璃的一番话,他对莲子势在必得,因为这能让他拥有一把绝世神兵,而不再只是收获一个小妾。

"我要立刻离开了,嗯,先送你回司天监。"许七安抓起钟璃的胳膊,奔出房间,恰好看见李妙真提着飞剑从房间里出来,身边没有苏苏,可能是收入香囊里了。

"我送她回司天监。"许七安道。

"嗯。"李妙真颔首。

厄运缠身的钟璃,就算是平时都要小心翼翼,若是身处战场的话……

骑上小马,带着钟璃返回司天监,许七安正要和李妙真会合,心里却突然涌起一个大胆的想法——杨千幻是四品术士,攻杀之术不及武夫,但一手阵法玩得很溜儿,还有法器……

许七安看见钟璃顺着石阶往下,即将消失在眼前,连忙喊道:"钟师姐,杨师兄是在底下对吗?"

钟璃回过头:"嗯。"

"杨师兄!杨师兄!"他冲着地底大喊,声音轰隆隆回荡。

"吵死了,喊我何事?"杨千幻不满的声音传来。

"想找师兄帮个忙……"

许七安刚开口,便被杨千幻打断并拒绝:"不帮,滚!"

许七安无奈地看向钟璃,钟璃摇了摇头,表示无能为力。

他想了想,叹息一声,高声道:"我此去,是为一夫当关万夫莫开;我此去,是为杀尽宵小,震慑江湖;我此去,是去武道圣地的剑州,只为与剑州的江湖说一句话,在座的各位都是垃圾。"

说完,许七安眼前白影一闪,杨千幻负手而立,沉声道:"走!"

第 398 章

地书碎片持有者

剑州，月氏山庄。

年约四十，脸蛋圆润，身段丰腴的白莲道长，穿着玄色道袍，青丝绾起，插入一根乌木道簪，简洁随性中透着妇人的婉约。往日里温婉随和，始终挂着笑容的白莲道长，此刻脸色严肃，无声地走在山庄外围的区域。十几名弟子跟在她身后，清理着障碍物，试图重新布置阵法。

这里刚刚经历过一场炮火轰击，炮弹如同陨星坠落，撞出一个又一个巨大的深坑，冲击波掀开地面铺设的青石板，摧毁了房屋和树木。一名天地会弟子不幸被炮火击中，尸骨无存，两名天地会弟子身受重伤。

自从逃出地宗后，这群保持理智，没有堕入魔道的地宗弟子，改名为"天地会"。

而最重要的是，金莲道首在山庄里布置的阵法，被硬生生撕开一角，再也无法挡住汹涌而来的敌人，其中包括那些实力不强却数量众多的江湖人士。

江湖散修向来是个令人头疼的群体，他们数量众多，手段诡谲卑劣，为了获得资源，可以抛头颅洒热血。毕竟没有靠山，想要晋升，就不能放过任何机遇。

"白莲师叔……"一个穿浅蓝色道袍的弟子飞奔过来，眼里含泪，哽咽道，"凌真师弟，他，他……"话没说完，便痛哭了起来。

凌真是重伤的弟子之一,伤势过重,没能救回来。而他没有修出阴神,死便是死了,与常人无异。

白莲身后,十几名弟子眼圈一红。

地宗道首入魔后,大部分弟子都堕入魔道,成了妖邪,如今他们这些神志清醒的弟子只有三十六位,少一个都是巨大的损失。现在,地宗正统弟子,只剩三十四位。

"他会以另一种形式陪伴我们的。"美妇人叹息道。

"白莲师叔,你不是说金莲道长请了地书碎片持有者们前来相助吗?他们人呢,怎么还没来?"一位女弟子含泪问道。

闻言,其余弟子也看了过来,眼里透着微微的亮光,因为白莲师叔不止一次向大家强调,地书碎片的持有者都是天之骄子,本领高强,一定能帮他们守住莲子,渡过这次劫难。

"会来的,会来的……"白莲道长不停地安慰弟子们,她没有把自己的担忧暴露出来,不久前的火炮轰炸,委实出乎她的预料。

按照金莲道首的布置,月氏山庄整体便是一座阵法,每一位地书碎片持有者守住一个位置,借助阵法的威力,便能挡住外敌,拖到莲子成熟。莲子一旦成熟,金莲道长便能恢复部分战力,而且,不必再死守山庄,他们就可以边战边退,最后成功撤离。

"我们现在要做的,是修补阵法,堵住这个缺口。"白莲吩咐道。

弟子们没有再说话,各自忙碌起来,或清扫废墟,或修补阵法。

看着他们忙碌的背影,风韵极佳的妇人皱起秀气的眉毛,无声地叹息。其实,地书碎片持有者是谁,能否帮助他们渡过这次危机,连她自己都不知道。

"喵……"这时,几只橘猫从灌木丛里蹿出来,静静地看着忙碌的弟子们。

这些猫是金莲道长带回来的,养在山庄里好一阵子了,平日里在山庄四处游荡,倒也不跑,似乎把这里当家了。真不知道金莲道长出去一趟,怎么就爱上了养猫,不过女弟子们挺喜欢这些猫,修炼之余,喜欢抱着逗弄。

白莲道长看着几只猫,笑了笑。

"白莲师叔,修复阵法还有用吗?即使我们修补好了,下一轮炮火来临,轻而易举就摧毁了我们的成果……"一位年轻的弟子发泄似的砸掉手里的材料,红着眼,悲愤又无奈,"我们不是司天监的术士,我们刻画不出抵挡炮弹的阵法。我们,我们守不住莲子的。堕入魔道的妖道武林盟,还有突然出现的朝廷势力……我们凭什么守,凭什么?!"

他的情绪传染给了其他弟子,众人默默停下手里的工作,默默地看着白莲道长。

婉约俏丽的中年道姑心里一凛,知道弟子们已经处在崩溃的边缘,这段时间,各路散修齐聚十几里外的小镇。其中包括武林盟、地宗妖道以及那支可以调配法器火炮的朝廷势力。

这些情报,月氏山庄都派了弟子乔装潜入,伪装成江湖人士暗中收集。正因如此,他们知道敌人有多强大。

担忧和恐惧在心里积压这么多天,被刚才那场火炮轰炸给引燃了。

"你们别担心,我们还有地书碎片的持有者,我们并不是孤立无援……"

她话没说完,便被一位年轻的女弟子打断,她蹲在地上,大声反驳:"其实根本没有地书碎片的持有者,对不对,师父?如果真的有什么援兵,真的有地书碎片持有者,为什么你会不知道?你一直不告诉我们,就是因为你在骗我们。"

白莲柳眉轻蹙,扫过众弟子,他们同样也在看她,一双双眼睛里填满了失落和沮丧。

原来他们也是这么想的……白莲道长瞳孔倏然锐利,喝道:"如果真没有地书碎片持有者,你们就无法战斗了?我地宗广修功德,行侠仗义,弟子门人何曾怕过死。"

弟子们沉默了片刻,一位年轻弟子摇着头,惨笑道:"白莲师叔,我们不怕死,我们怕的是无用的牺牲。时至今日,地宗真正的香火便只剩三十四人,为了九色莲花,尽数折损,您和金莲师叔真的这么想的吗?"

又一位弟子双拳紧握,眼里含泪:"如果师兄弟们都死在月氏山庄,纵使保住了九色莲花,又能如何?香火都断了啊。"

先前大声反驳的女弟子,抽抽噎噎地哭起来:"师父,我们退吧,您去和金莲师叔说说,好不好?"

白莲道长没有恼怒,只是觉得悲伤,想当初,这些孩子意气风发,都是地宗将来的顶梁柱。自从道首入魔后,他们东躲西藏,看着同门、师长堕入魔道,把屠刀挥向他们。多年过去,他们已成了惊弓之鸟。他们的意志,正慢慢被磨平,他们的勇气,正一点点消磨。他们太需要一场胜战来挽回自信,塑造信仰。

突然,白莲耳郭微动,听见风中传来微弱的动静,她下意识地抬头,看见一道剑光呼啸而来。

御剑飞行?白莲心里一凛,御剑飞行是道门独有手段,天地人三宗都能施展。在这个节骨眼,出现一位御剑飞行的高手,地宗妖道的可能性更大。

周围的年轻弟子们立刻警戒,纷纷驭出自己的法器,真到了不得不战斗的时候,他们也不会畏惧死亡。

飞剑之上的人影,似乎察觉到自己被十几道气机锁定,不慌不忙地探入怀里,摸出一把玉石小镜,朝底下众人晃了晃。

年轻的弟子们,仍然严阵以待,并不识得此物。但白莲瞳孔微有收缩,认出了那是地宗至宝,地书碎片。

"是、是地书碎片持有者……"白莲惊喜道,同时用力压了压手,示意弟子不要贸然出手,误伤援兵。

地书碎片持有者……来了?

众弟子脸上呈现出或惊喜,或茫然,或激动的表情,竟真的有地书碎片持有者。

虽然白莲师叔一直在强调有援兵,但不管弟子们怎么追问,白莲师叔偏不说出地书碎片持有者的身份。时间一久,弟子们表面没说,心里却产生了质疑。而今,在他们意志最消沉的时候,地书碎片的持有者真的出现了。

飞剑降落在废墟边,两个美人儿翩然跃下,前头那位穿着道袍,有一张明丽的瓜子脸,唇红眸亮,肤白如雪,眉尾带着微微的锋芒,英气勃勃。另外一位少女有着南疆人的特征,五官精致绝美,气质活泼,蔚蓝色的眸子宛如大海,灵动闪亮,但小麦色的皮肤,矫健的身姿,让她看起来像是生活在丛林里的小雌豹。

"李妙真,天宗圣女李妙真……"

"是妙真师姐?真的是妙真师姐?"

"太好了,妙真师姐是我们地宗的地书碎片持有者?"

弟子们认出了李妙真。天地人三宗各有各的理念,天人两宗更是势如水火,但并非老死不相往来。三宗弟子偶尔会相互拜访,虽说天人两宗经常不欢而散,但"道门"两个字,终究是让三宗维持着微妙的联系,不至于完全断绝。前阵子,李妙真和楚元缜的天人之争闹得沸沸扬扬,月氏山庄又不是与世隔绝,天地会弟子们知道得一清二楚。

李妙真行了一个道礼,矜持微笑:"诸位师兄姐弟们有礼。"

天地会的年轻弟子们纷纷回礼,而后看向丽娜。

李妙真意会,介绍道:"她来自南疆力蛊部。"

众人再朝丽娜行礼,南疆小黑皮躬身回礼。

"只、只有两位吗?"一个年轻的弟子试探道。

如果只有两位援兵,其实对局势并没有太大用处,尽管天宗圣女李妙真已经踏入四品,是前途无量的后起之秀。可眼下的局势是群狼环伺,高手如云。

"他们快到了。"李妙真笑了笑。

他们……天地会的众弟子心里一喜,这意味着援兵不止一位,他们开始期待地书碎片其他的持有者。南疆的小姑娘修为如何,看不出来,但李妙真却是大名鼎鼎,想必其他人也不会差。

正想着,又有人御剑而来,在月氏山庄上空盘旋一圈,迅速降落,朝李妙真等人刺来。剑脊上站着两人,这次是两个男子,前头那个穿着青衫,面容清俊,额前一缕白发。青衫男子身后,是一位魁梧的中年和尚,五官平庸,气质温和,看不出有什么奇特之处。

"楚元缜,人宗记名弟子,诸位地宗的同门,对他想必不陌生。"李妙真笑着介绍。

"楚元缜?"一位清秀女弟子惊呼起来。

天人之争前,楚元缜的名声只在京城流传,但与李妙真交手之后,这位人宗记名弟子,迅速名声大噪。他之前的事迹也被扒出来,元景二十七年的状元,次年辞官,修武道。沉寂数年后,迅速崛起,被魏渊誉为"京城第一剑客",是个有着浓厚传奇色彩的人物。

道首居然把天人两宗最杰出的弟子拉入天地会……白莲道长惊喜不已。李妙真将来可是要成为天宗高层的,她加入天地会,会不会是天宗的意思?天宗也觉得地宗群体入魔事件有损道门形象,是否打算出手?同样的道理,人宗道首洛玉衡,是不是也是这样的想法?

白莲道长看得比普通弟子更深刻,更长远。

"我天地会遭此大难,多谢四位不远千里赶来助阵,没齿难忘。"白莲迎上来,郑重施礼。顿了顿,她继续道,"眼下局势非常糟糕,仅是武林盟的四品高手便比我们还要多,何况还有入魔的妖道们,还有一群浑水摸鱼的散修。

"几位尽力便好,切不可逞强。实在不行,九色莲花放弃便放弃了。"

她认为凭借我们的战力,不足以扭转乾坤……楚元缜听出了白莲道长的言外之意,虽说有轻视之嫌,但这份心意,出于真心。

楚元缜哑然失笑:"还有一人,他比我和妙真都强。而且,江湖上有头有脸的人物,应该会买他几分薄面。"

李妙真转头四顾,没好气道:"他怎么还没来?"

恒远摇头:"兴许还在路上。"

他们说的是谁?比李妙真和楚元缜还强,并且能让江湖上有头有脸的人物买几分薄面,那得是什么样的大人物……天地会弟子们面面相觑。

有了李妙真和楚元缜珠玉在前,众人纷纷期待起来。

"金莲道长,好久不见,你这癖好怎么还没改啊?"

突兀的笑声从众人身后传来,循声看去,一个穿黑色劲装,束高马尾,后腰挂着修长佩刀的年轻男子,蹲在一只橘猫面前,不停地挥手招呼。

橘猫受了惊吓,弓着身子,朝他龇牙。

"道长,演戏演得还真像……"他哈哈大笑着说。

"那,那不是金莲师叔,是普通的野猫。"一个女弟子小声说了一句。

扎高马尾的年轻男子回过头来,诧异道:"是吗?"

该男子模样甚是俊朗,嘴唇薄厚适中,鼻梁高挺,双眼明亮而深邃,脸部轮廓硬朗,透着阳刚之气。

当场,十几位天地会弟子,脑海里轰地一震,涌现出难以置信的情绪,脸色纷纷僵硬。

许,许七安?! 大奉银锣许七安!

对于这位如彗星般崛起,创造一个又一个传奇的年轻男子,隐居在月氏山庄的弟子们并不陌生。他真正进入月氏山庄情报网,是在佛门斗法结束之后。朝廷广发邸报,昭告天下,奠定了许七安名震大奉的传奇,随后,负责外出搜集情报的弟子,传回了一份此人的详细资料。

身陷大牢,凭一己之力勘破税银案,解救家族;奉旨彻查桑泊案,挖出平阳郡主被害的陈年旧案,一大票的朝堂大佬因此倒台;随后赴云州查案,于使团危难之际挺身而出,独当叛军若干……回京后,先破宫中福妃案,后力挫佛门,赢得斗法,传奇一般的男人。

不少男弟子回忆起那段时间,山庄里不少师妹师姐经常私底下讨论这个男人,说江湖少侠千千万,抵不上许七安一根指头。

这还不止,大概半个多月前,剑州城张贴了一张皇帝陛下的罪己诏,整个剑州江湖都震动了。龙椅上那人在位三十七年,第一次下罪己诏,内容触目惊心。

月氏山庄派弟子一打听,才知道京城近来发生了这么大的案子,淮王屠城,皇帝包庇,满朝诸公迫于皇权,明哲保身,无人站出来为三十八万百姓平反。是许七安,闯皇宫,擒国公,菜市口怒斥朝廷,一刀斩下,斩出了朗朗乾坤,也斩断了自身前程。

月氏山庄女弟子,有一个算一个,都非常仰慕那位传奇银锣。

她们万万没想到,那位仰慕已久的传奇人物,竟是地书碎片持有者,是天地会成员,是自己人……这比任何豪言壮语都要鼓舞人心。

年轻的女弟子们激动得面红耳赤,眼里泛着亮晶晶的光,仿佛随时都会尖叫着扑上来。

李妙真不动声色地环顾一眼,把年轻道姑眼里的激动和爱慕看得清清楚楚,她眉毛微皱,有些不悦。她不高兴的原因当然是不想看到地宗的女弟子们掉入许七安这个火坑,此人是好色之徒,并非良人。要不然还能是什么?

"咳咳!"金莲道长鬼魅般地出现,站在橘猫侧边,皮笑肉不笑地抚须道,"许公子莫要开玩笑,贫道怎么会是猫呢?"

嘶,道长这眼神有点可怕啊……许七安识趣地岔开话题:"道长,我们来了。莲子还有多久成熟?"说完,他环顾周遭,道,"你用地书通知我们过来,是因为这个情况?"

金莲道长颔首,看了眼狼藉的现场,无奈道:"你们大奉那位皇帝,对九色莲子也很感兴趣。不但派了一队神秘高手前来,还携带法器火炮。清晨一番轰炸,把我布置的阵法破坏了。"他叹息一声,"我原想着让你们配合阵法守护山庄,扩大优势,如此才能以少搏多。如今……"

未等许七安等人回话,一个声音突然响起,回荡在废墟之上:"如此粗陋的玩意儿,你叫阵法?"那声音中夹杂着毫不掩饰的鄙夷和不屑。

天地会弟子们大怒,环顾四周,怒喝道:"何人说话,藏头露尾!"

"唉!"低沉的、缥缈的叹息声传来,来自四面八方,无处不在。

"天不生我杨千幻,大奉万古如长夜。"这声音,仿佛来自遥远的上古时代,带着巨大的沧桑和厚重的历史,回荡在众人耳畔。

"敢、敢问前辈是何方神圣?"

天不生我杨千幻,大奉万古如长夜……这是何等的霸气,何等的孤傲。婉约美丽的白莲道长大吃一惊。除了地书碎片持有者,金莲道首竟还请了一位绝世高手?

在场的弟子,此时也收了法器,拘谨地左顾右盼,寻找"前辈"的身影。连白莲师叔都口称前辈,他们哪里还敢言语冒犯。

"在那里……"一位女弟子发现了他,小声说道。

一道白衣身影站在远处,背对着众人,他负手而立,风吹动他的衣摆,吹起他的发丝,飘飘然如谪仙。

"这位是京城大名鼎鼎的术士杨千幻,杨前辈。"许七安连忙给大伙儿介绍。

白莲道姑迎上几步,恭敬施礼:"多谢杨前辈能来相助,前辈与金莲师兄是在京城相识?"说话的时候,白莲道姑看了眼不远处的金莲道长。道首竟然能搭上司天监这条线?要知道司天监的术士是继儒家之后,最目中无人的体系。就算是道门,术士们也不放在眼里。

不愧是道首,竟在不知不觉间布局到这般程度。众弟子面露喜色。

杨千幻哼了一声:"金莲是谁?"

呃……白莲道姑一愣:"您不认识金莲师兄?"

杨千幻负手而立,语气孤傲:"我为什么要认识他。"

白莲好奇道:"那您此番前来,是为何?"

她身边,十几位弟子望着杨千幻的背影。

杨千幻淡淡道:"若非因为许七安请求,本尊可不屑掺和这种俗事。"

够了够了,杨师兄,味儿太冲了……许七安默默捂脸。

原来是许公子请来的,是了,当日他便代表司天监与佛门斗法,想来是与司天监有渊源的……白莲道姑转身,朝许七安郑重行礼,柔声道:"许公子侠义之名非虚,大恩大德,天地会没齿难忘。"

弟子们也意识到白衣前辈是许公子请来的帮手,顿时,看许七安的眼神越发感激,以及认同。

女弟子眼睛放光,只觉得许公子与她们想象中的那个完美的形象,合二为一,没有偏差,愈发地仰慕他了。

杨师兄请继续保持这样的风格……许七安顺势说道:"杨前辈,您不妨露一手,帮月氏山庄修补、改良阵法?"

一时间,包括金莲和白莲,天地会的众人,饱含期待地看着杨千幻的后脑勺。

杨千幻发现自己被架在高处下不来了,如果拒绝,那他之前营造的高人形象,不说荡然无存,肯定会大打折扣。

"好……"他简短地应了一声,旋即补充道,"所有人退出此地,不得靠近。"

美妇人白莲浅笑道:"这是自然,我们不会窥探前辈的秘术。"

他只是不想在修补阵法的时候被你们看到正脸……许七安心里吐槽。

山庄深处,寒池边。

"这就是九色莲花?"丽娜眼睛里倒映着九色霞光,叹息道,"好美啊。"

李妙真抿了抿嘴,同样有着女子独有的向往和渴望。从古至今,女人对花,尤其是漂亮的花,总是缺乏抗拒力。

楚元缜和恒远脸色平静。这两人,前者只钟情自己手中的剑,后者心思通透,不会被外物影响情绪。

金莲道长说道:"今晨的炮火只是试探,他们也怕在这关键时刻毁了莲子。呵呵,明日黄昏莲子就会成熟。贫道估算,今日便是他们撕破脸皮,攻打山庄的时刻。"

"说说这次的敌人吧,知己知彼百战百胜。"李妙真在池边盘坐。

金莲道长措辞片刻,缓缓点头:"觊觎九色莲花的势力有三个,首先是地宗妖道,黑莲道首的分身我便不说了,除了道首之外,地宗有九位长老。分别是'赤橙黄绿青蓝紫金白'。"他侧头,看向脸蛋圆润,肤白貌美的中年道姑,介绍道,"这位便是白莲长老。"

极具熟妇风韵的白莲道姑笑了笑,施了道礼。

金莲道长继续道:"我是金莲长老,剩下的几位长老中,紫莲死于杨砚之手。杨砚是四品巅峰,又是武夫,紫莲败给他不冤。但紫莲修为是长老中垫底的,赤橙黄三位长老是四品巅峰,绿青蓝三位要差一点,但也比普通的四品要强很多。"

李妙真嘀咕了一句："我就是垫底级的四品……"

她踏入四品只有三四月的时间,根基浅薄,远无法和资深,乃至巅峰四品高手相比。

丽娜皱了皱眉头,蔚蓝的眸子闪过困惑,她扳指头算了一下,恍然大悟："赤橙黄绿青蓝紫金白……金莲道长,你和白莲道长才是垫底的吧。"

白莲道姑愣了一下,用眼神质问金莲道长:这姑娘怎么回事,当面削人脸面?

金莲道长微微摇头:你想多了。

"咳咳!"他清了清嗓子,把话题转回正事上,"武林盟召集了麾下各大帮派势力。那些个帮主门主,绝大部分是四品,强弱不一,接触太少,我无法准确估算。真正要警惕的是武林盟的盟主曹青阳,此人是武榜第三,江湖传闻,他一只脚踏入了三品的门槛,是大奉江湖几百年来,最有希望成为三品的人物之一。"

楚元缜沉吟道："他的真实战力如何?"

一只脚踏入三品,这个说法过于笼统,无法衡量真实战力。

金莲道长分析道："两个杨砚也打不过他。"

也就是说,得三个杨砚才能打赢,或打平他……楚元缜露出沉重之色。

什么时候我的前直属头儿变成战力衡量单位了……许七安用吐槽的方式来缓解压力。

"朝廷派了多少军队过来?"李妙真问道。

"不是军队,而是一群神秘高手,他们裹着黑袍,戴着面具,二十余人,携带着火炮,就驻扎在十几里外的小镇上。"金莲道长描述道。

"镇北王的密探?!"

看来镇北王遗留的势力被元景帝收编了……许七安和李妙真对视一眼。

"原来是镇北王的密探。"金莲道长恍然道。

敌人高手有点多，不说其他，单论四品武夫，人数便碾压他们。没心没肺的丽娜也感受到了沉重的压力。

许七安站在池边，目光望着九色莲花，突然问道："道长，这九色莲花对你来说非常重要吧，哪怕牺牲再大，也要保全？"

李妙真等人一愣，齐刷刷地看向他。楚元缜率先咀嚼出其中深意，李妙真次之，而后是恒远。丽娜没能通过智商考验。

我记得金莲道长说过，当日之所以重伤逃入京城，是因为偷取九色莲花时被入魔的道首打伤。九色莲花的作用和价值，比我想象的更大，不然金莲道长不会冒死回去偷取……楚元缜想到了这个细节。

虽然九色莲花是罕见的异宝，但若非有极其重要的作用，面对这样强敌环伺的局面，舍弃莲花，保全实力才是正确选择，而金莲道长只想着和他们硬碰硬……李妙真看了许七安一眼，不愧是你！

恒远的想法和两人差不多。

"没错，九色莲花非常重要，是我清理门户关键之一，不容有失。"金莲道长坦然回答，但没有解释其中缘由。

道长，得加钱……许七安差点没控制住，让嘴巴蹦出这句话。

这时，一位弟子匆匆赶来，急切喊道："道长，有一群江湖散修趁阵法被破，攻进来了，人数极多。"

金莲道长转头看向许七安和李妙真："此事要劳烦两位了。"

第 399 章

面子

许七安立刻看向李妙真,发现她并不惊讶。

"一些散修而已,以天地会的实力,不难解决吧。"他皱眉道。

白莲道长语气颇为无奈地解释:"那些江湖散修最是麻烦,我们不愿多造杀孽,但若是置之不理,却很可能被反咬一口。他们数量众多,手段荤素不忌,对普通弟子威胁还是很大的。但屠戮生灵又是大忌……"

"即使生命受到威胁,也不行?"许七安诧异地反问。

白莲摇头,低声道:"地宗修的是功德,而非道心。"

她的意思是,问心无愧这一套不适用于地宗,只要杀人,就会有损功德……从这个角度理解的话,杀十恶不赦之徒就没事,因为除恶就是扬善。但那些江湖散修不可能全是恶徒……许七安有所领悟。

楚元缜笑道:"我也去帮忙吧。"

恒远双手合十:"阿弥陀佛,贫僧也去与他们讲讲佛理。"

其实,恒远是武僧,头上没有戒疤,理论上说是不受戒的,可以吃肉喝酒,可以杀生,也可以进花楼。只不过恒远是个异类,他一直以"禅修"的规矩要求自己。

金莲道长说道:"非是让你们打退那些匹夫,而是要让其知难而退,不在莲子成熟时捣乱。"

白莲道姑接着说道："其实黑莲刻意散播消息，引来这些江湖游侠，本意就是用他们来做马前卒，这几日，他们充分地担任了探路炮灰的角色。而散修中亦有高手，不容小觑。如果不能提前解决这个隐患，明日决战时，这股力量会让我们非常头疼。"

说着，白莲道姑不停看向李妙真和许七安，她此时已经明白金莲道首的算盘。

李妙真闻言，自信满满地点头："我在江湖上有几分薄名，朋友多，不识得的，也愿意买我几分薄面。交给我吧。"

许七安正要随着李妙真等人前去，金莲道长突然喊住他："许公子，你稍后半步，贫道有事与你说。"

他心里一动，知道了原因，停下脚步，目送四位天地会同伴离开。

等他们背影消失后，金莲道长招了招手，地书碎片自动飞离许七安兜里，落入老道士掌心。他握着地书碎片，笑而不语。

见状，白莲识趣地说道："我去外头观战。"

寒池边，只剩下金莲道长和许七安两人。老道士咬破指尖，用鲜血在地书碎片镜面画了一个咒。

许七安踮着脚偷窥，但被金莲道长挡住了："地书碎片是我地宗至宝，你既不愿入我地宗，那贫道也只能遵循'道不传非人'的规矩。"

金莲道长屈指，叮一声弹在镜面，血淋淋的咒文骤然亮起，而后隐入地书碎片中。

许七安大脑轰地一响，像是一道惊雷劈入脑海，紧接着是剧烈的疼痛，来自灵魂的疼痛。他捂着脑袋，面皮狠狠抽搐，持续了十几秒，痛苦才消散。

"认主的法宝便是主人的一部分，强行断绝，就如同斩去手臂……"金莲道长把叁号地书碎片收好，笑道，"你若继续带着它，黑莲依旧能感应到。所以，这段时间先由我来保管，等事情结束，再还给你。"

许七安眼巴巴地看着地书碎片被金莲道长收入怀里，像是养了十八年的白菜被猪拱走，担忧道："道长，你一定要保管好啊，事后一定要还给我啊。"

金莲道长笑呵呵道："看来你对天地会非常有归属感。"

月氏山庄外围。

被炮火轰炸成废墟的区域，数十名江湖好汉，正与天地会弟子对峙。这里刚刚发生过短暂的交火，各有伤者，但没闹出人命。

"小道士们，速速滚开，大爷求的是宝物，不想伤人性命。"

"就是，再敢挡本大爷的路，别怪我们不客气。"

数十名江湖人士分散四周，挥舞着兵刃，骂骂咧咧地威胁。

与其对峙的天地会弟子们，手握飞剑、玉尺、铜锥、布幡等法器，半步不退。一位妙龄少女扬起手里的剑，娇斥道："呸，一群无耻之徒，觊觎我天地会的至宝，强取豪夺，做梦！"

"哼！"冷哼声里，一位膘肥体壮的胖子冲了出来，手里拎着两把玄铁锤。

穿着道袍，眉目清秀的少女毫不畏惧，轻轻抛出飞剑，尖锐的破空声响起。

叮！火星四溅。轻描淡写磕开飞剑的胖子狞笑一声，双锤重重砸向少女。但他没能砸下去，一双瓷白的小手挡住了铁锤，是女子的双手，骨肉匀称，纤细小巧，奇怪的是，这双手挡住铁锤，既没传来气机波动，又不曾响起金石碰撞之声。

仅凭血肉之躯，抗住了如此强大的一击？

见到这一幕，不管是天地会的弟子，还是另一边的江湖好汉，都觉得不可思议。

出手的是一个美丽的少女，眼睛蔚蓝深邃，小麦色皮肤。南疆人的特征是如此明显。

膘肥体壮的胖子脸色一变，丰富的战斗经验让他不需要思考，便做出最正确的判断，迅速弃了玄铁重锤，飞快后退。

"你们中原的男人都是软脚虾吗，使这么轻的玩意儿？"丽娜手里拎着两把锤子，像小女孩玩弄布偶，抛来抛去。

那边,众江湖人士愣愣地看着这一幕,无法控制脸上的震惊。不说战力,就凭这份气力,就碾压他们所有人。

"南疆蛊族,力蛊部?"有人皱着眉头,不太确定地嘀咕道。

丽娜蔚蓝的瞳孔扫过众人,咧嘴,露出小虎牙,嘿嘿道:"你们中原有句话,来而不往非礼也。"

除了少数几位高手,众江湖人士一凛,悄然握紧兵刃。

咔嚓……丽娜一脚踩裂地砖,宛如一根弩箭,射向人群。

刹那间人仰马翻,惨叫声不断。她一拳捶翻一个汉子,力大无穷,偏偏身法敏捷,体术精湛。十几个回合下来,无人能撄其锋。

好强……天地会弟子们眼睛一亮,振奋不已。他们之前的注意力全在李妙真和许七安还有楚元缜身上,忽略了这位外族小姑娘,以为是个添头,没想到竟如此强大。

直到一位使铜棍的汉子出手,才堪堪遏制丽娜的攻势。数十人以铜棍汉子为首,形成合围之势,再加上人群里有几个使暗器的好手,时不时丢几手角度刁钻的暗器。多方配合,总算扳回劣势。趁着数名同伴缠住这个外族少女,使铜棍的汉子暴喝一声,旋身,挥棍,破空声凄厉。

丽娜抬起手,又一次以手掌挡住了武器,她抬脚直踹,把汉子踹飞出去,喋血不已。

"丽娜,够了。"李妙真从众弟子后方绕出,高声制止。

激烈交战的双方顿时罢手。

丽娜随手把铜棍丢弃,迈着修长有力的大腿,穿过众人,返回李妙真身边。

"你,你是飞燕女侠?!"一位江湖人士认出了李妙真。

飞燕女侠?众人审视着李妙真,脸色微变。

天宗圣女扫过这群江湖匹夫,问道:"谁是领头的?"

她很懂江湖,如果遇到需要团结的情况,江湖人士们会推选出一位最有威望,或最有侠名的人为临时首领。有时候,名声和威望甚至比实力更重要,实力能让人忌惮、畏惧,唯有名望才能让人折服。

那壮汉捂着腹部,踉跄地走上前,抱拳道:"剑州南淮郡,柳虎。姑娘真是飞燕女侠?"

只是一群实力不强的散修,不需要许七安出面,我便能搞定……李妙真颔首,淡淡道:"诸位,九色莲子是地宗至宝,如今周遭强敌环伺,尔等实力并不足以争夺。贸然参与,只有死路一条,不如买我个面子,退去吧,莫要插手此事。"

这……柳虎脸色变幻不定,飞燕女侠的名头他是听过的,非但听过,简直如雷贯耳。这位天宗圣女自前年出道,游历江湖,行侠仗义,在江湖上颇有声望,朋友无数。

若是得罪了她,只需要动动嘴,我可能就会被受过她恩惠的人通缉对付……莲子虽然诱人,但飞燕女侠说得不无道理,这次本来就是碰机缘来的,机缘未至不可强求……柳虎心生退意。

其他江湖人士同样有所忌惮,不敢得罪李妙真。他们可能不怕官府,甚至不把朝廷放在眼里,但他们不敢得罪在江湖上人脉广博的飞燕女侠。

不愧是飞燕女侠,这份影响力,已经堪比一些德高望重的名宿……远处观望的白莲道姑,微微颔首。看来即便许七安不出面,有李妙真便够了。她旋即想到,天宗历代圣子圣女游历江湖,都如鸿毛过水,点到即止。这一代的圣女李妙真,似乎与前辈们不同,混着混着,就成一代女侠了……

李妙真笑了笑,拱手道:"妙真先行谢过各位,以后江湖相逢,就是朋友,有什么需要帮助的,尽管开口。妙真一定竭尽全力相助。"

众人仍旧不甘心,但得了飞燕女侠的口头承诺,抵触情绪降低了些。

"飞燕女侠好大的威风。"一道醇厚的嗓音传来。

声音的主人是个蓄美髯的中年剑客,五官端正,气态斐然,手里提着一把黑鞘青锋。他身后,跟着十几位蓝衫剑客,柳公子和他的师父也在其中。

"是墨阁!"

"是阁主杨崔雪。"

前一刻还忍辱负重,与现实妥协的散修们,此时仿佛有了主心骨,主动靠拢过去。纵使在门派多如牛毛的剑州,墨阁也是排在前列的大派。

李妙真眯着眼,打量美髯剑客:"九曲剑法,红河墨阁?"

墨阁是剑州屹立百年不倒的门派,底蕴深厚。相传开派祖师在红河悟道,观红河九曲,悟出无上剑法,在红河畔,建立了墨阁。值得一提的,杨崔雪是资深四品,剑法高深,最广为人知的战绩是一人独斗两名四品,激斗一天一夜,平手。

"幸会!"杨崔雪颔首,沉声道,"所谓财帛动人心,何况是九色莲花这样的宝物。飞燕女侠以势压人,是不是太不讲道理了。"

李妙真冷笑道:"素闻杨阁主刚正不阿,为人正派,确实是个讲理之人,讲的都是些歪理。九色莲花本就是地宗之物,尔等强取豪夺,却说得这般冠冕堂皇。"

她听说过墨阁阁主杨崔雪的名头,传闻此人作风正派,最欣赏侠义之士,常常赠送名声不错的江湖侠客们银两。因此被人戏称为杨大善人。

"呵,飞燕女侠是天宗圣女,自然不知道我等散人的苦处。"有人阴阳怪气地说道。

"怕死还走什么江湖?老子这身修为,这把神兵,都是用命拼出来的。"

"就是,不拼一拼,怎么知道最后鹿死谁手?"有人撑腰,散修们说话语气立刻硬了。

杨崔雪摇摇头,道:"飞燕女侠是天宗圣女,不缺功法,不缺名师,又怎知道散修的无奈。有些人卡在一个品级,数十年不得寸进,想求人指点,却找不到名师。

"有些人缺一件称手的法器,但十年如一日地使着凡铁。不用命去搏,如何晋升?如何出人头地?杨某只是觉得,你可以打败他们,甚至杀了他们,但不该剥夺他们争取的资格。"

白莲道姑秀眉轻蹙,而李妙真身后的弟子们,则重新警惕起来,做好战斗的准备。

李妙真眯了眯眼,有些恼怒,被这人一番搅和,在场的匹夫又蠢蠢欲动。她压不住了。

李妙真按住剑柄,淡淡道:"杨阁主是代表武林盟来搅这个浑水的?"飞剑嗡嗡鸣颤,蓄势待发。

十几名蓝衫剑客,纷纷拔剑。

杨崔雪抬起手,按住剑柄,瞬间,李妙真激发的剑势便荡然无存。

"飞燕女侠是道门弟子,剑法终究差了些。"杨崔雪淡淡道。

李妙真震慑寻常江湖散修倒是无妨,但这位墨阁的阁主气机浑厚,即使在四品里也是强者了……楚元缜皱了皱眉,不再袖手旁观,他跨步而出,笑道:"在下楚元缜。"

杨崔雪一愣,郑重抱拳:"京城第一剑客,久仰大名。"

楚元缜旋即说道:"不知阁主可否给在下一个面子,给人宗一个面子?"

杨崔雪摇头:"杨某只是一介武夫,人宗是道门,与我何干,与在场的大伙何干?至于楚兄……恕我直言,毫无建树,有何面子?"

楚元缜脸色一沉。

杨崔雪继续道:"杨某是剑客,剑道在直,有什么话,便当面说了。道门远离红尘,让人畏而不敬。飞燕女侠行侠仗义,然不足以令我等放弃眼前的机会。楚兄就更别提了。"

柳虎用力点头。

李妙真冷笑道:"说了一大堆,直接说谁的面子都没用不就成了,咱们还是手底下见真章吧。"

杨崔雪又摇了摇头:"非也,不是没有,只是两位不够罢了。为国者,为民者,受百姓爱戴者,皆在其中。"

"有意思!"这时,许七安从众弟子身后绕出来,含笑走来,"不知道许某的面子,杨阁主给不给?"

第400章
退去

杨崔雪眯着眼,循声看去,来者是一位穿黑色劲装,扎高马尾,后腰挂着长刀的年轻人。

似乎,有些眼熟……念头刚起,他就听身后的门人里,有人叫道:"许七安,他怎么在这里?"

说话的人是柳公子,他和许七安在京城时有过交集。

再次见到许七安,柳公子还是蛮开心的,当初也算不打不相识,虽然许银锣给人的第一印象并不好(见面就斩断他的心爱佩剑)。但事实证明,许银锣的人品是值得肯定的,他铐走蓉蓉姑娘却没有趁机霸占,知道自己误会之后,非但道歉,还赔给他一把司天监出产的法器。

柳公子回忆往事之际,突然看见自家阁主一脸激动地按着自己肩膀,目光灼灼地盯着,求证地问道:"他,他是许七安?"

柳公子愣愣点头:"我在京城见过,师父也识得。"

杨崔雪立刻看向师弟。柳公子的师父颔首:"确实是许银锣。"

杨崔雪再看向许七安时,已经和记忆中的画像吻合,确实没错,就是许七安。

柳虎双眼骤然瞪得滚圆,双眼里映出年轻男子的身影,想起了前几天还挂在嘴边的谈资。

剑州与京城相隔两千里,排除那些有情报网的大组织,江湖散人和平头百姓,真正听说楚州屠城案始末,看见皇帝的罪己诏,其实也就半旬时间。消息传到剑州后,一时间引起轰动,从江湖到官府,人人都在谈论此事,人人都对许银锣的大义击掌称快。继佛门斗法之后,许七安再次名扬天下,成为百姓们眼中的英雄、清官。嫉恶如仇的江湖人士,对他更是无比崇敬。

万万没想到,他竟然亲眼见到了那位传奇人物。果然是器宇轩昂,人中龙凤……柳虎心里赞叹。

其他江湖散人的心情,与他大抵相同,惊愕中夹杂着惊喜。

我们在剑州见到了许银锣……这是一个很值得拿出去炫耀的谈资。

杨崔雪脸色严肃,正了正衣冠,这才迎了上去,躬身作揖道:"墨阁,杨崔雪,见过许银锣。"

一位资深的四品高手,一派之主,对一位晚辈行礼,本该是极其掉份儿的事。但在场的江湖人士,以及墨阁的一众蓝衫剑客们,并不觉得杨崔雪的行为有什么不妥。许银锣的一系列壮举,尤其是楚州屠城案的表现,值得他们敬重。

"杨阁主客气了,许某当不起这样的礼。"许七安伸手虚扶了一下。

"杨某对许银锣神交已久啊,而今见到本人,心情澎湃,心情澎湃啊。"杨崔雪笑容热切,毫无阁主的架势。

许七安笑道:"在下亦久闻阁主大名。"其实没听说过,但商业互吹还是会的。

天地会弟子们惊奇地看着这一幕,原本神态倨傲,冷言冷语讽刺李妙真和楚元缜的墨阁阁主,此刻竟毫无架子,对许银锣笑容热情,言语诚恳。而远处那些江湖散人,蓝衫剑客,面带微笑地看着,完全没了剑拔弩张的气氛。

一时间,女弟子们看许七安的目光愈发痴迷,这男人拥有极强的人格魅力。追逐最闪耀的星,是每个人都有的天性。此时此地,许七安毫无疑问就是她们眼里最闪耀的星。

他竟有这般声望……白莲道姑美眸里难掩诧异。她性子淡泊,清心寡欲,对名利看得很淡,以己度人,错估了许七安在外界的声望。

"杨阁主,面子什么的,刚才是玩笑话。"寒暄几句后,许七安直入正题,郑重作揖,语气诚恳,"我与天宗圣女,以及楚兄交情深厚,本次受他们两人之邀,来月氏山庄帮忙守护莲子,还请阁主高抬贵手。"

杨崔雪沉吟片刻,无奈摇头:"罢了,既然知道许银锣守着莲子,老夫就不插手此事了,否则晚节不保。"半玩笑半认真的语气。

"多谢!"许七安转而看向其他人,朗声道,"诸位,萍水相逢便是缘分,希望能高抬贵手,大家交个朋友,以后有困难之处,尽管吩咐,许七安一定竭尽全力。"

这话中听,众人非常受用。混江湖的,最重要的是什么?是给人面子。不给人面子,还混什么江湖。何况是许银锣这样的人物,他说一句好话,比普通人说一万句都管用。

柳虎咧了咧嘴,大声道:"我娘爱听别人唠嗑,前阵子听说了您的事迹,回家后一个劲儿地夸许银锣,说您是大清官。要让她知道我和您作对……"

"我也退出,娘的,老子也不想被乡亲们戳脊梁骨。"有人大声附和了一句。

"许银锣,男儿一诺千金重,说不参与就不参与。我们写不出这样的词,但认这个理。"又有人说。

这才是真正有声望的人啊,真正有声望的人,是没人愿意和他作对的……李妙真鼓了鼓腮,心里有些许醋意。不知不觉间,许七安已经积累了如此深厚的威望。记得当初他曾经通过地书传信,请求她帮助搜捕逃入云州的金吾卫百户周赤雄,那时的他既弱小,又缺乏人脉。半年多过去,不管是修为还是声望,都赶上她了。

这份声望,便是庙堂诸公,也要羡慕得捶胸顿足吧……楚元缜默不作声地旁观。他行走江湖多年,如许七安这般崛起之迅速,岂止是凤毛麟角,该说独一无二才对。

杨崔雪犹豫了一下,传音道:"墨阁不参与此事了,但武林盟势力众多,高手如云,地宗的正统道士同样如此,许银锣记得量力而行,莫要逞强。明日老夫会来观战,危急关头……"他没有明说。

墨阁的阁主很有侠义心肠嘛,难怪姜律中他们常说江湖很有趣,比官场有趣万倍,有空我也要江湖游历一番……许七安颔首,没有拒绝对方的好意,传音道:"多谢阁主。"

杨崔雪摆摆手,再次作揖,带着墨阁的弟子离开。柳虎等人也随后离去。

呼……天地会的弟子们松了口气,而后喜上眉梢。

"许公子。"娇滴滴的声音里,一位姿色格外出众的少女上前,双手别在身后,抿了抿嘴,"多谢许公子相助。"

她有一双欲说还休的灵动眸子,年岁不大,褪去婴儿肥后,少女刚刚削尖的下巴透着我见犹怜的柔弱。

许七安淡淡点头,没有说话。

少女鼓足勇气,道:"弟子,弟子叫秋蝉衣,许,许公子,你也是地书碎片持有者,对吧?"

听到这话,恒远大师、楚元缜以及李妙真下意识地看过来。

我去,姑娘你太歹毒了吧,想让我当众社死?许七安板着脸,道:"我不是。"

"啊?"这个回答出乎秋蝉衣的预料。她微微张大小嘴,有些失望,"那,那您真的是因为妙真师姐和楚师兄的情分才来的啊?"

其他弟子也看了过来。他们希望许银锣是天地会成员,而不是出于道义或情分才出手相助。

"我是来查案的。"许七安白眼道。

"查案?"秋蝉衣歪了歪脑袋,天真无邪,"我们天地会能有什么案子?"

你应该去问问那些猫,尤其是橘猫……许七安嘴角不自觉多了几分笑意,也不回答,只是说道:"我与金莲道长相交莫逆,就算不是地书碎片持有者,也不会是外人。"

白莲道姑奇怪地看他一眼,不明白许银锣为什么要否认自己的身份。

"咦,杨前辈呢?"许七安转头四顾。

"不知道,那些江湖匹夫出现后,他便消失了。"有弟子回答。

杨千幻又跑哪装蒜去了……许七安分析道:"我来此的消息,定会通过那些人传播出去。离月氏山庄不远有一座小镇,对吧?"

刚说话的那名弟子点头。

"师弟道号是……?"许七安问道。

"我叫凌云。"年轻弟子回答。

许七安颔首:"凌云师弟,拜托你一件事,你立刻乔装一番,去镇上打探情报,看看各路人马的反应。"

凌云小道士激动地点头:"许公子放心,我一定完成任务。"

某处僻静的角落里,杨千幻蹲在地上,指头在地面画着圈圈,喃喃道:"我明白了,我明白了。首先,我要先积累足够的声望……"

山庄十几里外,有一个小镇,规模算不得多大,经营着一家低等勾栏,两家客栈,一家酒楼。酒楼名字叫三仙坊,烧鸡、蟹黄包、梅子酒,谓之三仙。炎炎夏日,来一坛冰镇梅子酒,一只烧鸡,乃人生一大快事。

近日来,无数江湖人士蜂拥而入小镇,两家客栈和勾栏都住满了人,依旧容纳不下闻讯而来的江湖客,于是有人便借宿在民宅。换成其他地方的百姓,可不敢接纳江湖人士,尤其家里有小媳妇的……

但剑州百姓对江湖人士的容忍度很高。因为剑州的江湖帮派,一定程度上负有维护治安的责任,一些外地的江湖人到了这里,不管是虎是龙,都会收敛自己的爪牙,避免惹上武林盟这个庞然大物。也有不怕武林盟的高手,只是这样的高手,不管品行如何,都不屑去找平民百姓的麻烦。

自从前去试探月氏山庄的好汉们回来后,整个小镇便陷入了沸腾。

许七安来了。

没错,就是那个大奉银锣许七安,菜市口斩国公狗头的许七安。

这消息是爆炸性的,京城距离剑州两千里之遥,楚州屠城案的消息前几天刚传回剑州,震惊了江湖和官府。这才没几天,传闻中义薄云天的许银锣,竟出现在剑州。

"你们知道吗?许银锣来月氏山庄了,他竟与地宗的叛徒相识。墨阁的杨阁主宣布不参与此事。"

"嘿,杨阁主为人正派,最好结交侠士,自然不会和许银锣争斗的。"

"我倒是好奇,你说咱们剑州门派里,还会有多少人退出?若是只有墨阁,嘿嘿,那杨阁主就要笑开花了。"

"是啊,好名声全让墨阁占了。我也不参与了,许银锣义薄云天,他要守的东西,我怎好意思抢夺?"

"酒没喝多少,人已经糊涂了,是吧?就你这样的货色,许银锣一根指头捏死你。"

此时有三个人正好经过客栈,把刚才的谈话一字不漏地听在耳里。这三人的组合很奇怪,走在中间的是一位白袍玉带的翩翩公子哥,面如冠玉,皮囊倒是极佳,只不过眉宇间,有着浓浓的阴冷。他的身后,是两个身高九尺的"巨人",戴着斗笠,浑身罩着黑袍,一左一右,护在白衣公子哥两侧。

"许七安也来剑州了?"白袍公子哥嘴角勾起阴冷的弧度,道,"踏破铁鞋无觅处,得来全不费工夫。原本想过段时间去会会他,没想到今儿就撞上了。这次没白凑热闹。"

左边的巨汉低声道:"少主,主人说过,让你不要招惹他。"

右边巨汉沉默不语。

白袍公子哥笑眯眯地说道:"不过是鸠占鹊巢的小杂碎罢了,能横得了几时?小爷我有朝一日,要抽他筋,剥他皮,敲骨吸髓。"言语间带着自信,似乎那是早已注定的事。

左边的巨汉说道:"此子虽大势未成,但一身本事,绝不在少主之下。少主要明白骄兵必败的道理,千万不要掉以轻心。"

右边的巨汉沉默不语。

白袍公子哥不耐烦道:"知道了知道了,我从未小觑过他,你们两个,一个是哑巴,一个只会劝诫,无趣得很。"

左使和右使是父亲安排给他的护道者。虽然烦了些,却是拔尖的骁勇武夫。白袍公子哥从未见他们败过。

白袍公子哥摩挲着玉扳指,悠然道:"我听说许七安那把刀是监正亲自炼制,嗯,这次先把他的刀夺过来,收点息不过分吧。"

左边的巨汉评价道:"此刀锋锐无双,可与'月影'一较高下,少主夺来倒是不错。"

右边巨汉沉默不语。

白袍公子哥朗声笑道:"走,听说三仙坊那儿在聚会,咱们去凑凑热闹。那万花楼的楼主可是不可多得的美人。"

第 401 章

一臂一法器

今日,本该人满为患的三仙坊被清场了。

凌云站在街边,穿着深色的汗衫,佩一口铁剑,标准又寻常的江湖人打扮。

其实月氏山庄每日都会派弟子潜入小镇打探情报,观察群聚于此的江湖人士的一举一动。

今天这活儿本该是其他弟子来做,但凌云把活儿抢过来了,许银锣"钦点"的活儿,谁敢跟他抢,他就和谁急。凌云心里最钦佩、最崇拜的人物就是许银锣。以前在宗门里修行,对道首和长老们心怀尊敬或敬畏,但这和钦佩是不一样的。

他在镇子里转了一圈,打探到一个重要情报,地宗的妖道和朝廷的神秘团伙,在三仙坊邀请了武林盟交谈。他们霸道地清场,但又似乎不在乎谈话内容被人偷听,所以任由好事者站在楼下的街边凑热闹。

他们一定在暗中商量怎么对付山庄……凌云屏息凝神,运转耳力,捕捉着二楼的交谈声。

建了眺望台的二楼,泾渭分明地坐着三拨客人。

一桌是羽衣道士,头发梳理得一丝不苟,双眼蕴含着深深的恶意,顾盼间,让人战战兢兢。

一桌是裹着黑袍,戴着黑铁面具的神秘人,为首的一人戴着金色面具。正是这拨人，今晨拉着火炮，轰炸了月氏山庄。

一桌坐满了花容月貌的女子，其中一人尤为出彩，以轻纱覆面，一双眸子顾盼生辉，如含秋水，堪称完美的身材比例，让她的身段胜过在座其他女子。

"武林盟没有男人了吗？派一群娘们来说事儿。"胸口绣着蓝莲花的中年道士冷笑道。蓝莲道长的目光始终在女子妖娆多姿的丰腴身段上游走，毫不掩饰自己的垂涎和恶意。

万花楼的楼主——萧月奴。她素手握着一柄银骨小扇，眯着眼，用清清冷冷的语气说道："有事说事。你若再乱看，我便把你眼珠子挖出来泡梅子酒。"

蓝莲道长嘿了一声，非但不惧，反而愈发肆无忌惮，没把挑衅放在眼里。

"呵，威胁这群疯子，只会把事情弄得更糟糕。"戴金色面具的黑袍人发出嘶哑的笑声。他手里捏着瓷碗，碗里盛着梅子酒，边把玩瓷碗，边说道，"既然答应结盟，墨阁为何半途退出，我们需要武林盟给个交代。"

萧月奴淡淡道："武林盟麾下所有门派，都是独立的。墨阁自己的决定，与武林盟无关。"

蓝莲道长冷笑道："这就是武林盟的解释？"

销魂手蓉蓉气不过，怒道："武林盟有武林盟的规矩，轮不到你们置喙。"

蓝莲道长充满恶意的眼神，深深地看了她一眼。

啪！银骨小扇突然展开，挡在蓉蓉面前。

萧月奴这一下出手，显得极为突兀，像是错估了对方，挡了空气。万花楼的几位女长老，敏锐地察觉到一股无形无质的力量，被楼主挡下来。萧月奴美眸圆睁，怒火欲喷："你地宗若是想与我武林盟翻脸，萧月奴奉陪到底。"

蓝莲道长哼了一声，收回目光。

并不知道自己在鬼门关走了一圈的蓉蓉，呆呆地坐着，面孔僵硬。

过了几秒,她反应过来,冷汗唰地浸润后背。

"不只墨阁,如果我没料错,明日还会有几个门派退出争夺。"萧月奴淡淡道,"你们应该知道,许银锣进了月氏山庄,他在江湖人士和百姓心里地位很高,墨阁不想与他为敌。"

蓝莲沉声道:"恐怕不只是不想与他为敌吧?我听说武林盟的有些人,打算保许七安。"

这才是地宗和黑袍人约武林盟过来的真正原因。

戴金色面具的黑袍人哼道:"希望萧楼主回去后转告曹盟主,约束好手下,千万不要为了几个害群之马,连累了整个武林盟。"

萧月奴冷笑道:"你在威胁武林盟?"

她意识到有点不对劲,地宗的人过于忌惮月氏山庄了,按理说,即便有了李妙真、许七安等人支援,但以目前的局势,对方赢面太小。先不论碾压般的四品强者,就凭地宗道首,差不多就能横扫月氏山庄,虽说只是一具分身。

地宗似乎不愿意有人退出,渴望增强己方力量,这是不是意味着月氏山庄内隐藏着超级高手,才让地宗如此忌惮,想尽办法联合武林盟……萧月奴心里思忖。

这时,忽听有人啧啧道:"区区一个许七安,也值得诸位在此浪费口舌?"

伴随着踩踏楼梯的脚步声,楼梯口,率先上来一位白袍玉带、风度翩翩的公子哥。而后是两尊铁塔般的巨人,戴着斗笠,披着黑袍。

蓝莲道长回头看去,恶狠狠地道:"哪里来的杂鱼,敢打扰本尊议事?"

白袍公子哥眯了眯眼,淡淡道:"左使,掌嘴!"

话音落下,左边那尊铁塔巨汉骤然消失,紧接着,二楼堂内传来响亮的巴掌声。

咔嚓,铺设在地面的木板断裂,蓝莲道长半张脸镶嵌在碎裂的木质地板里,七窍流血。

萧月奴和戴黄金面具的男人瞳孔微微收缩,前者攥紧银骨折扇,后者按住了刀柄。地宗的弟子们哗啦啦起身,用充满恶意的眼神盯着白袍公子哥三人。

"没死没死没死。"白袍公子哥连连摆手,面带微笑,"只是给他一个惩罚,我家的奴才下手很有分寸,诸位大可放心。"他说话时始终笑眯眯的,有着目空一切的自傲。这样的人,不是头脑空空的纨绔,便是有足够的底气。

白袍男子目光落在萧月奴身上,眼睛猛地一亮,一边摩挲着玉扳指,一边信步走过去。这一过程,他与戴金色面具的黑袍男人擦身而过,黑袍人手指几次动弹,似想拔剑突袭,但最终都选择了放弃。白袍男子嘴角一挑,似冷笑似嘲讽,越过这一桌,迎上莺莺燕燕的那一桌。

"来剑州的时候,我派人打听过剑州的风土人情。这剑州江湖着实无趣,宛如一潭死水。但这剑州江湖又很有趣,因为有一个万花楼。都说万花楼的楼主萧月奴倾国倾城,是难得一见的美人儿。啧啧,名不虚传,名不虚传啊。"

白袍男子接下来的一席话,让万花楼众人眉心直跳,怒火沸腾。

"这趟游历江湖结束,我便带萧楼主回去,房中正好缺一个侍寝的姜室。"

蓉蓉的师父霍然起身,脸色阴沉,鼓荡气机一掌拍向白袍公子哥的胸口。

白袍公子哥抬了抬手,恰到好处地击中她的手腕,让这蕴含深厚气机的一掌打中横梁、瓦片。断木碎瓦飞溅中,他探手一捞,把美妇人捞进怀里,啧啧道:"年纪大了些,但风韵犹存。小爷喜欢你这样的妇人。"

赶在萧月奴出手前,他见好就收,果断后退,留下羞愤欲绝的美妇人。

"我是来结盟的。"他收敛了浮夸的笑容,透着几分世家大族浸润出的威严和沉稳。

"结盟?"戴黄金面具的黑袍人反问道。

"我要莲子,也要许七安的狗命。"白袍公子哥笑道,"你们不敢得罪他,我敢！光脚不怕穿鞋的,我现在光着脚,可不管他在百姓心里形象有多高大。"

"你打算怎么做?"黑袍人颇有兴趣地问。

白袍公子哥没有说话,大步走到眺望台边,双手撑着护栏,气运丹田,道:"所有人听着……"

声浪滚滚,立刻吸引来群聚周围的好事者,以及镇上的居民。

白袍公子哥伸出左手,道:"剑盒!"

左使默默地递上一只小巧的、漆黑的方形小盒。

"少主,那人的元神波动比寻常武夫强大数倍,是月氏山庄里的地宗门人。"左使压低声音。

白袍公子哥顺着他的目光,瞟了一眼乔装打扮过的凌云,没搭理,打开盒子,捻出一枚细针般的小剑,屈指一弹。小剑翻转着,越变越大,变成一柄三尺青锋,叮地嵌入青石铺设的街面。一股股深寒的剑意溢出,宣示着它的身份:法器。

白袍公子哥宣布道:"谁能斩许七安一臂,便赏一柄法器。斩两臂,赏两柄,斩四肢,赏四柄。"说话过程中,他屈指弹出长剑,让它们一根根地钉在街道中央。

所有人的目光都停留在四把交错的法器上,像是磁石遇到了钢钉,再也挪不开。

白袍公子哥一锤定音:"谁能斩下许七安的头颅,这一整盒的法器,便是他的。"

街上炸锅了。

白袍公子哥却转身回了桌边,笑眯眯地四顾,万花楼女子们脸上惊愕震骇的表情,让他嘴角的笑容不断扩大。他盯着黑袍人,又抬头看了眼已经苏醒的蓝莲道长,淡淡道:"江湖散人最看重的无外乎资源,我现在便把资源送到他们面前,你们说,那些人还会敬重许七安吗?还会忌惮他吗?还会不敢得罪他吗?没有散修能抵挡法器的诱惑。我知道,也包括你们。"

萧月奴冷冷地说道:"你这样有何意义?"

江湖散人杀不死一个修成金刚神功的高手。

白袍公子哥耸耸肩,语气轻松:"许七安不是念过一句诗吗,忍看小儿成新贵,怒上擂台再出手。这便是我的答案。"

他和许七安有仇?萧月奴恍然。她看了一眼地宗的蓝莲道长,惊愕地发现对方竟忍住了恶意,不报复。看来地宗真的很忌惮月氏山庄。

黑袍人则露出了笑容,看来大家的目标是一致的。

许公子的仇人来了?他的一位扈从便能轻易打伤四品的蓝莲道长,他视法器为粪土……凌云意识到这个突然出现在小镇的白袍公子哥,是个可怕的强敌。他悄无声息地后退十几步,然后转身,打算离开。迈出第一步的时候,凌云听见身后眺望台传来那个白袍公子哥的声音:"啊,忘了,还有一件事没做,你是月氏山庄的道士吧?"

凌云瞳孔霍然收缩,只觉全身的汗毛都立了起来,情绪在瞬间有爆炸的倾向。然后,他发现自己走不动道了,双脚仿佛被粘在地上。

不不,快动起来,要把消息传回去,要告诉许银锣,他让我来打探情报,我不能辜负他的信任……凌云面颊抽搐,身体开始冒汗,额头滚出豆大的汗珠。

白袍公子哥出现在他身前,笑眯眯地道:"你要回去报信?"

"我,我不知道你在说什么,我只是一个散人而已。"凌云强撑着说。

白袍公子哥招了招手,唤来一柄插在街面的长剑,依旧是那副笑眯眯的表情:"我没说不让你报信,不过……"他顿了顿,狞笑道,"很抱歉,你得爬着回去了。"

他冷漠地挥剑,光芒一闪,凌云膝盖处猛地一沉,两只小腿离开了主人。

啊啊……凌云撕心裂肺地号叫起来,疼得满地打滚。

白袍公子哥看了他一眼:"好心提醒,赶紧爬回去,说不定还能在血液流干之前得到救治。"说完,扬了扬手里的剑,道,"各位看到了吗,货真价实的法器。明日莲子成熟之时,你们人人都有机会斩杀许七安。"

"少主,如果被主人知道,你会被责罚的。主人说过,不要轻易招惹他。"左使传音劝诫。

"不招惹他,那我这次外出游历的意义何在?"白袍公子哥冷笑一声,"你说,我要是把那小子带回去,这般泼天的功劳,我的地位是不是将稳如泰山?"

此次游历,磨砺武道是主要目的,但见一见那个本该死在京察年尾的小子,同样是他的目的。

京察以来,他不断听到关于许七安的事迹,愤怒得心里发狂。姓许的有多风光,他心里就有多愤怒。那些荣光,那些奇遇,本来应该是他的。最重要的是……气运,也是他的!

午膳过后,许七安独自一人在僻静的院子里修行天地一刀斩的前置过程,让气息和气血往内坍塌,凝成一股。触类旁通,以此来加强对身体力量的掌控,加快化劲的修行。他感觉自己隐隐达到了瓶颈,只差临门一脚,就将踢开五品的大门。

总感觉差了点什么,希望明日的战斗能让我如愿以偿地晋升……许七安耳郭一动,听见略显轻盈的脚步声朝这边奔过来。他当即收功,扭头看见月氏山庄的庄花秋蝉衣小脸发白,大眼睛里蓄满泪水。与许七安目光对上后,泪珠就如同断线珍珠,啪嗒啪嗒地滚落。

秋蝉衣抽抽噎噎地说:"许公子,凌云,凌云死啦……"

第 402 章

报仇不隔夜

许七安心里陡然一沉,抬手一抓,摄来倚靠在假山边的佩刀,大步迎上眼圈红肿的少女:"他在哪里?"

"已经送回庄里了。"秋蝉衣带着许七安朝外走去,一边抽泣,一边说,"凌云是被人送回来的,腿被人砍断了,我们召不出他的魂魄,白莲师叔说他有心愿未了。"

许七安嘴角抿出一个冷厉的弧线。

穿过花园,顺着青石铺设的路,两人来到一处院子,临近后,听见一声声哀泣。院子里人头攒动,主屋的门敞开着,金莲和白莲、楚元缜和李妙真等人都在屋中。其余弟子站在院子里。此外,许七安还看见一个意料之外的人,墨阁的柳公子。

许七安跨过门槛,目光扫了一圈,落在床上,那里躺着一个年轻人,双眼圆睁,脸色惨白,早已死去多时。他的双腿从膝盖处被斩断,切口平齐,出手者不但实力强大,武器还异常锋利。

许七安深吸一口气,让声音保持平静:"谁干的?"

柳公子拱手,沉声道:"是一个神秘的年轻人,穿着白袍,身边领着两个戴斗笠的巨人。听说他在三仙坊和地宗的蓝莲道长发生冲突,身边的巨人一巴掌就把蓝莲道长打伤……"

酒楼堂内属于相对封闭的空间,双方距离不会太远,武者对其他体系有压倒性的优势,但哪怕蓝莲道长在莲花道士里属于中下游水平,对方实力,至少也是资深四品。许七安面无表情地点了点头。

柳公子继续说道:"而后,那人当众发布悬赏,一口气取出四把法器,扬言说,谁能斩许公子一臂,就赏一把法器,斩四肢,赏四把。若能斩下,斩下许公子首级,便将整个剑盒里所有法器都赠予立功者。"

李妙真冷笑道:"狂妄自大。"她似乎比许七安还要愤怒。

楚元缜眉头微皱,理智地分析道:"如此看来,那白袍公子是冲着宁宴你来的?"

恒远双手合十,摇头道:"阿弥陀佛,贫僧觉得不太可能。许大人之前身在京城,今日刚来剑州,消息不可能传得这么快,甚至引来他的仇人。除非那位白袍公子本身就在剑州,但柳公子说过,那人身份神秘,并非剑州人士。所以,他应该是冲着莲子来的。"

恒远大师智商还是在基准线之上的,大概和李妙真不相上下。

金莲道长看向许七安,沉声道:"你对这人有印象吗?"

"我不认识他。"许七安摇头,顿了顿,冷笑道,"但我大概明白他属于哪方势力了。"

纵观九州,诸多势力,各大体系,谁能轻易拿出这么多法器,并视如草芥?

司天监可以!

但司天监不是唯一,准确的说法是,术士才能做到。而且必须是高品术士,到了四品阵法师,才能炼制法器。那位白袍公子背后有高品术士支持。非司天监出身的高品术士,许七安可就太熟悉了。

我身上的气运和神秘术士团伙有关,而他们本想借着税银案对我下手。那个白袍公子哥应该知道气运的事,否则,他不会对我展现出如此强烈的敌意。

神秘术士团伙终于要对我下手了?许七安呼吸略微急促。

但很快他否定了这个猜测,恒远大师说得没错,这是一场偶遇,那白袍公子哥应该是恰逢其会,知道了他身在剑州。如此高调的作态,不符合那位神秘术士的风格,应该不是他在幕后操纵,是运气使然,让我和那个白袍公子哥遭遇……这样的话,对我来说,或许是一个机会。杀了他,招魂,解开一切疑惑。

众人见他沉默,没有想要解释的迹象,便没有追问。

柳公子说道:"而后,那位白袍公子抓住了凌云,斩了他的双腿,并让他爬着回去。我当时并不在场,得知消息后,就立刻赶了过去。"说到这里,柳公子露出怒容,"我看见凌云在街上爬着,拖出长长的两道血迹,他当时已经意识模糊了,还在努力地爬……那白袍公子就在凌云边上跟着,手里捧着梅子酒,笑嘻嘻地看热闹,不允许旁人去救凌云。

"凌云一直爬到镇子外才死的,等那位白袍公子离开,我,我才敢上前,把他带回来……对不起。"

李妙真咬牙切齿。

白莲道姑俏脸如罩寒霜,她刚才已经听过一遍,但依然难掩怒火。

"金莲师兄,我天地会已经沦落到这个地步了吗?谁都可以踩一脚。"白莲道姑哀声道,"凌云是我们看着长大的孩子。"

金莲道长看着许七安,沉声道:"他的魂魄召不出来,眼睛也合不上去,你有什么要对他说的吗?"

许七安走到床边,无声地看着凌云,半响,轻声道:"你完成任务了。"他伸出手,在凌云脸上抹了一下,那双眼睛合上了。

许七安如遭雷击。

金莲道长安慰道:"对于道门弟子来说,死亡不是终点,我们会把他的魂魄养起来的。他只是换了一种方式陪伴在我们身边。"

许七安不置可否,看向众人:"那么现在的局势很危险了,武林盟、地宗、淮王密探以及这个突然出现的家伙,他的实力不清楚,但身边两个扈从最少是巅峰的四品。而且,法器众多是可以预料的。明日,即使我们有阵法加持,光凭我们几个,真的能抵挡这么多高手吗?"

这个问题,在场众人也思考过,结论让人失望。先前沉浸在凌云遭遇的怒火里,一直没有人提及罢了。

金莲道长眼里闪过忧色。

"让所有弟子退出院子,我有一个想法……"许七安低声道。

众人立刻看了过来。白莲道姑出门,遣散了院内的弟子们。

待房门关闭后,许七安缓缓说道:"既然主场的优势被压缩,与其明日等待敌人集结,不如主动出击,分而化之。"他迎着众人的目光,沉声道,"杀过去,黄昏后,杀过去!"

白莲道姑没想到他会说出这样的胡话,脱口而出:"不行的,我们要守护莲子,怎么能杀到镇子去。再说,镇子如今高手如云,你们如果没有阵法的加持,根本不可能战胜他们。"舍弃主场优势,杀入敌营,这是在自寻死路。

许七安说道:"那家伙故意把动静闹得这么大,并折辱凌云,不就是想引我过去嘛,他肯定知道我的底细,了解我的脾气。"

不管是当初刀斩上级,还是云州时的独当叛军,乃至后来的斩杀国公,都足以说明许七安是一个冲动暴躁的武夫。

那家伙白日里的所作所为,要么是性格本就如此,要么是想引他自投罗网。

"那你还去?"李妙真蹙眉。

"我说要杀过去,但我没说要在镇子里打。"许七安冷笑道。

"你这话是什么意思?"楚元缜一愣。

许七安没有正面回答,而是分析:"明日,镇子上集结的势力会大举进攻,我们要承受所有压力,武林盟的高手、地宗的高手、淮王的密探,以及新出现的那个小杂种。正因为这样,即使有阵法加持,我们也未必能胜。

"但如果提前分割敌人呢?"

一刻钟后,许七安离开院子,看见天地会的弟子们没有散去,集结在院子外。

秋蝉衣红着眼圈,往前走了几步,少女脸上带着期盼:"许公子,你,你会为凌云报仇的,对吧?"

许七安无声颔首。众弟子作揖行礼。

小镇,某处民居。

蓉蓉姑娘坐在院子的小木扎上,托着腮,望着天空发呆。

"你在担心什么?"柔媚动听的声音从身后传来。

蓉蓉连忙从小木扎上蹦起,低着头:"楼主。"

萧月奴微微颔首,秋水明眸在蓉蓉身上转了一圈,笑道:"回来后,你便四处打听那位公子的身份,瞧上人家了?"蓉蓉一愣,苦笑摇头。

"看来是瞧上他了。"

"不,不是……"

蓉蓉刚要解释,萧月奴的一句话便让她哑口无言:"我说的是许七安。"

蓉蓉细若蚊吟地说:"也不是啦,弟子只是敬佩他,仰慕他,才为他担心。"仰慕是不分男女的,比如和她关系极好的墨阁柳公子,也非常仰慕许银锣。

萧月奴点点头:"那位白袍公子哥来历神秘,身边的两个扈从实力极其强大,即使在剑州也属于顶尖行列。他自身实力没有展露出来,但也绝不弱。"

蓉蓉忧心忡忡:"我能感觉出来,很多人都被那些法器诱惑了。明日许银锣恐怕危险了。"

"惹上这么强大,又财大气粗的敌人,危险是不可避免的。不过,许银锣实力同样不弱,又有金刚神功护身。虽然不是那两个扈从的对手,但逃命是没问题的。"萧月奴宽慰道。

黄昏后,小镇的客栈。

白袍玉带的仇谦负手站在窗边,两个巨汉坐在桌边,一个沉默不语,一个沉声劝诫:"少主,你这样会打乱计划的,这样做是不被允许的。"

仇谦冷笑道:"我的处境你应该清楚。什么都不做,只会让我更加艰难。可是,若能擒拿许七安,把他带回去,一切的威胁和觊觎,将烟消云散,再无人能撼动我的位置。"

左使继续劝诫:"一个拥有大气运的人总会逢凶化吉。即使是那位,也只能顺其自然,否则他早就死了,还需要您出手?"

仇谦皱了皱眉头,有些不悦:"气运并不是万能的,不然,谁还修行?都争夺气运算了。"他扭头,看了一眼西边的落日,啧了一声,"看来是小觑他了,竟然没有上钩,嗯,也有可能是身边的同伴拦住了他。"

正说着,客房的门被敲响,继而被推开。

仇谦皱着眉头回身,看见一个俊美无俦的年轻人站在门外,后腰别着一把佩刀,冰冷的目光扫过三人。

看着这个显然是易容了的家伙,仇谦脸上露出了狰狞的笑容:"许七安!"

"是我!"许七安点头,给予肯定的答复。

"你果然来了。"仇谦露出计划得逞的笑容,"我分析过你的性格,冲动强势,眼里揉不得沙子。我在镇上公然挑衅,杀了那个地宗弟子,以你的性格,绝对不会忍。"

"我猜到了。"许七安点头,再次给予肯定的答复。

"那你有没有猜到,地宗的入魔道士,淮王的密探,此时已经把整个客栈包围了。"仇谦笑容里带着掌控局势的自信,"有位前辈告诉过我,每个人的性格都有弱点,只要把握住,就能一击致命。"

几道强横的气息靠拢了过来,逼近客栈。仇谦的脸上笑容更甚。

"你确实把握住了我性格的弱点。"始终面无表情的许七安露出了冷笑,"自作聪明的家伙。"

话音落下,一道白衣人影突兀地出现在房间,伴随着低沉的吟诵:"海到尽头天作岸,术到绝顶我为峰。"

他一脚踏下,地面亮起阵纹,迅速覆盖整个客房。

下一刻,在场所有人都消失不见。

第 403 章

死战

轰！

咔嚓……

房间内众人消失的瞬间，几道人影便冲了过来，撞破窗户和墙壁。他们分别是两个戴金色面具的黑袍人，三个道袍胸口绣着蓝莲、绿莲、青莲的中年道士。

戴金色面具，代号"天机"的天字号密探，扫了一眼房内，沉声道："应该是传送，刚才竟然没有发现他的易容。"他们一直埋伏在附近，盯着进入客栈的每一个人。以他们的目力，不需要近距离审视，就能看透人皮面具这类伪装。

另一位戴金色面具的黑袍人开口，声音冷脆："杨千幻也来了？"

"嗯。"天机点头，"许七安和司天监的术士交情向来很好，这并不奇怪。"

女子密探冷哼道："他想分割我们，逐个击破？"

地宗的青莲道长，嘿然冷笑："愚蠢。"

代号"天枢"的女子密探扫了他一眼，说道："四品术士的传送距离极限大概是三十里，不算太远，唯一不确定的是他把人传送去哪个方向。"

天机沉吟道："不能再等了，分头追踪。嗯，术士的传送可以被打断,方才可能是出其不意,以那两位高手的实力,不可能再来第二次。你们别追太远,如果一直没有气机波动,说明方向错了,立刻掉转方向。"

此时,客栈外,多股人马杀到,有穿羽衣道袍的地宗弟子,有暗中组成联盟的江湖散人,有淮王密探,也有被惊动的武林盟势力。百余人集结在客栈之外,街上、弄堂全是人。

这是一场有预谋的埋伏,白天在三仙坊结盟后,白袍公子哥道出自己的计划。密探和地宗道士们认为可以一试,结果,还真等来了对方。没预料到的是,月氏山庄里还藏着一个四品术士。

五位四品冲出客栈,天机环顾一圈,道:"我负责西边,剩下的方向……"他忽然沉默下来,扭头看向街道前方,沉重的脚步声从那边传来,每一步都造成轻微的地震效果。

各方人马的视线里,一个少女狂奔而来,高举着一尊火炮。

嘿吼……她借着奔跑的惯性,用力投掷出火炮。

呼……钢铁巨兽旋转着"扑"向众人,隐隐挟带着风声。

众人下意识地四散开来,抱头鼠窜。

天机大步迎了上去,过程中扯下披风,手腕一抖,抖出海潮般的气机,一次次推撞在火炮上,抵消它的冲撞之力。天机探出手,接住火炮,随手丢在路边,发出轰的一声巨响。

"你们先走,我来收拾这个力盅部的女娃子。"天机冷哼道。

"这女娃子挺俊的,记得别杀了,留给道爷我玩玩。"蓝莲道长阴阳怪气地笑道。

天机皱了皱眉,有些反感地宗道士无处不在的恶意,淡淡道:"我对敌从不手软。"

蓝莲道长嗤笑一声,带着门内弟子朝大街另一侧而去。

"阿弥陀佛!"一个魁梧的和尚拦住了去路。

几乎就在同时,两道剑光遁来,李妙真和楚元缜踩着飞剑,截住剩下三位四品。

"果然是早有预谋,倒是小觑你们了。"天机沉声道。

"废话少说,上次在楚州算你们跑得快。"李妙真脾气暴躁。

女子密探天枢眯着眼,寒声道:"李妙真,正要找你好好算这笔账。"她旋即笑道,"你以为我们只有这点布置?"

楚元缜微微一笑:"同样的话,也还给你。"

小镇里到处都是高手,尤其是客栈,这几天早就被江湖人士霸占。

战斗开启的瞬间,客栈里的江湖人士纷纷逃出,而住在远处的江湖人士,以及武林盟其他门派,则纷纷赶来。

"发生什么事了?"蓉蓉姑娘推开房间的门,发现长老们早就聚集在院子里。而楼主站在屋脊,遥望着客栈方向。

"客栈那边打起来了,根据气机波动推测,四品级的。"萧月奴回过神,俯瞰着院子里的门人,沉声道,"立刻疏散镇中百姓,不愿意配合的,就采取暴力手段。"

"是!"万花楼弟子和长老们齐声道。

"楼主,产生矛盾的是哪些人?"蓉蓉脆声问道。

然后,她就看见楼主萧月奴眼神一下变得复杂,缓缓道:"许七安杀过来了。"

"什么?!"众人惊呼。

这还真是他的风格……蓉蓉一下子扭头,看向客栈方向。

镇子外,三道人影踩着飞剑,低空疾掠。

他们穿着同色的道袍,一个胸口绣着红莲,一个胸口绣着橙莲,一个胸口绣着黄莲。其中,红莲和橙莲两位道长,头发花白,年岁不小。黄莲则是中年人形象,明显比前两者岁数要小。

"在南边,南边有气机波动……"黄莲感应了片刻,驾驭着飞剑,冲在前头。

除了道首一直在警惕楚州时出现过的那位神秘强者,地宗的所有莲花道士都在小镇。李妙真等人拦住了客栈里的几位四品,却拦不住他们。赤橙黄三位道长原本就是"压阵"的,防备其他意外,如今正好是他们出手的时机。

莲花道士们虽然堕入魔道,时常难以控制自己的恶念,但脑子并没有跟着一起坏掉。

"嘿,真是个头脑简单至极的匹夫,杀他一个人,便真的气冲冲地前来自投罗网。"橙莲道长嗤笑一声,恶意张扬的脸上,浮现出不屑之色,"武夫就是武夫,粗鄙得让人怜悯。"

"金莲请一个武夫来助阵,是他最大的败笔,各大体系中,只有我道门地宗的魔道,才是永恒的。"赤莲道长淡淡道。

只要能杀死这几个年轻的高手,哪怕只是重创,明日金莲就守不住莲子。如果金莲狗急跳墙毁了莲子,固然让人心疼痛惜,但损失最大的依旧是金莲自己。

很快,三位道长看见了交战的双方。

那是一个蓄美髯的中年剑客,一个戴着玄铁拳套,裸露着壮硕胸膛的汉子。察觉到三位莲花道士的到来,两人默契地停手,露出友善的笑容:"等你们很久了。"

赤橙黄三位道长,脸色齐齐一僵。

距离镇子三十里外,平缓的山坡上,同时出现五道身影。

仇谦略显惊慌地四处打量,看清周围景象后,如释重负地松了口气,啧啧地笑道:"说实话,我以为你会把我们传送到月氏山庄。那样的话,小爷我就真的危险了。刚才是猝不及防,现在你别想再带我们传送。我是该说你聪明呢,还是愚蠢?"他突然笑了起来,笑得前俯后仰,姿态嚣张,"我觉得你很聪明,因为你懂得谄媚讨好我,把自己送上门来找死。"

许七安缓缓抽出黑金长刀:"杀你这条杂鱼,我和杨师兄足够了。"

李妙真等人都在小镇,把他们传送去山庄没有意义。首先,九色莲花受不得强大的气机波动,莲花虽是至宝,但它的神异又不在防御方面。其次,白袍公子哥的两个扈从实力极强,一旦在山庄打起来,肯定会牵连天地会弟子。虽然他们明日不可避免地要投入战斗。最后,杨千幻布置了好几重防御阵法，就像守城一样，敌人若想爬上城墙，就得付出尸山血海的代价。哪有平白把敌军送上城头的道理。

杨千幻呵一声，摇头道："我不会出手，卑贱的蝼蚁并不值得我出手。"

仇谦眉毛一扬，竟不可遏制地涌起怒火，他深深反感着这个白衣术士说话的语气以及倨傲的态度。

"如果你是故意惹我发怒，那么你成功了。"仇谦冷笑道。

"你也配？"杨千幻淡淡道。

"不敢用真面目示人，是害怕被我报复？"仇谦盯着对方的后脑勺。

对此，杨千幻只是简单地呵了一声。

仇谦面皮抽搐一下，沉声道："左右使，给我杀了这家伙。"

沉默寡言的右使骤然消失，再出现时，已经在杨千幻身后，一拳捣出。他的拳头穿透了杨千幻的身体，但打中的只是残影。

白衣术士出现在远处，还是那副故作淡然的欠揍语气，道："粗鄙的武夫，对付你们，就像戏耍愚蠢的老鼠，不，老鼠急了还咬人，尔等是爬虫。"

"杀了他！"仇谦厉声道。

杨师兄很会拉仇恨啊……这话连许七安听了都有些不舒服。

刚才没看见他弯膝蓄力，就像闪现一般出现在杨师兄身后，这是五品化劲的神异，完美地掌控肉身力量，我以前没看懂为什么杨砚他们出手时，都是忽闪忽现，现在终于懂了。

杨千幻不紧不慢地从怀里取出一个铁盒子，打开，一尊尊火炮、床弩出现在他身侧，把他拱卫在中央。同时，一把把火铳浮现，散布在他身周的虚空火炮、床弩、火铳都刻录了阵纹，威力是普通同类火器的十倍不止。杨千幻脚下浮现阵纹，将这些重型武器囊括其中，它们仿佛和杨千幻化为一体，随着他一同传送，忽闪忽现。

"粗鄙的武夫，让你知道术士的伟大和可怕。"杨千幻打了个响指。床弩、炮口、枪口同时对准戴斗笠，穿斗篷的右使。

轰轰轰！嘣嘣嘣！啪啪啪！火力齐射。

铜皮铁骨之躯的右使也不敢硬抗如此密集、如此可怕的火力覆盖，凭借武夫强悍的爆发力，绕着杨千幻狂奔，想绕到侧面突袭。

　　但掌控传送能力的杨千幻的速度比他更快，总能提前改变方位，调整炮口，逼得右使不停地中断突击的想法，继续绕圈子。

　　弩箭刺入地表，火炮撕裂大地，溅起土块和碎石，制造出耀眼的火光以及轰隆的巨响。杨千幻的铁盒子宛如不见底的百宝袋，源源不断地补充弹药、弩箭。

　　突然，刚才还被火力输出逼迫得无可奈何的右使，此刻诡异地消失不见，魁梧高大的壮汉紧接着出现在杨千幻身后，距离他只有三尺不到。对于一位四品巅峰级的武夫来说，这个距离，可以重创，甚至轻而易举地格杀同品级其他体系的高手，但右使依旧只攻击到了残影。

　　好险，差点阴沟里翻船……杨千幻出现在数十丈外，后背冒出一层冷汗，表面却很淡定。

　　"你用传送法器对付我，用术士手段对付我，是该说你聪明，还是说你愚蠢？我觉得你很聪明，因为你成功地让我体会到了智商碾压的愉悦。"

　　杨师兄作为一名术士，专业能力还是很强的啊。刚才我都为他捏了一把冷汗，原来是我瞎操心了，他根本就是游刃有余……许七安缓缓点头，心里大石落下。他被杨千幻稳如老狗的声线感染，不再关注杨千幻的战斗，拎着刀，缓步走向仇谦和左使："该我们的时间了。"

　　仇谦挑起嘴角，迎了上来，道："左使，你替我压阵，我去对付这个小杂碎。"

　　左使皱了皱眉，习惯性地劝诫："少主，您是千金之躯，怎么能以身犯险。我与您联手杀了他，这是最稳妥的方式。"

　　"生死之争，没必要意气用事。"许七安点点头，"两个一起上，否则凭你一个蝼蚁，我能打十个。"他语气平静，脸色平静，仿佛在说一件微不足道的事。

　　仇谦狞笑道："我自幼苦修武道，日夜不辍，自问不输任何同辈。大奉人人都夸你许七安天赋异禀，是不输镇北王的天才。但我知道，你不过是仗着它的加身,连获奇遇,才让你有如今的地位。其实你什么都不是。"

他缓步迎上许七安,探出右掌。左使连忙打开漆黑木盒,盒中飞出一柄小剑,迅速膨胀,化作一柄宛如秋水的长剑。此剑如秋水般剔透,似乎能吸收天空的月光,剑刃和剑脊蒙上一层浅浅的、如水般的光华。

他果然知道我身负气运,并心怀嫉恨……许七安心头一热,迫不及待想杀人招魂。

两人身影同时消失,不同的是许七安原本站立的地方,砰一声陷出两个深深脚印,而仇谦却没有。叮!下一刻,半空中出现刺目的火星,之后才凸显出两人的身影,刀剑互抵。

"你的佩刀是监正炼制的法器,但我这把月影,也不差。"仇谦骤然发力,竟把许七安推了出去。剑光紧随而至,十几道剑光几乎同时爆起,斩击许七安的胸口、四肢、喉咙……带起一连串刺目的火星。

"五品?"现出金刚神功的许七安皱了皱眉,体会着被剑光斩击的地方传来隐约的刺痛,相信了对方的剑是不输黑金长刀的神兵。

"我说过,没了气运加身,你就是个杂碎而已。今天我要碾压你,斩断你的四肢,把你削成人棍。不但如此,我还要把你的东西都抢过来。"说到最后一句时,仇谦的残影消散,真身出现在许七安身侧,做出最完美的斩击。

武者对危机的本能给许七安带来了预警,让他提前捕捉到相关画面,当即挥舞黑金长刀格挡。

叮!又是刺目的火星爆起,仇谦表情猛地僵硬,瞳孔出现短暂的涣散。

心剑!先前的一击只是摸底试探,此人不是四品,没有摸索出"意",那么他的心剑就可以有效地震荡对方的元神。

许七安一击得手,紧接着便是一声震耳欲聋的狮子吼,再次震荡对方的元神。同时,他运足气机,一刀斩向对方头颅。

没时间施展天地一刀斩,他要赶在那个压阵的壮汉反应过来前,斩了这个狂妄的家伙。

第404章
/
斩敌

嗡！刀锋在仇谦脖颈三寸处遭遇了抵挡，一道清气屏障升起，黑金长刀的刀锋斩在其上，立刻荡起波纹，疯狂卸力。

许七安一刀未能得手，立刻后退，没有犹豫。

"杨师兄，来一炮！"许七安大吼。

呼……一颗炮弹裹挟着凄厉的破空声，直直撞中仇谦，轰地炸开，火光瞬间照亮四周，浓烟滚滚。

左使站在远处旁观，似乎早知道这一刀一炮无法伤害少主，因此没有采取救援措施，但习惯性地出言劝诫："少主，不要拖了。老奴发现此子元神异于常人，极难对付。"

此时，仇谦摆脱了晕眩效果，头皮微微发麻，涌起后怕的情绪。他手掌托起挂在腰带的紫色玉佩，吐出一口气："好险，要不是有这护身至宝，刚才我已人头落地。嘿，你有金刚不败护体，我也有护身法器。"

氪金玩家都该死……许七安瞥了眼远处炮火连天的杨千幻，重新把注意力集中在仇谦身上。

仇谦冷笑道："你是不是觉得自己是天之骄子？是不输镇北王的天骄？是崛起于浮萍中的人物？我告诉你一个秘密，其实你只不过是个卑微的可怜虫。你自以为了不起，不过是我们家施舍给你的'权力'罢了。"

"你们家？"许七安随手挥舞长刀，砰砰两声，打散仇谦斩来的剑气。

仇谦没再多说，拎着剑杀了过来。

两个年轻高手迅速地冲撞在一起，刀和剑的交击声绵密成一片，可见碰撞有多激烈。

仇谦是五品化劲，力量强于许七安，本该以碾压的姿势殴打许七安，但让他恼怒的是，此子刀法极其古怪，每一次兵刃碰撞，都会伴随着强烈的眩晕。他的节奏每次都会被打断，偶尔施展暴力，月影剑斩中他的身体，也只是带来刺目火星，打不破他的不败金身。

该死的家伙，区区一个六品竟如此难缠……仇谦一剑震开许七安，没有追击，盯着金光闪闪的年轻人，缓缓道："我自从练武以来，只练过一种刀法，名字叫九环刀，这种刀法一环扣一环，一刀叠一刀。自从刀法修成以来，同辈之中，我便没有遇到过对手。"仇谦指尖滑过剑脊，挑衅地盯着他，"比实力，你根本不是我的对手，敢不敢接我九刀？"

说完，他提着剑，大步狂奔，冲天而起，一跃十几丈高，宛如扑击的苍鹰，月影剑高高举起，疯狂摄取月华。

不是说刀法吗……许七安心里吐槽了一声，横起黑金长刀格挡。

叮！横刀挡住竖剑，火星一亮，狂暴的气机呈涟漪炸开。

月影剑一斩到底，在黑金长刀的锋刃上擦出刺目的火星。仇谦趁势旋身，第二刀紧随而至。

当当当当……他仿佛化身陀螺，一刀接一刀，宛如海潮，每一刀的余势，积累到下一刀，一刀强过一刀。

好强……许七安假装踉跄后退，似乎被海潮般的刀光冲击得站立不稳。拉开一段距离后，他把刀收回刀鞘，收敛了所有情绪，坍塌了所有气机。

月影剑爆发出耀眼的光华，与天空的明月交相辉映。

"忘了告诉你，月影剑有灵，能自行吞噬月光，夜里，是它最凶的时候。"仇谦狞笑着，旋身，斩出了最后一刀。这一刀，达到了四品之下的极限，仿佛是世上最惊艳的刀光。

锵！兵刃出鞘声后发先至。夜色中，一抹暗沉沉的刀光亮起，它极尽内敛，快到超过了光。

天地一刀斩！

时隔多月，许七安终于施展出了他的成名绝技，他的，唯一绝技！

仇谦看见了一抹暗沉沉的刀光，一闪即逝，紧接着，月影剑上凝聚的光华轰然炸散，虎口崩裂，长剑脱手飞出。那抹快到超越光的刀芒击撞在清光屏障上，双方僵持了几秒，刀芒无奈炸成暴雨般的细碎气机，在周遭地面留下一道道深坑。

仇谦踉跄跌退，难以置信地低头，看着腰间挂着的紫色玉佩。这件能挡四品武夫的护身法器，出现了一道裂缝。仇谦脸色陡然僵住，喃喃道："怎么可能……"

他知道许七安掌握有一种极其强大的刀法，爆发力极强。在许七安还是炼神境时，便曾依仗这种刀法，斩破铜皮铁骨境肉身。不过这种刀法惊鸿一现后，他便不再使用了。这会让人误以为那只是前期适用的刀法，缺陷极大，随着修为提升，渐渐后继无力，便弃用了。

"同辈之中，没有遇到过对手……"许七安反转刀身，嗤笑道，"就这？"仇谦脸色铁青。

就在这时，远处的左使撩开斗篷，斗篷底下藏着一把造型独特，宛如巨鸟展翼的巨大弓弩，对准许七安，扣动扳机。

嘣！弓弦声浑厚有力。箭矢射出后，猛地膨胀出刺目的光芒，化作一道流光激射而来。

许七安本能地避退，躲开威力奇绝的这一箭，岂料箭矢仿佛锁定了他，冲出数十丈后，猛地一个折转，又射了回来。并且违背力学定律，速度比离弦时更快，威力更强。

"这支箭叫无悔，箭出无悔，是我这次带出来的法器中最特殊、最强大的一件。"仇谦笑眯眯地看戏。他平复了刚才的恼怒，压下了内心涌起的、不想承认的嫉妒和挫败感。

许七安躲了两次后，愕然发现，箭矢的气势更雄厚，速度更快，似乎每一次射空，都会为它积累力量。

这不科学,它的动力源在哪里？许七安心里生起困惑,本能地用前世的知识来尝试理解眼前的情况。我不信它的速度会越来越快,还能叠加到无穷大？许七安心里嘀咕着,却不敢拿自己的安危来赌,跨前一步,主动迎上箭矢,一刀斩下。

轰！箭矢所化的流光炸散,碎片、光屑击撞在许七安的金身表面,溅起一道道金色光屑,连绵不绝,声音如同一百把霰弹枪打在钢板墙壁。好不容易挨过去,许七安的金身黯淡无光,遭了重创,处在破功的边缘。

随后,他发现自己不能动弹了。

一道亮银色的镜光定住了他,偷袭得手的仇谦没有废话和犹豫,摘下腰间的皮革腰袋,奋力一抖手。一架架火炮出现,一架架床弩出现,火炮抬起炮口,床弩对准许七安。

"不得不承认,你的强大出乎我的预料。身为六品的你,竟能打破我的护体法器,刚才那一刀,若无法器护体,单凭铜皮铁骨我必死无疑。再让你成长下去,就真的养虎为患了。当然,你没机会成长,你根本不知道自己头顶悬着的屠刀即将落下。"仇谦脸色阴沉地盯着许七安,不再掩饰自己的嫉妒和憎恶,"比身份,你不及我高贵;比帮手扈从,你不及我;比手段谋略,你依然被我玩弄股掌之上。你拿什么跟我斗？

"你不过是个占了我便宜的贱民,如今你拥有的一切,本该是我的。不过我无所谓了,我对失败者向来仁慈,今日不杀你,却要斩你手脚,废你修为,带回去邀功。"

左使称赞道:"少主天资聪颖,是人中龙凤,但不可自傲,赶紧动手吧,免得夜长梦多,出现意外。"

轰轰轰！嘭嘭嘭！

他复制了杨千幻的操作,利用战场上才会使用的重型杀伤法器,对付一个六品的武夫。

面对铺天盖地的法器,许七安只念了三个字:"打偏了。"

密集的炮弹、弩箭突然变向,或向左偏,或往右飘,或向上浮,完美地避开了目标。言出法随的时效还在。

"你……"仇谦瞳孔倏然收缩,难以置信。他脸色陡然涨红,继而铁青,咆哮道,"不可能,你没有机会施展儒家法术书籍,你根本没机会使用。"他知道许七安拥有儒家法术书籍,一直严防死守他使用,从头到尾,都没见他使用过。

许七安呵了一声:"难道你以为我刚才让杨千幻开的一炮,是头脑一热?"

杨千幻突兀地出现在附近,幽幽补刀:"武夫就是武夫,粗鄙得让人怜悯。"他复而消失,继续和右使玩起追逐战。

仇谦身子一晃,巨大的挫败感汹涌而来。

其实许七安还有一个速胜的办法,只需要吟诵一声:我的气机增强十倍!他保证能一刀秒杀仇谦。代价是:许银锣与仇人同归于尽。

儒家的言出法随是对规则的践踏,它是会遭规则反噬的。许七安一开始不知道这个内幕,天人之争时,念了一句:我的元神增强十倍。代价是法术效果过去后,元神四分五裂。幸而李妙真及时醒来,发现男网友吹牛皮吹炸了,但还可以抢救,连忙收集他的残魂,利用天宗法术修补了魂魄。晚苏醒一刻钟,许七安就真的与世长辞了。

如何合理地使用儒家法术?许七安总结出来的心得是,尽量只吹合理的小牛皮。

他的第一个牛皮是"天地一刀斩后遗症延后两刻钟",第二个牛皮是"打偏了",都属于清新脱俗的小牛皮。

许七安收刀回鞘,低声道:"我在他身后!"话音落下,他的身影在镜光中突兀消失,下一刻,便出现在了仇谦身后。

锵!天地一刀斩,再次出鞘。黑沉沉的刀光一闪即逝。

砰!咔嚓!仇谦听到了腰间玉佩碎裂的声音,听见了屏障炸裂的闷响。紧接着,身体一沉,跌倒在地,他的膝盖离开了身体,鲜血狂流。

"啊啊啊……"仇谦痛苦地嘶吼起来。

"少主!"左使暴喝一声,疾冲而来。

"快救我,快救我……"仇谦眼睛迸发出强烈的求生欲,以左使的强大,击杀金刚神功濒临破功的许七安,不过是举手之劳。杨千幻正被右使追逐,这会儿就算反应过来,最多就是带走许七安,如此,他反而保住了性命。

左使身形一闪,化作残影扑来,区区十几丈的距离,甚至不用一息。

就在这时,只见一道黑影高速奔来,似乎预判了左使的路线。砰,黑影宛如蛮牛,竟一头撞中左使,把他撞飞出去,犹如一颗出膛的炮弹。

那是一个姿容绝色的美人,穿着打更人制服,胸口绣着一面金锣。她似乎有些头晕,摇摇晃晃地站立不稳。随后她又消失了,远处传来气机爆炸的响动,以及左使的怒吼。

仇谦眼里的亮光慢慢黯淡。

"要不给你一刻钟,你能爬出二十丈,我便放你一条生路。"许七安拄着刀,笑吟吟地说道,"好心提醒,赶紧爬,说不定还能在血液流干之前得到救治。"

仇谦神经质似的尖叫一声,奋力往前爬,在地面拖出两条殷红的血迹。恐惧在这位钟鸣鼎食的年轻人心里炸开,他嗅到了死亡的气息,在这股气息里战战兢兢。

等他像条败狗般爬出一段距离,许七安俯身,抓起仇谦的头发,强迫他望着远处的战斗,低声道:"论战力你不如我,论手段你不如我,论计谋你还是不如我。你,拿什么跟我斗?"

杀人诛心!仇谦眼里的那丁点光芒彻底黯淡,只留下沉沉的绝望。

左使狂吼道:"你不能杀他,许七安你不能杀他。他若是死了,主人会灭你九族。"

"那你可看仔细了。"许七安举起刀,切下了仇谦的头颅。然后打开腰间香囊,把他的"天地"双魂收了进去。

完了!看到这一幕,左右使两人头皮发麻,如坠冰窖。

第 405 章

底牌

"快,快,他们就在前面了。"几股人马手持火把,在密林间穿梭,他们手里提着兵刃,狂奔如风。

他们中有淮王的密探,有地宗的妖道,有趁乱打劫、渴望法器奖赏的江湖人士。当然也有柳公子、蓉蓉这些武林盟的人,以及部分表面凑热闹,实际是打算支援许银锣的侠义之士。

李妙真等人拖住了四品高手,但无法尽数阻止相应的下属、弟子。

小镇战斗爆发,得悉情况后,各方下意识地离开小镇,搜寻许七安和那位神秘公子哥的"下落"。

"快跟上,迟了的话,许七安就被那人亲手斩杀了,法器还想不想要?"

"杀许银锣会不会犯大忌?"

"怕什么,老子已经易容了。人无横财不富,想要出人头地,总得剑走偏锋。"

"没错,现在唯一的问题是,许银锣很可能已经被杀。啧,那位公子身边的两个高手极其了得。"

"楼主、神拳门的门主,还有墨阁的阁主都挺身而出了。您待会儿也要出手相助许银锣的吧?"蓉蓉竭力跟住自家楼主,没有掉队。尽管楼主刻意地降低速度，但她还是有些吃力。

萧月奴身姿轻盈，不断腾跃，声音清冷："九色莲花我们武林盟想要，宝物本就是有能者居之。但是天材地宝得之我幸，失之我命，而许银锣……"

嗯？蓉蓉看向楼主。

萧月奴嫣然一笑："而许银锣只有一位，大奉多少年了，才出一个许七安，折损在这里就太无趣了。所以啊，快点跟上来，迟了的话，许银锣就危险了。"

一方是拥有两名四品巅峰扈从，且不缺法器底蕴深厚的神秘年轻人；一方是同伴尽数留在镇子拖延，顶多只有一位帮手的许七安。胜负的天平朝哪一方倾斜，可想而知。

蓉蓉笑了起来，用力点头。

循着气机波动，以及震耳欲聋的爆炸声，床弩发射的弦声，这几股人马很快抵达战场。

蓉蓉突然发现前头的萧楼主停了下来。这位绝色尤物娇躯明显一僵，愣在原地，似乎看见了什么不可思议的画面。惊奇的是，万花楼几位长老，包括蓉蓉的师父，竟是如出一辙的反应。

蓉蓉目光掠过他们，望向场内，她顿时明白为什么了。

沉沉夜幕之下，穿着黑色劲装，扎高马尾的年轻人，持着一柄微微弯曲的窄口刀，另一只手拎着一颗鲜血淋漓的头颅。那是白日里嚣张狂悖，出手阔绰的年轻人。

他竟然死了？！蓉蓉瞳孔收缩，红润小嘴微微张开，这和她想的不一样，和楼主以及大部分人想的都不一样。

不断有人陆续冲出林子，来到山坡边，然后发现其实战斗早已尘埃落定。

那个神秘的、高调的，但背景必定深厚无比的年轻人，他的头颅被许银锣拎在手里，给众人带来巨大的冲击。

许七安看见了穿出密林的人群，约莫百余人，分属不同势力。他朝那个方向扬了扬人头，目光锐利如刀："谁还要杀我？"

群雄寂静,无人敢应答。这里面包括地宗的道士,包括淮王的密探。他们对许七安抱着浓烈的杀机,但不敢站出来找死。

许七安嗤笑一声,不再理会,眯着眼审视两边的战斗。

"他,他竟然死在许银锣手中……"

"亏我还以为他有多强,如此高调地发布悬赏令,我都已经下定决心要冒着大忌杀许银锣。"

"呸,没用的东西。"

那些决定要铤而走险的江湖散人,神色极为复杂。

而那些担心许七安的江湖散人、武林盟的人,则如释重负,接着,响起了惊叹声。

"杀得好,是我们小觑许银锣了,他既然敢主动杀上门,那肯定是有依仗的嘛。"一个汉子大声笑道。

"原以为他的同伴都留在了小镇……不愧是许银锣,白担心一场。唔,那位白衣术士是谁,那位美人儿是谁,竟能和一位四品武夫打得难解难分。"

"你们别高兴得太早,那两位是四品巅峰的高手,只要能继续拖住,等待我地宗长老到来,鹿死谁手尚不可知。"一位年轻的地宗弟子沉声道。他的眼神阴冷,充斥着恶意。

一位裹着黑袍的密探缓缓道:"其实,他死了也好,无关大局,反而会让那两位高手不顾一切地报复。"

许七安冷眼观战,念头急转。

一刻钟过去了,再有一刻钟,天地一刀斩的疲惫感就会因为儒家法术的反噬,翻倍地"回报"给我,而小镇那边,只有李妙真和楚元缜拥有四品战力,丽娜和恒远大师差了些。拖延不了太久,必须速战速决……可是四品巅峰级的武夫太难杀了,恐怕打到天亮,都未必能分出胜负……

许七安眸光闪烁,很快便有了主意,他高举仇谦的头颅,大声嘲讽:"所谓主辱臣死,你们的主子头颅被我割了,两位为何还有颜面活在世上?还不快点自刎谢罪。或者,你们想报仇?那就来啊,有本事来杀我。"

最好的激将法就是踩着他们的痛处狠狠嘲讽。为了增加效果,拉足仇恨,他故意做出一副扬扬得意的小人姿态。

果然,两个巨汉暴怒了,他们同样明白想要打败一个金锣,一个四品术士的难度极大,相比之下,杀许七安要轻松容易很多,又能为少主报仇。当下,一个不顾炮火轰炸,一个不顾金锣南宫倩柔的疯狂反扑,甚至以受伤换取脱身的机会,一左一右,默契地夹击许七安。

许七安脸色严肃且冷静,等到两个高品武夫以常人肉眼无法捕捉的速度杀到他前后不足一丈时,他轻声念道:"我在左使身后。禁锢。"

他迅速吹了两个合理的牛皮,身影消失。两个壮汉身躯出现微微的凝滞,但也仅是凝滞,禁锢效果并没有达到。但对许七安来说,这一刹那都不到的机会,是他必须抓住的战机。

就在左右使身体凝滞的间隙里,许七安出现在左使身后,甩出了手里的一枚黄色符剑。

天地间,光芒一闪而逝。左使和右使的身体突然分开,下半身还在狂奔,上半身跌倒,脏器流淌一地。两人的下半身互相撞在一起,齐齐倒地,双脚无力乱蹬。

又过了几秒,极远处传来山体坍塌的巨响,人宗道首一剑之威,恐怖如斯。

"你,你……"就算被人腰斩,左使还是没死,眼睛瞪得滚圆,充满恨意地盯着许七安。

许七安识趣地后退,不给两人反扑的机会。四品武夫的生命力极其强大,只要没死,就有可能反杀他。许七安不会犯得意忘形的低级错误。

我有监正做靠山,身体里有一位大佬,手头上还有国师送的符剑,比靠山我怕过谁……许七安嘲弄地看了左使一眼,当着他的面,一掌把仇谦的脑袋拍成烂泥。

这愚蠢的东西,你便是大奉太子,在我面前也不够看。

左使目眦欲裂。南宫倩柔出现在左使眼前,一脚踢爆了他的脑袋,断绝他最后的生机。然后旋身,一个高抬腿,猛地踏下,右使的头颅也被踩爆。

呼,人头抢得不错……许七安彻底放心,朝他笑了笑。

南宫倩柔不给好脸色,还了一个冷笑。

如果杨千幻的加入是灵光一闪的偶然,南宫倩柔就是许七安的底牌之一,也是他今晚整个计划的核心人物。

三比二的情形之下,必然会让仇谦信誓旦旦,认为胜券在握。仇谦提出单打独斗,便是最好的证明。当然,如果仇谦不选择单打独斗,那许七安就会让南宫倩柔出手偷袭右使,他和杨千幻配合,三人合力先杀右使。手里压着底牌,战法可以灵活多变。

"法器倒是不少。"南宫倩柔摘下左右使挂在腰上的皮革袋子,展开看了一眼,妙目放光。

"一人一份,你别贪啊,给杨千幻一份。"许七安也弯腰拾起仇谦的皮革袋子,以及那柄月影剑。

三人分赃完毕,杨千幻收起现场的所有火炮和床弩,双手分别按在两人肩膀,轻轻一踩脚,消失在众人眼前。

又过了许久,几道强横的气息赶来,分别是密探天机、天枢,"赤橙黄绿青蓝"六位道士。他们见到被分尸枭首的三人,知道结局已经不可挽回。

天机压抑着怒火,质问道:"为何地宗道首不出手?"

年纪最大的赤莲道长低声道:"你忘记楚州出现的那位神秘强者了吗,若是道首出手,那位神秘强者跟着出手呢?道首的分身要用来争夺莲子。"

天机脸色一滞。

女子密探天枢愠怒道:"你们三人干什么去了?"

闻言,赤莲道长竟更加恼怒,咬牙切齿:"墨阁的阁主,还有神拳帮的帮主拦住了我们。粗鄙的武夫皮糙肉厚,难缠得很。"

天枢不再说话,扫了一眼密林边的众人,叹息道:"今夜过后,这批江湖散人再也不敢与许七安为敌。武林盟的诸多帮派也会因此出现分歧,有很大一部分会退出,形势不太妙。"

地宗的莲花道士们心里一沉。

月氏山庄。

刻录在地面的阵纹逐一亮起,清光凝聚,三道人影显现在阵法中。

金莲道长、白莲道姑,以及三十四位天地会弟子,默默守在阵法边,见状,立刻围了上来。

秋蝉衣冲在最前头,少女艳丽的眸光,款款凝视:"许公子,如何了?"问完,她屏住呼吸,一脸紧张。

其他弟子同样紧张地看着许七安,等待他的回复。

"杀了!"许七安颔首。

欢呼声瞬间爆发,天地会弟子脸上洋溢着笑容,眼中却有泪光。

秋蝉衣喜悦地望着他,眼里充满崇拜。

金莲道长问道:"那两个四品……"

许七安颔首。

"那便好。"道长笑了笑。

"并不好。"许七安挤开弟子们,吩咐道,"准备疗伤丹药,准备饭食,准备热水和干净的衣衫。道长,准备救我……"他猛地一个踉跄,摔在地上。

众人大吃一惊,欢呼声戛然而止,惊愕地发现许银锣脸色变得苍白,双眼浑浊,皮肤变得干燥黯淡,四肢剧烈抽搐,气息断崖式下跌,心跳和呼吸趋于停止。这是力竭而亡的征兆。

儒家法术的反噬,让天地一刀斩的抽干精力,升级成了力竭而亡。

秋蝉衣尖叫一声,扑到许七安身边,吓得小脸惨白。

金莲道长疾步上前,先探了探鼻息,然后搭脉,发现许七安的五脏六腑都呈现衰竭迹象,生机迅速流失。

"去取大补的丹药过来,去把我珍藏的那株血参取来……"金莲道长下达一连串的命令。

南宫倩柔俯身,抓起许七安的另一只手,气机绵绵输入,温养他的身躯。

天地会弟子们立刻行动起来,神色惶恐焦急,女弟子们害怕地抹着眼泪,唯恐许银锣出现意外。

许七安醒来时,夜深了。

夜色静谧,纱窗外传来尖细的虫鸣,油灯摆在小木桌上,火光如豆,让屋内染上一层橘色的光晕。他看见一个白裙佳人坐在桌边,素手托着腮帮,百无聊赖地看着他。

"咦,你醒啦!"白裙女子说道。声音不是少女的甜脆,透着一丝慵懒和娇媚。

许七安闭上了眼睛,再次睁开,又闭上眼睛,反复几次。

"你干吗?"她问道。

"可能是我睁眼的方式不对,我昏迷期间,守在身边的人居然是你。"

"你睁眼一千次,看到的也是我。"苏苏娇嗔道,"不喜欢我在这里是吗,或者,更希望那个哭哭啼啼要留下来照顾你的小丫头?嗯,叫秋蝉衣对吧。许七安你可真行,走到哪里,桃花债就惹到哪里。"

许七安撑着疲惫的身子,坐起身,没好气地道:"傻坐着干吗?给我倒杯水,口渴了。"

苏苏嘴上埋汰他,行为却很乖顺,立刻倒了杯水。

"你不能因为我魅力大,总是让女孩子喜欢,就觉得问题出在我身上。这是典型的受害者有罪论。"许七安缓解了干渴的喉咙,把茶杯递还给苏苏,问道,"怎么是你在守着我?"

苏苏坐在床边,握着茶杯,翻了个娇俏的白眼:"主人说我是你的小妾,夫君受伤了,小妾当然要衣不解带地在床边照顾。于是就把那个秋蝉衣给打发走了,把我留下来照顾你。"

把一个标致的少女打发走,留下一个纸片人照顾我……许七安觉得李妙真用心险恶,问道:"我昏迷多久了?"

他握了握拳头,有些使不上力气,知道这是身体被掏空的后遗症。但能在一个时辰里弥补亏空并苏醒过来,说明用了不少灵丹妙药。

"替我谢谢金莲道长,花费了不少好东西吧?"许七安笑道。

苏苏歪了歪脑袋,撇嘴道:"这个天地会穷得要死,要让他们救治你,明儿你都醒不过来。是那个脑子有问题的术士救的你。"

"杨师兄?"许七安一愣,而后想起行医救人,道士拍马也赶不上术士,便点了点头。

"不过天地会也尽力了,取了最好的丹药和血参救你,但那脑子有病的术士说,道士就是道士,穷酸得让人怜悯,接着,便取出一颗丹药喂给你。听说那是和血胎丸一样珍贵的极品丹药。"苏苏说道。

术士就是有钱啊,和人宗一样都是狗大户……许七安脑补了一下那个画面,心说杨师兄这次装酷装得爽了,一环接一环。

"苏苏,我没事了,你先出去吧。嗯,在外面守着,任何人都不要来打扰我。"许七安吩咐道。

"我还没成你小妾呢,就这样使唤人家。"苏苏不高兴地说。

等苏苏关门离开,许七安摘下腰间的香囊,打开绳结,释放出仇谦的魂魄。

第 406 章

仇谦的身份

呼……一阵阴风从香囊里掠出,房间内温度迅速降低,一道虚幻的身影出现,浮于空中。

他面孔呆滞,双眼无神。

人死后,"天地"双魂立刻离体,处在浑浑噩噩状态。人魂藏于体内七日之后才会出来,这个时候,天地两魂会过来寻找人魂。三魂齐聚,就能找回生前记忆,摆脱浑噩。头七的说法,便是由此而来。

这个年轻人的身份非同一般,对我体内的气运了如指掌,我或许能从他身上问出核心机密……许七安深吸一口气,感觉心跳加快,血液沸腾,很久没有这么激动了。

就在这时,他耳郭微动,听见院子外传来苏苏娇媚的声线:"呀,你不能进去,我家夫君在休息,不准任何人打扰。"

然后是秋蝉衣不太高兴的声音:"我就进去看一眼。"

"蝉衣道长虽然是出家人,但也该知男女大防,深更半夜的,哪有往男人房间里凑的?"

"许公子对天地会有大恩,我进屋探望怎么了?出家人光风霁月,问心无愧。"

"哟,还问心无愧呢,你们天地会三十四位弟子,怎么就你一个人过来?还不是馋他身子。"

"你你你……"秋蝉衣臊得面红耳赤。

"你什么你,一副少女怀春的模样,姑奶奶是过来人,就你们这些小蹄子心里想什么,我还能不知道呀。"苏苏叉着腰,像一只好斗的小母鸡,"我家夫君好色如命,饥不择食,我劝姑娘还是保持距离,长点心,否则破了处子之身,最后被始乱终弃,说出去也不好听。"

苏苏呵了一声:"或者,这正中蝉衣道长下怀?"

"我,我去找金莲师叔……"秋蝉衣一个小姑娘,哪里斗得过老鬼苏苏,羞愤得一跺脚,跑开了。

去找金莲道长啊……许七安看了眼飘浮在房间内的魂魄,叹了口气,默默收回香囊。他忽然意识到自己过于心急,山庄里有楚元缜等高手,耳聪目明,就算不特意偷听,万一路过什么的,分分钟就把他最大的秘密听去。

先让金莲道长他们安心,然后找杨千幻布置隔音阵法……许七安把香囊挂回腰间,打开门,朝着院外的苏苏招了招手。

苏苏双手背在身后,脚步轻快地走进屋子,嘴里哼着小曲。

"看来你对自己的身份很有归属感了。"许七安欣慰道。这位美艳无双的女鬼,虽然嘴上抗拒,但心里却很诚实,早已代入许家小妾的身份,对试图勾引自家夫君的女人抱着强烈敌意。

"我对破坏你的好事,诋毁你的形象,充满了快感。"苏苏俏皮地嘿嘿两声,扬扬得意。男人就喜欢自以为是,自己体验着棒打鸳鸯的快感,他却以为是为他争风吃醋。

这时,金莲道长赶来,身后依次是白莲道姑、李妙真、楚元缜,以及南疆小黑皮和恒远大师。杨千幻和南宫倩柔没有来探望他。

"明日便要决战了,我们要提前商议一番,你感觉怎么样?"金莲道长抓起许七安的手腕,把脉之后,脸色有些沉重。

"休养三五日便恢复了,明日的战斗,抱歉……"许七安叹口气。他现在的情况是身体气力已经恢复,气机却没有,能打,但发挥不出太强的实力。除非敌人也不用气机,跟他打纯肉搏。

"那很不妙!"突然,白衣人影一闪,出现在房间里,面朝窗户,背对众人。杨千幻悠悠道,"我布置的阵法有八层,每一层阵法的阵眼,都需要一位高手镇守。我本来根据你的金刚神功,刻意布置了一层防御阵法。"

虽然夜里一战大获全胜,斩杀了年轻公子哥和两名四品巅峰级扈从,但这两人本就是多出来的,而己方折损了许七安这位大高手。

许七安沉吟道:"南宫倩柔可以补位。"

杨千幻毫不给面子地呵呵道:"相比起你的金刚神功,四品武夫的体魄还是差了些。你别忘了,淮王密探手里有火炮和床弩。"

金莲道长摇头道:"南宫金锣本就在计划之中,并不是多出来的意外之喜。"

敌方有地宗,六位四品,一位三品境的道首分身;淮王密探,两位四品武夫,其余高手若干;武林盟,一位准三品的超级高手,若干个四品门主、帮主。

己方,可以确认拥有四品战力的是金莲道长、白莲道姑、楚元缜、李妙真、许七安,以及杨千幻和南宫倩柔。

对比之下,天地会仅能对付地宗和淮王密探联手。但因为主场优势,布置了阵法,才有底气和诸方势力抗衡。在金莲道长的计划里,只需扛过莲子成熟,就可以弃了山庄,不必苦守死战。前提是能守住。

不对啊,无论我的状态有没有恢复,其实都守不住莲子的吧?即使我能逼退江湖散人,以及一部分武林盟四品高手,但财帛动人心,不可能人人都给我面子,顶多就是到时候手下留情,如此一来,其实最后还是守不住的……想到这里,许七安心里一凛,意识到了不对劲。

金莲道长,他还有什么依仗?念头方起,便听金莲道长用温和的语气说道:"许七安,你有什么想法?"

许七安摇头。

金莲道长略带鱼尾纹的眼睛,温和地看着他,提醒道:"再好好想一想。"

许七安眯着眼,盯着他,两人目光交汇,看似平静,实则有无数信息在隐晦地闪过。

金莲道长这句话是什么意思,他知道我的秘密……是气运,还是神殊?

道长是知道我和监正"不清不楚"的关系的,不知道的是我身怀大奉国运……我记得上次从地宫里出来,把制服古尸的借口推说成监正在我体内留了一手,也并没有错啊,确实是留了一只手。所以,金莲道长是认为监正的"留一手"还在?这是不是就是他一直打的主意?难怪他这么淡定,道长以为我能爆发出顶级强者的战力,就像地宫那次。

又或者,金莲道长已经知道神殊就在我体内,楚州的"神秘高手"在外人眼中确实神秘,但在部分知情人眼里,其实经不起推敲的。比如金莲道长参与过桑泊案,知道封印物和佛门有关,道长对我特别熟悉。而且,我在地宗道首面前吹过的牛皮,可是几万人都听到了。

呼,好在道长不是大奉官场人物,否则我会很难办……许七安叹口气:"我确实没有想法,无能为力。"

首先,神殊和尚已经沉睡,唤不醒,这个外挂暂时停用。至于监正,这个老男人心机深沉,如此可怕的人物,根本不是许七安能左右的。所以,他是真的没底牌没办法了。

金莲道长眸光暗沉了几分,许久没有说话。过了好一会儿,他叹息道:"罢了,事已至此,一切只看天定。"

众人闻声,叹了口气。

"对了……"突然,金莲道长转头看向楚元缜,"我让你把此事告之洛玉衡,你可有转告?"

楚元缜奇怪地看了他一眼,不明白道长刻意提及此事有何用意,边领首,边说道:"自然转告了。"

金莲道长连忙追问:"她说了什么?"

"国师只说了'保重'两个字。"楚元缜脸色如常地说道。国师就是这样一位性子冷淡的女子,不可能叮嘱太多。

金莲道长皱了皱眉,有些期待,有些急切地问道:"她,她有给你什么东西吗?"

楚元缜吃了一惊,道:"道长你连这都能猜出来?国师确实赠了我一个护身符。"

"快、快拿出来……"金莲道长连声说。任谁都能看出他的惊喜和急切。

楚元缜皱了皱眉,从怀里取出一枚黄符折叠而成、穿着红绳的护身符:"这只是普通的护身符,并没有什么作用……"

其实楚状元不想拿出来,这是国师送给他的,算是"长辈"的一番心意。

金莲道长伸手,拿过护身符,眼神里透出些许如释重负,然后,他做了一个让满屋子人都没想到的动作。

"许七安,这枚护身符你拿好。"

所有人都看向许七安。

"道长,为何给我?"许七安表情茫然。道长,楚元缜要吃了我,你看他那眼神,你快看他眼神啊……

金莲道长仿佛又变成了那个沉稳老辣的老阴货,笑呵呵地说道:"莫要问,明日便知。嗯,最后一关由你来守,守在池外。"

茫然的许七安,收到金莲道长的传音:"危急关头,燃烧护身符,向她求援。"

求援?向洛玉衡吗,别逗了啊道长,我和她又不熟,她送我一枚符剑,已经是很给面子了,我怎么还能一次又一次地劳烦她……你这是在为难我胖虎!许七安很想摆着手说:交情没到,交情没到。但出于对老阴货的了解,如果没有把握,金莲道长是不会做出这样的决定的。

金莲道长这是什么意思,凭什么把国师赠我的护身符送给许七安……楚元缜眉头紧锁,感觉自己被冒犯了。但他是个睿智且冷静的人,擅长分析(脑补),转而思考起金莲道长的用意,展开了一场头脑风暴。

李妙真和恒远大师同样困惑,但没想那么多。这不是笨,而是不喜欢胡乱琢磨而已。

丽娜才是笨,从头到尾都没有打算动脑子,分外珍惜自己的脑细胞。

这时,秋蝉衣带着几个女弟子,捧着热腾腾的饭菜过来,香气瞬间盈满房间。母鸡汤、酱猪蹄、清蒸河虾、窝窝头、清蒸羊肉、红烧肉……摆了满满一桌。

咕噜……许七安和丽娜同时咽口水。

"许公子,这是厨房为你准备的,就等你醒来吃。"秋蝉衣脆生生地道。

"是啊,是啊,蝉衣师妹亲手做的。"一位女弟子掩嘴轻笑。

秋蝉衣脸蛋一红。

许七安连忙道谢,然后有些尴尬地看一眼金莲道长和白莲道姑,发现他们神色如常,并没有因为弟子怀春而感到不悦。

"那就不打扰了。"金莲道长颔首,率先离开。

楚元缜等人随后离去。

丽娜没走,她的双脚被封印了,蔚蓝色的眸子,巴巴地看着许七安。

"一起吃吧。"许七安无奈地说,旋即拿起窝窝头,搭配红烧肉和羊肉吃。

"许公子,味道怎么样?"秋蝉衣抿着嘴,期待地问。

"蝉衣师妹手艺极好。"许七安竖起大拇指,赞了一声。

酒足饭饱,许七安打发走秋蝉衣众女,在院子里喊了两声:"杨师兄!"

白衣身影应召而来,背对着他,悠然道:"天不生我杨千幻……"

大家都这么熟了,你装酷也没啥快感了吧……许七安冷漠地打断:"大奉万古如长夜。"

杨千幻噎了一下,冷冰冰地问道:"什么事?"

"想请杨师兄帮我刻一座隔音阵法,最好还能隔绝窥视。我接下来要做一件很机密的事。"许七安直言。

"呵,你不怕我偷听?"杨千幻戏谑地反问。

"呵,我谁都不信,唯独信杨师兄。杨师兄是古往今来,品格最高尚之人。"许七安诚恳地说。

"你还蛮有眼光。"杨千幻非常受用。

房间里,许七安关好门窗,打开香囊,再次释放出仇谦的魂魄。阴风刮起,室内温度降低。仇谦像个地主家的傻儿子,愣愣地浮在空中。

"你叫什么名字?"许七安试探地问了一句。

"姬谦。"仇谦木然地回答。

许七安沉吟着,措辞片刻:"你到底是什么身份?"

"大奉皇族。"

仇谦没有起伏的声线,却在许七安脑海里掀起了狂潮,掀起了海啸,造成山崩地裂般的效果。

他是大奉皇族?!难怪他姓姬,不对,大奉皇族有这号人物?

各种念头闪烁,许七安努力让自己平静下来,沉声问道:"哪一脉的?"

他之所以这么问,是因为确定京城宗室里绝对没有这号人物,大奉国祚绵延六百年,开枝散叶,支脉太多,这位姬谦,要么是旁支,要么是某位的私生子,因此才问他是哪一脉。

仇谦喃喃地道:"五百年前的正统一脉。"

许七安险些控制不住自己的表情,手臂猛地颤抖了一下。

五百年前的正统,也就是说,他是那位被武宗皇帝斩杀的先皇的后裔?那位先皇还有血脉留存吗?不是说那位皇帝的血脉死于奸臣手里了吗……呃,那段历史必定遭到篡改,史书不能信,但武宗皇帝这样的雄主,不会不知道斩草除根的道理。

"你在族中什么地位?"

"我是父亲的嫡子。"

"你父亲是谁?"

"他叫姬霄,他必将成为九州共主,取代元景帝……"

五百年前那一脉,回来复仇了?我杀了一个"太子"啊……许七安愣了好久,努力消化着这个惊天动地的情报。

然后,他接着问道:"我身上的气运是怎么回事?"他打算先不问姬氏相关情报,直指问题核心。

· 213 ·

"……"仇谦沉默着,沉默着。

我有些激动过头了……许七安深吸一口气:"许七安身上的气运是怎么回事?"

"他身上的气运是那位大人存在他体内的,是我们宏图霸业的助力,是对抗监正的根基,是我们逐鹿中原计划最重要的一步。"说这些话的时候,仇谦木然的脸色出现了罕见的生动。这件事,似乎烙印在了他灵魂深处。

"那位大人是谁?"许七安嘴皮子颤抖。

下一个问题他几乎要脱口而出:为什么要把气运寄存在我身上?

这时,仇谦的表情出现了明显的扭曲、挣扎。

夜色静谧,虫鸣尖细。

密林外的山坡上,几只豺狼在啃食尸体,嘴里发出呜呜的示威声,以此震慑同伴。一双穿着白靴的脚从空中落下,轻飘飘地落在仇谦无头尸体的边缘。那是一个素白如雪的人,白衣白鞋与乌黑的头发形成鲜明对比。他的脸上笼罩着层层迷雾,仿佛不属于这个世界。他的存在被无限降低,他并没有刻意掩盖动静,但周遭的豺狼自顾自地啃食,本该无比敏锐的它们,竟都没发现白衣身影的出现。

白衣身影低着头,扫了一眼惨不忍睹的尸体,没什么表情地挪开目光,望向了月氏山庄方向。

他注视许久,轻笑一声。

第 407 章

武林盟的规矩

仇谦的表情出现扭曲,挣扎。这是许七安第一次遇到如此情况。李妙真不是说人刚死,三魂没有齐聚的情况下,就是地主家的傻儿子,问什么答什么吗?

这时,仇谦的脸色渐渐平静,眼神没有焦距,喃喃道:"我怀疑他是初代监正。"

像是一道焦雷在许七安脑海炸开,把所有思绪都炸得粉碎,脑袋嗡嗡作响,一片混乱。他用了很长时间,才从这个信息量爆炸的情报里平复,而后察觉到仇谦的回答有问题。

仇谦用的是"怀疑"这个词,从这两个字里,许七安可以推理出两个至关重要的信息:

一、姬谦在他所属的势力里,并不是最核心的人物,没有接触到最核心的机密。

二、他既然做出这样的怀疑,说明他掌握了一定的内幕。

许七安定了定神,追问道:"你的依据是什么?"

仇谦没有起伏的声线回答:"我曾偶然间听到,他称当代监正为孽徒。另外,他曾对我,和我的兄弟姐妹们说,属于我们的东西,终将重新夺回来。五百年的隐忍是为了壮大自己。"

许七安默然,于心底分析片刻,认为仇谦的猜测是对的。当年初代监正没有死,并且留了后手,所以才能带走那位皇帝的后裔,武宗皇帝没能斩草除根,便是这个原因……这符合逻辑,说得通。同时,许七安想到了很多细节来验证这一点。

我又要重新复盘穿越以来经历的所有事情,所有案件了……

最开始的是税银案,前户部侍郎周显平,效忠的人就是五百年正统的一脉。他二十年里贪污的几百万两白银的去向,终于有了解释……谋反最需要的是什么?是钱啊。

云州案是齐党兵部尚书和巫神教勾结,但云州查案时,那位疑似初代监正的神秘术士与我"擦身而过",但帮忙抓住了间谍,暗中助我。他帮我的目的是什么,没理由啊……云州时发生的这件事,始终像一根刺卡在许七安喉咙,但他缺乏相应的线索和证据,给不出猜测。

最近的是镇北王的屠城案,此案中,王妃随使团秘密前往楚州,这是因为元景帝要防备朝中二五仔,我当时已经推理出朝廷中许多大臣暗中与神秘术士有联系。

是啊,如果神秘术士是初代监正,背后势力是五百年前的大奉皇室,那这一切就合理了,要知道,部分臣子早就暗中不满元景帝修道。他们可能早已被初代监正暗中策反。反正都是大奉皇族,既然你这一脉烂泥扶不上墙,我为什么不投靠五百年前那一脉?人家才是正主。

另外,神秘术士帮助蛮族劫掠王妃,这也能得到很合理的解释。初代监正既然要造反,那肯定不能让镇北王晋升二品,甚至要想尽办法除掉他。一个二品武夫的存在,又精通兵法,必将成为他们造反事业的最大阻碍之一。

所以,初代监正的一切谋划,都是在削弱大奉国力,只要抓住这个目的,反向推敲的话……

许七安想到这里,瞳孔略有收缩,心里浮现一个念头:那魏渊呢?

想要造反,必杀名单榜首是监正,其次,应该是魏渊。

相比起镇北王,魏渊这个只花了几个月的时间,就把来势汹汹,堪称无敌的北方妖蛮两族打得落花流水的兵法大家,运筹帷幄,打赢人类有史以来最惨烈战役,是山海关战役的一代军神。他才是真正要铲除的人物,魏渊的麻烦程度,仅次于当代监正。

嗯,魏公确实一直被群臣攻讦,给事中那群喷子,动不动就高呼:请陛下斩此獠狗头。其中也不知道有多少已经投靠了初代监正……等一下!脑海里,一道闪电劈下来,照亮了已经藏于黑暗的一些小事。

他想到了一个案件,一个表面是针对皇后,涉及皇储之争,实际上暗指魏渊的案子——福妃案!

试想一下,如果这件案子没有我的插足,那么它导致的后果就是皇后被废,四皇子从嫡子贬为庶子,再也没有了继承大统的可能。而扶持四皇子继位,是魏公一展抱负的开端,如此一来,魏公和元景帝,就是君臣决裂了。他们之间会留下无法弥补的裂痕。而福妃案的幕后主使是陈贵妃,陈贵妃背后有人撑腰是事实,嗯,这么想来,当初那个叫荷儿的丫鬟,能佩戴屏蔽气息的法器,这就很有意思了。

想到这里,许七安捏了捏眉心,无力地感慨道:"术士都是老阴货。"

福妃案应该只是对付魏渊的冰山一角,甚至都不算前奏,不知道后续还会有什么行动。

"气运为什么会在许七安身上?"他终于问了这个至关重要的问题。

仇谦茫然呆立,回答道:"我不知道,我只知道因为某些原因,气运不得不存放在他体内。原本在京察年尾的税银案里,他会被送出京城。"

"为什么要搞这么大阵仗把许七安'送出'京城?你们不能直接派人劫掠?"

仇谦表情呆滞,喃喃道:"我不知道。"

许七安问道:"你说要把许七安削成人棍带回去,你那么恨他,为什么不直接杀了他?"

仇谦回答:"他是盛放气运的容器,气运没有取出来之前,容器不能碎。"

气运没取出来之前,容器不能碎,对我来说,这是一个好消息……

许七安再问:"怎么取出气运?"

仇谦道:"我不知道,但父亲和那位大人一直在做相应的筹备,筹备了很多年。"

取出气运是一个困难,或者烦琐的过程,正如当年初代监正机关算尽才窃取到国运……从他一系列谋划中分析,这位初代监正似乎不复巅峰,只能"苟"起来谋算。换个角度思考,如果大奉国力继续衰弱,当代监正是不是也会面临这样的窘境?嗯,这是一个至关重要的信息啊。许七安心想。

"那你知不知道,气运取出来之后,容器会怎么样?"他盯着仇谦,沉声道。

"当然是死。"

许七安在心里爆了句粗口。气运取出来后,他就会死?!

那么,初代监正是他的死敌,这一点已经毋庸置疑,没有回旋余地。问题是,当代监正……同样是他死敌啊。

现在他是两代监正博弈的棋子,监正对他表现出的大部分都是善意。可是,不管过程是怎么样,结局其实已经注定。当代监正必定要取回他体内气运的。只有还气运于大奉,大奉的国力才会恢复,而一个王朝的国运和监正是息息相关的,国力衰弱,监正实力也会衰弱。事关切身利益,当代监正怎么可能不取回气运?之所以现在不取,那是时机未到。将来呢?

许七安深切地泛起如坠冰窖的感觉,浑身发寒。

"你们打算什么时候起事?"许七安问道。

"等魏渊死,等夺回许七安体内的气运,等我晋升四品。"仇谦回答。

"为什么要等你晋升四品?"对于前两个答案,他心里早已有所预料,并不惊讶。

"晋升四品,我便能容纳这股泼天的气运。我是父亲的嫡子,是将来的九州共主,这份气运是我的。"

难怪他如此厌恶我、嫉妒我,声称我现在的一切都不过是占了他的便宜……许七安想了想,问道:"你父亲告诉你的?"

"当然,如果不是选了我做继承人,他怎么会把'龙牙'交给我。"仇谦说道。

"你们的藏身地点在哪里?"

"在许州。"

许州?大奉有这么个地方吗……许七安皱了皱眉,简单地回忆了一下,确认自己没有听说过这个地方。不过大奉十三洲,洲里还有州,数不胜数。

"许州在哪里?"许七安直接询问。

"我,我不记得了……"仇谦喃喃道。

什么叫不记得了,自己家还能不记得?

"许州在哪里?"许七安又问。

"我,我……"仇谦模糊的脸上呈现出强烈的痛苦。他双手抱住脑袋,痛苦地呻吟,"我不记得了……"

砰!魂魄炸散,化作阴风席卷房间每一个角落。

密林外的山坡上,白衣术士收回目光,屈指一弹,赤色的火焰舔舐尸体、豺狼,把它们化作灰烬。大袖一挥,灰烬猛地扬起,飘向远方。

"淮王死了,元景下过罪己诏后,气运又降一分,下一个就是魏渊了……姬谦,你的任务完成了,死得其所。"

他的心情极佳,双手负在身后,笑吟吟地走远。

盛夏,房间里的温度宛如深秋,凉意阵阵。

许七安站在寂静的室内,蒙了半天,是我的问题触及了某个禁忌,让姬谦的魂魄自爆了?

不对啊,他都说出许州了,按理说,应该在我问这个问题的时候,他的魂魄就产生某种抵触,然后自爆,这才合理……现在,就算我不知道许州在哪,我回去查资料不就行了吗。

他坐在桌边,静下心来,默默消化着今夜所得的情报。

初代监正没死,五百年前的正统一脉也还有后裔留存;二十年前,窃取大奉国运的是初代监正;他们一直在密谋造反……这些情报要是公布出去,必将引起轩然大波,举国震惊也不为过。

初代把我当工具人,容纳气运;当代把我当棋子,用来博弈;元景帝想要杀我,这个朝廷不待也罢,我恨不得有人把他从龙椅上拽下来。但是魏渊待我如子,临安和怀庆又是我的红颜知己……

许七安深切地体会到什么叫左右为难,他捏了捏眉心,吐出一口气:"老规矩,遇事不决,找大佬。我把这件事告诉魏公,怎么做,让他头疼去。"

做出决定后,他便不再去想,从怀里摸出姬谦的皮制小袋,里面有床弩、火炮等重型杀伤力武器,也有宝甲、宝剑等法器。许七安没有找太久,发现了一只紫檀木制作的盒子,长约三尺,盒面雕刻着龙凤。

把木盒子从皮袋内取出,放在桌上,打开,柔顺明黄的绸布上,躺着一根微微弯曲的牙,有点像袖珍版的象牙。洁白的表面刻着密密麻麻的符文,只看了一眼,许七安就头晕眼花,恶心犯呕。他不敢多瞧,立刻盖上檀木盒。

"这想必就是龙牙,嘶,这法器有点强得过分啊……"

按照姬谦的说法,龙牙似乎是他们这一脉的至宝,顺位继承人才能持有。

许七安凭直觉认为,这根龙牙将来会有大用。

小镇,一座两进的四合院里,烛光高照,穿紫袍的曹青阳端坐在堂内,目光沉静地看着两边的门主、帮主。当场,共有十六位帮主和门主,其中有足足十二位是四品高手,五位资深四品。

曹青阳的左边,坐着戴金色面具的天机。这位执掌剑州最大江湖组织的武夫,手里端着茶,茶盖轻轻磕着杯沿,堂内寂静无声,只有茶盖和杯沿碰撞的声音,微弱而清脆。

"杨崔雪、傅菁门,你们二人真的要退出这次行动?"曹青阳淡淡地道。

杨崔雪是墨阁的阁主,傅菁门是神拳帮的帮主,昨夜,两人联手替许七安挡下了三个莲花道士,受了些伤,脸色都有些苍白。面对曹青阳的质问,两人沉着脸,颔首。

傅菁门沉声道:"曹盟主,莲子对我等而言,固然是至宝,却也不是非要不可。但要让我和许银锣为敌,恕难从命。"

曹青阳啊了一声:"许银锣对你施恩了?"

傅菁门摇头:"我神拳帮的拳法,在刚,在直,在心胸坦荡。"

曹青阳再看向杨崔雪,面无表情:"杨门主,你墨阁的剑法,阴险招式不少,你又是为什么?"

杨崔雪拱手,喟叹一声:"老夫最喜欢结交少年豪杰,很欣赏许七安这个人,仅此而已。"

曹青阳淡淡道:"所以,我的命令在你们看来,便是无关紧要的野犬乱吠,听过便忘?"

他自始至终,语气都很平淡。熟悉他的人却清楚,向来豪爽的曹帮主若是做出这番做派,便意味着心情极差,很危险。

万花楼主萧月奴柔声道:"曹盟主,杨前辈和傅兄并非有意违背您的命令,只是大丈夫有所为,有所不为。再者,当年武林盟成立时,初代盟主与我们各派有过约定,听令不听宣,若是觉得武林盟的命令违背道义,违背自身意志,是可以拒绝的。"

"好一个听令不听宣。"天机冷笑道,"曹盟主,素闻武林盟在剑州一家独大,您更是一言九鼎。没想到传闻终究是传闻,此事若是传扬出去,您还怎么在江湖立足?"

曹青阳冷着脸:"大人觉得该如何?"

天机从怀里取出御赐金牌,轻轻放在桌上,声音冷冽:"若是按照朝廷制度,公然抗命,杀无赦。"

曹青阳叹口气:"大人,再想想。"

天机冷哼道:"曹盟主,武林盟再大,大不过朝廷吧。大家联手夺莲子,合则两利。而今墨阁和神拳帮公然与许七安为伍,陛下是容不得他们了。"

"武林盟趁机断臂求生,尚可将功补过。否则,来日陛下派兵讨伐,你应该知道后果。纵使老盟主还在,但为了区区两人与朝廷作对,值得吗?"

天机这次来是兴师问罪的。区区江湖帮派,竟险些坏了陛下的大事,分明是不把朝廷放在眼里。此风不可长。

"那就没什么好说的了。"曹青阳叹息一声。

闻言,天机心里冷笑,虽说陛下的罪己诏让他威信大减,让朝廷威慑力大减,但朝廷终究是朝廷,对于这些江湖匹夫来说,是无法抗衡的庞然大物。偶尔一两个不顾大局的莽夫坏事,是不可避免的,只要铲除罪魁祸首,掐灭风气便成了。

下一刻,曹青阳一掌按在天机的额头,将他推出了四合院。

气机爆炸如雷,立柱和围墙不断倒塌。从堂内到四合院外,短短十几丈的距离,两人的气机对拼不下百次。天机裹着黑袍的身体重重摔在四合院外的街上,面具皲裂,额头鲜血沿着破损的面具流淌。

曹青阳只是甩了甩手,像是做了件微不足道的小事。

"曹青阳,你想毁了武林盟的六百年基业?"天机勃然大怒。

他是资深四品,虽说距离巅峰还有不小距离,但怎么都不该如此不济。可方才的交手里,他完全无法对抗曹青阳的气机。只觉得自己与他差了太远太远,真要动起手,百招之内,必死无疑。武榜前三的武夫,强大到令人战栗。

"武林盟有武林盟的规矩,六百年里,换了一个又一个盟主,何曾给朝廷当过狗?"曹青阳淡淡道,"你回去告诉皇帝,发兵讨伐也好,派人暗杀也罢,尽管来。武林盟即使因此灭了,祖宗们也会竖起大拇指对我说一句,不曾辱没武林盟名声。"

天机脸色阴沉,却不敢再说狠话。

"今日不杀你,并不是害怕,而是你不足为道。"曹青阳说完,转身返回,紫袍袖子晃荡。

第408章
三品？

根据姬谦的说法,气运没取出来前,容器不能碎,换而言之,如果"容器"碎了,是不是气运就还给了大奉？那我把这些事告诉魏公,他会如何待我？吹灭蜡烛,躺在床榻的许七安,忽然冒出这个疑问。

他可以做删减,只告诉魏公初代监正和大奉皇室遗脉的存在,不透露气运的信息。可问题是,他并不知道魏渊在第几层,正如他看不透监正在第几层。

如果把这些信息告诉魏渊,魏渊再结合自己掌控的信息、知识,从而推断出气运这个内幕……哦,原来大奉国力衰弱,百姓困苦不堪,朝堂积弊严重,这一切都是因为气运丢失,而气运就在许七安身上。

作为一个有抱负有雄心,致力于清扫沉疴的国士,魏渊是为国为民大义灭亲,还是选择包庇,选择视而不见？

这不是我杞人忧天,根据魏渊展现出的手腕和他的传说,如果我在十八层,那他可能在九十九层……许七安翻身坐起,在黑暗中沉思。

突然间,就有种草木皆兵,全世界都在害朕的感觉。

初代和当代不可靠,原本抱得死死的大粗腿魏渊,如果知道气运的事,可能也会反目成仇。

"我该怎么做？"黑夜里,许七安喃喃自问。

"如果我拥有三品,甚至二品战力,我就可以横着走,跳出棋盘变成棋手。可我只是一个六品武者。初代监正就像一把刀悬在我头上,就算近期不会落下,我预感,时间也不会太久了。我恐怕无法在短期内成为巅峰武夫。

"这样的话,最好的应对方式是驱虎吞狼,用敌人的敌人来对付敌人。可初代和当代都不是好东西……"

过了很久很久,寂静的房间里响起许七安的轻笑声:"我想到办法了——先守住莲子,尽快晋升五品……然后回京城,跟魏公玩一局真心话大冒险……"

清晨,第一缕晨曦洒下,裹着黑袍的密探们运送着二十多架火炮,顺着月氏山庄山脚的大路,缓缓前行。

天机和天枢站在路边,负手,并肩看着下属把火炮呈一字形摆开。

密探们有条不紊地做着射击前的准备工作,他们并不怕山庄里的敌人出手袭击、破坏,因为在这支火炮队的不远处,是地宗的莲花道士及其弟子。还有以曹青阳为首的武林盟众高手,双方虽然关系不睦,但大家目标一致,若是月氏山庄想通过偷袭的手段破坏火炮,武林盟的人肯定出手阻拦。

"你昨天太冲动了,不该拿着陛下御赐的金牌去威胁武林盟。"天枢淡淡道。她声音清冷,富有成熟女子的磁性。

"摸一摸武林盟的态度而已,曹青阳虽然油盐不进,但武林盟终究还是站在月氏山庄对立面。"天机冷哼一声。

昨夜墨阁和神拳帮的态度,让他万分警惕。如果武林盟内部出现大量的反对声音,那么这个剑州的庞然大物,即使不倒戈,战力也会大减。所以,他必须对武林盟做一次摸底。

当然,兴师问罪也是真的,如果曹青阳屈服于朝廷的威严,那他就赌对了。反之,虽然冒了些风险,但他评估得没错,曹青阳没有杀他。身为盟主,即使再桀骜再狂悖,和孤家寡人的江湖匹夫终究不同,考虑的东西也会更多。

收获不错,但代价同样巨大,身为四品高手,密探首领之一,被曹青阳羞辱、殴打，没有足够深厚的城府，一时半会儿还真走不出心理阴影。

天机低声道："我们只需要提供火力支援，为地宗打开缺口，后续的莲子争夺不是我们的主要目的，杀许七安才是，明白吗？"

天枢嗯了一声，笑道："昨夜他施展了天地一刀斩，还有儒家法术，不可能在短短几个时辰内恢复。此时不杀，更待何时。"

作为淮王密探，而今又效忠皇帝，他们对许七安可谓了如指掌。事后根据现场分析、评估，以及那位背景神秘的年轻人身上那件碎裂的法器，还有众目睽睽中突然瞬移，利用符剑斩杀两名四品扈从的操作，他们初步断定许七安施展了天地一刀斩和儒家法术，而根据资料显示，这两种手段，是要支付巨大代价的。

武林盟、地宗、淮王密探三方势力齐聚，在他们后边，还有数百名围观的江湖人士。有的是纯散修，有的是小门小派过来浑水摸鱼的。经历了昨日的小镇突袭战后，这群江湖人士的积极性大受打击。一方面是忌惮月氏山庄的强大，认清了现实。另一方面许七安的身份开始发酵，影响力逐步加深，愈发让人忌惮，不敢与他为敌。

"我等这一天很久了，可惜，这不是咱们的舞台。"人群里，挂着铜棍的柳虎感慨一声。

"说不定还有浑水摸鱼的机会呢？"有同伴怀着希冀。

"我昨天计算过双方的战力，根据月氏山庄摆在明面上的战力，与武林盟、地宗以及那批朝廷高手相差极大。"

"岂止是相差极大，你们别忘了，地宗道首还没现身呢，那可是二品啊，他若来了，横扫全场。"

"那样的话，我们连浑水摸鱼的机会都没有。"

"哎，你们说如果许银锣拿出佛门斗法的实力，有没有希望硬撼地宗道首？"

"不是说佛门斗法中，有监正在暗中相助吗？"

"随便聊聊嘛，我说的是许银锣佛门斗法时的威势，我当然知道那是监正在暗中相助。"

柳公子提着剑,向着万花楼众女行去,面露愁色,说:"蓉蓉,我听师父说,月氏山庄只是在做顽固抵抗,保住莲子的概率不大。"

蓉蓉侧头,看向这位交情不错的同辈,却发现他的目光隐晦地打量着楼主曼妙的背影。

"月氏山庄能不能护住莲子,我并不关心。"蓉蓉轻声说。

在蓉蓉看来,柳公子的目光已是极度克制。这也是没办法的事,毕竟楼主这样的绝色美人过于醒目,哪个男人要是不偷看,反而有问题。

"咱们想法一致。"柳公子笑了起来。

这同样也是大部分人的想法,包括在场的万花楼仙子们,月氏山庄能不能守住莲子,与他们何干?只要许银锣不出意外便行了。他们敬佩许银锣的大义,不愿意看他折损于此,但这和他们争夺莲子并不冲突。

月氏山庄内。

天地会弟子们齐聚,握着各自的法器,严阵以待。本来是一场动员会,但白莲道姑发现临阵当前,弟子们的紧张和畏惧比想象中的要严重。白莲道姑站在众弟子面前,语气温柔:"按照之前的部署,守住自己的位置便成。不要紧张,不要害怕,四品高手无须你们应付。"

弟子们点点头,但紧张之色不减。他们还年轻,几乎没经历过这种规模的战斗,不,甚至可以说是战争了。

见状,楚元缜和李妙真相继宽慰了几句,但效果不大。

喊口号有什么用……许七安拎着佩刀,从容走来,可以清晰地看见他们脸上的紧张。他站在弟子们面前,挂刀而立,淡淡地道:"对你们来说,这其实是一个机会。"

秋蝉衣等弟子,立刻看向他,专心聆听。

"天地会的目标是什么,你们比我更清楚,你们将来要面对的是谁,不用我多说吧?"许七安环顾众人。

众弟子点头。他们当然知道,可他们并没有做好充分的准备,也没有足够的实力,如今提前和地宗妖道们交手,这让年轻的弟子们有种赶鸭子上架的慌张感。

"当初我接手桑泊案,心情和你们差不多,忐忑和不安,对自己没有信心。但最后我解开了案子,你们知道是为什么吗?"

听着许银锣讲起自己的经历,众弟子心里的紧张情绪得以缓解。

"因为相比起你们,我并没有退路。当时我因为刀斩上级,被判腰斩。如果不戴罪立功,死路一条。"

秋蝉衣脆声道:"许公子你做得没错。"

众弟子连忙附和。

"这不是对错的问题,请领会我的核心意思。"许七安瞪了小道姑一眼,沉声道,"我没有退路,所以能豁出一切。包括后来在云州时,我一人独当叛军……同样是因为没有退路,当时情况很危急,不拼一把,很可能全军覆没……"

许七安侃侃而谈,讲述着自己的经历,弟子们听得很认真,到后来,情绪被带动起来,只觉得血液在慢慢沸腾。

聆听崇拜对象的辉煌事迹,会产生一定的情绪共鸣。许七安要的就是这样的共鸣。

"现在你们有机会了,殊死一搏,捍卫地宗最后的尊严。将来宗门光复之后,地宗的年代记里,会有你们每一个人的名字,你们的传奇,将永垂不朽。"

白莲道姑诧异地发现,弟子们的情绪变得激动,变得亢奋,变得无畏。果然,有威望的人,说什么都是对的……嗯,他的说辞也很有技巧,结合自身经历,带动弟子们情绪……白莲道姑看着挎刀而立的年轻人,莫名地心安,只觉得对方是值得依靠、信赖、让人安心的伙伴。

双方各自等待着,无数人翘首企盼,时间一分一秒地过去,慢慢地,太阳升到了头顶。午时左右,月氏山庄深处,一道霞光冲天而起,霞光之柱的底部,九种颜色缓慢闪烁。莲子成熟在即……

天机大手一挥,喝道:"开炮!"

火炮的钢铁身躯上,密密麻麻的咒文亮起,下一刻,火炮出膛声宛如雷鸣,惊天动地。巨大的后坐力让沉重的钢铁炮身朝后滑退,溅起大量土块。

咻咻咻……凄厉的尖啸声里,一颗颗炮弹划出完美的抛物线,轰然撞在月氏山庄外的气罩上。

那是一道笼罩整座山庄的半圆形气罩,呈半透明的清色,炮弹在气罩表面炸起耀眼的火光,冲击波如飓风肆虐。

山庄外面,第一层防御阵法的阵眼位置,南宫倩柔脸色潮红,每一个炮弹的爆炸,都仿佛炸在他的身上,震得他气血翻涌,喉咙涌起腥甜。他体表神光闪烁,气机绵绵输入,维持着气罩的稳定。

"这,这是什么阵法,防御力如此强大,竟然能抵挡如此密集的火炮?"围观的各方势力瞠目结舌。

火炮是大奉朝廷称雄九州,震慑各方的重要手段,它们的杀伤力毋庸置疑。二十门火炮一轮齐发,四品武夫也得丢下半条命。可眼前的防御阵法,仅是出现剧烈震荡。这意味着阵法的防御力,比四品武夫的肉身更强。

"这让我想起了边境主城的护城阵法……月氏山庄怎么可能有这么强的阵法?"

"对了,昨晚的战斗不是有术士参与吗?"有人霍然醒悟。难怪月氏山庄的防御阵法如此强大。

"发射!"天机沉稳地开口,下达第二轮射击指令。

作为淮王密探,在北境效忠多年,他一眼便瞧出阵法的虚实,顶多撑三轮轰炸。而他们这次携带的炮弹数量充足,便是把月氏山庄夷为平地都不成问题。

"手握明月摘星辰,世间无我这般人!"低沉的吟诵声霍然响起,在密集的炮火声里,清晰地传入群雄耳中。

他们惊讶地扭头,循声看去,只见南边的山坡上,站着一位白衣术士,后脑勺朝着众人。他抬起脚,轻轻一跺,阵纹的光芒亮起。一架架火炮,一张张床弩,在他周围摆开,炮口和弩箭转动,齐齐对准底下众人。

天枢脸色一变,娇斥道:"退!"

嘣嘣嘣……轰轰轰……

一团团火球膨胀,爆炸,顷刻间将二十门火炮炸成碎片,将那片区域化作废土。不仅如此,火炮和床弩还覆盖了"吃瓜群众"。但不知是故意,还是准心有问题,火炮只在人群附近炸开,吓得江湖人士抱头鼠窜,瑟瑟发抖,却没有伤人性命。倒是二十多名淮王密探在炮火中折损了近半,这还是天枢和天机提前察觉到危机,命令撤退的结果。

柳公子仓皇逃窜中,忍不住回头看了一眼,心里泛起疑惑。那位术士刚才如果偷袭的话,绝对能创造堪称完美的杀敌效果,为什么非要吟一首诗?

"太强了,高品术士太强大了……"

"是啊,这是武夫永远无法触及的力量啊。"

摆脱炮火轰炸后,武林盟各门各派、江湖散人们停了下来,心有余悸地回看现场,然后才发现一件事……

"那位高品术士已经手下留情了,火炮刻意避开人群。"

"这是在警示我们吗?"

"现在那些黑袍人的火炮被毁,防御阵法还在,他们打算怎么进攻?"

这确实是一个棘手的问题。半空中,踩着飞剑的赤莲道长朗声道:"曹盟主,你打算看戏到何时?莲子即将成熟,我们速速联手破了阵法。"

"不必那么麻烦!"一道紫衣御空而来,宛如流星划过,笔直地撞在气罩上。

球形气罩猛地凹陷下去,仅仅坚持了不到两秒,轰地破碎,化作清风席卷,掀起尘埃。

南宫倩柔呕出一口鲜血,漂亮的脸庞布满惊愕。

"咦……"远处,杨千幻诧异地咦了一声。

阵法就这样破了……见到这一幕,场外群雄们一时间有些茫然,曹盟主何时如此强大?仅是一击,便破去二十门火炮齐轰都未能撕开的阵法。

　　三品?! 天机和天枢骇然对视,他们跟着镇北王鞍前马后地效力,对于三品高手的气息再熟悉不过。尽管不及镇北王浑厚强大,但这股气息,给了他们浓重的三品即视感。

　　"三品?"赤莲道长一愣,凝立半空,深深地看着那一袭紫袍,"曹青阳,你何时晋升三品了?"

　　这句话,就像巨石砸入人群,砸起哗然声。

第 409 章

许七安 VS 曹青阳

三品？曹青阳晋升三品了?!

哗然声轰地一下炸起,每个人的表情都异常精彩。大奉江湖很多年没有出现三品武夫了。尽管武林盟号称初代老盟主还在世,但谁都没见过。那位与国同龄的老匹夫早已绝迹江湖数百年。曹青阳如今晋升三品,武林盟的声势将膨胀到史上最高,而大奉朝廷的镇北王前段时间刚好陨落……

是不是意味着江湖武夫要崛起了？大奉的格局会不会因此发生变化？

最兴奋的当数武林盟势力,一个江湖组织,有一位三品在台面上支撑,和隐世不出只在幕后操纵,是截然不同的概念。

大奉朝廷也才一位镇北王呢,而且还陨落了。如今,咱们曹盟主亦是三品,这意味着什么？意味着江湖上武林盟将一言九鼎,成为中原仅次于朝廷的势力。镇北王死后,朝廷只有一位监正。而武林盟,新老盟主,两位三品,称第二不过分吧。

"他已经是三品了吗……"萧月奴美眸异彩连连,由衷地为武林盟欣喜,也由衷地敬佩盟主曹青阳。

她比曹青阳低一辈,记得当年娘亲担任楼主时,曾经评价过这位武林盟主,天资不算顶尖,性格也并不出彩。若非前任盟主堪称毫不讲理地提拔,曹青阳根本不可能成为武林盟主。但这么多年过去,曹青阳用事实证明了自己,他早早地成为武榜前三,问鼎剑州武林,而今更是晋升三品,成为武夫体系中屈指可数的存在。

"盟主竟然晋升三品了?"神拳帮主傅菁门难掩震惊,瞪大了眼睛。

"如此一来,九色莲花唾手可得。而以盟主对许银锣的欣赏,不会伤他性命……这么看来,我们退出争夺,损失巨大啊。"墨阁阁主杨崔雪遗憾道。

两人对视一眼,心疼得无法呼吸。既然自愿选择退出,将来九色莲花成熟,便没有他们两派的份儿。

傅菁门心一横牙一咬,哼哼道:"不行,我就算撒泼耍赖,也要求盟主原谅。"

杨崔雪面皮抽搐,傅菁门年纪比曹盟主小,撒泼耍赖倒是无妨,他可是比曹青阳还大一辈,江湖虽以力为尊,但同样重视辈分。他拉不下脸来,但又很心疼。

这边欢天喜地,另一边,月氏山庄里,天地会弟子们面如土色。就在此前,许七安为他们树立的信心和热血,在此刻,烟消云散。

"天不生我杨千幻,大奉万古如长夜!"杨千幻大喊一声,操纵床弩火炮对准曹青阳,一轮攒射。这是他最后的倔强。然后,他想都没想,一个传送溜走了。

轰轰轰!曹青阳抬手,在身前轻轻一抹,一道完全由空气组成的障壁出现,炮弹炸开,弩箭折断,他三丈之内,波澜不惊。

这一幕,让围观的群雄愈发确定他晋升三品。四品做不到这般举重若轻。

曹青阳缓步入阵,走到南宫倩柔面前,声音平静:"你是魏渊义子,有背景的人总是不一样的,我给你选择。让开路,便不与你计较。不让,则生死相向。"曹青阳的性格就是这样,忌惮对方的背景,也会堂堂正正地说出来。

南宫倩柔看了他一眼,脸色阴沉,默然几秒,他退到了一旁。既然对方是三品,那就没有送死的必要。再者,守护莲子只是任务,且不是非要完成的任务,没必要为此拼上性命。

曹青阳微微颔首,继续往月氏山庄深处行去。

第二关是剑阵!主阵者,楚元缜。

一袭青衫的状元郎,脚踏阵眼,漠然地看着逼近的曹青阳,并不因为他是三品就有所忌惮或畏惧。

"我只出一剑,一剑过后,任尔出入。"

曹青阳闻言,目光落在他背后的长剑上,道:"是你背后那一剑?"

"你没资格让我出这一剑。"楚元缜淡淡道。

"看出来了。"曹青阳点点头。

那是意气之剑,没资格,指的不是实力,而是目标不对。

"那你差远了。"曹盟主语气平静地补充了一句。

楚元缜并指如剑,朝天,刹那间,剑气盈满天地。

身在其中的曹青阳只觉得自己身在刀山剑海之中,脚下的地面,头顶的天空,身周的空气,全部化为了剑。

这是剑势!

楚元缜一步跨出,朝着曹青阳递出剑指。

他手里没剑,亦不曾凝物为剑,但曹青阳眼里,却有一道照亮天地的磅礴剑光,带着沛莫能御的锐气,激射而来。这一剑递来,天地共发杀机。

曹青阳缓缓握住拳头,以直拳迎战剑光,以武夫的个人伟力,迎战天地杀机。

楚元缜的"剑"在拳头里一寸寸崩裂。破碎的剑气在地面留下一道道剑痕,或横或竖,或撇或斜……细看之下,每一道剑痕都隐含着特殊的"剑势"。对于江湖散人来说,这里的每一道剑痕,都是顶级的剑法,若能参悟一二,修为必定大涨。

"我输了。"楚元缜右手微微颤抖,似是痉挛,勉强拱了拱手,让开道路。

"借着阵法凝势,你这一剑,便是四品武夫,也要饮恨。"曹青阳给予极高评价。

他掸了掸衣袖,继续往内深入,不多时,便见到了南疆的小黑皮丽娜。

"所以这一关,是力?"曹青阳仅是扫了她一眼,便看穿她力蛊部的身份。

"我也只出一拳。"丽娜瞪着他。

"爽快。"曹青阳笑了。

丽娜不再说话,深呼吸,开始聚力。她的胸腔微微起伏,而后剧烈起伏,平地刮起了狂风,她的每一次呼吸,都会造成夸张的气流运动。一股股无形的力量加持在她身上,这是来自阵法的增幅。十几息后,她的脸色开始潮红,她脖颈、手臂等裸露在外的皮肤也染上一层血红,像是煮熟的虾。

怦怦,怦怦……丽娜的心跳声宛如密集的鼓声,连绵成片,换成寻常武夫,心脏早已不堪重负,当场炸裂。她的血液宛如决堤的洪水,冲刷着血管,她的身体如同沉睡的巨兽,复苏了。一道道诡异的纹路出现在皮肤表层,像是刺青,透着一股妖异的美感。

咔嚓!地面霍然皲裂,丽娜像一道离弦的箭矢,过程中,她握紧拳头,空气像是被攥爆,发出沉闷的巨响。

轰……时隔多年,许七安又听见了超音速战斗机发出的咆哮声。丽娜这一拳,超越了音速。

声音仅是一刹那,而后被一声更加响亮的、类似炮弹爆炸的巨响替代。尽管很多人没有见到这一幕,或肉眼无法捕捉,但能凭借声音变化来推断出最后一声爆炸,来源于两人的碰撞。

冲击波掀起青石板,将四周的房屋、树木、假山等统统吹飞,吹倒,形成了一个直径超过十米的圆形地带。这个圆形地带里,只有裸露的地面,连铺设的青石都不复存在。

丽娜坐在地上大口喘息,右臂无力下垂,整条胳膊,包括手掌、骨骼全碎。

曹青阳甩了甩疼痛的拳头,喟叹道:"单凭气力,力蛊部举世无双。"

第三关,他看见了一个魁梧的和尚,双手合十而立,面相苦大仇深。

"看你的样子,似乎不退?也想与我过招?"紫袍盟主笑眯眯地道。他旋即打量了一眼四周,发现周围迷雾笼罩,很容易让人失去方向感。

"这似乎是迷阵,对你的战力没有加成。"曹青阳提醒道,"你连四品都没到,不怕我一巴掌拍死你?"

恒远没有回应,往后退了一步,迷雾立刻游动,将他吞噬。几秒后,曹青阳耳郭微动,朝着左后方挥出巴掌。

闷哼声里,恒远现出身形,踉跄后退。他再次隐入迷雾,接着出现在曹青阳身后,但被早有察觉的紫衣盟主一个凶猛后靠,直挺挺地撞飞出去,再也没能起来。

曹青阳继续前行,穿透迷雾,来到一座庭院,这里阴风阵阵,鬼哭神嚎,一道道不够真实的幻影在空中游曳,发出尖细的啸声。

"你不是三品。"万鬼哭嚎中,李妙真浮空而立,默默俯视着曹青阳。

她的身躯看起来宛如实质,但这并不是真实肉身,而是她的阴神。道门最擅长的是元神领域的法术,即使同样擅长该领域的巫师,也要差道门一筹。武夫以破坏力著称,以体术著称,元神方面虽然没有短板,但也并不突出。这座万鬼大阵,是专门克制四品武夫的。

"我现在确实是三品,只不过元神距离三品还差点儿。"曹青阳坦然道。

老祖宗赐予的精血让他短期内体验到了三品武夫的可怕和强大,但元神依旧停留在原本的境界。

李妙真取出一面虚幻的镜子,当空一照,镜中呈现出曹青阳的身影。她伸手探入镜中,将那道人影摄出,弹指打入一个稻草人体内。一道道亡灵扑向稻草人,压住它的四肢和脑袋。李妙真探手一抓,于虚空中抓出一道虚幻的锥子,正要刺入稻草人眉心。

曹青阳气机一震,只见稻草人猛地炸散,将那一道道压在身上的亡灵一同炸成齑粉。

李妙真昂着头,骤然爆发出尖啸声。阵中,密密麻麻的阴魂同样昂起头,发出凄厉的尖叫。无形无质的音波像是钢钉刺入曹青阳的大脑,搅动他的元神,摧残他的神智。与此同时,曹青阳身上的衣物纷纷"叛变",腰带试图勒死他,衣服试图捆绑他,左右两个袖子打结,变相地捆绑他的双手。

趁着对方恍惚之际,李妙真俯冲而下,让自己化作利箭,射向曹青阳眉心。她的身后,是千军万马。亡灵们簇拥着她,追随着她。

曹青阳及时惊醒,咬破舌尖,吐出一口血雾。

嗤嗤嗤……亡灵触及血雾,尖叫着消散。

李妙真在空中痛苦地翻滚,发出凄厉的叫声,她的阴神黯淡了几分。

"但我的气血是三品,我的舌尖血至刚至阳,你没有成就阳神,便受不得我的血液。"曹青阳笑道。

"养鬼不易,这些亡魂是你自己收起来,还是我替你超度?"他哂笑道。

李妙真尽力了,她的阴神返回肉身,而后摘下腰间香囊,打开绳结,将亡魂收了回去。

一口气连破五关,月氏山庄辛苦布局,在曹青阳面前却宛如儿戏,摧枯拉朽,碾压式地攻破。

"曹盟主盖世无双,乃世间一等一的豪杰。"

"难以置信,原以为会是一场苦战,没想到竟这般轻松。"

"曹盟主,不知我等能不能分一杯羹,我等愿为武林盟效力。"

浩浩荡荡的人马顺着曹青阳开辟的道路,长驱直入。众人脸上盈满笑容,委实是没想到曹青阳如此强悍,把一场龙争虎斗,硬生生变成了过家家。高品术士辛苦布置的阵法,天人两宗杰出弟子亲自坐镇,这些都不足以对曹青阳造成阻碍。

倘若曹盟主没有迈入三品,这或许是一番苦战,但如今,夺取九色莲花根本没有任何阻碍,可谓手到擒来。

"原来盟主成竹在胸,难怪他从不在乎我们的态度,对杨崔雪和傅菁门的退出毫不关心。"千机门的门主感慨道。

"那么他召集我们的目的……"兰心蕙质的萧月奴喃喃了一句,继而沉默。

答案显而易见,曹青阳召集各大帮派的目的,不是为了对付月氏山庄,他们真正的敌人是地宗,以及朝廷人马,甚至群聚而来的江湖散人,也是要防备的敌人之一。如果只是月氏山庄的话,曹盟主一人便可碾压。

天地会弟子们憋屈得咬着牙,聚集在一起,被群雄逼得连连后退。他们已经没有守护阵地的必要,因为原本在众人的料想中,这该是一场苦战,是一场角力持久的战斗。绝望的情绪涌上每一位弟子心头。

"哟,那小美人好水灵,哈哈,老子不要莲子了,抢一个美娇娘回去。"

有人在弟子群里看见了秋蝉衣,顿时双眼放光。秋蝉衣的姿容,即使在美女如云的万花楼,也是翘楚。

江湖散修中,从不缺滚刀肉和老色痞,当即就有几个汉子呼朋唤友,朝秋蝉衣等人围拢过来。

地宗的妖道见状,阴恻恻地笑道:"这就对了嘛,就算得不到莲子,能抢回去一个美娇娘,也不枉此行。"

"你们若不出手,那我们可就捷足先登了。"

地宗道士在怂恿江湖匹夫们动手,杀光这些不肯投身魔道的地宗"叛徒"。

天地会弟子一退再退,退向山庄最深处,退向养着九色莲花的寒池。等退到寒池边,还能往哪里退?届时,只能殊死一搏,天地会弟子们露出决然之色。

这边的战斗没有开启,因为这个时候,所有人都听见了寒池方向传来冷笑声:"曹盟主,不如你且等等,我先杀了这帮宵小,再来与你决战。"

那些觊觎秋蝉衣美色的江湖人士,立刻噤声,收敛了念头。他们还是很怕许银锣的。

秋蝉衣如释重负,只觉得那个声音仿佛有着特殊的魔力,让人充满安全感。

双方一边对峙,一边移动,很快来到寒池边,首先看见的是池中摇曳霞光的九色莲花。池边盘坐一老道。

通往寒池的必经之路上,站着一位黑色劲装的年轻人,扎着高马尾,单手按住刀柄,正与曹青阳对峙,气势上竟不输半分。

"这一关似乎没有阵法?许银锣打算怎么守?"曹青阳笑容温和,透着志在必得的自信。

霎时间,一道道目光,数百名"观众",齐刷刷地看着许七安。

第410章

出拳

许七安的目光离开曹青阳,首先看向他身后不远处的杨崔雪、傅菁门等人,当然还有风姿卓绝的美人萧月奴。他掠过武林盟众人,接着审视地宗的莲花道士们,以及裹黑袍戴面具的淮王密探。

密探们戴着面具,看不出表情,但眼里燃烧着赤裸裸的恨意。就是这个许七安,在京城闹出那么大动静,逼陛下不得不下罪己诏,让淮王死后身败名裂,尸骨无法葬入皇陵,牌位不能摆入太庙。

楚州那位神秘高手以一敌五,凶威滔天,淮王死在他手里,密探们恨归恨,却没有怨言。弱肉强食,本就如此。但许七安的行为让他们异常愤怒和恶心,区区一只蝼蚁,淮王活着的时候,一指头就能戳死他。他还不是仗着淮王已死,跳梁小丑似的上蹿下跳,踩着淮王扬名立万,实在可恨可恼。

至于莲花道士们,则更加赤裸裸,对于许七安的打量,有的嗤笑,有的冷笑,有的露出挑衅神色。

"一群跳梁小丑,不足为虑!"许七安摇摇头,收回目光。

淮王密探和莲花道士们眉梢一挑。

"曹盟主,莲子即将成熟,受不得大风大浪,所以这里没有布置阵法。"许七安重新看向曹青阳,沉声道,"你也不想毁了莲子吧。"

曹青阳不甚在意地点头:"我要的是莲藕,莲子只算添头,有,自然最好。没有,也无碍。说吧,许银锣想怎么过招?"

许七安摘下后腰的黑金长刀,随手丢在一旁,啪嗒一声,连刀带鞘落在池边。他看着曹青阳,抬了抬下巴:"不施展气机,不用武器,咱们比一比体术!"

聪明! 远处的萧月奴微微颔首,这么一来,等于把曹盟主拉到了和他相近的水平线。不施展气机,三品武夫的强大便无从施展;不用武器,而曹盟主擅长的是刀法,是刀意,最强的攻杀之术又被排除。最后,以曹盟主对许银锣的赏识,肯定会给这个面子。

混江湖的人都这样,把面子看得比什么都重要。

"好,就比体术! 莲子成熟时,如果我还没打赢你,我不会去碰它一下。"

果然,曹青阳点头同意。

场外的"观众们"吃了一惊,曹盟主这是给足了许七安面子,当着大伙的面许诺,便不会存在违约。就是说,只要许银锣能撑过莲子成熟仍然没有落败,曹盟主就不会争夺莲子。

天地会弟子们暗暗祈祷,希望许银锣能撑久一些。

金莲师叔把许公子请来相助,真是一招妙棋……秋蝉衣露出欣喜之色。这位曹盟主一口气连破五关,势如破竹,不管是楚元缜还是李妙真,他都不曾有过退让,但面对许公子,却愿意做出如此大的让步。像许公子这样声望如日中天的少年英杰,世间罕有。她对许公子愈发地仰慕、痴迷。

这,这曹青阳竟能做出如此巨大的让步? 白莲道姑满脸愕然,她发现自己还是低估了许七安的声望。

"就算是比体术,盟主也不可能输,就看许银锣能撑多久。"傅菁门说道。

"许银锣擅长的似乎也是刀法。"杨崔雪分析道。

萧月奴听着两人的讨论,嗓音柔媚地说道:"曹盟主体魄无双,但许银锣也有金刚不败,且两人都擅长刀法,而非体术,这么看来,倒是有一番龙争虎斗。"

这时，不远处的密探天枢，冷笑着插嘴："龙争虎斗？我若告诉你，许七安只是一个六品武夫呢？"

他的话引来一片哗然与议论声。

观战的群雄们一想，突然发现，对于许银锣的品级，他们确实没有概念。

首先，打更人的银锣既有七品炼神境，也有五品化劲，本身就不是按照品级来划分的。其次，许银锣的早期事迹里，有云州独当数千名叛军，有佛门斗法……这些都是在越阶"战斗"。

他们唯一能判断的标准，是昨夜许银锣斩杀那位来历神秘的公子哥，而对方本身不是弱者，又有两名四品巅峰充当护卫。所以，在众人心里，许银锣即便不是四品，怎么也是五品化劲。

"许银锣只是六品吗，六品的话，怎么杀那位公子哥儿？"

"六品怎么闯入皇宫，劫走两位国公？听他胡说。"

"但这群人似乎是朝廷的势力，对许银锣想必是知根知底。"

"说这些做甚，等两人交手了，一看便知。"

曹青阳审视着许七安："你才六品？这我倒是有点意外。"

收集的情报里，许七安最新的战绩是力压天人两派的杰出弟子，虽然用了儒家法术书籍，但外人的评估是自身也有五品，差距并不大。结果，居然是个六品武者。

许七安没有回应，淡淡一笑："还请曹盟主多多指点。"

话音落下，他突然飞了起来，伴随着脚下砰的一声闷响，直接凶猛地膝撞进攻。过程中，眉心一点金漆亮起，迅速蔓延全身。

曹青阳一步跨前，主动迎了上去，左手挡开许七安的膝撞，右手掌心反转，一掌贴在他胸口。

当！如同巨钟撞响，许七安倒飞回去，翻滚着卸力，才稳住身形。

"还真没到五品……"傅菁门猛吃一惊。

哗然声一下子起来，群雄交头接耳。通过刚才简短的交手，眼光毒辣的立刻便看出许七安的水平。

天地会弟子们脸色一沉，心也跟着沉了下去。尽管他们修的是道门体系,但对武夫体系还是很了解的,毕竟武夫体系不像其他体系那般神秘,因为走这条路的人实在太多。

五品化劲是武夫体术的巅峰,五品之前,武者的近身攻击虽然强悍,但不至于让其他体系的高品强者畏惧。五品之后的武者,才会让其他体系的高品恐惧。化劲武者完美掌控肉身力量,可以无视惯性,无视失衡等,一旦被他们贴身,面对的将是狂风暴雨的攻势,直到分出胜负,或者用特殊手段再拉开距离。

许银锣没到五品,那这一战没得打,拖延时间更是痴心妄想。

许七安站稳后,脑海里自动浮现画面:曹青阳出现在身侧,一记手刀砍他后颈。来不及思考,依照武者的本能,他一个下蹲,然后朝前翻滚。

做完这一套动作的瞬间,曹青阳出现在他身侧,挥出手刀。手刀自然是落空了,曹青阳眼里闪过诧异。他身影复又消失,从天而降,一拳砸了下来。

但在他出手前,许七安忽然一个趔趄,像是喝醉酒的人没有站稳,朝左侧滑了两步,完美避开攻击。

先适应节奏,他的攻击太快,一时难以跟上,以躲避为主,伺机反攻……许七安凭借不同于常人的敏锐,一次次未卜先知,捕捉到曹青阳的攻击画面,手忙脚乱地规避。

在场外众人看来,两人就像玩猫捉耗子的游戏。

终于,许七安在一个后仰避开曹青阳鞭腿后,他抓住了反击的机会,以右脚为轴心,猛地旋转,旋至曹青阳身后。下一刻,暴雨般的攻击落下,拳击、膝撞、肘击……一瞬间打出数十招,打得曹青阳钢铁身躯发出巨响。

这……萧月奴美眸略有呆滞,她怀疑曹盟主在放水,在给许银锣面子。

"有古怪,他似乎能提前捕捉曹盟主的行动,做出有效预判。"傅菁门双手缓缓握拳,有些跃跃欲试,道,"看得我有些心痒难耐。"

他是怎么做到的……杨崔雪眉头紧锁,许银锣表现出的能力,已经超过武者对危险的直觉,仿佛拥有了未卜先知之能。

"咦,他不是没到五品吗,怎么反而压着曹盟主打?"

"曹盟主没认真吧,兴许是要给许银锣面子,给他一个台阶。"

群雄议论纷纷。

这个理由,大家还是能接受的。混江湖,最重要的是给人家面子。不给人面子,还怎么混江湖?更何况对方是义薄云天的许银锣。

"曹盟主,时间宝贵,你还要和姓许的纠缠到什么时候?"女子密探天枢冷冷道,"提醒曹盟主一句,此子邪乎得很,不要阴沟里翻船了。"

曹青阳能感受到对方攻击的猛烈,痛感清晰传来,虽然只是疼痛,但对于一个六品武夫来说,能有这股力量,实属罕见。他回身一脚向许七安踹了过去,依旧被提前察觉,对方甚至借他这一脚拉开了距离。

"你似乎能提前预判我的攻击,这是什么路子?"曹青阳皱了皱眉,好奇地问道。

"独门秘技。"许七安说。

"那我就当这是炼神境的直觉本能了。"曹青阳活动了一下脖颈,淡淡道,"你知道吗?武者本能有一个致命弱点,那就是……"

许七安瞳孔倏地收缩,他再次一个下蹲,朝前翻滚。

砰!曹青阳出现在他面前,一脚将他踢飞。这一脚踢得很瓷实,踢得他像炮弹般飞射,撞碎假山,撞裂青石铺设的地面,深深陷入墙中。

看着狼狈的年轻人,曹青阳笑道:"只要出手的速度,快过它对危险的预警,你便无法有效地做出应对。"

我懂,说白了就是CPU过载嘛……许七安把自己从墙壁里拔出来,咧嘴笑道:"热身结束了。"

这一次,他主动扑了过去,但被曹青阳一招反倒,暴雨般的拳头旋即砸在他脸上。

砰!砰!砰!一声又一声脆裂的爆响在许七安耳畔炸开,一记比一记重,一记比一记快的拳头不断映入他的眼眸,砸在他的脸上,砸得他护体金身出现摇晃,砸得地面皲裂。

他出拳时,力量走的是直线,手臂肌肉向一个方向发力……为什么我做不到和他一样,为什么我的力量会在出拳的过程中分散……天地一刀斩的"集中"只有一瞬间,我也只学会了一瞬间,根本无法长期保持这种状态……

许七安一边挨打,一边观察对方的气机变化,他发现曹青阳的每一拳,力量都是一样的,像是完美的复制。五品之下的武者,以及普通人,根本无法保证自己每一拳的力量都一模一样。

他坍塌了所有气血,将之拧成一股,而后一脚蹬在曹青阳的小腹,将他踢飞。这一脚,将所有力量拧成一股,已经达到五品的水准。

化劲？不,还不是,他距离化劲只有一步之遥……曹青阳恍然大悟,退出一段距离,卸去力道后,再次扑杀过来,不给许七安喘息的机会。

在众人看来,这是一场单方面的殴打,曹盟主体术无双,攻击凶猛,打得许银锣或跳或滚,不断躲避。偶尔爆发反击,但在一两招后,便被反制,然后是又一轮的单方面殴打。

当！曹青阳一拳打开许七安交叉的双臂,手掌贴在金灿灿的胸口,骤然发力。许银锣不受控制地倒飞,但曹青阳一把抓住他的脚踝,将其强行拉了回来。又是一套凶猛的体术攻击,拳头不断地砸在他的胸膛、小腹、脸庞……许七安无法站稳,被打得踉跄后退,毫无招架之力。

"不得不说,佛门的金刚神功乃世间一等一的护体神功。"

"我看是龟壳神功吧,这挨打的本事贫道自愧不如。"

"啧啧,贫道都替曹盟主感到手疼,太疼了。"

"许银锣,再撑一炷香时间,说不准你能凭借龟壳神功,登上武榜呢。"

"哈哈,师兄,武榜不是只收录江湖高手吗？许银锣是朝廷命官,哦,我忘了,他已经不是银锣了。"

这些冷嘲热讽,当然是来自地宗的莲花道士,以及地宗弟子嘴里。地宗的妖道们无时无刻不在宣泄内心的阴暗,发泄心里的恶意。

天机和天枢相视一眼,多年的默契让两人看懂了彼此的意思。一旦曹青阳打破许七安的金刚神功,他们便趁机出手,收割这小贼的狗命。

李妙真几次三番想出手,都被楚元缜拦了下来。

"别冲动,他不会有生命危险,但如果你插手战斗,曹青阳和许七安的赌斗就不存在了,场面会因此失控。"楚元缜沉声告诫。

恒远大师双手合十,叹息不已。如此可怕的对手,让人感到绝望,他已经尽力了,也希望许银锣尽力就好。

丽娜右手下垂,皮肤表层包裹一条条宛如蚕丝的白色细丝,正治疗着伤势。她咬着小银牙,气道:"我阿爹在的话,一拳头就打爆他狗头。"

李妙真没好气地嘲讽道:"你阿爹?"

楚元缜咳嗽一声,提醒道:"力蛊部的首领,二十年前就是三品了。"

李妙真:"哦,那没事了。"

当!

震耳欲聋的响声打断他们的交谈,凝神看去,曹青阳一拳打得许七安双膝跪地,地面陷出两个深坑。

"我出五拳,你好好感悟,五拳之后,破你金身。"曹青阳说完,第二拳打了下来,打在他头顶。

当!

金刚神功似乎无法防御这样可怕的攻击,黯淡了几分。

当!

第三拳,金漆再次黯淡,此消彼长之下,许七安再无法完好无损,吐了一口鲜血。

秋蝉衣哇地哭了出来,手捂着嘴,泪珠滚落。其他弟子也红了眼眶,只觉得许银锣已经仁至义尽,就算现在认输,他们也不会有任何怨言。

当!

第四拳,金漆斑驳,宛如年久失修的佛像,这是金刚神功破碎的预兆。

许七安七窍流血,视线一片模糊,那股拳力在他体内不断回荡,不断震动,摧残着他的筋骨、五脏。这股震动就像导火索,点燃了一个又一个细胞,引动它们一起震动,产生共鸣。

他知道了,他知道五品化劲的奥义了。

曹青阳用这种粗暴的、凶残的方式,向他灌输了五品化劲的奥义。

曹青阳握紧拳头,拉开架势,第五拳,蓄势待发。

李妙真和楚元缜同时出手,丽娜和恒远随后而至。另一边,白莲道姑也无法再袖手旁观。

任谁都能看出,这一拳砸下去,许银锣凶多吉少。

"盟主,手下留情!"萧月奴惊叫道。

"盟主,手下留情啊,别伤了许银锣性命!"杨崔雪喊道。

天机和天枢同时斩出刀芒,斩向楚元缜等人,摆明了要拦住他们。

莲花道士们露出狞笑。

许七安瞳孔里映出了拳头,越来越大,它砸出的气浪吹乱额前的刘海儿,武者的直觉向他传输危险的信号。

他的脸庞有些呆滞,表情僵硬,似乎还没从眩晕状态恢复,但他的拳头本能地握紧,身体里一些沉睡的细胞在此刻苏醒了,一些往日里无法支配、使用的细胞,在此刻变得无比活跃。全身力量拧成一股,所有细胞都在往一个方向发力。

他用尽全力,迎着曹青阳的拳头,轰出了一拳。

第411章

莲子成熟

砰!两拳相击前,曹青阳眼里闪过赞赏之色。

拳头碰撞声清脆,许七安身子往后一仰,眼见就要倒地,突然,腰腹肌肉如水波般抖动,以不合常理的方式发力,把他硬生生拉了回来。

曹青阳连连后退,一边卸力,一边甩动疼痛的手臂。

外围,剑拔弩张的气氛猛地一滞。

楚元缜和李妙真避开刀芒后,停了下来,既没救援,也没反击,愕然地看着许七安。

不是吧……天机和天枢又惊又怒,两人死死盯着许七安,盯着他的一举一动,盯着他肢体细微的动作和变化。一个难以置信的念头从他们心里浮现。

地宗的妖道们眯着眼,充满恶意地瞪着许七安。蓝莲道士眸中凶光闪烁,冷笑道:"曹青阳,你还要玩多久?"在修道门体系的他们看来,曹青阳这是又手下留情,刻意放水了。

"刚、刚才那一拳……"武林盟众高手面面相觑。作为高品武夫,他们可比地宗的道士有见识多了。

那一拳炸出的动静,曹盟主猛地后退时,不断卸力的小动作,都证实着他没有演戏,是真的被许七安一拳震退。

呼……许七安吐出一口浊气,按捺住内心的狂喜,不让喜悦的情绪爬上脸庞，依旧保持着冷淡的姿态，缓缓道："我五品了！"

其实，他真正想说的台词是：我入陆地神仙了！

不过，这句话依然在"观众"里造成了巨大的轰动。

他果然五品了，之前就说过，想趁这个机会晋升五品……李妙真内心情绪非常复杂，既为他欣喜，又有失落。

她是天宗圣女，什么是圣女？天宗同辈中，天资最出众，潜力最大的才能成为圣女。而天宗在江湖中的地位，那是高高在上，让人仰视的存在。每一位天宗弟子，丢在江湖里，都是天之骄子级的。李妙真就是天之骄子中的天之骄子。

二十出头的年纪，便成就四品，等她成为一朵丰腴海棠花的年纪，修为又会达到什么境界？天宗的道首曾经说过，这一代的圣子圣女，是有极大希望晋升三品，超脱凡人层次的。

李妙真骄傲了二十年，直到遇见许七安，她忽然发现自己引以为傲的天资，在他面前，似乎只能算不错。

"奇才，天赋奇才……"杨崔雪神色激动，用叹息般的语气说道，"老夫见过的青年俊彦，多如过江之鲫，许银锣在其中当属翘楚，这份天资让人惊叹。"

"临阵突破，晋升五品，许银锣确实了得。江湖传闻他资质不输镇北王，并非夸大。"萧月奴感慨道。她蒙着面纱，看不清表情，只看见那双秋水般的眸子里，忽然放进了星光。

京察年尾加入打更人，彼时不过炼精巅峰，一年不到，从一个九品巅峰的快手，晋升为五品化劲……天机和天枢两位天字号密探，脑海里不由得闪过许七安的资料。这份天资，比起楚元缜还要更胜一筹。

楚元缜当年辞官习武，早过了最适合习武的年纪，没人觉得他能在武道有所建树。可他偏偏就是崛起了，打了所有人一个耳光。短短几年，就公然挑战四品金锣，这份天资当时在京城造成极大轰动，魏渊夸他是京城第一剑客，缘由便在于此。

许七安的天赋，竟比楚元缜还强。这样的人不杀，将来必成大患。

秋蝉衣鼻头通红，眼圈通红，脸颊泪痕未干，此刻，微微张着小嘴，陷入极大的震惊之中。

"多谢曹盟主成全。"许七安诚恳道谢。

曹青阳颔首,说道:"你的金身已是穷途末路之势,没了这门护体神功,纵使你进入五品化劲,于我来说,也是一拳的事,认输吧。"肉身防御是武夫近战厮杀的基础,没了一副铜皮铁骨,如何抵挡对手的攻击。

许七安不认输:"不试试怎么知道呢?"

曹青阳沉声道:"这一次,我不会再留手。"

余音里,曹青阳的身躯被风扯碎,那只是一道残影,紫衣盟主闪现至许七安身前,直拳攻打面门。

许七安的身影消散,他在曹青阳左侧方出现。

"曹盟主莫非忘了我的独门绝技?"许七安近身快打,拳掌在曹青阳身上打出铿锵巨响。他复又消失,躲开曹青阳的背靠,于紫衣盟主另一侧出现,正待展开新一轮贴身快打。

但曹青阳的武者直觉同样敏锐,反手抓向许七安手腕,同时倾斜身子,让自己化作一根坍塌的石柱。

许七安先一步收手,双拳交替打击,把这根坍塌的石柱给打了回去。

砰砰砰!啪啪啪!两人仅靠体术,便打出了让围观群众触目惊心的效果,他们的招式连绵不绝,毫无破绽,又凶又猛。换成同境界的其他体系,在这样激烈的肉搏中,早被打死十次八次。

场外群众诧异地发现,不知从什么时候起,竟是许银锣在压制着曹盟主。许银锣仿佛有未卜先知之能,每次都能率先避开,或截断曹盟主的攻势,然后给出一套凶狠打击。虽然曹盟主仗着坚不可摧的体魄,一定程度地无视了许银锣的进攻,但他处在下风是事实。

这还是许银锣的金刚神功濒临崩溃,如果是全盛状态,曹盟主恐怕会被压得毫无还手之力……许多人不由想到。

这时,许七安脸色倏地潮红,招式出现凝滞,如此巨大的破绽不可能被无视,曹青阳抓住机会,一拳打在许七安胸口,打得他踉跄后退。

然后就是没有间隙的攻击,拳头过后就是一个飞踹,然后拉回来,寸拳连打,接着是肘击和鞭腿,再拉回来,又是一套强力输出。

砰!金光猛地一荡,彻底散去。金刚神功破了。

许七安一掌拍在曹青阳的胸口,手腕反转,掌心朝上,顺着对方坚硬的胸膛往上一抹,拍在曹青阳的下颔。

噔噔噔……曹盟主后退几步,感觉下巴险些脱臼。

许七安结束了这场较量,拱手抱拳:"我输了。"

看来还是曹盟主技高一筹……众人心里刚这么想,就听曹青阳说道:"你身上有伤,全盛状态的话,我可能不是你的对手。"

曹盟主的意思是,单凭体术,他打不赢许七安?一道道目光古怪地盯着许七安。

恰好此时,寒池中,九色莲花冲起瑰丽的霞光,直入云霄。几息后,霞光消散,那朵浮在池面的九色花苞,一瓣一瓣,缓缓盛放。

一道道目光从许七安身上挪开,望向了莲花,一瞬间,不知道多少人呼吸声急促起来。

蓝莲道长的眉心突然冲涌出瀑布般超大量的黑雾。黑雾凝聚成一个面容模糊的人形,似慢实快,赶在众人反应过来前,扑向寒池,扑向九色莲花。

地宗道首的分身,竟然一直就隐藏在蓝莲道长身体里,瞒过了所有人。他想以迅雷不及掩耳之势夺走莲花,赶在那位楚州出现过的高手反应过来之前迅速遁走。

对,自始至终,地宗道首都认为那个神秘强者就隐藏在附近。

曹青阳手掌做刀,斩出一道刀意,轻易地切开黑雾,但黑雾又迅速聚合在一起,并没有受到实质性的伤害。

池边,闭目盘坐的金莲道长终于睁开眼睛。

"黑莲,等你好久了。"说话的同时,金莲道长眉心坍塌,宛如黑洞,滚滚气旋凭空诞生,把黑莲道首的分身吸了进去。

金莲道长旋即闭上眼睛,宛如石塑,一动不动。他要在另一处战场,与地宗道首的分身战斗。

金莲道长解决了一个威胁，但也把莲花拱手让给了武林盟。地宗的莲花道士、淮王密探各方势力一起出手，争夺莲子。

对于这些"喽啰"的威胁，曹青阳反手就是一刀，刀意纵横，横扫全场。

噗……在场的除了四品，所有人都在刀意的挥扫中鲜血狂喷。

只有一个人，敢挡在他面前。

曹青阳眯着眼，盯着这个得寸进尺的年轻人，冷冷地道："许银锣，我们的赌斗已经结束，这一回，我可不会手下留情。你的面子，该给的我已经给了。接下来，我就算一巴掌拍死你，江湖上，也没人能说我一句不是。"

正惊怒不已的天机和天枢，见到这一幕，忽然觉得事情的发展，竟无比地贴合他们心意。两人正愁许七安不好杀，有月氏山庄护着，有武林盟一些自诩侠义的人护着，突然间，事情就峰回路转。

曹青阳对九色莲花志在必得，他刚才退让过了，给足了许七安面子。现在是许七安不给面子，百般阻挠，就算曹青阳动手伤人，甚至杀人，外界也没法说他什么。

天地会弟子大急，叫道：

"许公子，你已经尽力了，不必再守着莲子。"

"许公子，您快退开，快退开！"

他们是真觉得够了，许银锣已经尽力，尽了一万分的力。天地会弟子们甚至觉得，相比起许银锣的安危，莲子已经不重要了。

许七安不理，望着曹青阳，笑道："不是我要阻你，而是另有其人。"

他手指探入怀里，夹出一枚黄色护身符，用仅剩不多的气机引燃，高呼道："国师，救我，我是许七安！"

第 412 章

女子国师

一枚普普通通的护身符,燃烧着明丽的火焰,迅速化作灰烬。观众们耳边还回荡着"国师救我"的呼喊,它就已经燃烧成灰,火焰熄灭。

国师?他口中的国师是人宗道首洛玉衡吧,朝廷的女子国师……

什么,许七安能请来人宗道首?这护身符是召唤洛玉衡的法器?

不可能,人宗道首洛玉衡在京城潜心修道,不问世事,怎么可能是一个许七安能召唤而来的……

众人盯着化作灰烬的护身符,一个个想法、念头在心里闪过,内心戏极为丰富。

然而……场内毫无变化,除了风儿变得喧嚣。

又等了片刻,风儿更喧嚣了,但什么都没有发生。护身符的灰烬被风卷起,吹向远方。

好尴尬,我就说不靠谱吧,金莲道长这是病急乱投医……许七安嘴角抽了抽,有种英明丧尽的羞耻感。

洛玉衡在他眼里,是高高在上的国师,二品强者,和他无亲无故的,怎么可能买他面子,千里迢迢赶来相助。

金莲道长把护身符给他,就是玩这么一出?楚元缜失望之余,又觉得本该如此。护身符不是法器,怎么可能召唤来国师,退一步说,就算护身符能联络国师,又岂是许七安能召唤而来。

他身为人宗记名弟子,代表人宗应战李妙真,即使是这样,国师对他的态度依旧冷淡,顶多就是些许欣赏。换成地宗、天宗,乃至其他势力和门派,他这样的优秀种子,早就被当成重点培养对象,甚至是未来的接班人来培养。洛玉衡性情寡淡,可见一斑。而许七安和她并无太大关联,顶多是见过几面,不陌生罢了。

李妙真和楚元缜的想法差不多,洛玉衡是人宗道首,地位与天宗道首等同。身为天宗圣女的自己,在江湖中遇到麻烦,召唤天宗道首相助,你看道首帮不帮。肯定不会搭理啊,否则,师兄就不会因为情债,被女人万里追杀,至今下落不明。因此,许七安想召唤来人宗道首,过于痴心妄想。

武林盟和江湖散人们摇头失笑,原来许银锣是在虚张声势,与大伙开个玩笑。

地宗道士们哈哈大笑,展开一轮嘲讽,搭配肢体动作,尽情地奚落许七安。

密探天机冷笑一声,讥讽道:"国师身份何等尊贵,岂是你这种蝼蚁说召唤就召唤的,许七安,你这是要让人笑掉大牙吗?"

女子密探天枢淡淡道:"黄毛小儿。"

谁都没有发现,风儿愈发喧嚣了,吹起尘埃,吹起绿叶,吹皱一池寒潭。

曹青阳似乎察觉到了什么,霍然回头,望向东南方向。

极遥远的天际,亮起一道金色的星辰。星光疾速而来,像是划过天边的流星,拖曳着尾焰,撞入众人视线,撞入一双双瞳孔。随后,煊赫的金光撞入月氏山庄,落在许七安面前。

她翩然落地,裹挟的金光如烟雾般扑在地面,化作涟漪扩散。长袖飘飘的羽衣,满头青丝用一根乌木道簪束着,眉心一点赤红朱砂,她的美,仿佛超越了世间极致,超越了单一的形象。清纯的、可爱的、妩媚的、冷傲的、素雅的……她在不同男人眼里,有不同的形象。在场的男人,都从她身上找到了自己心仪的那一款。

真、真的来了?!许七安瞠目结舌,愣愣地望着她的倩影。

不远处,楚元缜有些茫然地望着场中倾国倾城的女子,心里最先涌起的不是震惊,而是一片空白。他陷入"发生了什么"的困惑里,久久无法自拔,以至于平日里擅长分析的敏锐思维,在此刻陷入凝滞。

李妙真惊呆了。她注视着许七安,心里酸溜溜的,涌起强烈的羡慕情绪。她也想符箓一扔,一声令下,道首来救。对比之下,自己这个天宗圣女,就显得特别没有排面。

"国、国师……"天机忍不住后退几步,他瞪大眼睛,于心底狂呼,你怎么会来,你凭什么应一个蝼蚁的召唤而来……他忍不住想质问,想呵斥,想搬出陛下,他怒不可遏,他震惊迷茫,他脸色铁青……但最后,他选择了沉默。

面对一位二品强者,即使有陛下撑腰,也毫无意义,洛玉衡便是将他当场斩杀,也没人会为他出头的,死得一文不值。想到这里,天机侧头看了一眼天枢,发现她同样握紧拳头,娇躯微微发颤,在极力克制自己的愤怒和震惊。

"这位真的是人宗道首,女子国师?"有人喃喃开口。洛玉衡的容颜,岂是寻常的江湖匹夫能瞻仰,在场见过她的寥寥无几。

"是、是许银锣召唤她来的……"这句话说出口,场面一下安静几分,众人默契地挪动视线,看向了女子国师身后扎着高马尾的年轻人。

他脸色平静,身姿笔挺,似乎对人宗道首的应召而来信心满满,平静得看不出任何情绪波动。

这……许七安和人宗道首是什么关系?以洛玉衡道首的身份,国师之尊,竟被许银锣召唤而来,简直,简直难以想象……肯定是有什么隐秘关系的吧,即使许银锣声望如日中天,也该有个限度,不可能让堂堂二品这般对待。二品可是站在九州巅峰的人物,要说他们两人没有猫腻,我打死不信……

这一刻,"观众们"的内心戏堪称爆炸。

地宗的妖道,痴痴地看着宛如仙子般的洛玉衡,眼神里的恶意稍有减弱,被色欲取代,一副恨不得扑上来占有她的姿态。

地宗的妖道本身就是放纵欲望,堕落人性的结果,人性里最丑恶的部分在他们身上会百倍千倍地放大。而洛玉衡的人宗路子，同样有这方面的弊病，因此地宗妖道们沉浸在欲念中，无法自拔，若非还有一丝清醒，知道对方在人宗中的地位，早就选择放纵欲望，狞笑着扑过去。

但有一个人不会顾忌，金莲道长眉心旋涡再现，浓雾般的黑烟挣扎着探出，化成一个只有上半身的人影，面孔模糊。黑莲分身贪婪地望着洛玉衡，狞笑道："洛玉衡，乖侄女，师叔早就想与你双修了，你身上的业火，必定无比美味，能大大助长我的魔性。"

金莲道长头皮发麻，脸色大变，急惶惶地补救，怒吼道："妖道，休要胡言乱语，贫道今日清理门户，让你形神俱灭！"眉心旋涡骤然爆发出滚滚吸力，把黑烟吸了回去。

洛玉衡满意地点头，放下了手里的拂尘。

其实她是被黑莲克制的，黑莲已经放纵自己，堕入魔道，而她与业火纠缠，小心翼翼地维持本性。这种时候，一旦被黑莲的魔性污染，很可能导致体内业火爆发，她会因此堕入魔道。当然，这一切的前提，是她本体亲临。

曹青阳脸色严肃，沉声道："国师这具分身，即使在三品中，也不算弱者。"

洛玉衡淡淡道："知道还不快滚。"

曹青阳并不恼怒，反而洒脱一笑："对武夫来说，即使千军万马，也能一臂挡之。"

简单翻译就是：武夫头铁，打死不尿。

"这份心性倒是不错，并非所有武夫都能无惧生死。"洛玉衡点点头，然后一拂尘把曹青阳打了出去。

当当当！一节节剑气在紫袍盟主身上炸开，推得他不断后退，把紫袍切割成褴褛布条。

那炸散的剑气给周遭众人带来了毁天灭地的灾难，当场就有十几人死于非命，不过都是些散人。如天地会、地宗、密探以及武林盟武夫，这些势力都有四品高手护持，勉强能挡住余波。

"退出去，快退……"萧月奴娇斥道。

"退出月氏山庄,走得越远越好。"众四品高手大喊。

数百人一哄而散,朝着山庄外逃去。

等各方人马离开,除了金莲道长兀自盘坐,再无旁人碍事后,曹青阳不再忍耐,单臂高举,并掌如刀。气机吞吐,凝成一把长四十米的大刀,刀芒扭曲空气。这不是简单的气兵,而是凝聚了三品刀意的气兵。

"刀意不够圆融,原来是三品武夫的精血在拔苗助长。"洛玉衡语气清冷。

曹青阳似哂笑似不屑地说道:"还请国师赐教。"

四十米大刀霍然斩落。

一瞬间,洛玉衡眼里只剩刀光,耀眼的、惊艳的刀光,周遭的空气像是化作屏障,挡住她的去路,让她无法闪躲。洛玉衡微微垂眸,睫毛卷翘浓密,她右手握住拂尘,左手并指如剑,徐徐抚过拂尘。万千细丝凝成一股,笔直坚挺,拂尘在这一刻,变成了一把称手的剑。她轻轻递出一剑。

轰!刀芒和剑气同归于尽,形成夹杂着锐利之气的冲击波,摧枯拉朽地毁灭着周遭的事物。

唯有金莲道长身前浮现光幕,挡住冲击波。散碎的刀芒剑气在光幕中击撞出光屑,以及水波般的光影涟漪。

轰!在冲击波的影响下,寒池的池壁皲裂,炸起一道冲天水柱,一截金色的莲藕被炸了出来,连带着微微弯曲的茎。茎的尽头并不是蘑菇,是一个呈暗金色的莲蓬。

此时,九片颜色各异的花瓣已经凋零,暗金色的莲蓬里,排列着十四颗莲子。

曹青阳目光倏地炽热,闪现至寒池上空,探手抓向抛飞的莲藕和莲子。

当当当!炸起的水柱还没落下,水滴尽数化作小剑,凝成剑雨,一股脑儿地打在曹青阳身上。把他一点点地打退,一点点地打离莲藕。

洛玉衡趁机袖袍一卷,卷走莲藕、莲子,不知藏到了何处。

曹青阳愤怒地低吼一声,略显褴褛的紫袍霍然一鼓,可怕的气机波动让逃出数百米外的众人一阵心惊胆战。

洛玉衡精致的长眉一挑,御风而起,直入云霄。她准备带着莲藕离开,不与皮糙肉厚的武夫纠缠。

曹青阳抬起头,似乎不打算追击,扬起掌刀,横竖撇捺,一瞬间斩出数百刀。这些刀光斩出后,突兀消失,再出现时,已将洛玉衡周遭数十丈笼罩。曹青阳猛地攥拳,斩灭一切的刀意迅速收缩,将洛玉衡的身体斩成飞灰。

半空中,一截莲藕,一个莲蓬坠落。曹青阳正要上前接住,源自武者的直觉让他寒毛直竖,捕捉到了危机。不过他没有躲避,而是将计就计地一个斜靠,宛如坍塌的立柱。

虚空中,剑指刺出,恰好与立柱撞在一起,砰的一声,白皙的小手炸成纯粹的光屑。

曹青阳猛地僵住,不再动弹。

洛玉衡的身影显现,气息微弱了几分,她抬起断臂,光屑汇聚,凝成一只藕臂。然后,她摊开掌心,一道道破碎的魂魄在掌中凝聚,化成一道不够真实的虚影,面孔隐约是曹青阳的模样。

"苟"在远处,防备各大势力袭击的天地会群众里的许七安,眼前光芒一闪,洛美人的娇躯在金光中显化。

"国师!"许七安脸上浮现喜色,明白战斗已经结束,胜利属于己方。

洛玉衡颔首,小腹金光闪烁,钻出几件物品,分别是莲蓬、一截成年人大臂长的莲藕、一小截巴掌长的莲藕。这截莲藕是被斩切下来的。

"此人魂魄在我手中,你打算如何处置?"洛玉衡摊开掌心,悬浮着一个袖珍小人,面孔略显模糊,依稀能看出是曹青阳。

"国师厉害,如此干脆利索地解决一位三品,成就一品指日可待,放眼九州,再找不出您这样的仙子。"许七安毫不吝啬地发挥口技,吹出五彩连环马屁。

"空有三品力量,元神依旧是四品,一记心剑便让他魂飞魄散了。"

洛玉衡语气平淡,似乎打败这样一位对手,不是值得炫耀的事。顿了顿,她问道,"如何处置?"

呃,国师这么看重我的意见吗?有些受宠若惊啊……许七安想了想,道:"不如先把他给我,此人对我有恩情。"

曹青阳五个巴掌,把他拍进五品化劲,这份情得还。

洛玉衡颔首,并不在乎曹青阳的结局,道:"这具分身已经耗尽,本座先回去了,你们自己小心。"说完,她化作纯净的金光消散。

"问金莲讨要这小截莲藕……"金光散去前,许七安又收到了洛玉衡的传音。

讨要莲藕,这是国师给我的任务?许七安一愣。

第413章

曹盟主的魂魄

月氏山庄内,动静如山崩如海啸的战斗,没有持续太久,一刻钟不到就结束了。

遥远处,分散四方的各路人马,又等了许久,见山庄内始终没有动静,不曾开启大战,众人小心翼翼地折返。

由四品高手打头阵,下属们落在尾后,遥遥坠着。武林盟的门主、帮主聚在一起,缓步进入山庄。地宗则和淮王密探遥遥呼应,组成一个阵营。

萧月奴等人脸色紧绷,尽管对自家盟主充满自信,尽管对方来的只是一具分身,但人宗道首是资深二品,不能以常理度之。

"放心吧,曹盟主是三品高手,那人宗道首再神通广大,也不可能在这么短的时间内打败盟主。"傅菁门沉稳开口。

"但战斗确实结束了。"千机门的门主说道。

"依奴家看,是曹盟主胜了。"萧月奴神色轻松,俏皮地眨了眨眸子。

她会做出这样的判断,依据是同级别中,武夫最难杀。既然盟主和人宗道首的分身都是三品,那么想打败盟主,绝非短时间内可以做到。而月氏山庄深处的战斗已经结束,结果如何,可想而知。

杨崔雪感慨道:"盟主新晋三品,便打败国师的分身,此事传扬出去,咱们武林盟,还有盟主的声望将登上一个新高。"

"大奉十三洲的江湖,当以我们武林盟为尊。"另一位门主补充道。

众人相视一笑,心态也随之轻松起来,不再紧张,但没有放松警惕,缓步前行。

嗤……远处的天机暗骂了一声,倒不是因为国师输了,而是曹青阳踏入三品,从此扬名立万,对朝廷来说,这不是一个好消息。江湖势力越强,朝廷对该地区的掌控力越弱。太平盛世时无妨,一旦乱世来了,这些区域绝对是最先叛变的。

穿过一座座坍塌的房屋,穿过一片狼藉的院落,走了近一刻钟,他们终于返回寒池边,远远地看见紫袍人影傲然而立。

地宗妖道中,有人嗤笑一声。

杨崔雪等人脸上喜色刚泛起,突地脸色大变,竟然是慌张和惊恐,十几位门主、帮主冲了过去,站在曹青阳面前。

曹青阳已经没有了呼吸、心跳等一切生命反应。

地宗妖道是提前察觉到曹青阳元神寂灭,故而嗤笑出声。

"盟、盟主啊!!!"千机门的门主哀号一声,大受打击,这个结果和他想的不一样。

"怎么会这样?怎么会这样?"神拳门傅菁门双膝一软,跪在曹青阳身前,右拳不停地捶打地面。

"曹盟主陨落了……"萧月奴娇躯一晃,脸庞一点点褪尽血色,面纱之下,那原本红润的唇瓣也跟着苍白起来。她怔怔地望着寂然闭目的曹青阳,泛起巨大的迷茫和失落,以及不知所措的慌张。

武林盟的支柱倒了,倒在了月氏山庄,而新盟主的人选并没有定下来,因为曹青阳还是年富力强的巅峰时代。这意味着,剑州各大门派,以及武林盟总部,会陷入争夺盟主之位的混乱中。

"武林盟成立六百载,盟主中道崩殂的例子不足三例。这该如何是好,如何是好?"墨阁阁主杨崔雪,嘴皮子颤抖。

这时候,武林盟的弟子、帮众们赶了过来,见到这一幕,号哭声四起。尤其是武林盟总部的弟子,纷纷跪倒,哀戚大哭。

不久前,他们还因曹青阳晋升三品,欢呼雀跃,认为武林盟的辉煌时代到来,势力和威望将更上一层楼。这才多久?情势急转而下,曹盟主陨落,喜讯变噩耗,从山峰跌入谷底。

"啧啧,洛玉衡还是一如既往地杀伐决断,不讲情面啊。"满头白发的赤莲道长阴阳怪气道。曹青阳既死,他们便不用忌惮什么。武林盟的各大帮派敢含怒出手,那正合他意,地宗的莲花道士将血洗剑州,好好杀戮一番。

"咦,九色莲花不见了。"天机目光搜寻片刻,没有发现莲子。

天枢给地宗的道士们传音:"九色莲花想必被国师带走,她来的是一具分身,有来无回。莲花必定在许七安手里,走,去杀许七安,夺莲子。"传音完,她蛊惑武林盟众人,说道:"国师的分身是许七安召唤来的,他明知国师是二品高手,仍然将其召唤而来,摆明了是要置曹盟主于死地。可怜曹盟主对他赞赏有加,亲自喂招,助他晋升五品,结果换来的是恩将仇报。"

武林盟众人怒目相视,恶狠狠地瞪着她。

天枢哼了一声,迎着众人的目光,继续说道:"怎么,我说的莫非有错?武林盟的诸位兄弟,你们扪心自问,那许七安是否恩将仇报?曹盟主是否死得冤枉?"

武林盟教众们面面相觑。

"闭嘴!"杨崔雪怒喝一声,气得须发戟张,"再敢妖言惑众,老夫一剑斩了你。"

天枢冷笑道:"只管来!"

一众淮王密探纷纷上前,按住刀柄。

这时,赤莲道长毫无征兆地出手,袖中钻出一柄飞剑,袭向远处盘坐的金莲道长。

嗡!飞剑撞在看不见的气墙上,被反弹回来,冲天飞舞。

"诸位,先助我们杀了这个老道,回头再找许七安算账,如何?"赤莲道长高声道。

他说话的同时,地宗的道士们不断出手,操纵飞剑攻击气墙,但无人能打破这层防御。地宗的妖道们深知金莲的真正身份,而今道首和他在识海中纠缠,难解难分。要打破这个僵局其实很简单,只需斩了金莲的这具肉身。这样一来,金莲的残魂便是无根浮萍,正好趁机重创,甚至铲除他。如果能把武林盟的人拉入阵营,那才真的万无一失。至于会不会伤了道首,这并不需要考虑,因为道首来的是一具分身。

天机立刻附和:"没错,大家不必为了小事争执,先杀了这老道士再说,此事皆因他而起,就让他给曹盟主陪葬吧。"

他很聪明地没有提及对付许七安,因为这必然造成武林盟众人的犹豫,乃至反感。

性格直来直往的傅菁门骂骂咧咧道:"狗屁的莲子,要是没月氏山庄这伙人,盟主也不会死。老子就让老道士给盟主陪葬。"

这时,金莲道长睁开眼,望向武林盟众人:"曹盟主还没死。"

傅菁门脚步一顿,闻言瞪大了眼睛,怀疑自己听错了,道:"臭道士,你说什么?"

杨崔雪、萧月奴等人身躯一震。

"元神寂灭,怎么可能还活着?老道,你可别骗人。"一位门主沉声道,声音带着明显的颤抖。

"自然可活,贫道没有骗你们。"金莲道长道。他在危急中爆发,勉强压制住黑莲分身,趁机开口,打算说服武林盟众人护他一段时间。而武林盟最在乎的,是曹青阳的死活。

萧月奴深吸一口气,盈盈而出,柔声道:"请道长指点,您若能救活曹盟主,便是武林盟的大恩人。"

杨崔雪郑重行礼:"请道长不计前嫌,救曹盟主一命。"

傅菁门立刻改变态度,盯着金莲道长:"老道士,不,道长,你若能救曹盟主,今日我傅菁门拼上性命也要护你周全。"

其余人旋即附和,请求金莲道长救人,言语无比恭敬。

金莲道长摇了摇头:"你们要求的不是我,是许七安。"

萧月奴美眸微睁,诧异道:"许银锣?"

这,这怎么又和许银锣扯上关系了?他都不在场……一众门主帮主,面面相觑。

"道长,你快说啊,急死我了,为什么许银锣能救盟主?"傅菁门又好奇又急躁。

其他人专注地盯着金莲道长。

"以人宗道首的性子,杀伐决断,迎敌时从不手下留情,但贫道刚才亲眼见她摄出曹盟主魂魄,将他带走……"

地宗的道士刚才也说过,人宗道首杀伐决断,绝不手下留情……听到这话,萧月奴眸光一闪,心里有了猜测,柔声道:"是因为许银锣的缘故?"

金莲道长点头:"想必许银锣在召唤人宗道首之前,就已经为曹盟主求过情了吧。"

傅菁门性子急躁,有些迫不及待:"走,去找许银锣。"

但杨崔雪拦住了他,不动声色地扫了眼地宗和淮王密探,淡淡道:"许银锣侠义心肠,品性高洁,如果盟主魂魄在他手中,我等不必急于一时。"

千机门的门主附和道:"不错,先保住这位道长吧。"

武林盟帮众沉浸在盟主"失而复得"的喜悦里,但也没放松警惕,一边戒备着地宗道士和淮王密探,一边缓慢地靠拢金莲道长。

恰好此时,一股股气息飞快靠近,天地会众人杀回来了。

"该死!"天机暗骂一声,已知事不可为。

倘若只有武林盟的众人,他们联手地宗道士,还能放手一搏。但若是再加上楚元缜、李妙真等人,强行死战,只有死路一条。

"走!"天枢更果断,直接带着下属们,朝另一个方向撤退。

地宗妖道们紧随其后。

"拦住他们!"天地会和武林盟里,同时有人喝道。

李妙真脚踏飞剑,一马当先,她的眼瞳褪去黑色,转化为纯净的琉璃色,朝着逃窜的人群张开了手心。刹那间,淮王密探和地宗妖道被自己的衣服束缚了,他们的飞剑和佩刀纷纷叛变,自己跳出刀鞘,给主人来了一刀。好在这样的攻击不算强大,而普通密探和地宗弟子亦有不弱的实力,故而有人受伤,但没有生命危险。不过,李妙真要的效果已经达到。

嗤嗤……女子密探天枢以气机撕裂外衣和裤子,强行摆脱束缚,仅穿一条亵裤,一件素色肚兜,裸露出的腰肢纤细,有着浅浅的肌肉线条,大腿皮肉紧致,修长有力。她像只雌豹扑向李妙真,试图贴身秒杀这位天宗圣女。

李妙真哪会这么轻易地被她近身,踩着飞剑后退,同时拔高飞行高度。

天枢没有继续追击,无视冲锋惯性,猛地一个折转,跑了。

因为她看见许七安扑了过来,这家伙刚刚晋升五品,近战能力极强,若被他缠住,那就真走不掉了。不知是不是错觉,天枢发现这家伙眼睛发亮,似乎迫不及待想和穿着肚兜的自己来一场肉搏战。

武林盟这边,萧月奴等人紧追不舍,万花楼的萧楼主身法敏捷,远超杨崔雪等人,率先拦截住地宗妖道。

赤莲道长一记飞剑迎上来,带着呼啸的破空声。

萧月奴袖子里滑出银骨小扇,轻轻一磕,磕开飞剑,突然,她嘤咛一声,红晕爬上脸颊,双腿发软,只觉得小腹一阵阵地燥热。

赤莲道长冷笑一声,大袖一挥,将她打飞。

萧月奴撞入一个坚实的怀抱,耳边传来略显陌生的声音:"萧楼主,没事吧?"

她抬起迷蒙水润的媚眼,看见一张俊朗阳刚的脸,正是许七安。萧月奴触电般地从他怀里弹起,脸蛋红晕如醉,竭力保持声音正常,柔柔道:"不碍事,多谢许银锣。"

地宗妖道污秽人心,勾动欲念的手段很强大啊……许七安心里一凛,身为一个久经风月的男人,一眼就看出萧楼主的异常。

刚才赤莲的那一剑要是打在我身上的话,我轻轻一扭腰,那就三万里无人烟了……他一边想着,一边率人继续追击。

甫一追出月氏山庄,便看见地宗道士带着淮王密探御剑飞起,直升高空。

嘣！弓弦声清越有力，武林盟一位擅长弯弓的高手果断出手，射下两柄飞剑，四名弟子。他第三次弯弓时，地宗弟子的飞行高度已经超过了弓箭的射程。

地宗的道士可以御剑飞行，己方只有李妙真和楚元缜能飞，而以两人的战力明显留不下地宗所有人。己方高手数量虽然多过对方，但武林盟全是武夫……

许七安眯着眼遥望天空，心想：让他们灰头土脸地回京，气一气元景帝也不错。

"许银锣……"萧月奴柔媚的嗓音把他拉回现实。

望着这位剑州的明珠，许七安颔首道："曹盟主的魂魄在我这里，我这就把魂魄送回去。"

武林盟众人满脸期待。

喵……一只橘猫穿过废墟，停在远处，碧瞳幽幽地看着众人。

这只猫不知道是侥幸没死，躲过一劫，还是刚从外面回来，发现自己的家已经化作废墟。

许七安走到曹青阳面前，在武林盟众人期待的目光中，打开香囊，释放曹青阳的魂魄，引导着他回归身体。

就在这时，金莲道长眉心旋涡呈现，一道金光和黑雾交缠的魂体激射而出，竟要抢夺曹青阳的肉身。

变化太快，完全出乎众人预料。而且，武夫很难阻拦道门阴神的夺舍，缺乏有效的攻击手段。众人脸色大变。

喵……橘猫尖叫一声，弓起背脊，长毛直竖，朝着金光和黑雾交缠的魂体龇牙咧嘴。

猫对阴物非常敏感。猫叫声响起的瞬间，那道魂体明显一滞，而后，似乎出于本能，折转了方向，一头撞入橘猫体内。

第414章

分莲子

　　橘猫猛地一僵,保持弓背姿势,僵硬了几秒,突然发出凄厉的尖叫,满地打滚。它的一只瞳孔化作漆黑,一只瞳孔染上纯粹的赤金,既妖异又神圣。橘猫的叫声凄厉嘶哑,四肢乱蹬,像是承受着巨大的痛苦。

　　许七安不再耽误,屈指一弹,将曹青阳的魂魄弹入眉心,然后转身向橘猫靠近。

　　白莲道姑拦住了他,环顾众弟子,娇斥道:"别傻愣着,速结太上阵法,渡送功德。"说话间,她抛出一道金丝编织而成的细绳,把橘猫捆绑得结结实实。

　　橘猫尖叫声愈发凄厉。

　　天地会弟子们如梦初醒,一拥而上,将橘猫围在中央,他们手捏道诀,口中念念有词。

　　"祸福无门,惟人自召;善恶之报,如影随形。是以天地有司过之神……"

　　声音起初嘈乱,后渐渐整齐,化作同一个声音,再过片刻,整个天地间仿佛只剩下念诵声。

　　许七安清晰地看见,天地会弟子们眉心溢出一缕缕晨曦般的金光,轻柔如春雨,洒向橘猫。

　　橘猫左眼的金光炽盛,压过了右眼的漆黑,它渐渐停止了挣扎和惨叫,静静趴伏在地,彻底安静下来。

另一边,曹青阳刚恢复意识,就听见了层层叠叠的浩大吟诵,他有些茫然地打量四周,而后看向武林盟众人问道:"发生了什么事?我记得我最后输给了人宗道首,魂飞魄散。"他一时间分不清之前的经历是幻觉还是真实。

见他醒来,武林盟众人如释重负。

万花楼的楼主嫣然道:"曹盟主,是许公子保住了您。"

"国师只是摄出了您的魂魄,刚才,许公子把您的魂魄带回来了。"

杨崔雪等人纷纷解释,言语中暗示许银锣的"求情"起到至关重要作用,才让国师网开一面,没有赶尽杀绝。

武林盟的帮众脸上挂着笑容,看向许七安的眼神充满感激和认同。虽然这次莲子没有争到手,但不打不相识,武林盟和许银锣结下交情,对于这些暗中崇拜许七安的帮众而言,心里一片火热。

曹青阳缓缓点头,给人正气凛然感觉的脸庞转向许七安,抱拳道:"多谢许银锣高抬贵手。"

许七安还了一礼:"曹盟主言重了,是我要谢曹盟主才对。"顿了顿,他沉声道,"我看曹盟主并非贪婪之辈,为何对九色莲花如此执着?"

曹青阳没有回答,淡淡道:"今晚曹某在犬戎山设宴,希望许银锣赏脸。"

意思是这里说话不方便……曹青阳有结交我的意思,想把关系更进一步……许七安点头:"那就叨扰了。对了,请盟主为我驱赶一下周围的江湖散人。"

见他答应下来,武林盟众人脸色旋即露出笑容。

曹青阳领首:"我会在山庄外围留下一部分人,防备地宗道士趁机折返。"

仅靠天地会的战力,如果地宗和淮王密探杀回来,恐怕难以抵挡。曹盟主不愧是老江湖,经验丰富,滴水不漏……许七安拱手:"多谢。"

等武林盟众人退出月氏山庄,许七安等人静等片刻,不多时,天地会弟子们吟诵声减弱,继而消失。

呼……像是经历了一场激烈大战,吐气声四起,弟子们不断擦拭额头汗水。

橘猫依旧趴伏着,毫无动静。

许七安边看着橘猫,边靠向白莲道姑,问道:"怎么回事?"

楚元缜南宫倩柔几个外人,好奇地看过来。

"金莲师兄和黑莲的一缕神念相融了,暂时难分胜负,方才我们在为金莲师兄渡送功德,助他压制黑莲的魔念。"白莲道姑解释道,"这本就是之前定好的计划。"

许七安诧异道:"金莲道长能和地宗道首的一缕魔念纠缠?"

他心说这不科学啊,地宗道首的分身是三品,金莲道长撑死了四品,不可能是三品,他怎么做到的?

"师兄使的是地宗秘法。"白莲道姑笑容不变地解释。

许七安点点头,接受了这个解释。

所以,对于地宗道首的分身,金莲道长早就有应对的计策,地书碎片持有者的任务是对付武林盟以及其他人,不,在金莲道长看来,李妙真和楚元缜都是添头,他真正看中的是我啊……

白莲道姑皱了皱眉,说道:"刚才,他们是想夺曹青阳的肉身,不知为何,突然改变了主意,夺舍了一只猫。"

天地会弟子们也感到疑惑。

为什么?大概是他对猫爱得深沉吧……许七安耸耸肩,假装自己不清楚。

这时,橘猫尾巴轻轻一动,似乎恢复了意识,它慢慢起身,蹲坐,一黑一金的双眼,缓缓扫过众人。

"是我!"橘猫口吐人言,传来金莲道长略显沧桑的声音。

在场所有人齐齐松了口气。

"我暂时压制住它了,嗯,九色莲花在何处?"金莲道长有些迫不及待。

"在我这里。"李妙真道。

橘猫微微点一下猫头,温和道:"把莲子和莲藕交给白莲。白莲师妹,我们准备去下一个藏身地点。"

就在这时,橘猫漆黑的右眼,突然闪过幽光。

嘶啊……橘猫龇牙咧嘴,猛地扑向白莲道长,体内传来阴冷邪异的声音:"白莲师妹,随我回地宗双修吧。"

啪!许七安挥舞刀鞘,把橘猫拍翻在地。

嘶啊嘶啊……橘猫挣扎片刻,左眼金色瞳孔亮起,旋即恢复理智,优雅地蹲坐,咳嗽道:"我虽然压制住了他,但偶尔会被他占据主动。白莲师妹,你不要介意。"

白莲道姑光洁的额头布满黑线,面皮抽搐了一下,淡淡道:"蝉衣,驱赶一下山庄里所有的母猫。"

金莲道长抬起一只前爪,用力拍打地面,略显慌张地道:"没、没必要这样……"

白莲道姑柔声道:"金莲师兄自然不会做出道德败坏的事,我们要防备的是妖道黑莲,他已入魔道,什么事都做得出来。"

她是在给金莲道长挽尊吗……许七安没忍住,噗一声笑出来。

他这一带头,顿时噗!噗!噗……楚元缜、李妙真、丽娜几人没憋住,跟着笑出声。

天地会弟子又悲伤又想笑,表情异常古怪。

"对了金莲道长,有件事要与你商议。"许七安看向李妙真,示意她取出九色莲花。

天宗圣女取出地书碎片,镜面朝下,轻扣镜背,一大一小两截暗金色莲藕,以及莲蓬掉落出来。

"道长,莲藕被削了一小截。"许七安道。

"无妨。"橘猫看了一眼,"温养十几年便能恢复。"

许七安顺势说道:"这小截莲藕……能给我吗?"

"你要用它炼药?"橘猫反问。

呃,是国师让我要的……许七安想了想,道:"受人之托。"

橘猫恍然地点了点头:"莲藕离开主根,十二个时辰后枯萎,二十四时辰后断绝生机,此时,方可入药。"

道长还是很大方的嘛,我还以为这个任务挺难的……许七安想着回京后可以向国师交差了,心情放松,随口问道:"不能养活吗?"

橘猫笑呵呵地道:"地宗传承数千年,莲藕只有一根,你道是为什么?"

也对,如果能养活的话,早就大面积养殖了,天材地宝之所以称为天材地宝,很大原因是因为它的罕见。许七安嗯了一声,弯腰去捡莲藕。

嘶啊……俯身的瞬间,他听见耳边传来橘猫的嘶吼声,想都没想,本能地伸出手,一按。

橘猫的脑袋被他按在地上,两只爪子奋力地挠着他手臂,嘴里传来黑莲的咒骂:"莲藕是我地宗至宝,不准带走,不准带走……"

地宗道首还挺萌的!许七安一巴掌把它拍飞。

橘猫柔软地翻滚,卸力,改变了目标,竖起尾巴扑向秋蝉衣:"小姑娘挺标致的,快随本座回山双修。"

秋蝉衣吓得发出尖叫声,然后一脚踢飞了橘猫。

它体内的力量似乎处在一个相对平衡的状态,无法施展神通道法,因此与平常的猫没什么区别……

我突然明白为什么说万恶淫为首……不只地宗道首,其余入魔的妖道,总是最先把十八禁的话题挂在嘴边。从这一点能看出,人类最大的恶,就是一个"淫"字。

冲锋中的橘猫突然顿住,略有些迷茫地看了一眼众人,然后,它假装什么事都没发生,淡淡道:"分莲子吧。"

道长,话题转得太生硬了啊……许七安默默捂脸。

按照之前的约定,许七安得两颗,楚元缜、李妙真、丽娜、恒远、南宫倩柔各得一颗。

白莲道姑修长白嫩的手指剥开暗金色莲蓬,分发给众人,提点道:"若是要点物品的话,将莲子剥开,与物件一起呈放在玉盒中,三个时辰即可。若是开窍明悟,直接吞服。"

"多谢！"地书碎片持有者们抱拳致谢。

白莲道姑转而看向许七安,柔声道:"许公子,你与我来,贫道有话单独与你说。"

两人并肩离去,到了无人的僻静处,白莲道姑袖子里滑出一块玉石小镜,道:"这是金莲师兄托我保管的,他料到自己战后会有麻烦,便将它交给了我。叮嘱我事后还给你。"

许七安连忙接过地书碎片,扫了一眼镜面,见花纹位置没变,这意味着没有人碰过里面的黄白俗物,他如释重负。

两人返回后,白莲道姑便召集天地会弟子,带上金莲道长的肉身,准备启程,离开剑州,去往下一个据点。

剑州肯定不能待了,幸好狡兔三窟,天地会在外地有别的据点。

"楚兄,妙真,恒远大师……你们护送一程吧。"许七安看向李妙真等人。

天人两宗的杰出弟子领首。

"许公子。"少女的声音宛如檐下风铃,秋蝉衣俏生生地站在他面前,红着脸,把一只香囊塞进许七安手里。

对于这一幕,众人反应各不相同。

天地会弟子们含笑看着,有人还在起哄,地宗并不禁婚嫁。

李妙真眉梢一挑,楚元缜笑而不语,恒远和丽娜没什么看法。

南宫倩柔则一脸冷笑,他习惯用冷笑来对待一些不屑的事情,比如某个风流好色之徒又勾搭了一个清纯少女。

许七安收好香囊,面有喜色。

"你似乎很高兴?"突然,他收到了李妙真的传音。

"新交了一个朋友,当然高兴。以后混江湖,这些都是人脉。"许七安传音回复。

"呵,我有个师兄以前也是这么想的。"李妙真嗤笑一声。她没有解释,踩着飞剑,载着丽娜,随天地会众人升高,呼啸而去。

第 415 章

点化佩刀

"我待会儿去一趟犬戎山,喝酒吃肉睡女人,你有什么打算?"许七安笑眯眯地看向南宫倩柔。

南宫倩柔皱了皱精致的眉头,嗤笑道:"一个江湖组织,有什么好应酬的。"

许七安收敛笑容,轻声说:"我已经不是银锣了。"

南宫倩柔眼里的戏谑和不屑缓缓收敛,似乎一下失去了交谈的兴致。良久,他淡淡地道:"去凑个热闹。"

咦,这不像南宫二哥的风格啊,莫非是担心我,害怕这是武林盟设下的鸿门宴?许七安心里嘀咕。

犬戎山陡峭,云雾缭绕。此山是剑州有名的洞天福地,林莽苍苍,鹤鸣猿啼,从山腰处开始,一座座院子、阁楼星罗棋布,一直延伸到山顶。

"犬戎山是剑州风景名胜啊,主峰雄奇,侧峰秀美,主峰有一挂数十丈的大瀑布,雨季时,山洪暴发,就算是六品高手,也经不起瀑布的冲刷。"

"听说武林盟总部有八千骑兵,是当年那位逐鹿中原的武夫嫡亲部下。"

穿过山脚高大的牌坊，许七安啧啧感慨："八千骑兵，可以横扫剑州了，为何这么多年，朝廷一直容忍武林盟的存在？"

南宫倩柔听着他喋喋不休，大多话题都不感兴趣，到了最后一个话题，忍不住说道："因为当年那位匹夫和高祖皇帝有过一个约定。"

"什么约定？"许七安满脸好奇。

"我怎么知道，义父没说。"南宫倩柔白了一眼道。

许七安继续侃大山："剑州万花楼的美人，个个千娇百媚，有没有兴趣带一个回去做妾，想必萧楼主会很乐意。"

南宫倩柔干脆不搭理他。

"如果换成是我的话，能把萧楼主带回京城，当个妾室，那就完美了。"

"你似乎没有娶妻吧，你若还是打更人衙门的银锣，确实不适合娶一个江湖女子为妻，至于现在嘛，她当你正妻绰绰有余。"南宫倩柔说道。

"使不得，使不得。"许七安连连摆手。

"为何？"南宫美人眉头一皱。

"正妻的位置，我要留给临安殿下，或怀庆殿下。"许七安一本正经。

"滚！"南宫倩柔怒道。

很快，两人来到犬戎山主峰的大院里，经盟中管事通传后，他们被引进会客厅，厅中端坐着五官端正、神态威严的紫袍盟主曹青阳。

简单寒暄后，曹青阳道："南宫金锣稍等片刻，我有话要单独与许银锣说。"

他从座位起身，默然前行，离开会客厅。许七安跟在他身后一同出去，穿过生活区，朝后山行去，渐渐远离了建筑群。

"老祖宗想见见你。"曹青阳带着许七安进入密林，沿着小径深入，说道，"你放心，老祖宗不是嗜杀凶狂之辈，只是听说了你的事迹，很感兴趣。"

许七安先自省了一番,监正给的玉佩戴了,神殊沉睡了,他现在只是平平无奇的一个人,见一见大佬,应该不会有什么问题。最主要的是对方是个武夫,即使有些许小问题,想必也看不出来。

其实他来犬戎山赴宴,多少也抱着几分侥幸,没准能见一见那位武林盟老祖宗呢。

嘿,我果然是有大气运的人……他心情复杂地自我调侃。

在林间小道穿梭了一炷香时间,曹青阳带着他来到一块巨大的山壁前,甫一踏出密林,许七安的汗毛没来由地竖起,头皮发麻。他下意识地看向危险的源头,崖壁之上,一只巨大的怪兽垂下头颅,两只水缸般的猩红凶睛,幽幽地注视着二人。那只怪物通体漆黑,长着粗硬的短毛,形状似狗,却有一张类似人的脸庞。

异兽犬戎,犬戎山因它得名……很强大的异类,我打不过……许七安心里闪过种种念头。这时,犬戎缩回了脑袋,消失在崖壁。

"犬戎是武林盟的守护神兽,它当年曾追随老祖宗征战四方,就像灵龙与人皇。"曹青阳微笑道,"灵龙你应该是知道的,京城里养着一条,吞吐紫气,是顶尖的异兽。不过它只和皇室的人亲近。"

不用解释得这么清楚,那只是一条卑微的舔狗……许七安心里吐槽。

他跟着曹青阳,在崖壁的石门前停下来,听着紫袍盟主恭声道:"老祖宗,许银锣到了。"

石门里传来苍老的声音:"根基扎实,神华内敛,不错。"

许七安顺势抱拳,语气恭敬:"见过前辈。"

苍老的声音再次从门内响起:"我听说了你的事。聪明人就该尽早离开京城,有没有兴趣来我武林盟做事,老夫可以收你做弟子。呵呵,你已经用行为证明了自己的品性。再历练几年,做武林盟下一任盟主绰绰有余。"

许七安听后,不卑不亢地回绝:"京城事情未了,而且晚辈已经有师父了。"

"是魏渊吧。"石门里的老人一针见血。

许七安默然。

"你有什么想问我的?"武林盟老祖宗没有纠结拜师的问题,颇为洒脱。

前辈您可真上道。许七安正好有一些疑问,当即开口:"晚辈看过一些关于您的卷宗,知道您当年是能和高祖皇帝一较高下的强者。六百年悠悠而过,为何高祖皇帝早已宾天,而您却能与国同龄?"

回应他的是沉默。

就在许七安以为对方不会回答时,石门缝隙里传来苍老的叹息声:"以你现在的品级,这些事的层次过高,其实不该让你知道。"几秒的停顿后,武林盟老祖宗说道,"大奉皇室中,高手众多,其中不乏高祖皇帝、武宗皇帝,以及镇北王这样的人物,但他们没有一个能活到现在,你可知为何?"

"请前辈解惑。"

"气运缠身者,不得长生。"

这个回答,就像一记重锤敲在许七安的脑袋上,打得他脑袋嗡嗡作响。

"这是为何啊?"他喃喃道。

"那老夫就不知了,或许是天地规则吧。具体缘由,你可以向儒家请教,或者司天监的监正。"老人笑道。

儒家知道这个隐秘……许七安瞳孔收缩,骇然道:"所以,儒家圣人是真的死了?"

一直以来,许七安心里始终有一个猜测,儒家圣人其实没有死,只是假装自己已经死了,毕竟一位超越品级的存在,怎么可能只活八十二岁,这不是侮辱人吗!

"儒圣也不能例外。"老人回答。

如果这位老祖宗说的是真的,那圣人不可能还活着了,大奉皇室没有长生的强者这件事,侧面证明了这位老祖宗没有说谎。

儒圣真的死了啊……许七安心里难掩惋惜,同时,他心里解开了一些疑惑,难怪元景帝对镇北王如此"宽容"。要说气运加身最多的人物,那必然是皇帝,而镇北王是纯粹的武夫,他肯定……

"不对!"许七安脱口而出。

曹青阳疑惑地扭头,看了他一眼。

"你似乎想到了什么事?"老人说道。

对于一位巅峰武夫的搭话,许七安置若罔闻,他低垂着眸子,脸色木然,但大脑里的信息素,却如同沸腾的滚水。

第一,气运加身者,不得长生,这并不足以成为元景帝信任镇北王的理由,因为镇北王是大奉亲王,同样无法长生。历史已经证明了这一点。

所以,元景帝那般信任镇北王,背后还有一层不为人知的原因。

第二,元景帝贵为一国之君,他不可能不知道这个秘密,可他明知道气运加身不可能长寿,依旧二十年来修道不辍,渴望长生,这里就存在悖论了。

难道他认为,自己能比高祖皇帝、武宗皇帝更加优秀?难道他认为,儒圣都无法抵抗的天地规则,他区区一个元景,能比儒圣更惊才绝艳?元景帝这人虽然不当人子,但他不是傻子,相反,他很有智慧。

念头纷呈间,他低声问道:"前辈对元景帝修道这件事,有什么看法?"

老人沉吟道:"他或许,自以为开辟出了一个既可以长生,又能坐龙椅的方法。呵,帮他的人,应该是人宗道首。"

不可能是洛玉衡吧……许七安皱了皱眉。

这时他想起了一些细节,元景帝最初修道,是自己摸索。几年之后,才封洛玉衡为国师,封人宗为国教。

身为京城土著,许七安还是记得很清楚的。

如果不是洛玉衡,那会是谁?嗯,不排除是洛玉衡暗中蛊惑了元景帝修道,回京后问问魏公……

"听说您当年和高祖皇帝有过约定?"许七安抓紧时间套取信息。

"呵呵,只是口头约定罢了。当年大周覆灭后,各路义军逐鹿中原,我那时其实已经无心争夺皇位。因为我找到了晋升二品的道路,与皇位相比,我更渴望长生。

"也是性格使然,我出身贫寒,年少时行走江湖,快意恩仇,身上的江湖气太重,更渴望无拘无束的生活。

"之所以造反,是因为当年百姓过得实在不是人该过的日子,生活没了盼头,自然就要造反。他和我不同,他有野心,有壮志,渴望一统中原,反而对长生不感兴趣。我记得他常说,人生在世,追求的应该是宏图伟业,而不是长生。长生没意思,当皇帝才有意思。

"那一战我输了,输得心服口服。当时与他有过口头约定,将来如果他的不肖子孙重蹈大周覆辙,就由我揭竿而起,推翻腐朽朝廷。"

每一位开拓者都怀着赤诚之心,但后世子孙往往会在纸醉金迷中走向衰败……许七安心里感慨。

"前辈如今晋升二品了?"许七安试探道。问完,他连忙补充,"是晚辈唐突了。"

"如果不像镇北王那样屠戮生灵,单凭自身,想要晋升二品,过于困难。我闭关五百年,依旧没能踏出最后一步。"老人不甚在意地说道,"青阳为了助我破关,想夺来地宗的莲藕,供我服用。"

许七安立刻看向曹青阳,心说你对各大门派可不是这么说的,你说要为武林盟夺来莲藕,以后大家每一个甲子都有莲子吃。

曹青阳回应他的目光,道:"我可以养一截莲藕。"

"养不活的。"许七安提醒。

"那就不关我的事了。"曹青阳淡淡道。

许七安不搭理他了,看向石门:"莲藕能助前辈晋升二品?"

老人回答道:"概率极大。"

就算这样,他也没有亲自出手,只是给了曹青阳一滴精血,这位武林盟的老祖宗状态很不对劲啊!许七安目光闪烁。

"希望有朝一日,能助前辈一臂之力。"他说。

告别武林盟老祖宗,他随着曹青阳返回主峰。

黄昏后,犬戎山大摆宴席,各大帮主、门主参加宴会。

许七安理所当然成了宴会的主角,对于这样的场面,他如鱼得水,酒席应酬的修为,堪比一品!三两下就和武林盟的门主、帮主打成一片,姐姐长姐姐短地叫着万花楼楼主萧月奴。

杨崔雪等人也很开心,没想到许银锣这么上道,酒场好手,酒到杯干,毫不含糊,还能不避讳地和大家说一说朝廷里的秘闻。

比如那位母仪天下的皇后姿色倾国,很青睐许银锣,有意召他做驸马。

比如他是两位公主殿下府中常客,还能像模像样地说出公主府的布局、两位公主的一些私密小事。

比如司天监的监正也有苦恼,监正的五位弟子个个都是人才,说话又好听,监正为他们操碎了心。

比如王首辅的嫡女,对许银锣的堂弟情根深种无法自拔,为了他,不惜和王首辅反目成仇。

当然,说得最多的还是教坊司的奇闻趣事。浮香花魁琴艺好,但更擅长箫技。明砚花魁舞姿无双,身段柔软。小雅花魁饱读诗书,却古道热肠……

喝到微醺,酒席才散去。

许七安拎着自己的佩刀,脚步虚浮地进了安置他的院落。进入房间,他眼里的醉意立刻消失。

处理完京城的事,查完元景帝,我就来剑州,提前打好人脉,以后才能在剑州混得开……

他点上油灯,坐在桌边,抽出黑金长刀横在桌上。接着,取出玉石小镜,倒出一颗莲子,剥开,把莲子轻轻嵌入刀锋。他没有玉盒,就算有,也放不下一把四尺长的刀。

钟璃说过,他这把刀,就缺一个器灵。而莲子能点化出器灵,将这把刀推向绝世神兵行列。

第416章

为刀取名

莲子嵌入刀锋,就像贴在了刀上,如此就不需要玉盒了……许七安嘿了一声,我真是个小机灵。

时间一分一秒过去,许七安坐在桌边,眼巴巴地盯着,防止莲子掉在桌面。这要是把桌子点化了,那玩笑就开大了。

他手肘撑着桌面,托着腮,愣愣出神。

圆月高挂,清冷的月辉被纱窗挡在屋外,尖细的虫鸣此起彼伏,彰显着夜的静谧。窗边的木架上摆着一尊兽头香炉,焚烧着驱蚊的香料。山中蚊虫多,夜里不烧驱蚊香料,根本没法睡。当然,六品以上的武者不必在意蚊虫的叮咬。

不知不觉,三个时辰过去了,月光消失不见,窗外天色青冥。这个过程中,许七安看着莲子一点点地枯萎,看着黑金长刀慢慢蜕变,它没有变得锋利,但给人的感觉不再是死物,它仿佛活过来了。

白嫩的莲子彻底萎缩,掉落在地。

嗡!黑金长刀鸣颤中,自行飞起,绕着许七安飞舞。它似乎很亲近许七安,就像幼崽亲近自己的父母。

好奇妙的感觉,虽然它还是一把刀,但给我的感觉却是活的,像孩子,也像宠物……许七安嘴角不自觉地翘起。

看着黑金长刀在房间里游窜飞舞,许七安不由得想起自己前世养的那只二哈,也是这般跳脱,高兴的时候还会不停地用狗头顶自己。这个想法刚冒出来,他就看见黑金长刀一个漂亮的飘移,刀尖对准了他,咻地射过来。

别别别,要死的……许七安脸色大变。

叮!来不及闪躲,只能开启金刚神功,胸口便被叮地撞了一下,就像被针狠狠戳了一下,刺痛无比。

黑金长刀的力量暴增了啊,以前我试过割我自己,完全不疼的……许七安黑着脸,转了个身,默默承受着佩刀爱的"拱卫"。

叮!叮!叮!黑金长刀就像撒欢的二哈,不停地用"脑袋"撞着许七安的后背,表示亲昵。

我要是没修成金刚神功,可能成为第一个被自己佩刀"爱死"的主人,还好我有这门护体神功,嗯,这也是气运的一部分。

过了好久,黑金长刀亲热够了,轻轻落在桌面。

许七安抓起刀柄,横在身前,注视着刀身,低声道:"接下来就是为你赐名了。"

根据钟璃的说法,赐名是认主中很重要的一环,有灵性的绝世神兵,一旦拥有了名字,就不会再更改。

谁给它赐名,谁就是它的主人。

镇国剑的名字叫"镇国",是那位开国皇帝赐的名字。因此,镇国剑存在的意义,便是镇压国运。所以,许七安能使用它。取名字,对绝世神兵有着超乎想象的意义,相当于是给它的存在定义。而对主人来说,这也是一次问心,一次发宏愿。

取什么名字好呢……许七安沉吟许久,不知道怎么回事,他忽然有种热血澎湃的感觉,仿佛冥冥中与天地交感。他有种预感,人生中至关重要的决策在等待他。他莫名地觉得房间太小,屋顶太低,装不下他的一腔意气。

哐!他推开房门,离开院子,一路往外,行至一处崖壁顶。此时天色青冥,山风呼啸,吹起他的长发和衣角,整个人都仿佛飘了起来,随时御风而去。

"我是异界游客,在这方世界里,不敬神不礼佛,不拜君王和天地,只有一个夙愿,那就是世上少一些不平事,黎民苍生能过得更像人,而不是牲口,不希望楚州屠城案再次发生……

"就叫你'太平'吧,跟着我,斩尽不平事,为苍生开太平!为万世开太平!"

他高举长刀,只觉得心如琉璃,念头清明。

咔嚓!监正送的,用来屏蔽气运的法器玉佩,出现了裂纹。

这一刻,太平刀有感,爆发出冲天刀意,直入云霄,绽破了犬戎山顶的云层。这一刻,犬戎山异象突起,狂风大作,吹散了终年不散的云雾,吹起无数的枯枝绿叶,林莽摇晃,从远处看,仿佛整座山都在摇晃。

这样的动静,惊动了犬戎山武林盟总部一位位高手,包括歇在山上的杨崔雪、萧月奴等门主帮主。

"发生了什么?"

"敌袭,是不是有敌袭?快叫醒所有人。"

"如此可怕的异象,来的是何方神圣,莫非是三品?"

"会不会是地宗道首的报复?!"

一位位高手冲出房间,甚至都来不及点蜡烛。

当!当!当!悠扬又密集的钟声回荡在天地间,回荡在犬戎山每一个角落。这是最高警戒钟声,告诉山里的部众们防备敌袭。

武林盟的高手纷纷冲出房间,来到空旷处,亲眼见到了可怕的异象,天地间仿佛只剩下狂风,一股股气流朝上逆卷,卷起碎石、绿叶、枯枝,等等。如此可怕的天地异象,早已超过凡人的极限。

萧月奴披着一件粉红色的袍子,盖住玲珑浮凸的身段,她里面穿着白色的里衣,事发突然,根本没时间穿戴繁复的罗裙。首饰也被排除,仅用一根鹅黄缎带扎起青丝。她翩然跃上屋顶,环首四顾,看到了杨崔雪几个熟人。

"怎么回事?"萧月奴声音清冷,攥紧手里的银骨折扇。

"要么是老祖宗破关了,要么是敌袭。"傅菁门沉声道,"我也刚出来。"

众门主、帮主脸色严肃,严阵以待。

"是地宗道首?"萧月奴眉梢一挑,做出判断。她下意识地握紧了扇子。

傅菁门等人脸色同时一沉,如果是地宗来袭,肯定是为了月氏山庄,但旋即发现月氏山庄人去楼空,恼怒之下,便来报复武林盟。武林盟在江湖中虽是庞然大物,可比起道门三宗,仍然相差甚大,除非老祖宗亲自出手。而就算这样,巅峰强者的战斗,对于犬戎山而言,仍是一场大灾难。

这时,杨崔雪道:"盟主!"

循着他的目光看去,一袭紫衣的曹青阳从主院跃出,在屋脊几个起落,停在众人面前。

"是老盟主破关了吗?"

"是不是敌袭,曹盟主?"

门主、帮主们纷纷上前询问。

曹青阳脸色凝重,沉声道:"不是老祖宗……"

众人面面相觑,再也不抱任何侥幸。

曹青阳没再说话,很快锁定风暴源头,率先御风而去。

杨崔雪等人跟随而去。很快,他们离开建筑群,绕到主峰左侧,那里有一座峭壁。

峭壁之上,傲立着一个挺拔的年轻人,他手里擎着长刀,刀气贯穿云霄,煌煌如天威,一股股气流缠绕在刀气周遭。

"许银锣?!"愕然声响起,武林盟众人带着几分茫然,惊愕地看着这一幕。这么大的动静,竟是许银锣造成的?

越来越多的人群聚而来,目睹了少年傲立绝巅,擎刀冲破云霄的一幕。

"不是敌袭?"

"许、许银锣这是在干吗……"

人群里议论纷纷,但没有人能给他们答案。

但从今天起,江湖上会多一则流言:元景三十七年仲夏,许七安于犬戎山顿悟,天生异象。

许久之后,刀气收敛,狂风平息,恰好此时,东边第一缕晨曦,照在许七安身上,照亮他俊朗的侧颜。

当场,不知道多少女子怦然心动。

许七安收回刀,插入刀鞘,他无声地吐了口气,忽然顿悟了自己的使命一般,浑身舒畅。他逐一扫过曹青阳、杨崔雪,以及远处围观的武林盟部众,朗声道:"心有所悟,惊扰大家了,还……"

话音未落,后山传来略显急促的呼唤声:"你来,你来……"

许七安和曹青阳对视一眼,知道那是武林盟老盟主的声音。其余人也听见了。

"什么声音,是谁?"傅菁门环首四顾,喝道。

"傅门主,不得无礼。"曹青阳训斥道,"那是老祖宗。"

闻言,武林盟的部众哗然,激动地议论起来。

"老祖宗,是老祖宗的声音?"

"从小父亲就说后山住着老祖宗,可我自打出生,便没听过老祖宗的声音。"

"老祖宗千秋万代,庇佑着武林盟呢。"

武林盟一直宣称开山老祖还活着,但江湖人中却从未见过那位与国同龄的人物,包括武林盟的部众,从小长辈就说后山是禁地,是老祖宗潜修的地方。一代传一代,却从未有人真正见面,甚至连声音都没听过。

"老祖宗在喊曹盟主呢,曹盟主,您快过去啊,别让老祖宗久等了。"

众人见曹青阳杵在原地,心急地催促。

"曹盟主?老祖宗喊你呢。"

"曹盟主快去啊!"

那两声"你来",不用想,肯定是呼唤曹盟主的。武林盟里,犬戎山上,只有曹青阳一人有资格面见老祖宗。因为他是盟主,是这一代的话事人。

曹青阳还是没动,朝着许七安领首。

许七安当即朝后山行去,相比起之前,他忽然不再害怕气运的秘密被曝光,只因此刻荡胸生层云,洒脱磊落。

一道道目光,略显呆滞地望着许七安的背影。

老祖宗喊的不是曹盟主?老祖宗沉寂数百年,第一次当着众人的面出声,喊的竟然是许银锣?

石门前,许七安拎着佩刀,恭声道:"前辈,找我何事?"

"你是谁?你身上为什么会有气运?"苍老的声音问道,开门见山,毫不拖泥带水,浓浓的武夫风格。正如昨夜他和许七安交流,气运的秘密,历史的往事,直截了当,从不卖关子。

我还是喜欢和武夫一起玩,监正、金莲、魏渊什么的,心机深沉,羞与他们为伍……许七安心里感慨着,说道:"我只是大奉一个平平无奇的百姓,不过我身上确实有气运,准确地说,是国运。"

石门里没有回复,似乎在等他继续说下去。

"二十年前的山海关战役,一位神秘术士伙同蛊族天蛊部的首领,窃走了大奉一半的国运。那份国运最后落到了我身上。但我并不知道自己为何会被选中……"许七安简短地说了一遍关于气运的事情,以及自身的遭遇。

很奇怪,他面对魏渊和金莲时,绝口不提气运,哪怕金莲道长有所了解。但对这位老匹夫,他却没有隐瞒的想法。归结原因,大概有两点:

一、对方是个直肠子武夫,有话直说,不像金莲魏渊这些,心思太重,与他们相处,也会不由得想太多,顾虑太多。

二、里面那位武夫与国同龄,见多识广,刚才那一幕,根本瞒不过人家,他如此火急火燎地召唤,肯定是看出了什么。所以许七安不如大方一点,把秘密说出来。

"难怪这二十多年来,大奉国力衰弱得如此迅速,这既有皇帝修道的缘故,也有气运被窃取的原因。"老人恍然道,"你刚才是怎么回事?"

许七安便将莲子点化佩刀,助它晋升绝世神兵的事情告诉老人。

"刀名呢?"

"太平,寓意天下太平。"

老人笑了笑,声音里透着了然:"儒家三品叫立命,晋升之时,天生异象。那是因为儒家大儒身负人族气运。

"你虽不是儒家体系,但本质是一样的。因此,才会造成方才的异象。这里给你一个忠告,牢记今日的念头,你将来若是堕入魔道,会死于气运反噬。"

"我明白。"许七安点头,不忘请教道,"前辈,您对于我的处境,有什么看法?"

"看法?嗯,你不要加入武林盟了,我不要你了。"老匹夫说。

呸,粗鄙的武夫……许七安心里啐了一口,心说脸翻得也太快了,知道我是监正和神秘术士的棋子,您立刻就怂了。

"当然,如果我能晋升二品,武林盟可以庇护你。呵呵,二品武夫,就算打不过其他体系的一品,但也不惧。"石门里的老人笑道,"你不必对我抱有戒心,我有志武道登顶,就绝对不会碰气运。不然,五百年前就跟你们大奉的高祖不死不休了。至于现在,我又不造反,要气运也没用。"

"但如果有大气运伴身,也许,前辈就能否极泰来,晋升二品呢?"许七安试探道。

老人沉默了。

就在许七安暗骂自己愚蠢,打开了一个对自己极为不利的话题时,老人幽幽道:"是什么给了你武夫能摆弄气运的错觉?"

许七安躬身作揖:"是晚辈草率了。"

对哦,就算这位老祖宗馋他的气运,但粗鄙的武夫怎么会懂得汲取气运?

沉默了一会儿,许七安不甘心,问道:"前辈还有什么指点?"

第417章

元景帝:朕的莲子呢

石门里,老人的声音带着笑意:"首先要弄清楚当代监正在谋划什么。初代监正不杀你,是因为要窃取气运,若是你死了,气运就会还给大奉,那个叫姬谦的人是这么说的,对吧?"

许七安颔首。

老人继续道:"但这个说法有漏洞,若是如此,当代监正只需把你杀了,便可挫败对方的阴谋。"

许七安嗯了一声:"所以,当代监正还有其他目的,或者,姬谦的认识是错误的。"

老人赞许道:"你果然是极有智慧的人,我们是武夫,以武夫的脾性,遇到这样的事,根本不需要犹豫,直接掀桌子。"

"掀不了呢?"许七安沉声道。

"那就积蓄力量,先夹缝中求生存。不管两代监正有多强,有一点是事实,气运在你体内,它是你的力量,它将成为你的依仗。这是监正也无法改变的事实,你是聪明人,该明白我的意思。"老人说道。

"那积蓄力量的环节里,不知道有没有前辈您呢?"许七安笑了起来。

老人沉默了一下,哂然道:"你来犬戎山赴宴,就是为了这个吧?"

许七安点点头,又摇摇头:"碰运气而已,恰好,我浑身都是运气。"

老人笑道:"可以,你若能为我寻来九色莲藕,我便出手助你!"

许七安沉吟道:"一小截可以吗?"

老人反问:"一小截莲藕,能助我晋升二品?"

看样子是要整根莲藕啊,至少要大部分,这样的话,我手头的莲藕就没用了……而九色莲藕是地宗至宝,金莲道长肯定不会送给我的,这个不用想。

"可有其他东西代替吗?"许七安没有纠结莲藕。

"或许!"老人道。

沉默片刻,许七安问道:"您可见过五百年前那位监正?"

"见过!"老人给予肯定的答复,继而笑道,"那时候他还没有开创术士体系,说来有趣,那家伙当年可是个貌美如花的少年郎,嗯,和你带上山的那个年轻人一样。整天和大奉的高祖皇帝形影不离,是个聪慧到极点的人,重情义,重信用,但有一些刚愎自用。对了,两个人的志向是一样的,不求长生。"

听你这么说,我怎么感觉初代监正和高祖有点那个啊……许七安心里吐槽。

漂亮得跟女人一样,重情义,重信用,刚愎自用,不求长生!他默默记下这些要点,然后抱拳行礼:"前辈若是没事,那晚辈先行告退。"

身后,传来老匹夫的声音:"如何摆脱自身即将迎来的厄运,你可有想好?"

"前辈且等着吧,也许再过不久,许银锣就会成为历史。也许,他将做一件震惊九州的大事。"许七安头也不回。

"拭目以待。"老人笑道。

出了后山,金红色的阳光洒满山头,他朝着自己的院落走去,此时曹青阳已经驱散了部众,带着杨崔雪等四品高手,在院子门口等他。

"老祖宗和你说了什么?"

"许银锣,方才的刀气是怎么回事……"

"许银锣,你的佩刀能给我看看吗?"

门主、帮主们一窝蜂地拥过来。

万花楼主萧月奴裹着粉色袍子,矜持地站在一旁没有说话,但一双神韵天成的美眸静静地看着许七安,饱含期待。

"老前辈与我说的是机密,不能告诉外人,至于它嘛……"许七安把挂在后腰的太平刀取下来,竖在地上,扬眉笑道,"你们谁能拔出它,尽管一试。"

"一把刀而已。"

一位使刀的四品帮主,眼神火热地走上前,搓了搓手,握住刀柄,用力一拔,没拔出来。再一用力,还是没拔出来。

这……众人一脸惊奇,围了上来。

"走开走开。"那位帮主把众人斥退,觉得有些丢人,手臂肌肉膨胀,气机猛地炸开。

锵!太平刀出鞘,被硬生生拔了出来。下一刻,那位帮主触电似的缩回了手,掌心刺痛无比。

太平刀似乎有些恼怒,刀锋一转,对准那位帮主,咻的一声刺了过去。一人一刀展开追逐。

"绝、绝世神兵……"

"这刀是绝世神兵?之前怎么没感觉出来?"

"神兵有灵,非主人不能拔,非主人不能用,老孙靠蛮力强行拔刀,激怒它了。"

众人看傻了,目瞪口呆,他们完全没想过许七安的佩刀是绝世神兵。尽管刚才目睹了天生异象,但没人把它和佩刀联系起来,都以为是许银锣有所顿悟。

这几个四品武夫,有一个没一个,望着太平刀,都露出了垂涎欲滴的神色。

绝世神兵啊。这是法器之上的武器,每一把绝世神兵都有独立的意识,已经一定程度上脱离了武器的范畴,更像是同伴。同时,绝世神兵还能自己积蓄刀气,自己迎战敌人。套用许七安上辈子的话:我已经是一把成熟的兵器,我能自己打架了。

对于江湖散修来说,一把法器可以当作传家宝,老子传儿子,儿子传孙子。而对于一个江湖组织,绝世神兵可以当作镇派之宝。

绝世神兵之上,还有法宝。区分绝世神兵和法宝,不是看攻杀手段,而是特殊性和唯一性。

太平刀是武器,功效唯一,因此它是绝世神兵,不是法宝。

镇国剑既是绝世神兵,又是法宝,因为它能镇压一国气运,这是它与众不同之处。

又比如地书碎片,它的功效目前只有两个:传书和储物。但这不是"地书"的真正功效,是碎片的功效。完整的地书拥有什么神异,金莲道长一直没有告诉碎片持有者。

许银锣竟然有一把绝世神兵……

"回来。"许七安淡淡道。太平刀就像一只不听话的二哈,又追着孙帮主砍了一会儿,才愤愤不平地回到许七安身边,绕着他转圈圈。

"灵智初生,还有很大的成长空间,后续你多用气机温养,最好能用它养意。它会慢慢蜕变。"曹青阳眼里闪着艳羡。武林盟法器不少,绝世神兵一件没有。而且,他修的是刀意,正好符合他的需求,纵使贵为盟主,他也没法保持淡定。

这时,萧月奴柔柔道:"我听说绝世神兵是要赐名的,名字与刀有着不可分割的意义。不知道许银锣这把刀叫什么?"

杨崔雪等人立刻看着许七安。

"萧楼主见多识广。"许七安握住刀柄,弹了弹刀脊,"刀名太平,寓意天下太平。若有不平,便由它来斩之。"

众人肃然起敬。

天下太平,斩尽天下不平事……萧月奴表情微微恍惚,有些复杂地看了一眼许七安。

用过午膳后,许七安和南宫倩柔拜别武林盟众人,骑上两匹马,不疾不徐地踏上官道。

"南宫啊,你见识比我多,有没有听过许州?"

"没听过。"南宫倩柔淡淡道。

回答得这么快,一看就没诚意……许七安心里腹诽。两人在官道上跑了许久,始终不曾见到李妙真和楚元缜返回。

这两货是不是把我给忘了?骑马回京城,我得花半个月的时间,哪有飞剑快啊……许七安打算靠自己隐形的翅膀飞回去,于是说道:"骑马太慢了,不如我们飞回去吧。"

南宫倩柔嗤笑道:"你这把破刀可载不了人。"

小看人了不是。许七安当着南宫美人的面,取出儒家法术书卷,撕下一页,抖手点燃:"我有一双隐形的翅膀。"

南宫倩柔清晰地察觉到周围的空气一荡,隐约发出振翅的声音,仿佛有一双翅膀霍然展开。

"你为什么不直接瞬移?比如说,我所处的位置,是京城城门口。"南宫倩柔迟疑了一下,给出自己的意见。

"并不是我不够聪明,召唤来一双翅膀,我顶多是歪几天脖子。但如果按照你说的做,我们确实能立刻回到京城,但族人又得来我家吃饭了。"许七安幽默地自嘲一句。

他抓起南宫倩柔的肩膀,冲天而起。两人飞飞停停,终于在第二天清晨,抵达了中原首善之城。

许七安脖子不可避免地歪了,看人都是斜着眼睛看。这样的姿态去见魏渊,有失体统,许七安打算先回家歇息一天,明天再去和魏渊玩真心话大冒险。

刚回到府上,许铃音闻讯而来,开心地说:"大锅,大锅……"一见许七安两手空空,顿时热情减了大半,她歪着头,问道,"大锅,你没带礼物回来吗?以前大锅出去玩儿,都会带礼物回来的。"

许七安歪着头:"这次大哥有事,没带礼物。你为什么歪着头?"

"我在学大锅啊。"许铃音依旧保持着歪头姿势。

许七安歪着头看她,许铃音也歪着头看他。

受不了,真是个愚蠢的小孩子,不知道让她吃一颗莲子,会不会变聪明?不行,那样太浪费了。

"我师父怎么没回来,我给她藏了好多鸡腿,大锅也有。"许铃音歪着头问。

这时,婶婶从厅里出来,没好气道:"你藏鞋子里的鸡腿我给扔了,那能吃吗?你不怕拉肚子?"

小豆丁歪着头,不甘心地蹦了蹦,大声说:"扔哪里了?我要捡回来给师父和大锅吃。"

你的孝心已经变质了……许七安说:"大哥就不要了,捡回来给丽娜吃吧。"

次日。天机和天枢终于返回了京城,他们先是由地宗的道士驾驭飞剑送了一路。但地宗道士缺乏耐心,性情暴躁,只把他们送到紧挨着京城的江州地界,就把淮王密探们抛弃,自己走了。经过一夜的水路,密探们终于回到京城。进了皇城,天机和天枢从皇宫南门进入,南门平日里鲜有人进出,因为这片区域紧挨着宦官们的宿舍。

此时,元景帝刚用完早膳,正打算出宫,去灵宝观寻国师做早课。宦官匆匆来报,说是前往剑州执行任务的密探回京了,刚进了宫,在外头等待召见。

"召他们来御书房。"元景帝脸上露出笑容,看向身边的大伴,悠然道,"听说地宗的莲子,能点化万物,就算石头也能开窍。大伴啊,你说朕要是服了莲子,是不是就能弥补天赋方面的不足?"

老太监笑容可掬:"陛下天资举世无双,何须莲子呢,不过老奴还是要恭喜陛下,吃了莲子,如虎添翼。"

元景帝畅快大笑。他按捺住情绪,等了一刻多钟,这才领着老太监,慢悠悠地走向御书房。

御书房里,穿着黑袍,戴着纯金面具的天机、天枢,静静地站着,低着头,一声不吭。

元景帝扫了两人一眼,脸上笑容不减:"莲子呢,快快给朕呈上来。"

第 418 章

真心话大冒险

天机和天枢相视一眼,齐齐跪倒:"陛下恕罪,我等未能夺来莲子。"

元景帝脸上笑容逐渐消失,变得深沉,缓缓道:"二十门火炮,二十六名高手,以及你们两个四品,还有地宗的道士和你们配合。朕给你们解释的机会,倘若真的事出有因,朕可以宽恕尔等。"

天机扭头看了一眼同伴,沉声道:"陛下,此次剑州风起云涌,除了我们与地宗,还有武林盟的高手几乎倾巢而出,争夺莲子。"

元景帝面无表情:"所以,败给了武林盟?"

天机感受到了一丝寒意,连忙道:"不是武林盟,窝藏九色莲花的那一系地宗道士请了几个帮手。他们分别是天宗圣女李妙真、前银锣许七安、人宗记名弟子楚元缜、司天监杨千幻,以及一个和尚、一个南疆力蛊部的小姑娘……"

保持沉默的女子密探天枢,敏锐地察觉到陛下听见"许七安"三个字时,呼吸略有些急促。她没有抬头去窥视龙颜,但也能猜到陛下现在的脸色肯定很不好看。

元景帝的脸色何止是不好看,他面沉似水,额头青筋微微凸起,一副极力忍耐怒火的模样。

"没想到啊,当初一个微不足道的小人物,现在已经变成会咬人的狗。"元景帝的冷笑声从牙缝里挤出来,"朕刚下罪己诏,原还想着过了风波,再找他清算。许家全族都在京城,看朕如何炮制他。"顿了顿,他又道,"你继续说。"

天机把自己的所见所闻,原原本本地陈述了一遍,其中包括背景神秘的公子哥和许七安的冲突。当然,对于这一部分,他的观点是,那位神秘公子哥是某个势力的嫡传,因嫉妒许七安的名声,想踩着许七安成名,这才刻意针对。这符合逻辑。

"许七安怎么会和地宗的道士搅和在一起?"元景帝忽然发问。

"属下还未来得及查。"天机回禀道,见元景帝恢复了沉默,他略过这个话题,继续往下说。

元景帝静静地听着,直到听天机说许七安甩出护身符,高喊"国师救我",而国师真的驾驭金光而来……老皇帝的脸色霍然大变。

"国师怎么也掺和进来了,他怎么可能召唤,他凭什么召唤国师……"元景帝在御书房来回踱步,表情时而狰狞,时而阴沉。

国师她为何要响应许七安的求援,两人什么时候有了牵扯?难以描述的情绪涌上心头,元景帝的表情突然狰狞,产生了立刻除去许七安的想法。

不顾罪己诏,不顾群臣意见,不顾天下人看法……不是因为忌惮他的成长速度,天资好的人杰元景帝见多了,楚元缜不也是吗,但元景帝甚至懒得搭理。而是因为许七安向国师求援,国师响应了他!

"摆驾,去灵宝观!"元景帝一字一句地道。

浩气楼。许七安穿着天青色的锦衣,绣着浅蓝色的回云暗纹,环佩叮当,束发的是一个镂空金冠,脚踏覆云靴。乍一看去,他比皇子还有贵气,兼之身材挺拔,容貌俊朗,双眸深邃有神,眉宇间的那抹跳脱,呈现出世家豪阀贵公子和市井轻佻少年郎杂糅在一起的独特气质。

魏渊看着坐在对面的年轻人,略有恍然,笑道:"看惯了你穿打更人差服,偶尔换换装,倒是令人眼前一亮。"

"我妹子给我做的,一针一线缝的。"许七安捧着茶杯,回忆了一下许玲月当时痴迷的眼神,笑道,"魏公,我这副模样去勾搭怀庆殿下,您说有没有希望?"

魏渊平静地看着他,双眼内蕴着岁月洗涤出的沧桑,道:"这不是你平日里说话的风格,有话便直说吧。"

"查福妃案的时候,我从国舅口中得知,魏公和皇后娘娘是青梅竹马,对怀庆视如己出,就想着如果能做驸马,魏公肯定也会把我当女婿看待吧。"许七安笑了笑,道,"魏公待我是极好的,恩重如山,无亲无故却悉心栽培,只因为那问心三关……"

魏渊表情温和:"这趟剑州之行,你似乎有额外的收获。"

许七安放下茶杯,从袖子里取出三个骰子,逐一摆在桌上,轻声道:"在我家乡……嗯,以前在长乐县当快手的时候,我从市井之徒中学了一个行酒令,叫真心话大冒险。

"以骰子的点数为论,点数小的,要么回答一个问题,要么喝一杯酒。草民想和魏公玩这个游戏,不喝酒,只说真心话。"他神色平静地望着青衣,"如果魏公不愿意,卑职这就走人。从此以后,再不会叨扰您了。"

这一次,魏渊脸上没有了笑容,凝视着他很久很久。

"想清楚了?"

"嗯。"

魏青衣点头,抬起笼在袖中的手,做了个请的手势。

呼……许七安松了口气,却又不可避免地紧张。他抓起茶杯,轻轻一抹,将三枚骰子卷入杯中。当当当,骰子在茶杯中碰撞、打转,随着许七安往下一扣,归于平静。

他打开茶杯,六六六!

我就知道,就凭我的气运,玩骰子天下无敌,尤其是监正送的玉佩裂开,气运外泄的状态下……许七安心说。

魏渊拿起茶杯,随后一抹,摇晃片刻,把茶杯倒扣在桌上,没有卖关子,直接揭开。二五六。他温和地笑道:"想问什么?"

许七安沉吟道:"您和皇后娘娘是什么关系?"

他选择这个问题,绝不是单纯的八卦。首先,魏渊和皇后的关系如何,决定了魏渊和元景帝的翻脸程度。其次,临安的生母陈妃是神秘术士的暗子,皇后和魏渊的关系,决定了神秘术士会不会故技重施,通过皇后来布局,陷害魏渊。最后,出于老色痞的直觉,许七安认为皇后和魏渊的关系不简单。

"你知道得不少啊。"魏渊收起温和的表情,内蕴沧桑的瞳孔锐利了几分,专注凝视片刻,"我和皇后的事,以后会告诉你的,但不是现在。呵,你也没说要现在说出来。"

你这个漏洞钻的就没意思了……许七安点头:"好。"

魏渊的话,其实变相地承认了他和皇后的关系不一般,也算是一种回答。

第二轮,许七安又是六六六,魏渊是五五一。

许七安垂眸,看着魏渊面前的骰子,停顿片刻,视线缓缓上移,凝视着他:"魏公,您知道当年山海关战役背后隐藏着什么秘密吗?"

魏渊淡淡道:"如果你指的是窃取大奉气运的话,那我知晓。"

他果然知道大奉国运被窃取这个秘密……许七安心里的惊讶刚涌起,就被他强行按了回去,脸上波澜不惊。

魏渊的视线略有低垂,道:"每逢战争开启,便是国运动摇的时候。胜了,国运涨一分,败了,国运削减一分。

"越是规模宏大的战役,国运动摇就越大。大周中叶,藩王叛乱,叛军打到大周国都。史书记载,当时人心浮动,士大夫阶层惶惶不安。后虽平定叛乱,却成了大周衰败的转折点。山海关战役,各国混战,投入的兵力总数超过百万。规模之大,史书罕见。国运动摇之剧烈,想来是远胜当年武宗皇帝清君侧的。

"想要窃取气运,山海关战役就是最好的时机。可惜我是后来才意识到这件事。"

魏渊指的兵力投入超过百万,是真正的精兵,不算民兵杂役。

史书上经常会有十万大军出征,三十万大军出征这类描写。但其实水分很大,包含了后勤民兵。真正上战场厮杀的士兵数量,可能连总数的三分之一都不到。而山海关战役,大奉、佛国、南北蛮族、妖族、巫神教,这些势力投入的,真正能上战场厮杀的精兵,超过百万。"

原来如此,难怪初代监正和天蛊部的前任首领要谋划这样一场战争,是为了撬动中原正统王朝大奉的国运……许七安恍然大悟。他虽然知道山海关战役里,大奉国运被窃走,但并不明白其中原理。

第三轮。许七安运气爆表,又摇了一个六六六,但这一次情况有所不同,魏渊揭开茶杯时,竟然也是六六六。

"难得!"魏渊笑道,"不如各提一个问题?"

许七安点头,表示同意,率先提出自己的问题:"魏公知道窃取气运者乃何人?有何目的?"

魏渊摇了摇头:"各大体系中,与气运息息相关者,只有术士和儒家,人宗算半个。而能撬动国运者,只有术士和儒家。当今儒家体系,品级最高之人是云鹿书院的院长赵守。他想要撬动大奉国运,差了些。那么就只有术士,术士能屏蔽天机,我又怎么可能知道是谁呢?即使知道,也早就'忘'了。"

许七安深吸一口气:"是初代监正。"说完,他一眨不眨地盯着魏渊,期待从他眼里看到"脸色大变"这样的反应。

果然,魏渊眼神陡然间暗沉下去,搭在桌面的手指,微微一颤。他紧紧地盯着许七安,身子竟不受控制地前倾,语气略显急促:"说清楚些,你都知道什么,你掌握了什么情报?"

许七安说道:"魏公,这就是你的问题?"

出乎意料,魏渊摇了摇头,收敛情绪,又恢复云淡风轻的姿态,温和地问道:"我的问题是,桑泊底下的封印物,在你体内吧?"

晴天霹雳!

灵宝观。元景帝坐在熟悉的静室里,看着对面毫无瑕疵的美人,洛玉衡是他见过的最让人心动的女人之一。不管他的心情怎么变化,对女人的喜好怎么变化,洛玉衡都能时刻满足他的审美。这个女人,尽管从未答应与他双修,但在元景帝心里,早就是禁脔。更何况,他梦寐以求的长生大计,还得靠这个女人来实现。

因此,任何男人与洛玉衡来往密切,都是不被允许的。

她可以对我不屑一顾,她可以敷衍我、可以搪塞我,这些都没关系,但她如果对别的男人表现出青睐,特别关照,那个男人就只有死路一条。

元景帝对许七安充满了杀意,就算罪己诏的风波没有过去,他也有无数种办法针对许七安。

皇帝要对付一个匹夫,很难吗?一点都不难。

之前无视许七安,任由许七安上蹿下跳,是因为元景帝从未把许七安当作对手。他的敌人是朝堂诸公,是监正,是赵守。许七安不过是风波中一个马前卒罢了。即使是现在,他也没把许七安视作敌人,原想着等风波过后,再秋后算账。没想到这只恶狗咬了不该咬的肉。那么,就算付出一些代价,也要打死恶狗。

元景帝凝视着女子国师,沉声道:"听淮王密探回来禀告,国师也插手了剑州之事?"

俏脸素白,宛如无瑕美玉的洛玉衡,微微颔首。

"国师为何插手此事?"元景帝追问道。

"九色莲花是我道门至宝,岂容外人觊觎!"洛玉衡红唇轻启,声音清冷,"反倒是陛下,为何要谋夺莲子?"

元景帝耐着性子解释:"朕修道天赋愚钝,迟迟未能结丹,心里着急万分。得知九色莲子能开窍明悟,这才派人去取。"

他说完,见洛玉衡颔首,接受了自己的解释。他突然笑了笑,一副云淡风轻,仿佛闲聊的语气:"听说许七安燃烧符箓,召唤了国师。呵,朕其实很赏识他,有天赋,有志气,有正义感。只是年纪太轻,不懂得大局为重。还得再磨砺几年啊,这次将他贬为庶民,正好打磨一下他的性子。不过朕倒是没料到,他和国师竟有这般交情。"

洛玉衡皱了皱眉,用冷漠的语气说道:"区区一个匹夫,与本座有何交情可言。"

元景帝目光精光一闪,连忙追问:"既是如此,为何他能招来国师?"

第 419 章

保护

洛玉衡表情冷淡,像是在诉说一件微不足道的小事:"贫道赠了一枚护身符给楚元缜。"说完,便半阖着凤眸,不再解释,态度拿捏得恰到好处。

是赠楚元缜的……元景帝脸色稍霁,这样的话,谁使用符箓召唤国师,便不是关键了。不过元景帝并没有完全打消怀疑,沉声道:"国师,你和地宗虽有同门之谊,但你也是大奉的国师。人宗是大奉的国教,你明知道朕派人争夺莲子,你还……"他露出几分怒容。

面对元景帝的质问,洛玉衡沉默片刻,忽然叹息一声:"实不相瞒,地宗近年来出了意外,地宗道首因果缠身,堕入魔道,影响了大部分弟子。

"只有极少的一部分弟子因为某些原因,没有受其影响。这群逃出来的弟子,成立了一个叫天地会的组织,暗中休养生息,积蓄力量,试图清理门户。九色莲子对他们来说至关重要,前阵子,天地会的人托楚元缜联络我,希望我能出手相助。

"保持三宗的香火延续,是我们的共识,即使太上忘情的天宗,也怀着同样的想法。"顿了顿,洛玉衡盯着元景帝,似笑非笑的语气,"陛下莫非不知?"

她之所以出手,是这个原因啊……护身符是赠予楚元缜的,和许七安没有关系,是我太敏感了?而许七安掺和九色莲花之事,很可能是欠了楚元缜和李妙真的人情,当日两人曾出手阻拦朕的禁军……元景帝念头转动,面不改色地摇头:"地宗秘辛,朕如何得知?"

两人结束交谈,如往常一般,打坐修道。而后,由洛玉衡阐述道经奥义,讲述长生至理。半个时辰后,元景帝起驾离开了灵宝观。

返回寝宫,元景帝喝着宦官奉上的养生茶,吩咐道:"去办两件事。一、让天机去查一查那个和尚的来历,尽量活捉;二、召兵部侍郎秦元道进宫见朕。"

老太监点了点头,试探道:"老奴斗胆,请问陛下准备如何对付那许七安?"他觉得,多半会从许七安的二叔堂弟或其他家人方面下手。

元景帝摆摆手:"魏渊的一条狗罢了,朕自有打算。"

陛下不说,就是还没想好怎么对付许七安,或暂时没这想法……老太监有些困惑,出宫前,他还一副要灭许七安九族的阴沉模样,如今却又是云淡风轻的做派。

妈呀!许七安不用照镜子,也能知道自己现在的脸色是崩的,是垮的,是瞠目结舌的……

许七安身上有三个秘密:穿越、气运、神殊。他一直小心翼翼地藏着这三个秘密,初代和当代监正是棋手,也是事件中人,没法瞒,也不需要隐瞒。除此之外,许七安只对武林盟的老匹夫透露过气运的事。两个原因:太平刀的动静太大,瞒不住;他想抱大腿,为自己增加抗争的资本。至于魏渊,许七安是信任的,但因为看不透这位睿智深沉的国士,所以一直不敢开诚布公。没想到,魏渊竟然早就知道神殊和尚在他体内。

"魏公……怎么知道的?"许七安声音有些嘶哑。

魏渊淡淡道:"摇了骰子再说吧。"

许七安苦笑道:"没必要摇骰子了。"

确实没必要了,魏渊没有问初代监正的情报,而是问了桑泊底下的封印物,这是在告诉他,你的秘密我都知道,直接打明牌吧。

深吸一口气,许七安说道:"在剑州时,我遇到一个叫姬谦的年轻人,我们发生了冲突,我把他给宰了。问灵之后,发现他原来是五百年前的皇室一脉,武宗皇帝清君侧后,他们被初代监正保了下来,而后一直蛰伏至今。

"山海关战役是初代监正和天蛊部首领煽动的,目的是窃取大奉国运,然后扶持五百年前那一脉,重新登上皇位。他们一直隐藏在一个叫许州的地方,我怀疑那是一个无法无天的地方,脱离了朝廷的掌控……"

他把问灵的过程,转述了一遍,暂时隐瞒自己身怀气运的事。

魏渊默默听完,徐徐道:"所以,初代监正才联合蛮族,对付镇北王。下一个,是不是就轮到我了?"

许七安心服口服:"是的。"

魏渊叹了口气:"初代监正没死,这倒是出乎我的意料。你提醒了我,当年武宗皇帝夺位之后,曾暗中派遣亲信,满世界地寻找着什么。为此不惜扬帆出海。这件事不记于正史中,但被一位大儒写在传记里了。

"初代隐忍这么久,一来是没有除去镇北王和我,二来是暂时收不回你体内的气运吧……咦,你往桌底下钻干吗?"魏渊似笑非笑地问道。

"我在找魏公的腿,容我抱一会儿……"许七安说着俏皮话,来掩饰内心翻江倒海般的情绪波动。

笃笃!魏渊敲了敲桌面,沉声道:"出来!"

许七安从桌底钻出来,正襟危坐:"魏公,你都知道了,你什么都知道。"

魏渊叹息一声:"你是我看中的人,但凡我要培养的人,我都会仔仔细细地调查,监视。你超乎寻常的修行速度,监正对你的青睐,灵龙对你的态度,佛门斗法时儒家刻刀的出现,斩杀护国公时刻刀的出现,嗯,你这不停地摇出满点的骰子不也是证明吗?还有很多很多,你身上的破绽太多了。这些零散的情报单独拿出来看,不算什么。但我对你太了解了,所有线索拼凑起来,结合我本就知道的一些隐秘,简单复盘,就能猜个七七八八。

"当日你打赢天人之争后,跑来问我山海关战役的详情,我曾经问过你,还有什么想说的。我以为你会和我坦白,但你选择了隐瞒。"

许七安张了张嘴,想解释,但又觉得没必要,略显沮丧地说:"那桑泊底下封印物的事呢?"

"佛门斗法同时暴露了你气运加身,以及身怀封印物的事实。当然,光凭这个还不够,还得有其他证明,比如北行时,你是怎么杀死四品蛮族首领,把王妃抢过来的?"魏渊嗤笑一声,"我既知你气运加身,那么楚州那位能使用镇国剑的神秘高手是谁,也就不用猜了。其实北行之前,我并不确定封印物在你身上。"

"你瞒得倒是挺好,就那么信任监正,信任那个佛门的异端?"

许七安摇头:"监正是神仙人物,我信与不信意义不大。至于封印物,他法号神殊,我答应过他,要守秘。"

他把和神殊的约定也说了出来:寻找神殊的过去。

魏渊沉吟道:"监正默许了妖族解开桑泊封印,估计是为你而布局的,用他来震慑初代。那位神殊在你体内一日,初代就不敢动你,不出意外,他现在是积极寻找破解的方法。

"关于这位佛门异端的身份,我有一些猜测,多半和万妖国有关,和当年的甲子荡妖有关。将来你远走江湖,可以去一趟南疆的十万大山,去那里寻找真相。"

啊?神殊和当年的甲子荡妖战役有关?这是许七安没有想到的。

"所以,魏公准备怎么处置我?"许七安试探道。说完,他死死盯着魏渊,害怕从他眼里看到杀意。

"我倒是想杀了你,如果可以的话。"魏渊双手笼在袖子里,目光低垂,看着桌面,声音低沉而平缓,"夹在两代监正之中,不知道如何是好,所以干脆与我坦白,你的目的,就是想搏一搏,得到我的庇护。"

一针见血!许七安有些惭愧,他确实是这么想的。

"如果你要问监正值不值得信任,我无法给出答案,因为我也不知道。至于初代监正那边,你更不用怕,与他博弈的是当代监正,出招和拆招的人不是你。你现在要做的,无非就是晋升品级,积累资本。"

停顿了一下,魏渊眼神转为柔和,低声道:"我会帮你的。"

听到这句话,许七安才真正地如释重负,感觉心里一下踏实起来。他脸上露出笑容,道:"那正好有件事要请教魏公。"

魏渊颔首。

许七安嘿了一声:"如何晋升四品?"

魏渊表情一顿,愕然道:"你晋升五品了?"

许七安点头。

一年不到,五品化劲……魏渊恍然失神,良久,他瞳孔微动,恢复过来,喟叹道:"也对,身负大气运的话,一品有望。可惜将来少不得要走高祖、武宗的旧路。你可能不知道,气运是把双刃剑。"

"得气运者,不可长生。"许七安说。

"你知道得还不少!"魏渊表情复杂。

魏公,你现在的样子,仿佛在说:你是不是偷偷瞒着我补课了!

许七安笑了起来。

"四品对于武夫来说,是非常重要的一个品级,它决定了你将来要走的路。精于剑者,领悟剑意,精于刀者,领悟刀意。不可更改。"魏渊道,"四品的核心在于'意'这个字,意也可以称为道,武夫将来要走的道。所以,武夫二品,又叫作合道。许七安,你想好自己要走的道了吗?"

许七安试探道:"斩尽天下不平事,算不算?"

"这是志向!"魏渊没好气地道,"你逢人就喊一声,斩尽天下不平事!然后人家就会屈服在你的志向之下?所谓意,需要依赖武夫的暴力,准确地说,是攻杀手段。刀枪剑戟拳,等等。你是使刀的,自然就是刀意。"

"如何修出刀意呢?"许七安虚心求教。

"我以前和你说过,五品开始,一切都需要靠悟!你的天赋不错,悟性也高,能在极短时间内掌控自身,晋升五品。而有些人天资差,一辈子都无法完全掌控肉身力量,无法晋升。

"至于如何领悟刀意,我能教你的只有经验。首先,你要达到人刀合一的境界,简单来说,便是领悟刀的奥义。这需要你结合自身对刀法的感悟,日积月累才行。其次,你要把自己的信念融于刀中,你修行的天地一刀斩,就是创造此功法之人的信念。"魏渊语重心长地教导。

对啊,我的天地一刀斩就是刀意的一种,那位前辈的信念是:没有什么是一刀斩不断的,如果有,那就逃跑。

"魏公,是不是说,我本身就领悟了半个刀意?那我是不是能在天地一刀斩的基础上,加入自己的东西。让它成为独属于我的'意'?"许七安有些惊喜。

"孺子可教。"魏渊笑道。

谈话到了尾声,魏渊忽然说:"记得我们第一次见面吗?"

"观星楼里那次?"许七安不太确定。

"嗯!"魏渊点点头,"你当时唱的曲儿挺有意思,我至今还记得……我站在,烈烈风中,恨不能荡尽绵绵心痛。望苍天,四方云动,剑在手问天下谁是英雄。"

他哼得还很标准。

"后续呢?我很喜欢这首曲子。"魏渊笑道。

这,我从小最害怕的就是被老师请上讲台,当众唱歌……许七安说:"等将来魏公告诉我您和皇后娘娘的故事,我再给您唱吧。"

离开打更人衙门,许七安骑乘着心爱的小马,进了勾栏,在勾栏里用药水改变了容貌,这才骑上小马重新上路。绕了许久,确认无人跟踪,他悄悄地敲开外室的院门。

吱——院门打开,是个身子发福的老妇人。

许七安脑子里闪过一串问号,我的王妃呢,我辛辛苦苦偷来的人妻王妃呢,我的大奉第一美人呢?怎么变成了一个老妈子?!

"你谁啊?"老妈子狐疑地盯着许七安,神色颇为不善。

许七安简化了一下自己的名字,说道:"我叫许倩,这位婶婶,为何会在我家中?"

"你家?"老妈子眼神更狐疑了,"你稍等!"也没关门,她转身就进去了。

约莫过了盏茶工夫,老妈子拎着扫帚,气势汹汹地冲了出来,叫骂道:"好你个忘恩负义的狗东西,竟追到这里来了。天子脚下,不是你这种狗东西能撒野的!"

老妈子一扫帚打过来,许七安头一低,躲了过去,顺势钻进院里。老妈子气得嗷嗷叫,追着他一通乱打。

主屋的门打开了,王妃手捧着一碗花生,靠着门,乐滋滋地看戏。

老妈子一看她笑靥如花的模样,才意识到其中的猫腻,拎着扫帚,疑惑地看一眼许七安,又看一眼王妃。

"我真是她男人。"许七安解释了一句,看了眼穿着素色布衣、头上插着廉价玉簪的少妇,走过去,在她脑袋上敲了一个爆栗子,"好玩吗?"

这位镇北王遗孀、大奉第一美人,挨了揍,重新冷着脸,倔强地不搭理他,只是柔声地道:"张婶,你先回去吧。"

张婶嘀咕了几句,把扫帚靠在墙边,走出了院子。

第 420 章

皇帝的起居录

张婶离开后,许七安把小马牵进院子,拴在小榕树的树干上。这个时候,他才发现短短几天里,原本萧条的院子,竟开满了妍态各异的鲜花,蜜蜂和蝴蝶在花丛间起舞,空气中夹杂着清新的花香。许七安大致扫了几眼,看到了许多名贵的品种,其中有几株价格高达十几两白银。

他之所以知道这些名贵品种的价格,是因为家里的婶婶天天撅着屁股摆弄盆栽,开春后,在这方面投入白银两百多两。

许七安当然不会过问婶婶花了多少银子买名贵花种,反正又不是花他的钱。主要是婶婶的心爱盆栽总是时不时被许铃音打翻,每次婶婶都要暴跳如雷地教训她,然后叨叨地说:"你知道这些花值多少钱吗,你这个死孩子。"

"这些花是怎么回事?"许七安不动声色地问道。

"院子太单调了,我就买了些花种在院子里。"王妃语气平静。

我给你的银子,可买不起这些花……许七安心里嘀咕,表面平静地哦一声,表现出随口一问,对花没有兴趣的样子,心里则在想,如果是买的种子,那就能合理解释了。半旬的时间里,把种子催生成鲜花满院的场景,这是花神的能力?把这女人丢到沙漠去的话,那就是造福全世界啊。

顺着这个思路,他想到了那一小截莲藕,如果让王妃来培育莲藕,能不能让它起死回生？金莲道长说天材地宝无法单独培育，但如果培育的人是花神呢？想到这里，许七安有些激动，但又很好地保持住了心态。

见他兴致勃勃的模样，王妃悄悄地松了口气。

"刚才的张婶怎么回事？"许七安一边往屋里走，一边问道。他循着香味进了屋，走到灶台边，揭开锅盖，锅里煮着盐水花生，还放了一些香料。

"住在附近的，前些天她在咱们家……我家外头摔了一跤，瞧着可怜，就帮了一把。打那以后，就经常过来帮我忙，花生也是她送来的。"

王妃坐在小木扎上，小碗搁在大腿上，说道："她儿子是做药材生意的，据说在内外城有好几家铺子。因为儿媳妇不喜欢她，她儿子就在附近买了栋小院安置老母亲。她逢人就说自己儿子多孝顺，给她买宅子。"

许七安靠着灶台，吃着盐水花生，哼道："刚才又是怎么回事？"

王妃冷笑道："我说我丈夫死了，隔壁的一个小痞子觊觎我美色，几次三番想要动粗，占我便宜。我便卖了宅子，搬到这里。没想到他又寻上门来，还说要隔两天过来住一次。"

许七安不屑道："觊觎你美色？王妃啊，您照照镜子再说。"

王妃气道："不许你吃我花生！"

整个上午，许七安就在王妃的小院里度过，坐在院子里替她编竹篮、修补木桶、做小锄头、劈柴……还在院子里给她砌了一个烧水的小灶台。

他干活的时候，王妃坐在竹椅上看着，有些失神。等时间差不多，她默默起身进了伙房，敷衍地烧了几碟菜。

"好吃吗？"餐桌上，她手托着腮，眨巴着眼睛看许七安。

真难吃……许七安虚伪道："厨艺有进步。"

王妃顿时笑起来，眼睛像是月牙儿，哼哼道："那你全部吃完。"

"那你呢？"

"我不饿，花生吃饱啦。"

许七安点点头,埋头吃饭,不多时,就把她烧的菜吃得一干二净。王妃愣愣地看着他,有些意外。她的厨艺,自己还是很清楚的,毕竟舌头不会骗人。

"生活就是这样的嘛,粗茶淡饭才是真实。"许七安说话的时候,瞄了一眼傲娇的王妃,她似乎有些感动,目光柔和许多,但又马上藏了起来。许七安见状,伸手进怀里,轻扣镜面,倾倒出小截莲藕。

"我这趟呢,去了剑州,不是故意食言不陪你的。"许七安诚恳地道歉。

"谁要你陪。"王妃撇撇嘴,别过头去。

"倒也不是白走一趟,找到了个有意思的东西。"许七安把莲藕放在桌上,道,"是一个前辈赠予我的。据说是个宝贝,但已经枯萎了。"

莲藕色泽暗淡,表面出现很多皱纹,整体萎缩。

"这是什么东西?"王妃的注意力被吸引了。

"不太清楚,反正说是宝贝。"许七安感慨一声,"这东西对我还挺重要,但似乎养不活了。不过就算枯萎,也是一种药,总算不是白跑一趟吧。"

慕南栀对自己的身份很敏感,许七安并不想让她知道自己已经看破她的真身,免得引起她不必要的恐慌。

王妃想了想,拿过莲藕,在袖子上擦了擦,然后露出小白牙,啃了一口。

许七安猝不及防,来不及阻止。

王妃嚼了几口,吞下去,颇为开心地评价道:"还挺香甜的。嗯,它还活着,养一阵子就好。"

许七安心头一震,巨大的喜悦将他吞没,没想到随意的一个尝试,竟能得到这样的回复。

如果这小截莲藕能够培育成功,世上就有第二株九色莲花,它能自己生长,结莲蓬……莲子的神异许七安是见识过的,而从今往后,每过一甲子,他就能得到二十四颗莲子。

另外,莲藕能成长起来的话,武林盟老祖宗的破关条件就满足了。

他如果能借莲藕晋升二品,那就欠了自己一个泼天大的人情。将来和神秘术士摊牌,武林盟老祖宗会成为自己最大的底牌之一。

许七安的心悄然火热起来,极力按捺住激动的心情,平静地道:"那你可以试试,嗯,如果没养活,记得把它还给我,我另有作用。"如果没养活,我就拿去向国师交差。

王妃点点头。

等等,国师为什么让我去讨要这截莲藕?她是人宗道首,应该知道九色莲藕难以培育,所以目的很可能是炼药。可炼药的话,为什么要特意交代由我去讨要?是随口一说,还是另有目的?

想到这里,他忍不住看一眼王妃。不应该啊,洛玉衡不可能知道她被我偷偷养起来了。我和国师也不熟,对她不太了解,不能草率定论。

原以为王妃是吉祥物,只要美丽就好了,没想到给了我如此大的惊喜!许七安由衷地感慨。

这时,王妃犹豫了一下,有些嗫嚅地说:"我,我银子花完了……"

说到这里,似乎不习惯问男人伸手要钱,这样会显得她是人家养在外头的小妾,于是别过脸,细若蚊吟地说:"能、能再给一点吗?"

我离开前不是才给了你十五两吗,五天就快花完了?许七安看了她一眼,没说话。

察觉到他的沉默,王妃霍然扭过头来,看他一眼,又扭过脸去,冷冰冰地道:"你不给就算了。"

她有些委屈。

许七安从地书碎片里倾倒出五枚银锭,一锭十两,逐一摆在桌上,然后把它们像烧饼一样掰碎,捏成一粒一粒的。

"你一个妇道人家,最好不要用官银和银锭,碎银就够了。这样不容易招来外人觊觎。我刚才想的是,上次给你银锭时,没有考虑到这个,我很自责。既然没法一直陪着你,就应该注意好这些细节。这是我的失误,以后不会了。"他语气诚恳,表情真诚。

王妃依旧看着门外,但声音有些娇柔地嗯了一声,表示自己不生气了。

之后的半天里,许七安带着王妃逛闹市,买了胭脂水粉,添了柴米油盐,还有漂亮的衣裙,黄昏前,牵着冷落了半天的小马离开。

他前脚刚走,张婶后脚就来了。

看着屋子里大包小包的物件,张婶吃惊地道:"慕娘子,你家男人走了啊?啧啧,买这么多东西,得好几十两吧。"

张婶扫了几眼,发现都是女儿家的用品、物件,惊叫连连:"哎哟,你家男人对你真好!"

王妃就有些小得意,眉眼弯了弯,但在外人面前,她绝不暴露本性,端庄温婉地说:"我家男人是给大户人家看家护院的,平日里不回来,即使回来了,黄昏前也得回去。早上我气他冷落我,跟你说谎了,张婶别见怪。"说着,递过去一包羊肉、一盒胭脂。

张婶连忙摆手:"我一个老婆子哪需要这些,羊肉我便收下了。"

老婆子脸上笑容热切了许多。她并不怀疑慕南栀的话,如果换成是一个娇俏的美人,张婶可能会怀疑这是某位大老爷养在这里的外室。但这位慕娘子身段虽然丰腴有致,但这张脸委实平平无奇了些。便是市井里登徒子,也不会对这样姿色平庸的女子产生非分之想。

许府。许七安穿着黑色劲装,牵着小马回家,那件锦衣在勾栏时换下来了,他也懒得再换上去。

餐桌上,许二叔喝着酒,问道:"这次去了哪儿?"

许七安低头吃饭:"剑州,帮朋友打了一架。"

"天宗圣女还有丽娜她们也去了?"

"嗯。"

许二叔抓住机会,教训侄儿:"别老是打打杀杀的,一山更有一山高,剑州是大奉武道圣地,高手不计其数。看你这样子,说明你那朋友没有惹上强人,否则……"

许新年咽下米饭,道:"剑州啊,就是有武林盟那个州?"

"可不是,剑州武林盟势力庞大,当地官府都要低头。而且,他们特别团结,惹了一个就会带出一群。"

"武林盟的盟主叫曹青阳,江湖武榜前三,对吧爹?"

"是啊,剑州可是江湖恶人的禁地,与云州恰好相反。那曹青阳在江湖中是一代枭雄。"

婶婶一个妇道人家,听得津津有味,就问:"那比宁宴还厉害?"

倒霉侄儿在婶婶心里,就如同天下第一高手,她嘴上不说,心里是很服气的。

二叔沉吟一下,摇头道:"宁宴还是差远了,再练五年,或许能与那位盟主争锋。而且他们不买官府的面子。"他知道侄儿是六品。

婶婶一听,连忙说:"还好宁宴没有惹上人家,好端端的怎么跑剑州打架去了。"

许玲月替大哥说话,柔柔道:"爹,大哥做事有分寸的。武林盟那么厉害,他不会去招惹。"

许七安闷不吭声地吃饭。

晚餐结束,许新年放下碗筷,说:"大哥,你来我书房一趟。"

兄弟俩并肩走出前厅,进了书房。

许新年关上门,径直走到书桌边,抽出厚厚一沓纸,说道:"元景帝登基至元景二十年,二十年间的所有的起居记录都在这里。"

许七安扫了一眼,闭了闭眼,无奈地道:"你这是草书……不对,短短五天,你收集了元景帝二十年的起居录?"

许二郎迎着大哥震惊的目光,抬了抬下巴,一副很得意,但强行淡定的姿态,说道:"我晋升七品了,儒家的七品叫仁者,想要踏入这个品级,就必须领悟仁义。仁者,兼爱天下,是道德典范。仁者,才能养浩然正气。所以七品仁者,是四品君子境的基础。当然,我距离四品还差得远,所以这并不是什么值得高兴的事,对我来说,不过是微微的一小步。"

不值得高兴,那你还叨叨唠唠地说这么多……许七安心里吐槽,想了想,问道:"仁者有什么战力加成吗?"

许二郎脸色陡然一僵:"没有,只是让我的记忆力和体魄变强了。"

噗,那不还是个弱鸡……许七安忍着笑意,把起居录拿起来,仔细阅读。这草书真的是……草了。许七安看了片刻,想骂娘。

古代的草书,就类似于他上辈子的明星签名,不是给人看的。当然,读书人是看得懂的,因为草书有固定形体。但许七安不是读书人。

"你给我念吧。"

"好吧。"

兄弟俩一个听,一个念,蜡烛换了两根。其间,许二郎不停喝茶润嗓子,去了两次厕所。

皇帝的起居录,记的是一些日常生活中、议事过程中的言行举止。许二郎并没有全部记录下来,一些明显没有意义的日常对话,他自动做了删减。直到后半夜才全部念完。

许七安兀自闭眼,长达一炷香时间,等完全消化了内容,睁开眼,有些失望地说道:"没有什么价值,至少我现在看不出来。"

许二郎问道:"你到底要查元景帝什么?"

"不知道,我只是觉得他有问题,嗯,不是觉得,是确实有问题。从剑州回来后,我更确定咱们这位陛下不像表面那么简单。但到底哪里有问题,我说不准,没有一个明确的方向。只能尽量搜集他的相关事迹,看看能否从中找出蛛丝马迹。"许七安说道。

"元景权术登峰造极,哪里简单了?"许二郎吐槽了一句,然后说道,"他有没有问题,我不知道,但我知道这份起居录有问题。"

许七安一愣:"起居录有什么问题?"

起居录最大的问题,就是你的字写得太草了……许七安心里腹诽。

第 421 章

暗流汹涌

许二郎喝了一口茶,润润嗓子,解释道:"起居郎一般由一甲进士担任,是真正的天子近臣,清贵中的清贵。三年一科举,因此,起居郎最多三年便会换人,有些甚至做不到一年。我在翰林院翻阅这些起居录时,发现一件很奇怪的事。"

他有意卖了个关子,见大哥斜着眼睛看自己,连忙咳嗽一声,打消了卖关子想法,说道:"元景十年和元景十一年的起居记录,没有标注起居郎的名字,这很不正常。"

许七安沉吟了一下,问道:"会不会是记录中出了纰漏,忘了署名?"

许二郎摇头:"起居郎官属翰林院,我们是要编书编史的,怎么可能出这样的纰漏?大哥未免也太看不起我们翰林院了。再说,历任起居郎都有署名,偏就元景十年和十一年没有?这也太奇怪了。我推测,十年和十一年都是同一个人。"

元景十年和十一年的起居记录没有署名,不知道相应的起居郎是谁……如果这不是一个纰漏,那为什么要抹去人名呢?如果起居记录有问题,那应该是修改这份起居记录,而不是抹去起居郎的名字。

许七安念头转动,分析道:"会不会是这样,起居记录有问题,你抄录的那一份是后来修改的。而那位起居郎,因为记录了这份内容,知道了某些信息,所以被杀人灭口、除名。"

许二郎摇头:"不对,按照大哥的推测,就算杀人灭口,也没必要抹去名字吧。真正有问题的是起居记录,而不是起居郎的署名。只需要修改起居记录便成。"

"你说得对。"

许七安点头。主次关系不能乱,真正重要的是起居记录,只要修改了内容,那么,当时的起居郎是罢官还是灭口,都不必抹去名字。

"那么,是这个起居郎自身有问题。"许七安给出结论。

"这个起居郎和元景帝的秘密有关?"许二郎压低声音。夜深了,他却双眼明亮,炯炯有神,显得无比亢奋。

"他和元景帝有没有关系我不知道,但我想起了一件事……"

许七安揉了揉眉心,没想到无意中,又发现了一件与术士有关的事。如果问题出在起居郎本身,而他的名字自行消失,这么熟悉的操作,和苏苏父亲的案子一模一样,和术士屏蔽天机的操作如出一辙。

苏航的案子,背后有术士操纵的痕迹,而这位起居郎的名字同样被抹去了……两者之间必定存在联系。当年的朝堂之上,肯定发生过什么,而且是一件惊天动地的事件。

"我怎么感觉忽略了什么?对了,离开剑州时,我曾经托大理寺丞和刑部陈捕头查过苏航的卷宗……"

许七安吃了一惊,如果不是二郎的这份起居记录,让他重新审视这件事,他几乎忘记了苏航卷宗的事。而以他五品的修为,记忆力不可能这么差。

看来我得随时写日记了,免得好不容易查出来的线索,自动遗忘……许七安心说。

"怎么查这个起居郎?哪种是最有效最快捷的办法?"许七安问。

"自然是找官场前辈打听。"许二郎想也没想。

如果是屏蔽天机的话,不可能有人记得……许七安摇头:"还有没有更好的办法?"

"去吏部查,吏部案牍库里保留着所有官员的卷宗,自开国以来,六百年京官的所有资料。"许二郎说道。他旋即摇头,"这些都是机密,大哥你现在的身份很敏感,吏部不可能,也不敢对你开放权限。"

除非他们不想干了。要让元景帝知道,直接卷铺盖滚蛋都是慈悲的,没准罗织罪名下狱。

"吏部尚书好像是王党的人吧,你未来岳父可以帮我啊。"许七安调侃道。

"大哥休要胡言乱语,我和王小姐是清白的。再说,就算我和王小姐有交情,王首辅也从未认可过我,甚至不知道我的存在。"许二郎摆摆手,拒绝了大哥不切实际的要求。

"要你何用,"许七安批评小老弟,"你要是早点把王家小姐勾搭上,把生米煮成熟饭,哪还有那么麻烦,没准我明儿就能进吏部查卷宗。二郎啊,你这点就做得不如大哥,要换成大哥,王家小姐早已经是自己人了。"

许二郎呵了一声,没好气地道:"大哥除了结交教坊司的花魁,还结交过哪个良家?"

许七安顿时脸色呆滞。

大哥笑了二哥,二哥嘲讽了大哥,打成平手。沉默了许久,兄弟俩当作什么都没发生,继续讨论。

许七安沉吟道:"必须想办法去一趟吏部,这很重要。二郎,你帮大哥去查一查先帝的起居记录。"

历代皇帝的起居录是撰写历史的重要依据,而翰林院就是负责修史的。许二郎想要查起居记录,易如反掌。

许新年没问原因,点了点头。

怎么进吏部?这件事就算魏公都办不到吧,除非师出有名,不然魏公也无权进吏部调查卷宗……而吏部我又没人脉,呃,倒是勉强有一位,但那位的侄儿已经被我放了,没法再要挟他。许七安揉了揉眉心,愁眉不展。

"对了,辞旧知道许州吗?"

许七安定了定神,换了个话题,没忘记初代监正这条线,向学识丰富的小老弟打探消息。

许新年皱着眉头，回忆许久，摇头道："没听说过，等有闲暇了，再帮大哥查查吧。每个朝代都会有更改州名的情况。

"另外，民间对州的叫法也不同，比如剑州别名武州，这是因为武林盟在剑州势力庞大，压过了官府。所以，最开始戏称为武州，后来这个叫法渐渐流传下来。

"大洲还好，名称变来变去都容易查，洲中小州，数量驳杂，需要很长时间。"

剑州别名武州，那许州是不是也是其他州的别名？许七安思考起来，道："有劳二郎了。"

次日，许二郎骑马来到翰林院。

庶吉士严格来说不是官职，而是一段学习、工作经历。成为庶吉士后，许二郎还得继续读书，由翰林院学士负责教导。其间参与一些修书工作，协助学士为书籍做注，替皇帝起草诏书，为皇帝、皇子皇女讲解经籍等等。

因为许七安的缘故，许二郎的前途大受打击，起草诏书、为皇帝讲解经籍这些工作与他无缘。也是因为许七安的缘故，他在翰林院里如鱼得水，颇受礼待。翰林院的官员是清贵中的清贵，自视甚高，对许七安的作为极是赞赏，连带着对许二郎也很客气。

听完翰林院大学士马修文的讲学后，许新年进了案牍库，开始查阅先帝的起居记录。

皇帝的起居记录并非机密，属于资料的一种，翰林院谁都可以查阅，毕竟起居记录是要写进史书里的，而史书是给人看的。

相比起将来史书记载注定过大于功、注定争议颇多的元景帝，先帝的一生可谓平平无奇，既不昏庸，也不强干，在位四十九年，仅发动过两次对外战争。还是南北蛮族逼迫得太紧，不得不出兵讨伐。

翻着翻着，许二郎看到一段对话，发生在贞德二十八年，对话的主角是先帝和上一代人宗道首。

先帝说:"自古受命于天者,未能长存,道门的长生之法,能否解此大限?"

人宗道首说:"长生可以,长存不行。"

先帝又说:"闻,道尊一气化三清,三宗伊始。不知是三者一人,还是三者三人?"

对话到此结束。

"咦,后面怎么没了?"许二郎嘀咕一声,继续翻阅。

据说在两百年以前,儒家大盛之时,皇帝是不能看起居录的,更没资格修改。直至国子监成立,云鹿书院的读书人退出朝堂,皇权压过了一切。打那时候起,皇帝就能过目、修改起居录。当然,国子监出身的读书人也不是毫无风骨,也会和皇帝据理力争,并一定程度地保留真实内容。

许二郎没有在意这个细节,接着往下看,边看边记。不知不觉,到了用午膳的时辰。许二郎出了案牍库,到膳堂吃饭,席间,听见几名五经博士边吃边谈论。

"今日朝堂真是精彩纷呈啊。"

"左都御史袁雄弹劾王首辅收受贿赂,兵部侍郎秦元道弹劾王首辅贪污军饷,还有六科给事中那几位也上书弹劾,像是商议好了似的。"

"呵,王首辅因为镇北王屠城案的事,彻底惹怒了陛下,此事摆明了是陛下要针对王首辅,在逼他乞骸骨。"

"魏渊高兴坏了吧,他和王首辅一直政见不合。"

"今日只是开端,杀招还在后头呢。王首辅这次悬了,就看他怎么还击了。"

"除非他能联合朝堂诸公,但朝堂之上,王党可做不到一手遮天。"

许二郎皱了皱眉,有些莫名烦躁。先是想到了王思慕,而后是觉得,京察之年党争激烈,京察之后这半年来,党争依旧激烈。党争之后又党争,党争之后又党争。有几人是真正在为百姓做事,为朝廷做事?

而造成这种局面的,正是那位沉迷修道的九五之尊。

第二天,事情果然发酵了。

左都御史袁雄再次上书弹劾王首辅,细数王首辅贪赃六大罪,并罗列出一份名单,涉事的王党官员总计十二位。兵部侍郎秦元道则继续弹劾王首辅贪污军饷,也罗列了一份名单。元景帝"勃然大怒",下令严查。

这场风波起得毫无征兆,又快又猛,正如剑客手里的剑。王党被杀了一个措手不及,官场暗流汹涌。

许二郎请了半天假,骑着马哒哒哒地来到王府,拜访王家大小姐王思慕。王府的门房已经熟悉许二郎了,说了句稍等,一溜烟儿进了府。许久后,小跑着返回,道:"许大人请随我来。"

许二郎被引着去了会客厅,见到了端庄温婉的王家小姐。她依旧秀丽灵动,但眉宇间有着浓浓的愁色。王思慕挥退厅内下人后,许二郎沉声道:"这两天朝堂的事我听说了,恐怕不是简单的敲打,陛下要动真格了。"

"二郎果然聪慧。"王思慕勉强笑了一下,道,"爹昨日在书房苦思一夜,我便知道大事不妙。"

"首辅大人处事老辣,经验丰富,必有对策。"许二郎安慰道。

王思慕苦笑着摇头:"此次危机来势汹汹,恐无时间筹备。今日入狱了一批官员,明日也许就是我爹了。陛下不会给我爹反应的机会。我听爹说,前日陛下召见了兵部侍郎秦元道,左都御史袁雄,他们是有备而来。楚州屠城案中,爹和魏渊联合百官,逼迫陛下下罪己诏,而今陛下事后报复了。"

许二郎沉默了一下,道:"首辅大人为何不联合魏公?"

王思慕摇了摇头:"魏公和我爹政见不合,素来敌对,他不落井下石便谢天谢地啦。"

许二郎一时无言。这又不是当初楚州案的形势,百官同一阵线,对抗皇权。对于其他官员,包括魏渊来说,王党倒台是一件喜闻乐见的事,这意味着有更多的位置将空出来。这些都是看得见的利益,是切实的利益。趁着王党倒台壮大自身,才能拥有更大的话语权,做更多的事。

"除非我爹能短期内联合各党,才有一线生机。可对各党而言,坐等陛下打压我爹,便是最大的利益。"王思慕叹口气,柔柔道,"二郎,这该如何是好?"

许二郎张了张嘴,无言以对。

浩气楼。

南宫倩柔陪坐在茶几边,气质阴冷的美人,此时带着笑意:"义父,这次王党即便不倒,也得损兵折将。从此以来,再没人能挡您的路了。"

王贞文和义父政见不合,处处阻挠义父推广新政,斗了这么多年,这块绊脚石终于要没了。

"阻拦我的从来都不是王贞文。"魏渊低着头,审视着一份堪舆图,说道,"不过倒了也好,倒了王党,我至少有五年时间……"他突然不说了,过了许久,轻叹道,"再过两个月就是秋收,我的战场,不在朝堂之上了,随他们吧。"

义父这是打算重掌兵权啊……南宫倩柔精神一振。他旋即意识到不对,秋收后打巫神教,是义父早就定好的计划,但他这番话的意思是,未来很长一段时间都不会在朝堂之上。这意味着,打巫神教不是小打小闹,义父打算打一场旷日持久的战争?南宫倩柔心里闪过一个疑惑:理由呢?

第422章

大哥的套路真管用

义父最初提出要打巫神教,是许七安死在云州。南宫倩柔猜测,义父当时的心情,既有倚重的心腹折损的痛心,也有巫神教发展壮大过快,需要打压的想法。后来,许七安回京复活,巫神教也一直安分守己,既然如此,便没有大动干戈的必要了。对于巫神教,只需要打压一番。可义父的意思,这是要掀起规模浩大的国战啊。

"义父,会不会,太激进了?"南宫倩柔有话直说。

如今大奉国力衰弱,一场规模浩大、耗时数年的国战,是不可承受的负担。

"杨砚在北边传回来急报,巫神教攻打北方妖蛮。烛九独木难支,退出了原本的领地,携带妖族与蛮族会师,准备往西北撤退。"魏渊低头钻研堪舆图,语气平淡,"淮王的谋划虽然失败,但巫神教的目的却达到了。烛九和吉利知古任何一位战死,都会让北方妖蛮陷入前所未有的虚弱。但楚州同样遭受重创,失去了一位三品,无力北征,白白便宜了巫神教。"

南宫倩柔一惊,恍然大悟:"所以,义父才不管朝堂之事,因为陛下极有可能派你前往北境?"

同时,他心里揣测,陛下在这个时候打压王首辅,乍一看是不顾平衡,实际上恰恰是平衡之道。朝堂没了魏渊,可不就是王首辅一家独大？

"就算义父重心不在朝堂，但距离秋后还远，为何不趁王党的这次危机攫取好处，将来出征更加没有后顾之忧。"南宫倩柔提出自己的看法。

魏渊笑道："你觉得王党倒了好，还是不倒好？"

南宫倩柔毫不犹豫地说："倒了最好。"

魏渊颔首："是啊，倒了最好，不倒也很好。如果不是战事开启，我会落井下石。王贞文一倒，我至少有五年时间做事。陛下想扶持一个新党与我为敌，不是一朝一夕能成。眼下这种情况，王党不倒也有不倒的好处，王贞文和我斗了这么多年，算是知根知底。朝堂上有一个熟悉的对手，好过一个不熟悉的路人。"

这时，吏员来报，恭声道："魏公，武英殿大学士钱青书求见。"

钱青书是王贞文的心腹……南宫倩柔看向魏渊。

魏渊摆摆手："不见，让他回去。"

吏员躬身行礼："是。"

"义父？"南宫倩柔心说，义父最后还是选择了冷眼旁观吗？

"我出手就没意思了。"魏渊笑道，"这个人情要留给合适的人。"

南宫倩柔没听懂，但也不问，相处这么多年，他习惯了义父的语言风格。

"你先出去吧。"魏渊忽然说。

等南宫倩柔走后，他取出几张信封，提笔，书写。

皇宫，景秀宫里。太子殿下吃着冰镇梅子，脚边放着一盆冰块，享受着宫女扇动的凉风，他的表情却没有丝毫轻松，说道："当日我便劝过王首辅，莫要与父皇较劲，莫要与魏渊同流，他偏不听。如今可好，父皇要整治他了。"

太子与王首辅并无太大交集，但王党里，有不少人是坚定不移的太子党。王贞文若是倒台，这些人也会受到牵连，变相削弱了太子在朝堂的影响力。

陈妃和临安在旁听着,都有些忧虑,从京察之年开始,太子的位置就一直左摇右晃,怎么都坐不安稳。

陈妃皱眉道:"魏渊那边是什么态度?"

太子沉声道:"武英殿大学士钱青书今早去拜会了魏渊,没见着人。"

陈妃愁容满面:"魏渊和王首辅是政敌,恐怕就等着落井下石。"

太子看向了胞妹,说道:"临安,那许七安不是你的心腹吗,他是魏渊倚重之人,不如试着从他那里突破?"

临安坐在软榻上,红艳艳的长裙繁复华美,戴着一顶金灿灿的发冠,圆润的鹅蛋脸线条优美,桃花眸子妩媚水灵。静默时,宛如一个精致无瑕的玉美人。

"他都很久没来找我了……"临安脸色黯然,小声说道。

楚州屠城案后,半个多月过去,许宁宴从未寻过她。临安嘴上没说,但内心敏感的她一直觉得许宁宴因为那件事,彻底厌恶皇室,连带着也讨厌她,所以刻意疏远自己。一想起他们以前的快乐时光,临安心里就一阵阵酸楚。

"这个简单,你悄悄派人去许府递信,约他见面,他若是应了,便说明他的心思还在你这里。"太子笑眯眯地出主意。

陈妃补充道:"要记得隐秘,让临安府的下人去做,不要遣宫中侍卫。不要让你父皇知道你与许七安有任何来往。"

临安用力点一下脑袋,脸上露出忐忑又期待的表情:"我这就让人去办。"

午膳时,左都御史袁雄和兵部侍郎秦元道进了内城一家酒楼,同行的还有几位相同阵营的官员。午膳有一个时辰的休息时间,京城衙门的膳堂是出了名的难吃,不至于清汤寡水,但大鱼大肉就别想了。除了底层官员在膳堂用餐,高官们都是上酒楼的。

袁雄举起茶杯,笑道:"先恭喜秦侍郎,入内阁有望。"

秦元道举杯回应,道:"袁大人独占都察院指日可待,届时,别忘了照拂一下我等。"

都察院权力极大,有监察百官之责。袁雄一直想独掌都察院,把魏渊的党羽踢出去。而秦元道因为无望兵部尚书之位,想着另辟蹊径,入内阁。两人共同谋划了科举舞弊案,最后以失败告终,现在卷土重来。与上一次不同的是,那会儿陛下是冷眼旁观,这次却是在身后鼎力支持。

"王贞文这次就算不倒,也得伤筋动骨,他把持内阁多年,先前要靠他制衡魏渊。现在嘛,陛下有意让魏渊担任楚州总兵,远去楚州,那么王贞文就得动一动了。"

"而且我听说,钱青书今晨拜访魏渊,吃了个闭门羹。"

"上次若不是那姓许的小杂碎,咱们位置早就挪了。"秦元道咬牙切齿。

一位官员举杯,笑道:"秦侍郎无须恼怒,那许七安自身难保,得罪了陛下,迟早要被清算。先打了大的,再收拾小的,他离死不远了。"

"喝酒喝酒。"几个人推杯换盏,纵声谈笑。

"大郎,外头有人送信给你。"前厅里,门房老张呈上密信。

正把许铃音当毽子踢上踢下的许七安,放下幺妹,边伸手接信,边问道:"谁送的信?"

门房老张摇头:"人在外面,没说替谁送的,他还说等您回信。"

"大锅,继续玩呀!"许铃音享受过飞一般的感觉,就不再甘心当一个生活在地上的蠢小孩了,八爪鱼似的抱住许七安的腿,死活不松。

许七安踢了踢,没踢飞,心说这傻小孩的力气越来越大了。

"太平!"他喊了一声。

呼啸声传来,太平刀从房间里飞出,连刀带鞘,悬在许七安面前。

许铃音惊呆了,昂着小脸,一脸蠢样。许七安把她抱起来,让她像骑魔法扫帚的女巫一样骑上太平刀,然后一拍许铃音的小屁股蛋,大声道:"去吧,魔法少女小豆丁!"

太平刀带着她飞出前厅,空中传来小豆丁没心没肺的笑声。

许七安展开信纸阅读。信是临安送来的,讲述了近几日朝堂之争的情况,委婉地请求他能不能去探一探魏渊的口风。

这不像是临安的风格,是陈妃还是太子怂恿……我记得魏公说过,王党里有不少太子的支持者,说起来,斩了两个国公后,我就一直没去看望过临安。唉,主要是事情太多了,一件接一件,疏忽了她……

临安和怀庆不一样,怀庆不需要哄,但临安是很希望陪伴的女孩子。

"你让他转告主子,就说我知道了。"

许七安打发走门房老张,坐在圆桌边,不由回想起了今早魏渊说的话:这件事我不会管。

昨天许二郎散值回府,与他说过朝堂上的事,许七安留了个心眼儿,今早去打更人衙门找魏渊探口风,才知道这不是一场寻常的争斗——元景帝要动王首辅。

"对我来说其实是个机会,二郎虽然和王小姐眉来眼去,却并没有进入王首辅的视线里。而且,云鹿书院学子的身份,以及我的缘故,他很难在官场更进一步,除非投靠王首辅。

"但王首辅出身国子监,天生抗拒云鹿书院学子。现在,不正是一个机会吗?我手头掌握着很多官员和曹国公贪赃枉法的罪证,这些政治筹码本来就是一部分要给魏公,一部分给二郎。

"现在不正好有用武之地吗,而且,如果能收获王首辅的人情,对我查元景帝帮助很大。我正好想进吏部案牍库查卷宗。我已经向魏公坦白了曹国公密信,他又说不管这事,暗示已经很明显了。魏公最近似乎对朝堂之事比较消极,他又在谋划什么?"

许二郎一脸沮丧地回府用膳,刚穿过前院,就看见幺妹骑在一柄刀上,在小院里盘旋飞舞,笑出猪叫声。娘和玲月在底下担忧地看着,时不时尖叫一声,一迭声地说:"小心些,小心些!"

婶婶终于忍不住了:"许宁宴,你赶紧让你的破刀下来,铃音要是摔伤了,看老娘怎么教训你。"

婶婶叉着腰,站在院子里,朝着前厅喊。

"娘,刀怎么会飞?"许玲月有些惊奇,还有些害怕。

"谁知道呢,一准儿是你大哥施的妖法。"婶婶说。

娘俩见过踩着飞剑高来高去的李妙真,只当这没什么大不了,但许二郎见到这一幕,整个人都愣住,呆住了。

"绝、绝世神兵……"许二郎喃喃道。

这时,许七安从前厅走出来,招呼道:"太平,下来。"

太平刀降低高度,悬停不动,婶婶立刻把宝贝女儿抢过来,啐道:"什么破刀。"

说完,她就看到许新年三步并作两步,停在太平刀前,双眼发直地伸出手,似是想握住刀,但又不敢,整个人无比激动。

许二郎作为儒家正统体系出身的读书人,自然识得绝世神兵。

见儿子这般姿态,婶婶狐疑道:"二郎,这刀有什么问题?"

许二郎喃喃道:"此刀绝世罕见,价值连城,不,这是无价之宝。"

无价之宝?!婶婶怦然心动,惊讶地打量着太平刀,试探道:"那到底值多少银子?"

婶婶需要一个具体的数目来衡量它的价值。

"这么说吧,大哥如果把它拿去换爵位,至少能换来伯爵,换个侯爵都有可能。"

侯爵仅次于公爵,在大奉公爵差不多是异姓爵位的巅峰。婶婶张了张小嘴,再看太平刀时,眼神就像看亲儿子,不,比亲儿子还要灼热。

"我还要玩儿。"许铃音攀爬着太平刀。

"去,死孩子,这么金贵的东西,碰坏了老娘打死你。"婶婶一巴掌拍开小豆丁。

许七安微笑地看着这一幕,喊道:"二郎,你进来,我有事与你说。"

许二郎进了前厅,刚坐下,他的视线被放在桌上的一沓密信吸引,不是临安派人送的密信,而是曹国公私宅搜出来的密信。

"王首辅的遭遇我已经知道了,二郎,如果你有能力帮他渡过难关,你会施以援手,还是冷眼旁观?"

闻言,许新年微微皱眉,坦然道:"我担心思慕,但对王首辅的遭遇,本身并无多大感触和焦虑。而如果没有思慕,我现在大概会和大哥把酒言欢。"

大奉好女婿……许七安心里吐槽,笑道:"但如果你能帮忙,相信王首辅会愿意接纳你,至少,不会抵触你。"

说着,他指了指桌上的密信。

带着疑惑,许二郎翻开密信,一份份看过去,他先是瞳孔微缩,露出震惊之色,然后是激动,双手微微颤抖。

这些密信如果落在有能力的人手里,会成为其手中的利器。那么,不知道多少京官会因此获罪,整个京城官场将会迎来大地震。当然,还有一种可能,就是这些密信会被统统毁掉,因为牵连到的人实在太多。

"这些密信,我只能给你一小部分,我们需要挑选出几个对王首辅有用的人。"许七安把密信逐一摆开。

所谓有用的人,不能是王党,不能是袁雄一流。后者有皇帝撑腰,这些密信对他们无法造成致命打击,至少现在的局面里,无法一击毙命。

很快,兄弟俩挑出了八个人物,既位高权重,又不属前两者。

"散值后,你去一趟王府,把这些密信亲手交给王首辅,记得,要先去找王小姐,由她引荐。"

大哥的意思是要我向王首辅暗示我与思慕的关系……

许新年嗯了一声,刚揣好密信,就看见大哥撩起袖子。

"大哥这是要做甚?"

"揍你!"

砰!许二郎俊美的脸蛋挨了一拳,惨叫着摔倒,许大郎顺势骑上去,左右开弓。

"大哥,别打脸啊……"许二郎惨叫。

"不打脸,怎么显示出你的牺牲呢,怎么让王家小姐感动呢。你为了救老丈人,不惜和大哥反目成仇。"

"这,这会不会有些卑劣?"

"这不是卑劣,这是套路。来,摆好姿势,大哥再揍几拳。"

景秀宫。临安府那边很快传回来消息,没有回信,只有一句:我知道了。

太子看了一眼临安,摸摸鼻子,感慨道:"看来是指望不上了,倒也真实,不当官了,知道自己惹怒父皇了,就懒得经营咱们兄妹这边的关系咯。"

临安被他说得眼圈一红。

陈妃皱着眉头,训斥道:"少说几句,他不帮忙也正常,魏渊再倚重他,就能听他的?"

太子无奈道:"我知道,只是他的态度让人不悦。"

临安嘴唇紧抿,闷闷道:"我回韶音宫啦。"

王府。内厅里,气氛有些凝重。王思慕陪坐在王夫人身边,柔声说着闲话,试图缓解母亲的焦虑。在户部任职的王家大公子一言不发地喝着茶,经商的王二公子性子急躁,于厅内团团乱转。

"大哥,我听相熟的朋友说,陛下这次要对我们王家赶尽杀绝。"王二公子边走边说,语气急促。

王夫人眼里忧虑更重,用求证的目光看向长子。

王大公子放下茶杯,声音沉稳:"是有些麻烦,袁雄和秦元道列了不少罪证,其中最麻烦的一件是私吞军饷。

"还记得前户部侍郎周显平吧,他是父亲的人,也确实私吞了军饷。抄家时,周府上下竟只有几千两。银子哪去了?都说在我们王家。"

"简直一派胡言!"王二公子气得咬牙切齿。

王大公子捏了捏眉心,有些疲惫地叹口气:"以前父亲简在帝心,自是无碍,楚州屠城案时,父亲把陛下得罪得太狠了,这才是问题的症结。"

王夫人忧心忡忡地道:"这该如何是好,如何是好?"

王思慕连忙安慰母亲,旋即蹙眉道:"你俩少说几句,若不能想出应对之策,便不要在这里倒苦水。如此除了增添母亲的忧虑,还有什么?"

她接着安慰母亲,柔声道:"爹担任首辅十多年,什么大风大浪没见过,他心里有数的。这不是正在书房与叔伯们商议着吗。"

王大公子看了眼妹妹,摇摇头,以前固然有过危机,但从未如这次一般凶险,与政敌斗,和与陛下斗,是一回事吗?

正说着话,管家匆匆来报。他扫了眼厅内众人,看向王思慕:"小姐,许大人在外头,想见您。"

王二哥冷笑道:"什么时候了,还有闲情谈情说爱?"

王夫人和王大公子纷纷皱眉。那许二郎和自家闺女走得近,他们是知道的,王思慕个性极强,聪慧过人,家里除了王贞文,谁都驾驭不住,所以也就睁只眼闭只眼,任由她去。但现在王家遭了危机,许二郎还频繁上门,简直让人生厌。

王思慕斜了眼二哥,盈盈起身,道:"引他去外厅。"

她拍了拍母亲的手背,径直离开,穿过内院,走过曲折的廊道,王大小姐在会客厅见了许二郎。他坐在椅子上,以袖遮面,闪闪躲躲。

"二郎这是怎么了?"王思慕探头探脑看了一会儿,都被他躲掉。

"无妨……"许二郎说道,"我是来给你送东西的。"

说着,另一只手指了指茶几,王思慕才发现茶几上摆着一摞信件。王思慕带着好奇,展开信件看了几眼,娇躯一颤,漂亮的大眼睛布满震惊。

"这,这些密信,二郎从何处得来?"她微张小嘴,花容失色。

"从我大哥处得来。"许二郎回答。

许七安哪里拿来的?他是魏渊的心腹,怎么可能帮我爹……王思慕眸子一转,再看许二郎躲躲闪闪的模样,心里顿时一沉,劈手拽开他的衣袖。

"啊……"王思慕惊叫一声。

只见许二郎脸颊肿胀,鼻梁瘀青,嘴唇破了几道口子,一副被人痛殴后的模样。

"是你大哥打的?因、因为这些密信?"王思慕嘴唇颤抖。

"是我自己摔的。"许二郎矢口否认。

王思慕眼泪唰地涌了出来,啪嗒啪嗒,断线珍珠似的。

"他,他竟把你打成这样……"王大小姐泣不成声。

大哥的套路真管用啊……许二郎心里感慨,嘴上解释:"真是我自己摔的。"他没有浪费时间,说道,"这些密信是大哥给的,但他有条件,我需当面和首辅大人说。"

王思慕从袖中取出锦帕,细细擦干泪痕,看着许二郎的目光,充满爱意。她点了点头:"我这便带你过去。"

宽敞的书房里,檀香袅袅浮动,王首辅捧着茶,凝眉不语。

武英殿大学士钱青书、建极殿大学士陈奇、刑部孙尚书等心腹齐聚一堂,神色凝重。

"看陛下这意思,再过几日,就轮到我们了?"钱青书沉声道。

建极殿大学士陈奇脾气暴躁,拍着桌子怒骂:"楚州屠城案本就是淮王丧心病狂,岂可容忍!老夫大不了致仕。"

吏部尚书冷哼道:"你若致仕,岂不是正中姓秦的下怀!"

王首辅坐在主位,品尝香茗,默默听着同僚们争吵。老人宦海沉浮半生,从未有过气急败坏之时。

见争吵声稍息,王首辅问道:"魏渊那边什么态度?"

"吃了个闭门羹。"钱青书沉着脸。

"不意外。"王首辅点头,"陛下还要用他,魏渊的作用可比我们强多了。"

吏部尚书冷笑道:"陛下会容忍他一家独大?"

王首辅喝了口茶,语气沉稳:"很多年前,我就觉得他厌倦朝堂争斗了,他想重新掌兵。我没料错的话,淮王的死,有他的功劳。孙尚书,你执掌刑部,要把好关,不能让大理寺和都察院把罪定下来。"

刑部孙尚书点头。

"徐尚书,我知道你拥戴太子,支持太子,正好借这个机会联络一下其他太子党。"

吏部尚书点头。

接着,王首辅语气平静,环顾众人:"致仕也没什么不好,就当急流勇退,总好过惨淡收场。再者,致仕后可以起复,君子要学会趋利避害,当退则退。"

这时,敲门声传来,王思慕轻柔悦耳的嗓音响起:"爹,女儿有事求见。"

王贞文眉头微皱,沉声回应:"进来!"

他知道以嫡女的识大体,没有要事,不会在这个时候打扰。

书房门推开,王思慕站在门口,盈盈施礼,姿态拿捏得恰到好处:"爹,许大人有紧急的事求见。"

以为王思慕口中的"许大人"是许七安的孙尚书等人,眼睛猛地一亮,产生了极大的兴趣。这根搅屎棍虽然讨厌,但他搞事的能力和手段,早就赢得了朝堂诸公的认可。许七安这时候拜访王府,是何用意?

王贞文也是精神一振,道:"请他进来。"

王思慕扭头,看向一侧,几秒后,鼻青脸肿的许二郎从门侧走出来,跨入门槛,作揖道:"下官见过诸位大人。"

原来是他……钱青书等人摇摇头。

许新年是极不错的人才,学识、胆识都出类拔萃,但比起他大哥,委实差了太多。许新年在他们眼里,是很优秀很有潜力的后辈。而许七安在他们看来,则是一个让人头皮发麻的对手。分量不可同日而语。

王贞文眼里闪过失望,旋即恢复,颔首道:"许大人,找本官何事?"

许新年从袖子里摸出一沓密信,健步行到桌边,推给王首辅:"这些东西,想必对首辅大人有用。"

王首辅扫了一眼,不甚在意地拿起,翻看一眼,目光倏地凝固。他迅速扫完第一份密信,有些迫不及待地展开第二封、第三封……尽数看完后,王首辅保持着坐姿,一动不动,像是发呆,又像是在思考。

刑部孙尚书和大学士钱青书对视一眼,后者身子微微前倾,试探道:"首辅大人?"

吏部尚书等人也在交换眼神,他们意识到这些信件非同一般。

王首辅把几份密信收拾了一下,递给最近的孙尚书,见他伸手来拿,忙叮嘱道:"注意些。"

孙尚书一愣,似乎有些错愕,点点头,而后注意力集中在信件上,展开阅读。看着看着,他陡然僵住,微微睁大眼睛。沉默了几秒,忽然有些急促地展开其他信件,动作粗鲁又急躁,直看得王首辅眉毛扬起,生怕这老小子弄坏了信件。而孙尚书的表现,落在几位大学士、尚书眼里,让他们越发好奇和困惑,几个人迫切地想知道信件里记载着什么。

"好,好啊!有了这些东西,我们不需要退让利益,就能拉拢一大批势力。陛下不是想查吗?呵,就算查到明年,他也查不出东西。"

孙尚书冷笑连连。

"给本官看看。"吏部尚书率先抢过信件,展开阅读,十几秒后,他激动地连说三声"妙"。

"我想过搜罗袁雄等人的罪证来反击,但时间太少,而且对方早已处理了首尾,路子行不通。这,这正是想瞌睡就有人送枕头。"

书房里,大佬们逐一看完信件,一改之前的沉重,露出振奋的笑容。

王思慕站在门口,静静地看着这一幕,父亲和叔伯们从脸色凝重,到看完信件后振奋大笑,她都看在眼里。虽然信件是属于许七安的,但二郎送信的人情,父亲怎么也不可能无视的……她悄然松了口气,对自己的未来越发有了把握。

王首辅收回信件,放在桌上,然后注视着许二郎,语气温和:"许大人,这些信件从何处而来?"

孙尚书、徐尚书,以及几位大学士,纷纷看向许二郎。

许二郎作揖道:"家兄处。"

果然是他……孙尚书心情复杂,复杂到连自己都不知道是何感受。

毫无疑问,他是恨许七安的——桑泊案中结下的梁子。那小兔崽子几次三番与他作对,最绝的一次是写诗骂他,把他钉在耻辱柱上。对,不是绑架他儿子,是写诗骂他。按照官场规矩,这是要不死不休的。事实上,孙尚书也恨不得整死他,并为此不断努力。

楚州屠城案,是一个转折点。有些人就是这样,你恨不得他死,却难免会因为某些事,由衷地敬佩。而现在,王党危急存亡关头,许七安竟送来了如此重要的东西,要知道,这东西落入他们手里,这次的危机相当于有惊无险。

这份人情很大,孙尚书偏偏无法拒绝。

钱青书等人既惊讶又不惊讶,这些密信是曹国公留下来的,而曹国公死在谁手里？惊讶则是不相信许七安会帮他们。

王首辅吐出一口气,脸色不变:"他想要什么？"

许二郎作揖:"等解决了朝堂之事,大哥会亲自拜访。"

王首辅沉吟几秒,颔首:"好。"

这时,王思慕轻声道:"爹,为了要到这些信件,二郎和他大哥差点反目,脸上的伤,便是那许七安打的,二郎只是不居功罢了。"

王首辅一愣,细细审视着许二郎,目光渐转柔和。

钱青书等人看一眼许二郎,又扭头看一眼王思慕,神色颇为怪异——都是官场老油条,立刻品出很多信息。

那许七安如果不愿意,许新年便是豁出命也拿不到,他退出官场后,在有意识地给许家找靠山……钱青书想到这里,心头一热。

在他看来,许七安愿意投来橄榄枝是好事,尽管他是魏渊的心腹,尽管魏渊和王党不对付,但在这之外,如果王党有需要用到许七安的地方,凭借许新年这层关系,他肯定不会拒绝,双方能达成一定程度的合作。

许七安是一件称手的、好用的工具,京察之年后,绝大部分朝堂诸公都有类似的印象。王党若能掌握这件工具,将来肯定有大用。

此子唇枪舌剑极是厉害,若是能扶持上去,将来骂架无敌手,嗯,他似乎和思慕侄女有暧昧……最关键的是,收了许新年,许七安这个工具就能为我们所用……吏部徐尚书沉吟着。

其他人的念头都差不多,迅速权衡利弊,揣测许新年和王思慕的关系。

王首辅咳嗽一声,道:"时候不早了,把密信分一分,咱们各自奔走一趟。"

他没再看许新年一眼。